# 夏目漱石の時間の創出

The Emergence of Time in the Works of Natsume Sôseki

NOAMI Mariko
野網摩利子［著］

東京大学出版会

The Emergence of Time in the Works of Natsume Sôseki

Mariko NOAMI

University of Tokyo Press, 2012
ISBN 978-4-13-086042-0

夏目漱石の時間の創出　／　目次

# 凡例

一、漱石テクストの引用はすべて『漱石全集』（岩波書店、一九九三―一九九九年）に拠る。章題と章番号とを付して引用する。

一、漱石所蔵の引用文献は可能な限り、それと同書かそれに基づく版を用いる。漱石の蔵書は「蔵書目録」『漱石全集』第二十七巻（岩波書店、一九九七年）によって確認できる。

一、漱石が読んだと考えられる英文ならびに漢文には、拙訳、あるいは、書き下し文を付す。

一、引用英語文献における、イタリックによる強調は原著者による。拙訳において、原文イタリックは傍線で表す。

一、漱石所蔵の漢籍に訓点が施されている場合、原則としてそれに従って書き下す。ただし、句点を読点に改めた箇所がある。

一、ルビは、『漱石全集』から引いた本文もすべて、現代仮名遣いで振り直す。一部、省略した箇所もある。

一、引用文、訳文、書き下し文の傍点は引用者による。（……）は、引用文中、もしくは、前後の省略を表す。

一、「　」は、引用、ならびに、論文名を表す。『　』は、書名、新聞名、雑誌名を表す。ただし、漱石の小説、理論書、評論、随筆には『　』を施した。

一、暦の表記は西暦を主とし、明治以前の日本の書籍については和暦を併記する。

# 序章　文学の創出を求めて

## 第一節　漱石の理論と文学

本書は、文学への漱石の理論的認識を考察したうえで、漱石の小説に凝らされた、小説が生動するしくみを解明する。まず本書全体で用いられる基本的概念について説明したい。

漱石は自身の『文学論』で、「文学」の「内容の形式」について、「焦点的印象又は観念」に「情緒」が附着したものであることを要すると宣言した。[1]「焦点的印象又は観念」を「Ｆ」、「情緒」を「ｆ」とし、あわせて「（Ｆ＋ｆ）」とされている。この「（Ｆ＋ｆ）」とは、文学が動くための最小単位とみなせる。[2] 本書はその「文学的内容の形式」がどのように小説内で運動することで、小説の時間が産み出されるかということを検証する。

ここで言う時間とは、複数の微視的な反応のことである。小説の枠組みとしての、巨視的な時間に対し、登場人物の識閾下で捉えられ、うごめいたり、関係しあったりする時間がある。それを小説の分析を通して、文学理論の場に提出したい。

漱石は頻繁に登場人物の記憶を活用する。漱石は登場人物の記憶から情緒を「復起《ふっき》」[3]させる。登場人物は、識閾下にも意識上にも、情緒の附着した、観念または印象を抱えている。識閾下の情緒はときに強く喚起され、意識上へと急速に昇る。（F＋f）が移動するのである。漱石はその契機を、当の登場人物が見聞きできる言葉や事物によって形づくる。本書では、それら登場人物の出会う、文字、書物、書画、口承文学、絵画、宗教的言語の奥行きについて示そうとする。

登場人物はそれらに遭遇すると、識閾下の情緒から振れ出し、かつて感じたことのある情緒を連合しはじめる。それら情緒と組んでいた印象、観念も甦り、意識の焦点へと上昇する。このようにして、漱石の小説は動くようにしかけられている。

新旧の印象または観念、それらに附く情緒が連合しあうとき、かつて意味づけられていなかった印象が言語的観念の対象となるということがある。また、観念でしかなかった対象に身体的印象が獲得されるということがある。情緒の再燃が意識されるということも頻繁に起きる。このような反応が続々と起こる。

本書では、登場人物の印象や観念、また、情緒によって再認される時間こそが、小説の内側から湧き出す時間であること、また、それに注目する必要性があることを提唱する。そのような生体ならではの活動がもたらす時間に着目したい。生体ごとに異なる記憶の層に、たえず新たな情緒が加わってゆくこと。これこそが漱石の小説で提示されようとしたのではないだろうか。

このように漱石の小説の時間の創出のしくみを解くならば、漱石が中期から後期の小説でなぜあれほど、登場人物自身を語り手、あるいは、手記、手紙、遺書の書き手に据えたかが見えてくる。登場人物でもある語り手や書き手が、語るあるいは書く材料は当然、小説内にある。語るまでに、書くまでに彼／彼女は自身の生きてきたその世界をあらためて印象に刻み、言語的観念で切り取る。こうして対象への解釈が成長してゆく。

そこにあるのは、かつて耳にした他者の声、目にした文字の想起とともに、現在、語ろう／書きつけようとする言語が振れ動く様態である。また、当時感じた微細な印象が揺さぶられ、増幅するような感覚に押されて語られたり、書かれたりする状況である。あるいは逆に、現在交渉中の出来事の印象、観念に附着する情緒がかつての情緒を呼び覚まし、語り、書く行為にそれらがつきまとうという事態である。

このように新旧の印象または観念、それに附着する情緒同士がたがいに活性化しあう往還運動こそ、漱石の小説にとって重要な小説内容である。ここまで書き込む小説をもってして初めて提示できる（F＋f）の運動だ。

くわえて、漱石の小説には、他者の次元に属する言語やふるまいを直視したのち変化する人物が多く登場する。たとえば、手紙の読み取りは、そこに書かれてある内容の一端を知っている者ならば、なおさら過剰な情緒が動く。他者に先取りされた意味に附着する情緒が掻き集められ、共鳴しあい、あたかも主体を構成する印象が刻印され、観念が打ち立てられる。そのようなプロセスを内包して、小説の文字にもなる登場人物の文字が産出される。

登場人物に感受されている、語るまで、書くまでのプロセスは、各段階での印象や観念、それらに附く情緒同士の相互浸透を経た時間であって、小説の構造のために割り振られた時間ではないということをはじめに強調しておきたい。

このように印象、観念、それらに附く情緒がつながりあい、再生するという連続的な創出こそ、漱石が描こうとした生体の活動に他ならない。この観点から漱石の小説を読みとくならば、漱石の小説が登場人物自身に明確に把握されておらず、小説の文字として必ずしも明示されていない登場人物の識閾下という、もう一つの世界からしきりに小説の時間を発動しようとしていることが見えてくる。

漱石の小説の登場人物はおおむね、出所の分からない情緒を抱えている。過去の再認識ならびに再解釈によって、しだいにその情緒が横溢しはじめる。現在時に、かつて追いやった印象、観念、それらに附く情緒が生息しはじめる展開について、漱石は書きながら小説世界の転換とでもいったように把握していたに違いない。

つまり小説家側から言って、つぎのような戦略があったと指摘できる。小説の時間を内側から発するには、簡単には小説の文字に上げない、もう一つの世界を潜在させ、登場人物の意識や無意識と交錯する一角だけを、徴候として小説に記すという戦略である。

漱石自身はこの技術を駆使し、洗練させていったのだが、その文化的広がりがあまりに大きかったためにこれまで気づかれてこなかった。漱石ほどの言語能力の持ち主になると、西洋も東洋もなく、近代も前近代もなく、すべてを同等な価値ある文化として持ち合わせている。豊富な、文化的背景を背負った言葉のなかからそのつど各小説に寄与する言葉が選ばれ、使用される。さりげない小説の一語一語が、堆積された歴史を備えている。人目に付きにくくても、欠くことのできない小説の骨々である。

本書において、禅、浄土教、日蓮宗など中世から続く仏教運動、それぞれの経典ならびに関連書物、能、浄瑠璃といった芸能、近世の書画など文人の教養、古代北欧神話といった、漱石が留学先で得た文学など、小説に封じ込められた、しかし重要な機能を担っている、諸言語、諸物の詳細が明らかになる。そのことによって、漱石の小説がどのようなしくみでどのように世界の文化を用いて成立しているかが展望されるであろう。

## 第二節　印象または観念

漱石は、おもに十八世紀から二十世紀までの英語文献、英訳文献を通して、哲学的、また、心理学的な、人間への理論的認識を得て、文学を理論的に捉えるようになっていった。

漱石が用いた道具立ての検討を行いたい。あらためて確認すれば、『文学論』第一編第一章において、「文学的内容の形式」の要件が提示される。

> 凡そ文学的内容の形式は（Ｆ＋ｆ）なることを要す。Ｆは焦点的印象又は観念を意味し、ｆはこれに附着する情緒を意味す。されば上述の公式は印象又は観念の二方面即ち認識的要素（Ｆ）と情緒的要素（ｆ）との結合を示したるものと云ひ得べし。(4)

ここで言われる「印象」ならびに「観念」は、その後も定義されない。そもそも何に由来して述べられた概念か久しく不明であった。(5)しかし、漱石が『文学評論』(6)で大きく取りあげる十八世紀イギリス経験主義の哲学者の一人、デイヴィッド・ヒュームが漱石の概念形成に大きく関わっているのではないかと指摘したい。ヒュームの『人性論』はつぎのような言葉から始まる。(7)

> All the perceptions of the human mind resolve themselves into two distinct kinds, which I shall call IMPRESSIONS and IDEAS. The difference betwixt these consists in the degrees of force and liveliness, with which they strike upon the mind, and make their way into our thought or consciousness. Those perceptions, which enter with most force and violence, we may name *impressions*; and under this name I comprehend all our sensations, passions and emotions, as they make their first appearance in the soul. By *ideas* I mean the faint images of these in thinking and reasoning; such as, for instance, are all the perceptions excited by the present discourse, excepting only, those which arise from the sight and touch, and excepting the immediate pleasure or uneasiness it may occasion.(8)

［拙訳］

人間の精神のすべての知覚ははっきりと二種類に分かれる。私はそれを印象、観念と呼ぼう。これらのあいだの区別は、それらが精神を刺激し、私たちの思想や意識に現れるさいの力と鮮やかさの程度による。この二つの知覚のうち、強さと激しさをともなって入ってくる知覚を印象と名づけよう。この名のもとに、心に初めて現れるさいの感覚、感情、情緒を含める。観念とは、これら印象の、思考や推論におけるぼんやりとしたイメージである。現にこの議論によって引き起こされる知覚がすべてそうであるように。視覚や触覚から生ずるだけの事柄とこの議論が呼び起こすであろう直接的な快不快とを除いて。(9)

つまりヒュームは、直接的な快不快や、視覚触覚から生じる鮮度の高い心像を「印象」と呼び、思考や推理のなかでそれら印象が再起した心像を「観念」と呼ぶと定義した。

漱石は『文学評論』で、ヒュームの『人性論』をつぎのように紹介している。

彼の説によると、吾人が平生「我《イゴー》」と名づけつゝある実体は、丸で幻影の様なもので、決して実在するのではないのださうである。吾人の知る所は只印象と観念の連続に過ぎない。たゞ此印象や観念の同種類が何遍となく起つて来るので、修練の結果として、此等の錯雑紛糾するものを纏め得る為めに、遂に渾成統一の境界に達するのである。だから心など云ふ者は別段に夫自身に一個の実体として存在するものでないと云ふのがヒュームの主張の一つである。(10)

「心」は実体ではなく、「印象と観念の連続」であると、ヒュームの主張がまとめられている。漱石『文学論』も

「文学的内容の形式」を構成する「F」を「焦点的印象又は観念」とする。漱石もまた、文学において「心」を完結したものとしてみなすのではなく、微分化されたうえで総合されていると考えたのに違いない。[11] その明示化のために漱石は理論的に、あのような可変性を表しうる式を持ちだした。また、実作においてはより細緻な相互浸透を創造しようとした。

前述のように、漱石の小説には、登場人物の意識が小説内部と関わることで生長し、変動する微視的な時間が多数伏流している。本書はそれを漱石の理論的立場にしたがいながら取り出すことを試みる。

## 第三節　情緒の「復起」

本節では、漱石が「文学」の文学たるゆえんとした、「印象又は観念」に伴われる「情緒」についても、その発想源と応用方法とを見定めてゆく。

漱石の言う「情緒」は『文学論』で示されているとおり、十九世紀から二十世紀初頭にかけてのフランスの心理学者、テオドール・A・リボーの『情緒の心理学』、ならびに、同時期のアメリカの心理学者、ウィリアム・ジェイムズに基づく。

漱石は情緒の種類をリボーにならって、「単純情緒」と「複雑情緒」とに分ける。前者として「恐怖」「怒」「同感」「自己の情」「両性的本能」を挙げ、後者として「恋」「嫉妬」「崇高」「宗教的感情」「仁恵」「誠実」「義務」を挙げる。

漱石がリボーから示唆を得た最も重要な点は、太田三郎の指摘にもあるように、[12]『情緒の心理学』序文に示されている。リボーは情緒についての主知派の学説に対抗する「生理学的」な学説を支持し、こう述べる。

The doctrine which I have called physiological (Bain, Spencer, Maudsley, James, Lange) connects all states of feeling with biological conditions, and considers them as the direct and immediate expression of the vegetative life. It is the thesis which has been adopted, without any restriction, in this work. From this standpoint feelings and emotions are no longer a superficial manifestation, a simple efflorescence; they plunge into the individual's depths; they have their roots in the needs and instincts, that is to say, in movements. Consciousness only delivers up a part of their secrets; it can never reveal them completely; we must descend beneath it.(13)

[拙訳]

私が生理学的と呼んできた学説（ベイン、スペンサー、モーズリィ、ジェイムズ、ランゲ）は、感情のあらゆる状態を生物学的条件に結びつけ、それらをその生動する生命の直截な表現とみなす。それは本書で全面的に採用されてきた説である。この観点に立つならば、感情や情緒とはもはや皮相的な発現でも、単なる表出でもない。すなわちそれらは個人の深奥に入り込むのであり、欲求と本能とに、つまりは活動に根差している。意識はそれら隠されていることの一部を明け渡すにすぎず、それらを決して完全に明かすことはできないのである。私たちは意識の下へと降りていかなければならない。

情緒が個人の深奥の活動に由来するという、リボーの考え方を漱石は重く受けとめた。リボーはつづいて、情緒の「歴史」を追わなければならないと言い、「社会的、道徳的、宗教的」また、「実的、知的」具体化を見てゆくべきだと言う。(14) 情緒に「歴史」をみるという見方は、理論家としての、また、のちの創作家としての漱石に大きな影響を与えたと思われる。

漱石は『文学論』第二編「文学的内容の数量的変化」の第二章を「fの変化」にあてている。そこでこう述べる。

> 余案ずるにfの増加は三つの法則に支配せらるゝものゝ如し。即ち（一）感情転置法、（二）感情の拡大、（三）感情の固執これなり。[15]

（一）について漱石は「心理学にありて最も趣味ある事実の一つは、かの『情緒の転置』なる現象とす。こは一物AなるFにつきてあるfを起す時、ある原因より此fは他物BなるFにも附着し来る現象を指すものなり。即ちFとfとの間に起る一種の聯想なり」[16]と説明する。具体的には、リボー『情緒の心理学』第二編第七章 "Transition: Simple to Complex Emotions." を受けていると思われる。そこにはジェイムズも引かれながら、連合を基盤として移行する情緒について述べられている。リボーは、ある表象にともなう情緒がその表象と連合した他の表象に移ってゆくこと、その後、後者の表象だけで先の情緒がもたらされる場合がある点を検討した。[17]

（二）の「感情の拡大」について漱石は「新しく出来たるFに新しきfを附着し其結果として文学の内容を富ましむるの意」[18]と説明する。（三）「感情の固執」については「(a)F其物が消滅するか、或は(b)F其物にfを附着する必要なきにもかゝはらず因襲の結果習慣上より従来のfを附着せしむるを云ふ」とされる。[19]漱石はこのように情緒の生長を辿り、つぎのようなテーゼを出す。

> 情緒（Fに附着する）は数に於て増加し、又F其物も増加するを以て（F＋f）なる文学的材料は性質に於て増加すべきものなること明なり。[20]

そのうえで漱石はｆの性質を細目に分類する。『文学論』第二編第三章「ｆに伴ふ幻惑」においてである。そこで「文学の必須要素たる情緒は其強弱の度実地に当りて経験する情緒と異るや否や、換言すれば、「情緒の再発」なるものは当下の情緒と如何程《いかほど》の差異あるべきかは講究の値ある問題なり」(21)とする。そのときリボー「『情緒の心理』十一章」(22)が紹介される。

当時の漱石の関心は、読者が文学に記された情緒を間接に経験し、どのようにしてどの程度その「ｆ」を「復起」させうるかにあった(23)。だが、漱石がいざ小説に取りくみはじめたとき、それまで得てきた記憶に関する所見を登場人物の記憶の造型に活用したであろうことは疑いない(24)。

ここであらためてヒュームが『人性論』冒頭で定義した「印象」ならびに「観念」を用いてどのように記憶を位置づけているかを見てみよう。ヒュームは第一編第三章「記憶観念と想像観念とについて」でつぎのように述べている。

We find by experience, that when any impression has been present with the mind, it again makes its appearance there as an idea; and this it may do after two different ways: Either when in its new appearance it retains a considerable degree of its first vivacity, and is somewhat intermediate betwixt an impression and an idea; or when it entirely loses that vivacity, and is a perfect idea. The faculty, by which we repeat our impressions in the first manner, is call'd the MEMORY, and the other the IMAGINATION.(25)

[拙訳]

私たちが経験上知っていることは、ある印象が精神に現れたとき、ふたたびそこに観念として出現するということである。印象が観念となるには二つの仕方がある。印象が新たに現れるとき初めの活気をかなりな程度保っていて、印象と観念とのあいだのいくぶん中間物のような場合と、まったくその活気を亡くし、完全な観念となる場合とである。最初の仕方で私たちの印象を繰り返す能力は記憶と呼ばれ、もう一方の仕方によって印象を繰り返す能力は想像と呼ばれる。

ヒュームの考えでは、「記憶」とは、「印象」から「観念」になっても、以前の「活気」を「保持」し、かつての「印象」を繰り返す能力のことである。ヒュームの言う「活気」を「保持」するとは、リボーならびに漱石『文学論』の見解によれば、「情緒の復起の程度」[26]が甚だしい例ということになろう。繰り返せば、漱石の場合、「文学的内容の形式」を「印象」「観念」だけではなく、それらに「附着する情緒」[27]も含めて探究しようとした。

## 第四節　情緒の連合

テオドール・A・リボーが引くとおり、ウィリアム・ジェイムズは、一八九〇年、『心理学大綱』を出した。それまでの哲学を包含しうる学として心理学が提出され、二十世紀の心理学が取りくむべき課題に早くも道筋が付けられた。漱石がジェイムズを知ったのも、まだ十九世紀末、学生のころである[28]。その著書でジェイムズは「経験の保持」の内実についてこう述べている。

The retention of an experience is, in short, but another name for the *possibility* of thinking it again, or the *tendency* to think it again, with its past surroundings. Whatever accidental cue may turn this tendency into an actuality, the permanent *ground* of the tendency itself lies in the organized neural paths by which the cue calls up the experience on the proper occasion, together with its past associates, the sense that the self was there, the belief that it really happened, etc., etc., just as previously described.(29)

［拙訳］

経験の保持とは、要するに、過去の状況とともにそれをふたたび考える可能性もしくは傾向を単に言い換えたに過ぎない。この傾向を実現する偶然の手掛かりが何であれ、その傾向自体の不変の根拠は、組織だった神経回路のなかにある。神経回路によってその手掛かりは、まさに前述したように、過去の連想とともに、しかるべき機会にその経験を喚び起こすのだ。さらに、自我がそこにいたという感じ、それが実際に起こったという信念などを喚び覚ますのである。

ジェイムズはここで、経験の記憶と想起のしくみについて解き明かす。経験の保持というからには、自身の経験の実在性を信じられるだけのかつての情緒の喚起が不可欠だとジェイムズは言う。リボーとジェイムズとを突きあわせた漱石にとって、登場人物の記憶に欠くことのできない「情緒」の役割について考えさせられることになっただろう。情緒は漱石の考えでは、印象または観念に附着する。印象や観念など「認識的要素（F）」が連合するのと前後して神経回路と連絡する「情緒的要素（f）」間でも連合が行われるという知見は、ジェイムズから得られた。

漱石は小説で、登場人物の記憶から情緒が甦るさまの叙述に力を入れている。情緒同士が連関するところに時が産まれる。漱石にはそこから小説の時間を創りあげる明確な意図があったと思われる。

登場人物に意識される印象や観念、さらに、識閾下のそれらに、それぞれ情緒が附着している。登場人物は情緒に突き動かされ、その情緒の附着していた印象や観念を喚び起こす。つまり、「連合体」の一部が一部を釣り出すしくみである。情緒をともなった印象、ならびに、印象に近い観念には、「活気」がある。また、現在の情緒と過去の情緒とが共鳴する。こうして生まれるのが、ジェイムズの言う、「感じ」や「信念」であろう。

本書の問題意識は、漱石の小説の内側からどのように時間が産みだされているかにある。つながりあう情緒は、登場人物の意識や識閾下を介在した小説の時間を創出するのではないか。登場人物の意識や無意識に感じとられることで初めて実在する小説の時間のありようについて、具体的に見てゆく。

## 第五節　持　続

登場人物の情緒を造型する意義について漱石が意識していたと考えられることを述べてきた。漱石は、ジェイムズからさらに、ベルクソンを知ることで、それら情緒の考察を時間の考察としても活かせることを知った。ジェイムズが「経験の保持」と述べた現象を、より突き詰めて考えられたのが、ベルクソンの言う「持続」である。漱石はすでに一九一一年（明治四十四年）には、アンリ・ベルクソン『時間と自由』の英訳を読んでいた(30)。漱石のマークした一節には、ベルクソンの中心的な思想が端的に述べられている。

Within myself a process of organization or interpenetration of conscious states is going on, which constitutes true duration.(31)

[拙訳]

私の内側では、意識状態の組織化や相互浸透の過程が進行しており、それが真の持続を構成している。

ベルクソンはここで時計の針の運動を目で追う場合を例にとって述べるのだが、彼の言う「持続」とは、ジェイムズの言う「連合」をさらに推し進めた「相互浸透」に重きをおく進行である。

ベルクソンがここで言う「意識状態」とは、漱石の用語で言えば、「（F＋f）」である。「経験」が認識的要素と情緒との絡みで保持される。ベルクソンの観点から言えば、異質な瞬間がいくつもそこに組み込まれてゆく。漱石の小説には、前述のとおり、回顧して小説世界を見渡す人物が頻繁に登場する。そこでは新旧の情緒が相互浸透する。ベルクソンの時間認識は、漱石の小説構想に確実に刺激を与えていた。つぎのベルクソンの一節からも、漱石は小説の時間をどうつくるかの構想を得ることができたと思われる。

In a word, we must distinguish between the unity which we think of and the unity which we set up as an object after having thought of it, as also between number in process of formation and number once formed. The unit is irreducible while we are thinking it and number is discontinuous while we are building it up: but, as soon as we consider number in its finished state, we objectify it, and it then appears to be divisible to an unlimited extent.(32)

［拙訳］
一言で言えば、私たちが考える単位と、考えられた後に対象としてつくりあげる単位とを区別しなければならない。ちょうど、形成されつつある数といったん形成された数とを区別する必要があるように。その単位は私たちが考えているあいだは還元不可能で、数は私たちが計算しているあいだは不連続なのである。しかしながらいったん最終的な状態で数を考えるや否や、私たちはそれを対象化し、数は無限に分割できるかのように現れる。

ベルクソンは考えられている最中の単体と、考えられた後に「対象」として把握できる単体とを峻別する。ベルクソンのいう単体を、小説世界を構成する言葉に当てはめて考えてみよう。小説完成後の内容を把握しうる、一般的な語り手や読了後の読者は、小説内容を分割できる立場にある。

しかし小説内部を生きている登場人物や、視野の限定されている語り手は、小説世界の内容を集めている最中であり、彼／彼女らにとっての小説の時間は前者と同じではない。

漱石の小説では、登場人物自身、小説の世界内で動いていながら、しばしばその世界を内側から捉えかえす。小説を一覧できる語り手の立場ならば統一的に把握できる事象も、それぞれ不規則に動いている者からすればおのおの異なって見えて当然である。同一の現象であっても、別種の印象や観念を持った者による、そのときどきの視座によって、時間は大きく異なった性質をもって現れてくる。その印象または観念は情緒によって結ばれ、浸透しあう。この固有の運動は、まさにベルクソンの言う、考えられている最中を指す。漱石にはすぐに察しえただろう。彼は、小説の微視的な個別の時間づくりにおいて、ヒューム、リボー、ジェイムズ、ベルクソンの考え方を合成した。

さらに、小説家としての漱石は、ベルクソンの以下の言葉によって、小説の時間の様態を練るべく促されたことと思われる。ちょうど、漱石が提示した、印象または観念、それに附着する情緒の式、（F＋f）が動くさまをベルクソンが述べているようなくだりである。

Now, if some bold novelist, tearing aside the cleverly woven curtain of our conventional ego, shows us under this appearance of logic a fundamental absurdity, under this juxtaposition of simple states an infinite permeation of a thousand different impressions which have already ceased to exist the instant they are named, we commend him for having known us better than we knew ourselves.[33]

［拙訳］

いま、ある大胆な小説家がいて、私たちの因襲的自我の、巧妙に織りあげた緞帳を引き裂き、この見かけの論理の下にある根本的な不合理を、また、単純な状態の並置の下にある、名づけられた瞬間にもはや存在しなくなっているさまざまな印象の無限の浸透を示してくれるなら、その小説家のことを、私たちが自分を知る以上に私たちをよく知っていると推奨するであろう。

ベルクソンはこの後否定的に、小説家が感情を等質的空間の影にしてしまう「言葉」で表現する以上、小説家に期待することはできないと言うのであるが、すでに小説家として『門』まで書き終えていた漱石が、これを読んで奮いたったことは確かかと思う。

小説の時間について再考してみよう。語りに関係する時間や小説内容の枠を決める巨視的な時間のみならず、多くの微視的な時間があるのではないだろうか。小説家はこちらの時間造型にも力を傾注している。ゆえにそれをすくいとる文学理論が必要とされる。

## 第六節　情緒の記憶

登場人物の情緒を扱う漱石の手つきを見ていると、漱石は、情緒を構造的に捉えていたからこそ、漸増的に、ときに劇的に動かすことが可能であったように思えてくる。

漱石は、情緒をめぐる構造を、じつはリボー以上に把握していたのではないか。『文学論』第二編第三章「ｆに伴ふ幻惑」で、リボーが参考にされていることはすでに触れた。「情緒の復起」に関し、漱石はリボーの見解をつぎのように紹介する。

⑴ 情緒の記憶は大部分の人々にありては虚無なり。⑵ 或人々は半ば知的、半ば情緒的記憶を有す、即ち其情緒的分子は知的状態の聯想力をかり、たゞ其一部分を想起し得るに止まる。⑶ 又、或極めて少数の人々は真正の完全なる情緒の記憶を有す。（『情緒の心理』十一章）[34]。

漱石はこれに沿って議論しながら、「固《もと》より吾人の情緒の復起の程度は順次変化するものにして、決してRibot の説きし如く判然三部に区別し得るものにあらず、或者は一部と二部との中間に、或者は二部と三部との境に彷徨すべし」[35]とまとめる。漱石が「文学的内容」としてつねに考えていたのはおそらく、情緒が一部から二部へ、二部から三部へと切り替わるような展開である。

漱石はすでに『文学論』執筆時点でつぎのような認識も持っていた。彼は『文学論』で「意識の推移」が「反動的」に見える場合を論じつつ、括弧（ ）内で「漸次の反動」とは言えない例を紹介する。その例はジェイムズ『宗教的経験の諸相』から引かれている[36]。

ジェイムズ『宗教的経験の諸相』第十講「回心」では、人格的エネルギーの移動という経験が分析されている。その一節に注目したい。

In the wonderful explorations by Binet, Janet, Breuer, Freud, Mason, Prince, and others, of the subliminal consciousness of patients with hysteria, we have revealed to us whole systems of underground life, in the shape of memories of a painful sort which lead a parasitic existence, buried outside of the primary fields of consciousness, and making irruptions thereinto with hallucinations, pains, convulsions, paralyses of feeling and of motion, and the whole procession of symptoms of hysteric disease of body and of mind.(37)

[拙訳]
ビネ、ジャネ、ブロイアー、フロイト、メイソン、プリンス、その他の人々による、ヒステリー患者の識閾下の意識に関する驚くべき探究において、秘められた生命のシステム全体が私たちに明らかになった。それはつぎのような形だ。痛ましい種類の記憶が寄生的な生命となる。その存在は意識の主要な領域の外側に埋められていて、幻覚、痛み、痙攣、感情や動作の麻痺をともなって突発的に意識の主要な領域に侵入してくる。このような心身のヒステリー症状の進行全体が明らかになったのである。

意識の均衡状態をくつがえしてしまう宗教的経験の検討にあたって、ジェイムズはまず、識閾下に蓄積された記憶が意識に「侵入」して、心身の平伏される経験について考察する。そのうえで宗教的回心を、識閾下で進行していた精神が意識へ躍り出る経験として理論づけようとした。

『文学論』で、漱石はモーガンによる「意識の波」という考え方に基づき、意識が「最も明確なる部分」である「焦点」とその「前後」の「所謂識末なる部分」から成りたつとした。(38) したがって、ジェイムズ『宗教的経験の諸相』によって問題化される「識閾下」は『文学論』の扱える範疇外なのである。そのため漱石はジェイムズの挙げる例とその解釈とを説明しつつも、括弧（　）にくくらざるをえなかった。

（（……）James の解釈によれば此現象を以て識域《ママ》下の胚胎となすに似たり。是《これ》漸移《ぜんい》論を識域下に応用せると異なるなし。只識域下の事に関しては漸移を立すると共に何事をも立し得べくして、而して遂に之を験するの期なきが故に余は此説の余に近きにも関はらず、賛否を表する能はず。（……））[39]。

漱石は自身の文学理論のなかに識閾下の問題を組み込めなかった。しかしながら、その問題が自分の考えていることに近いと知っていた。情緒を記憶する力を個人的資質に帰したリボーに対し、漱石はそう簡単に分けられるものではないと述べていた。ジェイムズによる識閾下を対象とする考察によって、漱石には、情緒の記憶を構造的に捉える視野が得られていたのである[40]。

## 第七節　識閾下からくる情緒

漱石の小説では、登場人物の情緒の出所が、彼／彼女らの意識の十分に届かない所に設定されている。漱石は彼／彼女らの身体的印象を刺激するべく、他者から遺された文字（手紙、遺書、書物）や表象（書、書画、画）を彼／彼女らの周辺に置く。登場人物はそれらに知らず知らずのうちに反応し、埋もれていた情緒を呼びさます[41]。漱石は登場人物から見える小説内世界に「生命」が通うようにした[42]。『文学論』で「物の本性が遺憾なく発揮せられて一種の情緒を含むに至る時は即ち文学者の成功せる時なり」[43]と述べられたとおりである。小説家としての漱石は識閾下の情緒まで生息させようとしたのである。

漱石の小説における、記憶の呼び起こされ方に注目したい。登場人物の意識は現在時に知覚感覚的刺激を起こす鍵となる表象に出会い、ある印象または観念および情緒を持つ。それがかつての情緒を喚び起こし、忘れられていた印象または観念が現在時の意識の焦点へと昇ってゆく。それらと連合する観念や結合している情緒が「復起」する。(44)識閾下に追いやっていた印象や観念がその情緒とともに現在時の焦点へと昇ることで、漱石の登場人物は現在時の意識の変更を余儀なくされる。(45)これこそが漱石の描く生体の活動である。それは小説の外側で用意されたものではなく、内側から登場人物自身の持続によって、すなわち、小説内部の微視的な時間の積み重ねによって導かれる活動なのだ。

このような意識の焦点へ昇る記憶について、漱石の小説では多く検討されている。登場人物の周囲にある、なにげない言葉や事物が、情緒の再燃をもたらす契機をつくる。登場人物の心は、その対象をさらに読み込むべく共振する。個別的な持続はこうして実現する。

漱石が早くから読んでいたジェイムズ『心理学大綱』第九章では、「印象がいまにもやって来そうな方向の感じ」というのを取りあげ、そのような心理状態を表すのに、「聞け」「見よ」「待て」といった語しかないとされる。(46)この見解を受け、漱石は、言葉という「観念」を超えた事態や、身体による「印象」でしか把握できない事象を言い表したいと早くから考えていたと思われる。(47)そこへ、ベルクソンから「さまざまな印象の無限の浸透」(48)について示唆されたのだ。

名指すのに適当な言葉もない、しかし、たしかに生体に関与してくる力について見極めようと、漱石は「情緒」の動きに着目した。識閾下の「印象又は観念」に結びつく「情緒」をどのように、意識の識末へまた焦点へと駆け昇らせられるだろうか。

識閾下には「不合理」(49)な世界に息づく「情緒」がある。登場人物の意識はそれに勘づいていない。しかしながら登場人物の「印象」は、現在の脈絡では十分に意味づけられない「情緒」をもちあぐねており、そこへ識閾下から昇ってきた「情緒」が連合する。現在時の知覚感覚に基づく「印象」は、大きな変更を被らざるを得ない。漱石は、登場人物が振り捨てたにもかかわらず、回帰してくるそのような世界を「夢」と呼んでいる。

## 第八節　宗教と情緒

漱石は理論的根拠をもって、登場人物の「情緒」の喚起こそが文学の要であると認識していた。漱石の関心は現実と併走するもう一つの生の営みに及ぶ。

漱石はその「情緒」が識閾下で働き、潜在意識を動かしている例として信仰について考察していた。この知られていない事実についてここで検討しておきたい。

当時新興科学であった心理学にとって、宗教は欠くことのできない研究対象だった。リボー『情緒の心理学』では第二部第九章が「宗教的感情」である。また、ジェイムズ『宗教的経験の諸相』はエディンバラ大学における二十回にわたる講義に加筆されたものだが、ジェイムズ自身の緒言によれば「人間の宗教的素質に関する記述」で占められている。

漱石はこの『宗教的経験の諸相』から刺激を受け、多くのノートを残している。たとえば、力強い（powerful）感情（feeling）についてのジェイムズの説明をつぎのように記す。

○James ハ此 feeling ヲ説テ曰ク　your whole subconscious life, your impulses, your faith, your needs, your divinations have prepared the premises, of which your consciousness now feels the weight of the result 然リ誰カ之ヲ非定《ママ》セン唯此 feeling ガ powerful ナルガ故ニ之ニ従フベキカ従ハザルヲ善トスベキカノ問題ナリ

（1）此 feeling ハ時ニヨリ人ニヨリ異ナルヲ見ン推移シツ、アルヲ認メン

（2）此 feeling ニ順フ者ハ必ズシモ幸福ヲ得ザルヲ認メン

（3）此 feeling ハ reason ヲ以テ convince シ難キヲ云フモ、reason ニ服セザル可ラザル consciousness アルヲ認メン

○宗教ノ感情

（1）fear――awe――submission

――日本ノ神ノ如シ――sublime

（2）love ―― union ―― joy

――耶蘇ノ神ノ如シ―― security

（3）仏来レバ仏ヲ殺シ祖来レバ祖ヲ殺ス

―― independence ―― freedom expansion(50)

ジェイムズの言とされているのは『宗教的経験の諸相』第三講「見えないものの実在」からの引用である。(51) 識閾下の生活全体、すなわち、衝動、信仰心、要求、予感は、前提を準備している。意識はいま、その前提から導かれた結果の重みを感じている。このジェイムズの説に漱石は同意し、各人個別の感情の推移や、幸福との無関係、ならびに、この感情と理性との関係について挙げる。

つづいて「宗教ノ感情」がメモされている。（3）の「仏来レバ仏ヲ殺シ祖来レバ祖ヲ殺ス」とあるこれは、碧巌

集第十六則の「啐啄《そったく》の機」の「評唱」での雲門の言葉を直接的に指している。(52) 雲門は、釈迦が生まれて片手は天を指し、片手は地を指して、四方を見回し、「天上天下唯我独尊」と言ったその時に出くわしたなら、「一棒打殺与狗子喫却。貴要天下太平」（「一棒に打殺《うちのめ》し、狗子に与て喫《くらわ》却せしめん。貴《たつとぶ》らくは天下の太平を要《もとめ》ん」）と言ったという。それについて圜悟は「如此方酬得恰好。所以啐啄之機。皆是古仏家風」（「此の如く方《まさ》に酬得め格好なり。所以に啐啄の機、皆な是れ古仏の家風」）と評する。(53) つまり、釈迦の「天上天下唯我独尊」という言葉と同時に、釈迦を打ちのめすという応答ぶりがぴったりだとのことである。(54)

漱石はジェイムズの宗教論を媒介にして、自身のよく知る宗教について考察しつつ、信仰という感情について考えを深めていった。

さらに、漱石蔵書のジェイムズ『宗教的経験の諸相』への書き込みを見ると、ちょうど先に引いた第十講「回心」の、「幻視」を起こす感覚的な自動現象について述べた部分に、(55)「無尽燈論《むじんとうろん》ニ所謂幻境ナル者カ」と書き込んでいる。「無尽燈論」とは『門』にも出てくる東嶺和尚編輯『宗門無盡燈論』を指すであろう。それは禅書であり、「巻之上現境第三」では「現境」と「魔境」とが対比され、「魔境」に入ってしまう錯覚について記される。(56) 漱石はこの「魔境」を「幻境」と書き誤ったのであろう。ジェイムズは回心者の幻覚症状への心理学の注目について述べ、多くの症例を出す。漱石も、人間の知覚感覚的「印象」を動かす宗教を、人間を多層的に捉えるうえで注視していたと言える。(57)

漱石は上記のように、当時最先端だった識閾下に関する知識を手に入れていた。当時の心理学は潜在していた意識が上昇してゆく流れについての知見を矢継ぎ早に発表していた。ジェイムズはそれが宗教に関係してより劇的に現れる場合を論証したのである。漱石自身の禅に対する興味はよく知られているが、登場人物の生の「持続」を描き出そうとした漱石には、宗教が、現実の合理性と異なる秩序を持ちながら、現実に突入してくる現象として、大きな利用価値のある対象として映ったであろう。

ちょうど漱石が『門』を書き終え、修善寺の大患に至る一九一〇年（明治四十三年）の夏、病臥の漱石はジェイムズ『多元的宇宙』を読んでいる。その秋から社会主義者の取り調べの始まったことを、年末には大逆事件の公判が開始されたことを知る。内山愚堂は、漱石と正岡子規にとって先輩にあたる清澤満之(58)の創刊した『精神界』に拠っていた。当時、社会主義運動と仏教改革運動とは連関していた。漱石はそれらの経過を見過ごすわけにいかなかっただろう。

また、水川隆夫によって、清澤満之による精神主義運動が彼の死後、門下生に引き継がれた点、東京朝日新聞で漱石と同僚になった杉村楚人冠が浄土真宗における新仏教運動の中心メンバーであった点、さらに、やはり新仏教運動である無我愛運動に携わった安藤現慶《げんぎょう》がのちに漱石の木曜会に加わった点が明らかにされている(59)。

このように漱石の知人によって遂行されていた運動の傍らで、漱石は「文学的内容の形式」を模索していた。合理的に生活している人間の下に、それと別の情緒が醸造される。その潜在する情緒が決定的な時に動く。小説をつくる側に立てば、登場人物が感得する事象の委細を書きこむことで、意識と識閾下とがあたかも自律的に動いているように導きたい。仏教運動を解する思考の流れを持ちこむことで、限りなく「印象」に近い、激しい情緒をともなった「観念」を書くことができる。

ここで再度ベルクソン思想に対する漱石の共鳴を参照する。やはり漱石がアンダーラインを施す『時間と自由』第二章「意識状態の多様性　持続という考え」の一節である。

There is a real duration, the heterogeneous moments of which permeate one another; each moment, however, can be brought into relation with a state of the external world which is contemporaneous with it, and can be separated from the other moments in consequence of this very process.(60)

［拙訳］
異質な諸瞬間が相互に浸透しあう現実の持続というのがある。しかしながらその一つ一つの瞬間はそれと同時的な外部の世界の状態と関係しており、まさにこの作用の結果、他の諸瞬間から分離されうる。

「異質な諸瞬間」が「相互に浸透しあう」のが「持続」の本質だが、一方で、それらの各瞬間は「外部」との「関係」を個々に持つという。述べてきた漱石の問題意識に従えば、各人の時々刻々において、意識の焦点に（F＋f）があり、識末に（F＋f）があり、さらに識閾下にも（F＋f）がある。細分化して考えることで見えてくるのは、自己の現在と相容れない異質なものから受ける刺激である。

漱石は小説家になってより厳密に、生体を表現しようとした。登場人物の意識や識閾下に、どのように、意識に上らない印象や観念とそれに附く情緒とを潜伏させるか。漱石は潜在する情緒を時々刻々と動かしながら、自身の小説を微視的な持続で満たしたのである。

漱石の理論がいかに当時の知見を総合してつくられ、小説に活かされようとしたか、その内幕を解明した。小説世界の微細な事象によって、登場人物の情緒が刺激される。意識の届かない所に追いやっていた情緒が「復起」する。読者に読みすごされそうな微細な事象であっても、登場人物にとっては情緒の歴史の一部を動かす大きな対象として作られている。

これまで見逃されてきた、小説内の一景物にすぎないように見えることがらに本書は着目し、その文化史的背景を大きく拡げる。その登場人物に密着した時間の出現が捉えられる。

それらは小説の外側からあらかじめそこに置かれたような時間とは当然異なる。読者にとっても、単なる登場人物の日常生活を彩るだけに見えていたことがらの蓋を開ければ、奥から小説の時間が噴出してくる臨場感があるだろう。

## 第九節　書く・語る行為と情緒

本書で分析する小説のうち『彼岸過迄』『心』では、登場人物自身が語り手あるいは書き手になっている。この小説形式によって漱石はどのような戦略を立てていたのだろうか。

ある登場人物に、聴き手の体験あるいは当事者体験をさせたのちに、何かを書くあるいは語る行為をさせるとはどのような小説的意義があるのか。

この点も、情緒の記憶の問題を中心に据えれば、解くことが可能である。振り返る行為とは、経験した当時の強烈な情緒と印象とを束ねることである。他者の解釈が介在し、さまざまな言語的な観念が加わる。現在交渉中の出来事から受ける印象または観念そして情緒も関与する。語る、書く行為は、印象、観念、それらに附く情緒の往還運動を促す。濃厚な個別の時間が産出できるのである。これらはむろん、局外の語り手によって語られる時間とその内容の時間とのずれを見るといった方法から析出される時間とは質的に異なる。

新旧の印象が連合して身体に刻印し、言語的観念の授受がしきりに行われる。当時は意味づけられなかった印象が取り出され、言語による意味を付与され、当人は大きな情緒を感じる。

登場人物は語るため書くために見聞きし、考え、感じなおす。語るために書くために自身も生きてきた世界を見かえすとは、そこで使われていた言葉の再解釈を行うことである。かつての、言語的観念および情緒、また、身体的印象および情緒が、現在時のそれらすべてと互いにめりこむような具合で活性化される。登場人物自身の声が、筆が、情緒同士をつなぎ、そのあいだにある時間が小説の時間となる。登場人物当人にとって重要な、小説内部から湧きだした時間である。

本書は登場人物の内的必然性から小説の時間が生成するように漱石が目論んだと見て、登場人物による書く・語るといった行為が小説に果たす意味を明らかにしている。

以上述べてきたような漱石の理論的一貫性に則って、登場人物によって捉えられる世界――現実と併走する「夢」の世界も含む――に即して生みだされる微視的な時間を汲み出す作業を行う。この作業を通して、漱石が登場人物の記憶にどのような動きを起こさせ、小説を自律的に生動する世界として築きあげたかを証したい。

## 第十節　本書の目論見

本書は二部構成である。第一部「書ならびに画に記憶をもたせる」においては、登場人物の「夢」が代理表象を与えられている点に着目し、複数の時間の生成のしかたを裏付ける。さらに、登場人物が書画を再認識することで、現在時と記憶とのあいだに往還が生まれる過程を明かし、登場人物と絡んで動き出す小説の時間を考察する。第二部「思想の記憶」は、禅、浄土教、日蓮宗など、小説に取り込まれた宗教思想が、登場人物の記憶にどのように関わるかを示す。情緒とともに登場人物の印象または観念が動くことで広がる小説の時間について検討する。

漱石の小説において登場人物の記憶は、反復しつつ、違う印象、観念を付加され、その振幅を拡張してゆく。漱石は登場人物の日々の営みに紛れる小さな差異を、動きはじめた識閾下の徴候として描いている。登場人物は他者の言葉を掻きあつめる。現在時の印象と観念とで過去を増幅させ、情緒を掻きたてられる。ある登場人物は出所の分からない情緒に悩まされる。身体的印象の反応を手立てに、言語的観念を探すという過程が踏まれる。

漱石の小説では、どんな断片も孤立しては存在していない。本書が明らかにするのは、それらが「躍如として生あるが如く」[61]動いているさまである。小説内で、複数の微視的な時間が生成するさまを証明したい。五感では容易に捉えられない事象も文学の対象である。古典物理学では捕捉できないような時間も文学研究の対象とすべき時期がいま到来していると思う。

（1）『文学論』初版一九〇七年（明治四十年）、大倉書店、『漱石全集 第十四巻』岩波書店、一九九五年、二七頁。

（2）小森陽一はつぎのように述べている。「Fとfは、それぞれにおいても、また結合した場合においても、離散量的な実体として存在するのではなく、連続量的な運動として現象しているということになるだろう。しかもFとfはそれぞれにおいても常に可変的であると同時に、相互浸透的な動態であるということにもなる」（「文学論」『国文学　解釈と教材の研究』三九巻二号、一九九四年一月、『漱石論――21世紀を生き抜くために』三一七頁）。

（3）前掲『漱石全集 第十四巻』一七一頁。

（4）前掲『漱石全集 第十四巻』二七頁。

（5）先行研究のなかで客観的証拠を挙げて説明しえているのが小倉脩三による、ロイド・モーガン『比較心理学』の影響を述べた論考である。モーガンのその書は動物と人間との比較によって、人間の心理を科学的に分析しようとしている。そこでモーガンは「印象が、神経の刺激の直接的結果として焦点化されるのに対して、観念は、印象あるいは他の観念を介して間接的に焦点化される」と述べていることを小倉は指摘した（「Monoconscious Theory と『文学論』――ロイド・モーガン『比較心理学』の影響（一）」『国文学ノート　第三九号』成城短期大学日本文学研究室、一九九三年、九九頁）。しかし本章で見るように、「印象」と「観念」へのこのような定義はモーガンによって初めて提唱されたわけではない。ジェイムズを初めとする当時の心理学者はのきなみ、印象と観念とを同様の概念規定で用いている。よって、その規定がどこから来たかについてさらなる精査が必要であった。なお、福井慎二はモーガンと漱石との相違をまとめている（「『F＋f』の科学の前提――漱石『文学論』への私註」『国文学研究ノート』第三一号、神戸大学研究ノートの会、一九九六年十一月、一五―二八頁）。

（6）『文学評論』は漱石が東京帝国大学文科大学で一九〇五年（明治三十八年）九月から一九〇七年（明治四十年）三月まで

行った講義を訂正・書き直しのうえで、一九〇九年（明治四十二年）春陽堂から出版した。

（7）漱石文庫にヒュームの著作はない。失われたのだろう。『文学評論』には「『人性論』（倫理問題に向て実験的方法を試みたるもの）（*A Treatise of Human Nature, being an Attempt to introduce the Experimental Method of Reasoning into Moral Subjects.* Lond. 1738）」と取りあげられ、その内容が詳しく紹介されている（「文学評論」『漱石全集　第十五巻』岩波書店、一九九五年、七六頁）。

（8）David Hume, *A Treatise of Human Nature*, New York: Oxford University Press, 2000, p. 7.

（9）原文で大文字表記の部分を太字で示した。以下、同じ。

（10）「文学評論」『漱石全集　第十五巻』岩波書店、一九九五年、七六－七七頁。傍線は本文どおり。

（11）小森陽一は、漱石のいう「F」を「一方の端が身体知覚を媒介とした経験的領域に近接する最も『印象』度の高い領域に属し、他方の端が純粋に精神的かつ記号的な世界としての『観念』度の高い領域に属する、『焦点』化された『認識的要素』を構成する、可変的で往還的な運動」とした（『漱石を読みなおす』筑摩書房、一九九五年、九八頁）。

（12）太田三郎「漱石の『文学論』とリボーの心理学」『明治大正文学研究　季刊第七号』一九五二年六月、六八－七八頁。

（13）Theodule Armand Ribot, *The Psychology of the Emotions*, London: Walter Scott, 1897, (Kessinger Publishing's Rare Reprints), pp. vii－viii. 漱石は『文学論』で同書に基づいて議論を立てているが、漱石文庫にはない。失われたのだろう。ただ、漱石は留学時代のノートを残しており、そこに「Ribot 参考」とされたページ数は右の書と同じである。

（14）*Ibid.*, p. viii.

（15）前掲『漱石全集　第十四巻』一三八頁。

（16）前掲書、一三八頁。

（17）Ribot, *op. cit.*, pp. 273-274.

（18）前掲『漱石全集　第十四巻』一四二頁。

（19）前掲書、一四四頁。

（20）前掲書、一四六頁。

（21）前掲書、一六八頁。

(22) 漱石は*The Psychology of the Emotions*を『情緒の心理』と訳している。十一章は"The Memory of Feeling"という章題である。

(23) 前掲書一七三—一七四頁。漱石はそのリボーを引いたノートで、「茲ニハ revivability ヲ論ズ文芸ハ之ヲ revive スル道具ナレバナリ」と述べている（『漱石全集　第二十一巻』岩波書店、一九九七年、一八四頁）。小倉脩三は漱石のリボーに関するノートを分析し、リボーの revivability に関して漱石の記した「A-a, A-a, A-o」というメモが、『文学論』における、知的要素をアルファベットの大文字で、情緒的要素を小文字で表すという表記の特徴を示していると指摘した（「Monoconscious Theory と『文学論』」『国文学ノート』第三四号、一九九七年、五一頁）。

(24) 矢本貞幹は『文学論』について「鑑賞者と創作家との両面から文学を見てゐること」をその特徴とし、小説における「心理解剖の手腕」が「心理学書から学問的に磨きをかけられた」と推察している（『漱石の精神』秋田屋、一九四八年、三八、四二頁）。

(25) Hume, *op. cit.*, p. 11.

(26) 『漱石全集　第十四巻』一七四頁。

(27) 前掲書、二七頁。

(28) 漱石は『文学論』で*The Principles of Psychology*を『心理学大綱』と訳している。本書もそれにならう。漱石文庫には『心理学大綱』第2巻、『宗教的経験の諸相』『多元的宇宙』がある。漱石が『心理学大綱』第1巻も読んでいることは、つぎの二点より確実である。第一に、『心理学大綱』第1巻第九章「意識の流れ」にある、不明瞭な意識を明瞭な意識で捉えようとする状況について、『それから』で「ジェームスの云つた通り」（『漱石全集　第六巻』七三頁）とジェイムズの使った比喩がそのまま引かれるためである。第二に、『文学論』第四編第三章で、「Prof. James 曰く『同一の国語より成立し、文法上の誤りなき時は、全然無意味の文字の集合も咎められずに受け取らるゝこと屢《しばしば》なり』と。」（二九五頁）と引かれているが、これは、*The Principles of Psychology*, vol. 1 のやはり第九章における、"(…) if words do belong to the same vocabulary, and if the grammatical structure is correct, sentences with absolutely no meaning may be uttered in good faith and pass unchallenged." (p. 263) を訳したと考えられるからである。なお、『文学論』のこの訳文の原文はいままでその典拠が明らかにされたことがなく、『漱石全集　第十四巻』注解にも未収録である。漱石の所蔵する書は *The Principles of Psychol-*

*ogy*, vol. 2, London: Macmillan & Co., 1901 である。私は漱石手沢本と同じ版による、William James, *The Principles of Psychology*, vol. 1 & 2, New York: Dover Publications, Inc., 1950（=1890）を用いる。

（29）William James, *The Principles of Psychology*, vol. 1, New York: Dover Publications, Inc., 1950（=1890）, p. 654.

（30）漱石の一九一一年（明治四十四年）六月二十八日の日記に「昨日ベルグソンを読み出して」とある所から、同日の「文芸と道徳」という講演に、ベルクソンの*Time and Free Will* の影響がうかがわれる点について、大久保純一郎による指摘が早くからある（「漱石とベルグソン（一）——晩年の作品における時間の問題」『心』第二十三巻、一九七〇年四月）。

（31）Henri Bergson, *Time and Free Will: An Essay on the Immediate Data of Consciousness*, authorized translated by F. L. Pogson, N. Y.: Dover Publications, Inc., 2001, p. 108. この書は一九一三年にロンドンで出版されたGeorge Allen & Company の版に基づいている。漱石が購入していたのは同じくPogson 訳であるが、Library of Philosophy 叢書のS. Sonnenschein & Co. 1910 版である。なお、漱石は *Time and Free Will* の前扉に「文学書ノ面白イモノヲ読ンデ美シイ感ジノスルハ珍ラシクナイガ哲理学ノ書ヲ読ンデ美クシイト思フノハ殆ンドナイ、此書ハ此殆ンドナイモノ、ウチノ一ツデアル。第二篇ノ時間空間論ヲ読ンダ時余ハ真に《ママ》美クシイ論文ダト思ツタ」と記している（『漱石全集 第二十七巻』四一頁）。引用部もこの第二篇である。ベルクソンの著書に漱石が付したマークとアンダーラインとについて、重松泰雄「漱石晩年の思想」（初出『文学』一九七八年九月、一二月、一九七九年二月、『漱石　その新たなる地平』おうふう、一九九七年、三一〇―三七七頁）、ならびに、清水茂「漱石『明暗雙雙』と、そのベルグソン、ポアンカレーへの関聯について」（『比較文学年誌』第二十六号、早稲田大学比較文学研究室、一九九〇年三月）の調査が参考になる。

（32）Bergson, *op. cit.*, p. 83. この箇所も漱石がアンダーラインを施した箇所である。

（33）Bergson, *op. cit.*, p. 133.

（34）前掲『漱石全集 第十四巻』一七二頁。

（35）前掲書、一七四頁。

（36）前掲書、四八七―四八八頁。

（37）William James, *The Varieties of Religious Experience, A Study' in Human Nature*, New York: Dover Publications, Inc., 2002（=1902）, pp. 234-235. 漱石の蔵書するのは*The Varieties of Religious Experience*, London: Longmans,

Green & Co. 1902 である。私の用いた書も、New York、同出版社、同年発行の書を底本としており、頁も同じである。漱石はこの、Binet から Prince まで識閾下の研究者名に下線を付けている。

(38) 前掲『漱石全集 第十四巻』三二頁。

(39) 前掲書、四八八頁。

(40) フロイトは、リボーによる情緒の移行論をふまえつつも、「転移」として理論化した。フロイトは、患者に重大な影響を与えた他者とのあいだの事柄が、時間を経て、他の他者とのあいだで再演され、抑圧されていた記憶が復活するという現象を臨床で確認した（「感情転移の力動性について」原著一九一二年、古澤平作訳、『フロイド選集 第十五巻　精神分析療法』日本教文社、一九五八年）。

(41) 大野淳一は『文学論』を論じて、「個々の事象をつぶさに意識するまたは意識させることがただちに情緒の喚起につながるためには、当然ながら、まず意識主体とそれらの事象の間に、情緒を喚起するにたるだけの有意味的なつながりがなくてはならない」と指摘している（「漱石の文学理論について」『国語と国文学』一九七五年六月、三四頁）。

(42) 『文学論』ではつぎのように述べられている。文学者は「物の生命と心持ちを本領」としており、「其目指すところ」は「物の秩序的配置にあらずして其本質」にあるという（前掲『文学論』二四一－二四二頁）。

(43) 前掲書、二四二頁。

(44) 先述したように、ジェイムズはある事実を過去の出来事とみなすとは、多数の隣接したこととの連合体として考えられることだと言う。William James, *The Principles of Psychology*, vol. 1, New York: Dover Publications, Inc., 1950 (=1890), pp. 649-650.

(45) 中山昭彦は、逆に、「事件の現場を生きる」「意識」が「情緒に変容をもたらす」としている（「沈黙の力学圏――理論＝反理論としての『文学論』」『批評空間』第9号、一九九三年四月、一六七頁）。

(46) William James, *op. cit.*, pp. 250-251.

(47) 漱石は「思ひ出す事など」（『東京・大阪朝日新聞』一九一〇年（明治四十三年）十一月－一九一一年（明治四十四年）三月）の三章で、ジェイムズの哲学と、自分の文学上に抱く意見とが、「気脈」の通じている気がしたと言い、とりわけ、そのベルクソン思想の紹介部分に感銘を受けたと書いている（『漱石全集 第十二巻』岩波書店、一九九四年、三六四頁）。

（48）Bergson, *op. cit.*, p. 133.
（49）ベルクソンは「見かけの論理の下にある根本的な不合理」を示してくれる小説家を切望していた（Bergson, *op. cit.*, p. 133）。
（50）『漱石全集　第二十一巻』岩波書店、一九九七年、五五七頁。
（51）William James, *op. cit.*, p. 73. なお、この書で仏教はおもに第十六・十七講「神秘主義」で検討されている。
（52）『漱石全集　第二十一巻』の註で『臨済録』を引くのは妥当ではない。
（53）漱石も所蔵する『再鐫碧巌集』従巻一巻五乾、（小川多左衛門、一八五九年（安政六年））から引く。一九の表。
（54）『点頭録』で漱石が「自分は其時終日行いて未だ曽《かつ》て行かずといふ句が何処かにあるやうな気がした」というのが、『碧巌録』第十六則の句を指していることについては、加藤二郎『漱石と禅』（翰林書房、一九九九年、二二一―二二三頁）に指摘されている。
（55）William James, *op. cit.*, p. 251. 蔵書の書き込みも『漱石全集　第二十七巻』岩波書店、一九九七年を参照している。同書一六〇頁。
（56）『東嶺和尚編輯　宗門無盡燈論』上、愛知・矢野平兵衛、一八八四年（明治十七年）、一九頁。これは漱石の蔵書と同書である。白隠門下の東嶺圓慈は、一七五一年（寛延四年）にこの書をなした。信心の修行が述べられる。
（57）Thomas à Kempis, *Of the Imitaion of Christ* は当時世界的に流行した書であるが（漱石の蔵書には前扉に、「Jan. 2, 1901」とメモが残る）、その書に漱石は「Jesus by Truth and religion becomes philosophy. Truth is abstruct: but Jesus is concrete. The former is intellectual, the latter emotional therefore more poetical.」と書き込みをしている（前掲『漱石全集　第二十七巻』三八三頁）。
（58）漱石は安藤洲一『清沢先生信仰坐談』（一九一〇年（明治四十三年））を蔵書している。
（59）『漱石と仏教――則天去私への道』平凡社、二〇〇二年、一〇九―一一九頁。
（60）Henri Bergson, *op. cit.*, p. 110.
（61）前掲『文学論』二四二頁。

# 第一部　書ならびに画に記憶をもたせる

# 第一章　時間の産出――『それから』の論理

## 第一節　内在する「論理」

『それから』[1]は、主人公長井代助の文明批評ならびに代助に象徴される「高等遊民」的知識人の危機について論じられる傾向が長く続いた。[2]それらの諸論考はおもに主人公代助の思想を重視し、「《神経衰弱》的にならざるを得ない明治日本の知識人が必然的に直面させられざるを得ない不安」[3]といった同時代知識人の典型を見出す論法になっていた。

そのような研究動向を一変させたのが、吉田凞生による、代助が「〈情緒〉と〈神経〉すなわち〈感性〉の人」であるという指摘である。[4]以後、代助の神経について多く論じられるようになった。それらは、同時代の神経、感性に還元する方向へと進んでいる。[5]その分、『それから』自体において、吉田の言う感性の内実である情緒と神経の組織の考察についてはやや精密さを欠く。

また先行研究では、代助自身が強調する「論理」について正面から論じられることが少なかった。本章は、代助の「論理」が情緒や神経とどのように相互に働きかけあい、小説を導いているかを明らかにする。

この試みは同時に、これまでの『それから』論で指摘されてきた「層々累々とシフト」[6]してゆくことについての指摘を、代助の身体状況と交叉させて論じることとなろう[7]。なかでも井上百合子が、「層々累々とシフト」していくのは「二人の感情」であるとする点を引き継ぐ[8]。本章はとくに、『それから』という小説を進行させる論理を見出し、提示したい。

『それから』の主人公代助は、最終的に、友人の妻、三千代とともに生きることを決める。経済的にも社会的にも不利な選択である。それを知った彼の兄は「何《ど》んな女だつて、貰はうと思へば、いくらでも貰へるぢやないか」、「御前だつて満更《まんざら》道楽をした事のない人間でもあるまい。こんな不始末を仕出かす位なら、今迄折角《せつかく》金を使つた甲斐がないぢやないか」（十七の二）と声を張り上げる。そのときの代助の心中がこう語られる。「代助は今更兄に向つて、自分の立場を説明する勇気もなかつた。彼はつい此間迄全く兄と同意見であつたのである」（十七の二）。

「今」に至る変化、外部から見るだけでは読み解けない神経、情緒はどのような論理で形成されてきたのか。登場人物の「命」（二の二）を構成する要素が緊密化することで生成する小説の時間について明らかにしたい。

## 第二節　「それから」という語の作用

従来の『それから』論では、「それから」という語の意味は、その語の表れる二、三箇所程度が取り上げられるばかりであった[9]。しかし、その語はこの小説に数多く表れ、それらは全体的に機能し、『それから』における記憶の問題を提示している。

三千代の夫となった友人の平岡と再会して代助が彼に掛ける言葉として「それから、以後何《ど》うだい」（二の一）というのがある。それを引いて斉藤英雄がこの「それから」とは平岡と三千代とが結婚し、東京を去って以降の謂いだとした。[10]まず、それは小説内事実の見極めとしても、やや正鵠を欠く。なぜなら、三千代と結婚し、京阪地方に行った平岡は、はじめのうち代助と頻繁に手紙を交わしており、その頃の平岡の近況は代助も知っていて、訊く必要がないからである。しかし一年後あたりからは手紙の往来が稀になっていたため、代助が訊くとすれば、それ以降のことである。

注意したいのは、この「それから」という語に「それ」という指示詞が含まれている点である。現代日本語の指示詞の研究は、幕末の開港後来日した外国人によってなされた。[11]一八七七年（明治十年）にW・G・アストンという日本学者が ***A Grammar of the Japanese Written Language*** の増補第二版を出す。そこでは「それおよびその」の最も一般的な用法はそれらがちょうど述べられたばかりのことを指す場合である。それが話しかけられた人間の心に生き生きと残っていると考えられるからである」と述べられている。[12]つまり「それ」は相手の心に現在のものとして残っている対象を、話しすすめてゆくにあたって指す語である。[13]これまで『それから』論で留意されてこなかったこととして、「それから」という語が使われることによって、登場人物の内側にある何かが実体化し、以後へ運ばれる運動があるのではないか。

この考察にあたって考えていかなければならない「それから」の言葉の地平には、第一に、登場人物同士の言葉のレヴェル、第二に、小説から読者へ伝わる言葉のレヴェルと、少なくとも二つのレヴェルがある。それぞれの言葉のレヴェルで、「それから」の「それ」の中身が充填される。この語の働きがどれほど小説を動かしているかについて検証してゆきたい。

代助による平岡への「それから、以後何うだい」（二の一）は、両者間でその「それ」が何を指しているのかがはっきりしている。前述のとおり、手紙を交換しなくなって以後の消息を訊いている。しかし、読者に対してはそれがすぐに示されるわけではない。当事者間にしか分からない「それから」に読者をどう導くか。これが漱石の実験的試みの一つであり、随時論及してゆく。

読者ははじめ、代助が「逢ふや否や此《この》変動の一部始終を聞かうと待設けて居た」（二の二）とあるために、「此変動」（二の二）、すなわち、地方で職を得ていた平岡が職業替えして東京に戻ってきたことが、代助の訊こうとした「それから」であったのかと思う。

しかし、平岡夫婦が帰京するまでの手紙の遣り取りで、手紙を稀にしか出さなくなったのちも代助は「ある事情があつて、平岡の事は丸で忘れる訳には行かなかつた。時々思ひ出す。さうして今頃は何うして暮してゐるだらうと、色々に想像して見る事がある」（二の二）という。平岡と再会して最初に三千代のことを尋ねようとして「（……）夫《それ》よりか君の」（二の一）と言いかけて「細君」という言葉を呑みこんだと示されているから、「ある事情」とは、三千代に関することだと分かる。

ならば代助の知りたい「それから」の中身は、とくに平岡の「細君」になってしまった三千代に関する何かであろうと、埋められる。促される作業はこれに留まらない。「それ」の中身としてさらなる充塡が求められている。

三千代が来訪し、彼女が直に代助に話した内容に、「三千代は東京を出て一年目に産をした。生れた子供はぢき死んだが、それから心臓を痛めたと見えて、兎角《とかく》具合がわるい」（四の四）ということがある。これによって読者は、冒頭の、胸に手を当てて心臓の鼓動の様子を調べる、代助の「近来の癖」（一の一）を思い起こす。代助の癖は、三千代が出産後に心臓を痛めたことをその稀な行き来の手紙で知ったのちに形成されたとみなせる点から、「それから、以後何うだい」の「それから」の、代助が最も訊きたかった内容を判断できる。それは、近況報告のなかったころ、病んだらしい三千代について尋ねる「それから」だった。

ならば、見事と言ってもよいと思うが、三千代が話し、代助が認識したと察せられるこの叙述に使われている「それから」とは、「それから、以後何うだい」（二の一）の「それから」と時期的にも内容的にも合致するように作られている。

さらに、登場人物のレヴェルでこの「それから」を見れば、また異なる内容が「それから」に注ぎ込まれていると分かる。代助が平岡に持ちかけた話題で、平岡夫婦の死んだ子供のことが出てくるが、「（……）まだ後は出来ないか」（二の五）と代助が問うと、平岡は三千代の身体が悪いからもう駄目だと答えている。くわえて、平岡は自分の「変動」（二の二）の発端を話す。関という男が芸妓と関係して会計に穴をあけ、平岡が支店長の金を借りてそれを埋めたという。どうして関が直接支店長に金を借りないのかと尋ねると、平岡が黙るので、三千代の罹患以後、平岡自身が芸妓を相手にしていたと想像しうる。平岡の話を聞いた後の代助にとって、「それから」どうなっていたのかという疑問は、より具体的に、旅宿で逢った三千代の顔色の悪さの原因を探すべく代助の心理内で発展を遂げている。そのうえで、代助は、ひとりで訪問してきた三千代から、出産、子供の死、「それから心臓を痛めた」（四の四）ことを聞き出すのである。

「それから、以後」どうなったのかという登場人物の問いはこの小説内部の根本問題である。時々刻々と登場人物がその問いを強めてゆくのだ。

では、三千代が代助宅を訪問した折りを見て、登場人物間のレヴェルにおける「それから」の意味作用をさらに検討したい。

> 汽車で着いた明日《あくるひ》平岡と一所に来る筈であつたけれども、つい気分が悪いので、来損《きそく》なつて仕舞つて、それからは一人でなくつては来る機会がないので、つい出ずにゐたが、今日は丁度、と云ひかけて、句を切つて、それから急に思ひ出した様に、此間来て呉れた時は、平岡が出掛際だつたものだから、大変失礼して済まなかつたとい

ふ様な詫をして、

「待つてゐらつしやれば可かつたのに」と女らしく愛想をつけ加へた。けれども其調子は沈んでゐた。尤も是は此女の持《もち》調子で、代助は却つて其昔を憶ひ出した。(14)（四の四）

三千代は最初の「それから」の「それ」を、平岡と代助宅に来る機会を逸した時として用いている。「から」を加えて考えるなら、その時より「今日」まで、なぜかひとりで来るのがはばかられたという三千代の情緒の動いていた期間が指されていた。この「それから」には三千代の情緒の動きが含まれている。

後の方の「それから」はその機微を引き継ぎ、代助との関係を現出する。三千代の言う「此間」について代助の思いがこう語られていた。彼は、平岡と別れて後、旅宿に行って「三千代さんに逢つて話しをしやうか」と思ったが、「気が咎めて行かれなかつた。勇気を出せば行かれると思つた。たゞ代助には是丈の勇気を出すのが苦痛であつた」（四の三）と。ひとりでいる三千代に逢いに行くのは「勇気」の必要な何かであると思われている。すると、三千代が右のように「それから」と言うのを代助が聞いた途端に、この語はふたりの情緒をつないで時間を遡る語になる。代助と三千代とは、平岡夫婦が汽車で東京に着いた明くる日から二人きりで逢うのがためらわれる関係として打ち立てられる。「それから」の行う、書き換え作用とでもいってよい働きである。

さらに同日、三千代は平岡の借金を返済する金の工面を代助に頼む。借金のできた理由について三千代は「夫《それ》以上を語らなかつた」とある。代助も「夫以上を聞く勇気がなかつた。たゞ蒼白い三千代の顔を眺めて、その中に、漠然たる未来の不安を感じた」（四の五）とある。「それから」以降の夫婦仲について踏み込んで聞く勇気に欠ける代助はすでに、「それから」以降の情緒を三千代と共有している。

このように「それから」を軸に登場人物や読者の意識が運動するようしくまれる。通常の小説において「それから」は物語を先へ送る役割を果たすばかりである。[15] 対してこの小説において「それから」は、あたかも主たる登場人物の情緒を牽引し、その輪郭を露わにする。

代助と三千代とが共有している「それから」は、彼女に頼まれた金策について代助が「それから二三日」（五の三）自宅で考え込むという具合に引き継がれてゆく。

代助が三千代を「細君」と呼ぶことができずに言葉を呑み込んで回顧が始まったように、代助の現在の知覚感覚が探りあてる「それから」について、もう一例見ておきたい。代助が実家から今の宅に移りたての時分のことが振り返られている。そのころはまだ銭湯に行っていたという。現在、彼は自宅の湯に浸かりながら「何の気なしに右の手を左の胸の上へ持つて行つたが、どん〳〵と云ふ命の音を二三度聞くや否や」（七の一）ドイツの生理学者、E・H・ウェーバーのように随意に変化できるようになりそうな状態を恐れている。さらに、茫然と自分の足を見詰めて、「自分とは全く無関係のものが、其所《そこ》に無作法に横はつてゐる様に思はれて来た」（七の一）とある。このあたりから、代助は自宅に風呂を買って以降、風呂でも右手を左の胸へ持っていって心臓の鼓動を試験する癖ができたのである。

このとき読者は、この小説の冒頭で登場する「それから」へと代助の身体を媒介にして送り返される。その部分はこうである。

寐ながら胸の脈を聴いて見るのは彼の近来の癖になつてゐる。動悸は相変らず落ち付いて確に打つてゐた。彼は胸に手を当てた儘《まま》、此鼓動の下に、温かい紅の血潮の緩く流れる様を想像して見た。是が命であると考へた。自分は今流れる命を掌《てのひら》で抑へてゐるんだと考へた。それから、此掌に応へる、時計の針に似た響は、自分を死に誘ふ警鐘の様なものであると考へた。此警鐘を聞くことなしに生きてゐられたなら、——血を盛る袋が、時を盛る袋の用を兼ねなかつたなら、如何《いか》に自分は気楽だらう。如何に自分は絶対に生を味はひ得るだらう。（一の一）

ここで「それから」によって、「考へた」二つの内容が結ばれる。一つは、流れる血潮を想像し、流れる命を掌で抑えていると考えたこと、もう一つはその「響」が「死に誘ふ警鐘の様なものである」と考えたことである。読者には登場人物の「血を盛る袋」の「時」の「響」が、「それから」という語とともに届けられる。

先の場面に戻れば、代助が抱く、「命の音」を変化できそうな怖さ、自分の足への違和感、髪剃による「むづ痒い気持ち」などを経て、代助は「斯う頭が妙な方面に鋭どく働き出しちや、身体の毒だから」（七の一）という思いに達する。つづいて三千代の事が気に掛かるのを「不徳義」には感じられないとされたうえで、あたかも代助の思いが、三千代と知り合いになった「四五年前」へと遡るかのような語り口で、回想内容が差し挟まれる。

回想されるのは平岡と三千代との結婚、ならびに夫婦が東京を去った時点までである。注目すべきは、平岡と三千代との結婚にさいして「身体を動かして、三千代の方を纏《まと》めたものは代助であつた」（七の二）とある点である。記憶の底から湧きあがる自分の「身体」への嫌悪感が、現在の代助にとっての身体への違和感を形成する。そのとき、代助の現在の身体的印象あるいは観念を通して、彼の身体の時間、すなわち、「時を盛る袋の用」を兼ねる「血を盛る袋」がこの小説の前面におどり出る。

彼の「身体」は二重の時間を提示する。第一は、三千代を平岡へ周旋した忌むべき身体の再問題化である。第二は、「命」を宿し、出産し、死なせると同時に自らの心臓を患った三千代に共鳴する身体の再問題化だ。こうして代助の「近来の癖」は、「癖」から引き離され、彼の意識の俎上に昇り、わざわざ試みる動作へと変化してゆく。その「癖」は、彼の「身体」の記憶を開く扉であった。

## 第三節　「それから」と「何時から」の効果

『それから』は身体の感覚に導かれながら代助が自分の時間を統合してゆくとき初めて、自らの「心」の深層に打ちのめされるように展開する。「心の底を能く見詰めてゐると、彼の本当に知りたい点」は、平岡「夫婦の腹の中」（七の三）であるとされ、それを探れない以上、代助は三千代に金を貸して満足させたいと考え、嫂に金の相談をする決心が付く。

代助が嫂から送ってもらった二百円を三千代に持って行ったとき、三千代は彼の最も知りたかった「夫婦の関係」を話す。それは三千代が結婚した三年間において代助が把握していなかった「それから」である。空白期間を埋めることができた彼は、三千代に「昔の様に元気に御成んなさい（……）」という具合に「勇気をつけ」（八の四）る。その後、三千代が代助宅を訪ねたとき、彼は昼寝中だった。三千代が再びやって来るまでの代助の意識がなぜあれほどまで念入りに語られるのか。その叙述の目論見を明かしたい。

平岡の言に反して三千代がなかなか来ずに代助は「空虚な感じ」（十の二）を覚えていた。江戸川を渡りきらずに橋のうえで彼は「それから其光〔引用者注：水の光〕の細くなつた先の方に、高く聳《そび》える目白台の森を見上《みあげ》て見る」（十の二）。この「それから」は、「桜の散る時分」から「今」の「緑蔭の時節」（十の二）までのあいだに橋を渡りにくくなってしまったという情緒を引き受けている。その情緒が三千代を待つ現在に注ぎ込む。

彼女を待っている代助の過敏な神経がつぎのように表される。「すると勝手の方で婆さんの声がした。それから牛乳配達が空壜を鳴らして急ぎ足に出て行つた。宅のうちが静かなので、鋭どい代助の聴神経には善く応へた」（十の三）。三千代の声と足音とを待つ、つのる思いの表現として「それから」が用いられている。

読者に対応するレヴェルではまたしても小説冒頭へと送り返される。この小説はつぎの一文から始まっていた。

「誰か慌たゞしく門前を馳けて行く足音がした時、代助の頭の中には、大きな俎下駄《まないたげた》が空から、ぶら下つてゐた」（一の一）。三千代を待ち受ける思いで、代助が冒頭部から充たされていたかのように、塗り替えられる。

代助は「人の細君」を待ち受けてしまうという「自己の没論理」に恥じるものの、それが「唯一の事実である」と思っている。その後、「それから三千代の来る迄、代助はどんな風に時を過したか、殆《ほと》んど知らなかつた。表に女の声がした時、彼は胸に一鼓動を感じた」（十の三）と来る。この「それから」は、彼の陥っている、三千代を求めて自らを抑えてきた「桜の散る時分」から「今」までの「没論理の状態」を受けて、ここに生じている。「情緒の支配を受け」やすい彼の「神経」ならびに「心臓の作用」がすべて三千代からの刺激に起因することをこの「それから」は示し、大きな効果を上げている。

過去から現在にかけての、代助の情緒や神経の秘められた進行と結合とを現し、この「それから」がある。代助の現在時から伸びる情緒あるいは神経はすべて「それから」を介して三千代に関係しているかのごとく読者に伝わる。

三千代は「大きな白い百合」（十の四）を提げてやってくる。その「甘たるい強い香」に堪えられない代助が三千代とつぎのような言葉を交わす。

> 「此花は何うしたんです。買て来たんですか」と聞いた。三千代は黙つて首肯いた。さうして、
> 「好い香《におい》でせう」と云つて、自分の鼻を、瓣《はなびら》の傍迄持つて来て、ふんと嗅いで見せた。代助は思はず足を真直《まっすぐ》に踏ん張つて、身を後《うしろ》の方へ反らした。
> 「さう傍で嗅いちや不可《いけ》ない」

「あら何故」

「何故つて理由もないんだが、不可ない」（……）

「僕に呉れたのか。そんなら早く活《い》けやう」と云ひながら、すぐ先刻《さつき》の大鉢《おおはち》の中に投げ込んだ。（……）

「さあ是で好《い》い」と代助は鋏《はさみ》を洋卓の上に置いた。三千代は此不思議に無作法に活けられた百合を、しばらく見てゐたが、突然、

「あなた、何時から此花が御嫌《おきらい》になつたの」と妙な質問をかけた。

昔し三千代の兄がまだ生きてゐる時分、ある日何かのはづみに、長い百合を買つて、代助が谷中の家を訪ねた事があつた。其時彼は三千代に危しげな花瓶の掃除をさして、自分で、大事さうに買つて来た花を活けて、三千代にも、三千代の兄にも、床へ向直《むきなお》つて眺めさした事があつた。三千代はそれを覚えてゐたのである。

「貴方だつて、鼻を着けて嗅いで入らしつたぢやありませんか」と云つた。（十の五）

百合の香を傍で嗅ぐことを注意する代助に、三千代は「あら何故」と言い、また、「あなた、何時から此花が御嫌になつたの」と問い掛ける。先の「何故」に「理由もない」と答える代助だが、「何時から」と問われることによって、その理由に行き当たるまで回顧が行われる。

二人の記憶が「三千代の兄がまだ生きてゐる時分」へと遡る。代助が百合の香に堪えられない気のしてしまう理由は、後に、代助が三千代に告白しようとした場面において露わになる。ここでは三千代の「何時から」によって、代助が振り返って「それから」と辿る記憶の道が、現在時からさらにいっそう過去へと大幅に延長されたことを確認しておきたい。(16)

三千代が白百合を持ってやってきたのはその日偶然思いついたのではない。その花を買ってきた神楽坂には「此間

から一二度」出て「此前も寄る筈だつた」とハンケチで口の辺を拭きながら話している。「心臓の方は、まだ悉皆《すっかり》善くないんですか」と代助が尋ねると、「悉皆善くなるなんて、生涯駄目ですわ」と答えるのだが、そのとき三千代は「繊い指を反して穿めてゐる指輪を見た」という。つづいて「それから、手帛を丸めて、又袂へ入れた。代助は眼を俯せた女の額の、髪に連なる所を眺めてゐた」（十の五）とある。

つまり、「手帛」を袂から出して袂へ入れるまでの間に、三千代は、代助の気遣いを受けて自分の身体について話し、その話を「指環」につないでみせる。(17) 三千代のはめている指環のうち一つは、三年前代助から結婚祝いとして贈られたものだ。

「それから」という語によって、三千代の指環を見つめる行為と、彼女の身体についての話とがこの語をなかだちとして結ばれるように代助の眼に映じる。代助の「気の毒」な思いを介した、三千代の思いと身体の時間がここに創出される。

## 第四節　「それから」の「論理」

代助にとっての「唯一の事実」とは「没論理の状態」（十の三）であり、「自己の本体」（十の三）に即している。代助はこの「没論理の根底に横たはる色々の因数」をよく承知していたという。「それから」の「それ」とは何であり、どのような経緯で「自己の本体」が形成されているのかと彼が問うとき、情緒や神経で組織された因果の式が彼の生に組み込まれる。

三千代を待ち受ける「没論理」こそ彼の「論理」であるという対義結合は、その式がきわめて個人的なものであるとの宣言に他ならない。「それから」という語は、登場人物の生に、固有の因果を持ち込む役割を果たしたのである。

「自己は何の為に此世の中に生れて来たか」（十一の二）と代助は考える。代助は自己存在を成り立たせる原因あるいは目的を探っている。彼は「自己存在の目的は、自己存在の経過が、既にこれを天下に向つて発表したと同様」（十一の二）と考えてきた。にもかかわらず、「其遂行の途中で、われ知らず、自分のとうに棄却した問題に襲はれて、自分は今何の為に、こんな事をしてゐるかと考へ出す事がある」という。「餓えたる行動は、一気に遂行する勇気と、興味に乏しいから、自ら其行動の意義を中途で疑ふ様になる」（十一の二）という。彼曰く、そうなると「論理の迷乱」が引き起こされ、「行為の中途に於て、何の為と云ふ、冠履《かんり》顛倒《てんとう》の疑を起させる」（十一の二）わけである。

「自己存在」をめぐる「論理の迷乱」後、代助に降りてくるのが、三千代に逢うことである。つまり、代助の「自己存在」の為の「論理」は三千代によって一貫する。

> 彼は今此書物の中に、茫然として坐つた。良《やや》あつて、これほど寐入《ねい》つた自分の意識を強烈にするには、もう少し周囲の物を何うかしなければならぬと、思ひながら、室の中をぐる〳〵見廻した。それから、又ぽかんとして壁を眺めた。が、最後に、自分を此薄弱な生活から救ひ得る方法は、たゞ一つあると考へた。さうして口の内で云つた。
> 「矢つ張り、三千代さんに逢はなくちや不可ん」（十一の二）

現在の「存在経過」では「自己存在」を示しえていないという彼の意識が、「それから」の「それ」の指す内容である。これまで彼の情緒と神経とを一方向へ流してきた「それから」という語に導かれ、三千代に逢う決定がなされる。この「それから」は、代助の「存在」に三千代からの因果の線を引く役割を果たす。

「それから」の重みは登場人物のうえに増してゆく。代助の意識および情緒あるいは神経を組み込んだ「それから」によって小説が構造化されている。同時に、読者に対しても「それから」の重みが増すよう作られている。

代助が三千代に逢うことを決心してから、「実を云ふと」と明かされるのは、代助がその後、三千代にどのくらい逢おうとしたか、また、逢うのを避けようとしたかである。「それから三千代にも平岡にも二三遍逢つてゐた」（十一の四）、「夫から以後は可成小石川の方面へ立ち回らない事にして今夜に至たのである」（十一の四）。三千代が白百合を携えて代助宅に来てから、三千代に逢う逢わないということが代助にとってどれほど大きな問題になっていったかということを、読者は「それから」「夫から」とともに知らされる。

三千代に逢いにいったが平岡夫婦が留守で、実家から呼び出され、見合いのために歌舞伎座に誘き出された日の晩、代助は赤坂に行くのだが、翌日「渝らざる愛を、今の世に口にするものを偽善家の第一位に」考えながら不意に、三千代の姿が頭に浮かぶ。

> 其時代助はこの論理中に、或因数《ファクター》を数へ込むのを忘れたのではなからうかと疑つた。けれども、其因数は何うしても発見する事が出来なかつた。すると、自分が三千代に対する情合《じょうあい》も、此論理によつて、たゞ現在的のものに過ぎなくなつた。彼の頭は正にこれを承認した。然し彼の心《ハート》は、慥かに左様だと感ずる勇気がなかつた。（十一の九）

彼が「甲から乙に気を移し、乙から丙に心を動かさぬものは、感受性に乏しい無鑑賞家である」とし、「愛」は「渝」ると断定してみたとき「突然」、彼の頭の中に「三千代の姿」が浮かぶ。三千代への「情合」が現在的に過ぎないなどとは、「彼の心」が承認しない。

小説は巧みに彼の三千代への「情合」が「たゞ現在的なもの」でないように導いてきた。代助は父親が与えたと主張する「存在」や「天賦の情合」（三の二）を退け、「自己存在の目的は自己存在の経過が、既にこれを天下に向つて発表したと同様」と考えてきた。その彼に「それから」という「自己存在の経過」（十一の二）を示す語の持つ効力が及ぶ。彼の時間を導きだすのは三千代への「情合」（十一の九）であるとほぼ明らかになったのである。

彼が始めてしまったのは、三千代への愛が「渝らざる愛」であるための「因数」探しである。もはや、代助にとって引き返すことのできない現実として、小説内的「因数」ができあがっている。読者は登場人物の思考が情緒や神経と絡んで駆動する現場を読まされているのだから、読者の目の前で生じた小説内的因果は、必ず明らかにされることが期待される。

代助はまず平岡と三千代との、日毎に進行しつつある「疎隔」（十三の四）について考える。彼は、自分という第三者のせいか、あるいは、三千代の病気、子供の死亡、平岡の遊蕩、平岡の会社員としての失敗、彼の放埒からの経済事情のせいかと原因を探してゆく。

> 凡てを概括した上で、平岡は貰ふべからざる人を貰ひ、三千代は嫁ぐ可からざる人に嫁いだのだと解決した。代助は心の中で痛く自分が平岡の依頼に応じて、三千代を彼の為に周旋した事を後悔した。けれども自分が三千代の心を動かすが為に、平岡が妻から離れたとは、何うしても思ひ得なかつた。
>
> 同時に代助の三千代に対する愛情は、此夫婦の現在の関係を、必須条件として募りつゝある事もまた一方では否み切れなかつた。三千代が平岡に嫁ぐ前、代助と三千代の間柄は、どの位の程度迄進んでゐたかは、しばらく措くとしても、彼は現在の三千代には決して無頓着でゐる訳には行かなかつた。彼は病気に冒された三千代をたゞの昔の三千代よりは気の毒に思つた。彼は小供を亡くなした三千代をたゞの昔の三千代よりは気の毒に思つた。

彼は夫の愛を失ひつゝある三千代をたゞの昔の三千代よりは気の毒に思つた。彼は生活難に苦しみつゝある三千代をたゞの昔の三千代よりは気の毒に思つた。但し、代助は此夫婦の間を、正面から永久に引き放さうと試みる程大胆ではなかつた。彼の愛はさう逆上してはゐなかつた。（十三の四）

ここで初めて、「三千代を彼の為に周旋したこと」への明確な「後悔」が出てくる。三千代の病、子供の死、夫の不実、生活難といった三千代の陥っている状況が原因となり、結果として「三千代に対する愛情」が募りつつあるという。甲から乙へ、乙から丙へ気を移し、心を動かすのが都会人であると考えていた彼であるが、同じ女の局面局面に自然と「愛情」が湧いてしまうとされているわけである。それはつまり、同じ女の甲、乙、丙それぞれに気の毒な思いを抱き、その彼の「情合」の経過がすなわち「自己存在の経過」になるということだ。「それから」という語の働きがこうして現実化している。

代助は彼の贈った指環も他の指環も質に入れたらしい三千代に、勘定もせず紙幣を与える。ふたたび訪ねた日、三千代から、代助の贈った指環だけを質から請け出したことを知らされる。また、北海道にいる三千代の父からの、東京の方へ出たいと言って寄こした手紙を見せられた。そのうえで彼女から「何だつて、まだ奥さんを御貰ひなさらないの」（十三の四）と問われるのだが、彼はそれに答えられない。

しばらく黙然《もくねん》として三千代の顔を見てゐるうちに、女の頬から血の色が次第に退ぞいて行つて、普通よりは眼に付く程蒼白くなつた。其時代助は三千代と差向で、より長く坐つてゐる事の危険に、始めて気が付いた。自然の情合から流れる相互の言葉が、無意識のうちに彼等を駆つて、準縄の埒を踏み超えさせるのは、今二三分の裡《うち》にあつた。代助は固《もと》より夫より先へ進んでも、猶素知《なおそし》らぬ顔で引返し得る、会話の方を心得てゐた。

（……）少なくとも二人の間では、尋常の言葉で充分用が足りたのである。が、其所《そこ》に、甲の位地から、知らぬ間に乙の位置に滑り込む危険が潜んでゐた。代助は辛うじて、今一歩と云ふ際《きわ》どい所で、踏み留まつた。（十三の五）

甲から乙へと「二人の間」はいつのまにか発展しているという。これは三千代の直面したいくつもの不幸にそのつど応対してきた代助の行為に、三千代が応えることで「滑り込」んだ経緯である。代助が、あのときそれからどうしたと振り返っていくとき、一元化される。彼の解釈が彼らの行為を括る。読者は「それから」の作用の働きだすその瞬間に立ちあっている。

彼は、彼所《あすこ》で切り上げても、五分十分の後切り上げても、必竟は同じ事であつたと思ひ出した。自分と三千代との現在の関係は、此前《このまえ》逢つた時、既に発展してゐたのだと思ひ出した。否、其前逢つた時既に、と思ひ出した。代助は二人の過去を順次に溯ぼつて見て、いづれの断面にも、二人の間に燃る愛の炎を見出さない事はなかつた。必竟《ひっきょう》は、三千代が平岡に嫁ぐ前、既に自分に嫁いでゐたのも同じ事だと考へ詰めた時、彼は堪えがたき重いものを、胸の中に投げ込まれた。彼は其重量の為に、足がふらついた。（十三の五）

三千代が白百合を持って代助宅にやってきたとき発した、「あなた、何時から此花が御嫌になつたの」（十の五）が今になって代助に強烈に働きだしている。「何時から」「何だつて」という問いは、代助のそれぞれ個別の時を「それから」でつなぎなおすのだ。(18)「二人の過去」が「順次に溯」られる。この打撃を受けて、「それから二日程代助は全く外出しなかつた」（十三の五）とある。この「それから」は、「自然の情合」を自分の時間の構成原理として認めてしまって以降を指す。

代助の「情合」の自覚が、あの時それからこの時それから、いったい「何時から」であったかと順次遡るのとほぼ同時に、読者も、点在する「それから」を結んで遡上させられる。読者も小説の時間創出に貢献させられるのである。

## 第五節　ほどける抑圧

「自然の情合から流れる相互の言葉が、無意識のうちに彼等を駆つて、準縄の埒を踏み超えさせるのは、今二三分の裡にあつた」（十三の五）と自覚された「自然の情合」がどこまで遡上し、何を開示するかを明らかにしておきたい。代助が三千代にとうとう告白しようと決めたとき、百合の強い香による「嗅覚の刺激」のうちに、「三千代の過去」とそれに「烟のごとく」纏わる自分の「昔の影」（十四の七）を認め、胸の中でつぎのように言う。「今日始めて自然の昔に帰るんだ」（十四の七）。三千代を呼び寄せてから兄の菅沼との交際をさらに詳しく思い出している。[19]

三千代の兄は「妹の未来に対する情合と、現在自分の傍に引き着けて置きたい欲望とから」国から三千代を東京に連れてきた。「三千代が来てから後、兄と代助とは益親しくなつた」（十四の九）とあり、当時を振り返って見る毎に代助は「此親密の裡に一種の意味」（十四の九）を認めない訳に行かなかったという。「兄は存生中に此意味を私《ひそか》に三千代に洩らした事があるかどうか」は代助も知らなかったのだが、「三千代の挙止動作と言語談話からある特別な感じ」（十四の九）を得たという。続いて、菅沼が付けた代助の異名「arbiter elegantiarum《アービーターエレガンシアルム》」の「意味を兄に尋ね」たと回想されるのを見れば、兄と代助との「親密」の「一種の意味」についても三千代は同時に訊いていただろうと推測できる。

「あの時兄さんが亡くならないで、未だ達者でゐたら」（十四の九）と三千代が想定するのに対し、自分は別な人間になっていないと代助は答えるのだが、三千代はそれを「嘘」と言う。代助が告白したのち、「僕は三四年前に、貴方に左様打ち明けなければならなかつたのです」（十四の十）と言うのを聞いて、さらに三千代は「打ち明けて下さらなくつても可いから、何故」、「何故棄てゝ仕舞つたんです」（十四の十）と言っている。

すくなくとも三千代の感触においては、代助が菅沼の、三千代への「未来に対する情合」を引き継ぎ三千代を妻にするはずだったがそうしなかったということである。代助が三千代に白百合の香を嗅ぐ仕草を禁じ、「何故」ときかれて理由を言えなかったのは、白百合の香とともに封印してきた事柄が露わになったからだ。

三千代の仕草は、arbiter elegantiarum（趣味の審判者）たる代助の指導の産物である。その奥にさらに、「趣味に関する妹の教育を、凡て代助に委任した如く」であった菅沼との間に感じられた「一種の意味」が潜んでいたのだった[20]。

白百合の香の奥に、二重の意味が封じ込められている。arbiter elegantiarum が示した「意味」、ならびに、菅沼と代助との親密さの「意味」である。ゆえに、代助は三千代の百合を嗅ぐ振る舞いに拒絶の反応を示した。三千代が訳を問い、彼に自身の反応を意識化させる。白百合の香への嫌悪によって開いてしまった記憶とは、菅沼から託されていた「一種の意味」（十四の九）だったのである。

白百合の香を嗅ぐのを禁じた代助に対し、三千代は「何故」、「何だつてまだ奥さんを御貰ひになさらないの」と問う。この「何だつて」によって、代助が自らの「存在」理由の捜索が始まる。情緒の附着する「それから」を辿ってゆけば、このような封印していた自己存在に到達せざるをえない。

多層から成り立つ心は、各層のあいだで連絡が途絶えていた。本人の自覚が後れる。しかし、小説の言葉同士の連携によって、代助の意識の及んでいない部分が浮き彫りになる。三千代の局面局面に思わず代助の「自然の情合」

（十三の五）が湧いてしまうのは、じつは「自然の昔」（十四の七）に菅沼兄から託された、三千代の「未来に対する情合」（十四の九）が響いていたためだと判明する。「人の細君」である三千代が尋ねてくるのを待ち受けてしまう「没論理」の根底に横たわる「色々の因数《ファクター》」（十の三）、あるいは「論理」に「数へ込むのを忘れたのではなからうか」と疑ってしまう「或因数《ファクター》」（十一の九）が、こうして発見されるということだ。自分と三千代とを「一所に持ち来した力」（十四の十一）を見いだしてしまったのである。

読者もまた右のような言葉同士の連絡から代助の謎を解明するよう仕向けられている。そうであるがゆえに、代助が新聞小説「煤烟」に備わっていないと言う「情愛の力」、「内面の力」（六の二）をこの小説に感得してしまうのである。

この小説で具現化されているのは、第一に、ある事柄を押し隠そうとするとき、隣接したものもまた自分の目の前から追いやってしまうという、抑圧に関わる動きである。容易に封印の解かれない、人間の無意識の形象化である。第二に、識閾下から抑圧されていたものを立ち昇らせるさまを、言語と身体に即して忠実に描く試みである。しかも、読者の読む今において、言葉同士の連絡をつなぎつつ次第に現象するようしくまれている。

別の観点から言えば、登場人物みずからが自分の「存在」（十四の十一）の因数を捜しだすことで、小説の時間を発動させている。代助が突き詰めて考えることを怠っていた因数を三千代が「何故」と問いただす。また、誠実や熱心を人事上に応用できない「訳」（三の四）を父から問われたり、好きな女の名を嫂からきかれ、「何う云ふ訳か」（七の六）三千代の名が心に浮かんだりする。代助の「存在」を構成している「訳」がこうして集められる。彼がつまずきながら回収するそれら「訳」によって、小説の時間が過去へと伸びる。[21]

この小説の時間の実体が現れるのは、登場人物の心身の構造化と同時である。あらかじめ与えられた枠としての時間ではなく、時間がいまここで創出されつつあるかのようにつくられている。漱石小説に臨場感のあるゆえんである。

## 第六節　小説の発する時間

代助は三千代に対し、父から経済的援助を受けられないことが決定した「夫《それ》から以後の事情を打ち明ける事」(十六の二)に困難を感じる。この「夫」が指すのは、三千代の「未来」を引き受けることにした告白以降を指す。

　彼の頭の中には職業の二字が大きな楷書で焼き付けられてゐた。それを押し退けると、物質的供給の杜絶《とぜつ》がしきりに踊り狂つた。それが影を隠すと、三千代の未来が凄《すさま》じく荒れた。彼の頭には不安の旋風《つむじ》が吹き込んだ。三つのものが巴《ともえ》の如く瞬時の休みなく回転した。其結果として、彼の周囲が悉《ことごと》く回転しだした。彼は船に乗つた人と一般であつた。回転する頭と、回転する世界の中に、依然として落ち付いてゐた。(十六の二)

代助は菅沼が配慮していた「三千代の未来」を考えてゆかねばならない。「職業」、「物質的供給の杜絶」、「三千代の未来」が「巴」となって「回転」する。これまでつなげて考えられてこなかった「三千代の未来」(十六の二)と「自分の未来」(十六の四)とが、菅沼の「情合」の想起を契機として結びつく。

代助は三千代に事情を打ちあけるとき、「是から」と言う。「僕の身分は是から先何うなるか分らない」と打ちあけ、三千代に「是から先まだ変化がありますよ」と言えば、彼女は、「ある事は承知してゐます。何んな変化があつたつて構やしません。私は此間から、――此間から私は、若もの事があれば、死ぬ積で覚悟を極《き》めてゐるんですもの」と述べている。代助は戦きながら、「貴方に是から先何《どう》したら好いと云ふ希望はありませんか」（十六の三）と訊く。代助が平岡に会って解決を付けることにするのだが、それを彼は「是からの所置を付ける大事の自白」（十六の四）と述べている。

ここで、指示詞とは解釈により構成された「中間的・心的構造＝場に存在する対象[22]」に結びつくとした、高橋太郎「「場面」と「場」」の論考を参照したい。

> たとえば話し手と聞き手との中間に素材があるという場面でコソアド系が使われる場合、話し手がその素材を自分に近づけて場を構成する場合にはコ系が発言され、相手に近づけて場を構成する場合にはソ系が発言される[23]。

代助は自分と三千代に関する「是から」を三千代の前で問題化して口に出す。代助に差し向けられてきた「それから」、また、彼自身口にしてきた「それから」は、指示対象の場を構成し、代助の「存在」の「因数」を形成した。彼はそれを引き受け、後に引けない所まで来て、「是から」と、自分と三千代の場を構成する。

三千代は代助のその言葉に対し、「此間から」の「覚悟」を言う。代助がふたりの未来の場を構成するのに対し、彼女はそれを過去からの、死と隣りあわせの場として正しく言うのである。しだいに大きくなっていった代助の記憶の活動に、三千代の記憶が覆いかぶさる。「ソ系」から「コ系」への変化とは、ふたりの世界に関する記憶の意味の変化であり、ふたりで発言し、確認されたのちに後戻りはできない。

漱石の小説においては、複数の登場人物からそれぞれに動く相対的時間が発散される。それらは小説の言葉の上でまさに出会っている観がある。その遭遇は、たとえば、「そ」から「こ」へと運ばれる読者の読む今に出来事として起こっているのだ。

## 第七節 「存在」の因数

『それから』にはウィリアム・ジェイムズが引かれている。「自分の不明瞭な意識を、自分の明瞭な意識に訴へて、同時に回顧しやうとするのは、ジェームスの云つた通り、暗闇を検査する為に蠟燭を点したり、独楽の運動を吟味する為に独楽を抑へる様なもので、生涯寐られつこない訳になる」（五の二）とジェイムズの出した例が紹介される。その例が載るジェイムズ『心理学原理』の、同じ第九章「意識の流れ」の章に、つぎのような考察がみられる。

There is not a conjunction or a preposition, and hardly an adverbial phrase, syntactic form, or inflection of voice, in human speech, that does not express some shading or other of relation which we at some moment actually feel to exist between the larger objects of our thought. (……)

We ought to say a feeling of *and*, a feeling of *if*, a feeling of *but*, and a feeling of *by*, quite as readily as we say a feeling of *blue* or a feeling of *cold*. Yet we do not: so inveterate has our habit become of recognizing the existence of the substantive parts alone, that language almost refuses to lend itself to any other use.[24]

［拙訳］　人間の言語の接続詞、前置詞やほとんどすべての副詞句、構文、声の抑揚のうちで、私たちの思考が対象とするより大きな対象間に存在すると、私たちがある瞬間に実際に感じる何らかの陰影を表現していないものはない。（……）

私たちは青の感じ、冷たい感じと難なく言うのとまったく同じように、それからの感じ、もしの感じ、しかしの感じ、〜によっての感じと言うべきである。だが、私たちはそのようなことはしていない。私たちは、物質的な領域にある存在を認識する習慣があまりに根強いので、言語をその他の用法に用いることをほとんど拒んでいるのである。

『それから』に引かれているのは、意識の推移する状態を内的に観察するのが困難であることについてのジェイムズの巧妙なたとえである。ジェイムズは推移的部分の存在を重視し、事物間の「関係を知る感じ」があるはずだと述べ、右の考察を行う。言語でほとんど表現されないにしても、たしかに存在する関係や推移を示す「感じ」があると言う。この説に漱石は関心を持ったのではないか。ジェイムズの考察に刺激を受けて、ならば自分が「それから」の感じを小説に具現化しようと考えたのではないか。

三千代と切り離せない情緒や神経に絡むことが「それ」で指され、「それから」の感じが代助の内側に築かれる。三千代を自分と場面を共有する当事者として見て、代助はあのときの「それから」とこのときの「それから」とをつなぐ。「それから」の中身を充塡する「因数」が充実し、彼の「自己存在」(十一の二) の意味が解かれてゆく。現在時から遡行するあのときの「それから」は、重い意味を担って、代助の情緒と神経の記憶を切り開いてゆく。

三千代に対する代助の告白がつぎのような言葉であることに、従来、批判的な評が寄せられてきた。(25) しかし「それから」こそが彼の存在を形成する要として、また、三千代と代助とを結ぶ要として、この小説に張り巡らされ、働いていることを読み落としてきたからに違いない。

「僕の存在には貴方が必要だ。何うしても必要だ。僕は夫丈の事を貴方に話したい為にわざ〳〵貴方を呼んだの

です[26]」（十四の十）

以上、「それから」が代助の存在の因数としてこの小説の時間を形成する過程を分析した。

（1）『それから』は『東京朝日新聞』と『大阪朝日新聞』に、一九〇九年（明治四十二年）六月から同年十月まで連載された。

（2）亀井勝一郎「長井代助——現代文学にあらはれた智識人の肖像」『群像』六巻二号、一九五一年二月（『夏目漱石作品論集成　第六巻　それから』桜楓社、一九九一年）、猪野謙二「『それから』の思想と方法」（『岩波講座　文学の創造と鑑賞』一巻、岩波書店、一九五四年、前掲『夏目漱石作品論集成　第六巻　それから』）、高橋和巳「知識人の苦悩——漱石の『それから』について」（桑原武夫編『文学理論の研究』岩波書店、一九六七年、一四〇—一五五頁）。

（3）相馬庸郎「『それから』論」『国文学　解釈と教材の研究』一九六五年八月、前掲『夏目漱石作品論集成　第六巻　それから』三四頁。

（4）吉田凞生「代助の感性——『それから』の一面」『国語と国文学』五八巻一号、一九八一年一月、『漱石作品論集成　第六巻　それから』桜楓社、一九九一年、一一七頁。

（5）一柳廣孝「特権化される「神経」——『それから』一面」『漱石研究』第一〇号、翰林書房、一九九八年五月、三四—四四頁。藤井淑禎「『それから』の感覚描写」、前掲『漱石研究』第一〇号、四五—五七頁。

（6）「層々累々とシフト」というのは、漱石が、一九〇八年（明治四十一年）十月『早稲田文学』に寄せた「文学雑話」においての、ズーデルマンの小説を評した言葉である（『漱石全集　第二十五巻』岩波書店、一九九六年、二八七頁）。

（7）阿部次郎は『それから』の叙述法について、「背景の事件を前景の事件の発展に従つて少し宛てほのめかして程よき時分に浅黄幕を切つて落すやり方である。之は一方に読者の期待を緊張させて置く方便となり乍ら一方には人が或人物事件に就いて其知識を得る自然の順序にも協つてゐるのは面白い」と重要な見解を示している（「『それから』を読む」『東京朝日新聞』一九一〇年六月十八、二十、二十一日、『影と声』春陽堂、一九一一年、二四頁）。小宮豊隆は「加速度的に層層累累と最高潮に向つて行く、その経路の描写には少しも申し分はない」としている（『漱石の芸術』岩波書店、一九四二年、一七一—一七四頁)。

(8) 井上百合子「漱石と『それから』」(2)『日本女子大学国語国文論究』一九七一年二月、『夏目漱石試論——近代文学ノート』河出書房新社、一九九〇年、二六五頁。

(9) 内田道雄は、代助の「『それから』を問う姿勢」を見る。社会的な時間の層と日常的な時間の層と、「過去」と連続する時間の層のいずれに対しても代助がある身構えを示すことが「それから」を問う姿勢なのだという(「『それから』断想」『古典と現代』第五四号、一九八六年九月、『夏目漱石——『明暗』まで』おうふう、一九九八年、一五〇—一五五頁)。

(10) さらに、斉藤英雄は、三千代が「何故夫から入らつしやらなかつたの」(十五の二)を引き、二人の関係はこの「夫から」より新しい段階に入ったと指摘する(「『真珠の指輪』の意味と役割」『日本近代文学』二九集、一九八二年十月、『漱石作品論集成 第六巻』桜楓社、一九九一年)。

(11) 古田東朔「コソアド研究の流れ(一)」『人文科学科紀要』七一、東京大学教養学部人文科学科、『指示詞』(日本語研究資料集、第一期第七巻)ひつじ書房、一九九二年、七—三一頁参照。

(12) W. G. Aston, *A Grammar of the Japanese Written Language*, Second Edition, London: Trübner & Co., Ludgate Hill. Yokohama: Lane, Crawford & Co., 1877, p. 68. 拙訳。原文は"The most common use of *sore* and *sono* is where they refer to something which has just been mentioned, it being conceived as present to the mind of the person addressed." アストンについて漱石は『文学評論』(一九〇九年)の「第一編序言」で言及している(『漱石全集 第十五巻』岩波書店、一九九五年、五〇頁)

(13) エミール・バンヴェニストは、人称代名詞、指示詞、副詞、形容詞といった状況指示の指示子のことを、主辞を基準点としてそのまわりに空間的・時間的関係を組織するものと定義づけている。「これらの語が共通にもっている特徴は、これらが発語される話の現存との連関においてのみ、すなわちそこで言表するわたしに従属することによってはじめて、その特質が明らかにされるというところにある」とした(「ことばにおける主体性について」『一般言語学の諸問題』原著一九六六年、河村正夫・他訳、みすず書房、一九八三年、二四七頁)。

(14) 傍点は引用者による。以下同じ。

(15) E・M・フォースターは物語を進行させる「それから」についてつぎのように述べる。「まずストーリーがあり、それには〈それから……それから……〉という時間的順序がともないます、（……）」。『小説とは何か』原著一九二七年、米田一彦訳、ダヴィッド社、一九六九年、八四頁。

(16)　石原千秋が代助による物語編成について「思い出すことは、〈現在〉と〈過去〉とが相互に応答し合いながら、一つの物語を織り上げることでしかない。それは、無意識の領域にまで及ぶだろう」と述べている（「反=家族小説としての『それから』」『東横国文学』第一九号、一九八七年三月『反転する漱石』青土社、一九九七年、二三三頁。

(17)　木股知史がこの「手帛」が日常への復帰を象徴していると述べている（『〈イメージ〉の近代日本文学誌』双文社出版、一九八八年、三八頁）。しかし、この後、三千代が頬を赤くして小切手の礼を言い、それを消費してしまったことを話した結果、代助が生活費を与えて、二人の行く末が決まっていく面が多分にあるので、木股の見解は妥当であるとは言い難い。

(18)　佐久間鼎はこそあどの体系を見出し、コ系を話し手所属のもの、ソ系を相手所属のものとした（『現代日本語の表現と語法（改訂版）』恒星社厚生閣、一九五一年、三三—三六頁）。代助に回答可能なはずとして「何時から」かを問われるとき、代助は身のまわりの「それから」を集めてゆかざるをえない。

(19)　『それから』における「自然」の多面性については、樋口恵子「『それから』論——「自然」との出会い」（『作品論　夏目漱石』双文社出版、一九七六年、一八五—二〇〇頁）に詳しい。また、中山和子は「三千代の愛に導かれることなしに代助の〈自然の昔〉は明瞭な輪郭をもちえなかった」と論じ、示唆的である。「『それから』——〈自然の昔〉とは何か」『国文学　解釈と教材の研究』一九九一年一月、六四—六六頁。

(20)　小森陽一は、純潔のシンボルとしての「白い百合の花」や三千代が菅沼の生前一度しか代助のまえで結わなかった「銀杏返し」から、三千代との愛が禁じられていたという意味で、「菅沼との黙契」を解釈している（「漱石の女たち」『文学』一九九一年一月、『漱石論——21世紀を生き抜くために』岩波書店、二〇一〇年、一六二頁）。

(21)　どのように小説に生々しい時間ができるのかという観点からこの考察は行われている。したがって、既述の内田論や山崎正和による、代助の「内省」が時間をどう捉えるかという考察とは論の方向性が異なる。ただ、山崎が、『それから』の「時間」を「主体の内に喰ひこむ変化そのものとして捉へてゐるといふ点で、この時間感覚はしなくもベルグソンのそれに通じるものを持つてゐる」と早くに指摘した点を評価したい（「『それから』の時間」『新潮』一九七五年七月、『不機嫌の時代』新潮社、一九七六年、一三七頁）。

(22)　金水敏・田窪行則「日本語指示詞研究史から／へ」前掲『指示詞』一八二頁。

(23)　高橋太郎「「場面」と「場」」初出『国語国文』二九―九、一九五六年九月、京都大学文学部国語国文学研究室、前掲書、三九頁。この研究は佐久間鼎を受けている。佐久間鼎は「こそあど」と一括して考察することを提唱し、「「これ」という場合の物や事は、発言者・話手の自分の手のとどく範囲、いわばその勢力圏内にあるものなのです。また、「それ」は、話し相手の手のとどく範囲に、自由に取れる区域内のものをさすのです」とした（前掲『現代日本語の表現と語法（改訂版）』二二頁）。この書は現在に至るまで学史上重要な文献として位置づけられている。

(24)　William James, *The Principles of Psychology*, vol. 1, New York: Dover Publications, Inc., 1950, pp. 245-246.

(25)　たとえば佐藤泰正は代助の言い方を取り上げて、「すべては代助の〈自己回生〉への希求と破局の物語であり、三千代という愛の対者もまた疎外の裡にある」と述べる（「『それから』再読――代助の眼・語り手の眼・そうして漱石の眼」『漱石研究』第一〇号、一九九八年五月、一〇八頁）。また、蓮實重彦に、『それから』には一人称から二人称へという愛の一語が不在であるという指摘、ならびに、「名詞句として三人称化された「僕の存在」と「貴方」という二人称との結びつきの緊密性」についての指摘がある（「試練と快楽――「愛」の人称的構造」『国文学　解釈と教材の研究』一九八五年五月、『魅せられて　作家論集』河出書房新社、四六―五八頁）。

(26)　これは、代助に「存在を与へた」（三の二）という父親による「愛情」のつもりを否定的に乗り越え、「自己存在の目的」（十一の二）として、「貴方」を名指す宣言である。

# 第二章　棄却した問題の回帰――『それから』と北欧神話

## 第一節　「それから」の時期

前章で、この小説に出てくる接続詞の「それから」が、登場人物の想起で重みを加える事柄間を結び、因果関係をつくるのに用いられると指摘した。

論述してきたとおり、代助が平岡に再会して掛ける言葉、「それから、以後何《ど》うだい」（二の一）の「それから」は手紙による近況報告が行われなくなって以後である。平岡夫婦が京阪地方にいる間、はじめのうち頻繁にたよりを交わしていたのが、しだいにその数が減少していった。その「半年ばかり」は三月に一遍くらいの頻度になり、書かない方がかえって不安になり、代助から手紙を出すといった具合だった。

その後、「代助の頭も胸も段々組織が変つて来る様に感ぜられて来た」（二の二）とある。そのあたりがちょうど平岡夫婦が地方に行って二年目にあたるだろう。すると、「三千代は東京を出て一年目に産をした。生れた子供はぢき死んだが、それから心臓を痛めたと見えて、兎角具合がわるい」（四の四）とある「それから」と、代助の尋ねる「それから、以後何うだい」の「それから」とは、時間的に同じころを指す。これもすでに述べた。

さらにそのころ代助が何をしていたかも、じつは、書き込まれている。代助は実家で父親から説教を受けた後いつも、自分の意匠になる内部装飾が施されている西洋間へ入ってゆく。その本文をまず掲げ、右の「それから」の時期をより特定していきたい。

是は近頃になつて建て増した西洋作りで、内部の装飾其他の大部分は、代助の意匠に本づいて、専門家へ注文して出来上つたものである。ことに欄間の周囲に張つた模様画は、自分の知り合ひの去る画家に頼んで、色々相談の揚句に成つたものだから、特更《ことさら》興味が深い。代助は立ちながら、画巻物《えまきもの》を展開した様な、横長《よこなが》の色彩を眺めてゐたが、どう云ふものか、此前来て見た時よりは、痛く見劣りがする。是では頼もしくないと思ひながら、猶《なお》局部々々に眼を付けて吟味してゐると、突然嫂《あによめ》が這入つて来た。（三の五）

代助のつぶやく「どう云ふものか」は、そのまえに父親から説教された「御前は、どう云ふものか、誠実と熱心が欠けてゐる様だ」（三の四）の口真似となっている。なぜだろうか。これには代助自身も把握していない、射程の広い問題が仕掛けられている。

代助は実家を出て一戸を構えて「約一年余」（二の二）である。実家の客間は「近頃になつて建て増した西洋作り」とある。内部の装飾その他の大部分は、代助の意匠にもとづいており、ことに欄間の周囲に張った模様画は代助が画家との相談の揚句にできたというのだから、それは代助が実家にいることから考案されたと考えてよいだろう。そして、彼が実家を出て行くころ、その西洋づくりが建て増されたのだろう。代助はこの部屋で自分が画家にかかせた「横長の色彩」を頼もしくないと見ている。彼はことさらその「色彩」に注意を払う。

これほどのこだわりを持ちながら、独立して構えた一戸の「彼の室《へや》」の方はどうだろうか。

彼の室は普通の日本間であつた。是と云ふ程の大した装飾もなかつた。彼に云はせると、額さへ気の利いたものは掛けてなかつた。色彩として眼を惹く程に美しいのは、本棚に並べてある洋書に集められたと云ふ位であつた。

（十一の二）

「装飾」といい、「色彩」といい、あきらかに、実家の洋間と対照的である。おそらく、代助が実家を出るかなりまえに、新しく造る洋間の装飾を専門家へ注文したり、模様画を知り合いの画家に相談したりしており、その後、自分の家を決めたために、このような、装飾や色彩に乏しい室でよいと考えたと読みとれる。

平岡が上京した現在まだ桜が咲きかけで、平岡夫婦との再会が「三年」（四の五）ぶりだったと何度も強調されている。(1) 現在は「一戸を構へて以来、約一年余」（二の二）のため、代助は前々年の一月ごろから一戸を構えたのであろうと推測される。「装飾其他の大部分」の「代助の意匠」および「色々の相談」はそのさらに前になされた。

すると、西洋造りの部屋の構想を練り始めた時期はちょうど「東京を出て一年目に産をした」三千代の、「それから心臓を痛めた」（四の四）時期のやや後に相当しよう。つまり、まさに三千代が出産し、罹患したことを代助が知ったころに相当する。というのも、そのころ代助は平岡へ「手紙を書いても書かなくつても」（二の二）という状態になっていたので、その知らせを聞くまで幾月かが要されたに違いないからだ。

以上を総合して、三千代の出産、嬰児の死、三千代の病について報知を受けてまもなく、代助が西洋造りの内部の装飾や模様画について考案を練り始めたのだとすれば、つぎのことを指摘できる。代助の訊く「それから、以後何うだい」（二の一）の「それから」の時期と、三千代の「生れた子供はぢき死んだが、それから心臓を痛めた」（四の四）の「それから」の時期とは、じつに、代助が西洋間の「意匠」を練り始めて以降とほぼ同時期である。

## 第二節　ヴァルキューレによる代理の理由

この模様画が何を描いたものかが明かされるのは、これが初めて小説に登場したときではない。初回は代助の感想を通して、画巻物を展開したような「横長の色彩」と言われ、代助の「此前来て見た時よりは、痛く見劣りがする」(三の五)という感想が洩らされる。ここで重要なのは、「此前」とはいつかということである。

『それから』は二通の手紙の来た日の朝から始まる。二通とは父親からの封書と平岡からの端書である。父から実家に呼び出されていたのに、代助は平岡に会う方を優先した。そして父には翌日か翌々日に会いに行っている。ということは、「此前」とは、平岡夫婦が東京に帰ってくる以前に、実家に来てその画を見た時を指す。その時より見劣りすると彼が感じるとき、見る側の彼に加わった要素の何かが働いていよう。この小説内でそれは、平岡夫婦の帰京か、あるいは、画を見る前に受けた父の説教であるとしか特定できないようになっている。

父は常々、「度胸が人間至上な能力であるかの如き言草」(三の二)で、父の部屋には「誠者《まことは》天《てん》の道也《みちなり》と云ふ額」(三の四)が掛けてある。先日も代助は父から「誠実と熱心が欠けてゐる様だ」(三の四)と言われた。この「誠実と熱心」が代助の意匠によるこの模様画と大いに関係する点は、後述する。ここでは平岡夫婦の帰京が代助の情緒や神経、感性に与える影響についての表現を見てゆこう。代助がその画の局部を吟味していると、嫂の梅子が洋間に入ってきたので彼はしばらくそれを中断する。嫂が出て行くと「再び例の画を眺め出した」とある。

しばらくすると、其色が壁の上に塗り付けてあるのでなくつて、自分の眼球《めだま》の中から飛び出して、壁の上へ行つて、べた〱喰つ付く様に見えて来た。仕舞には眼球から色を出す具合一つで、向ふにある人物樹木が、此方の思ひ通りに変化出来る様になつた。代助はかくして、下手な個所々々を悉《ことごと》く塗り更へて、とう〱自分の想像し得る限りの尤も美くしい色彩に包囲されて、恍惚と坐つてゐた。所へ梅子が帰つて来たので、忽《たちま》ち当り前の自分に戻つて仕舞つた。（三の六）

もともと彼の構想した画であるため、彼の「眼球」から出す「色」でより適当な色に「塗り更へ」ることができるという。注目したいのは自分で美しい色彩を想像し、「恍惚」とまでなっている点である。彼の情緒は「色」の想像によって「恍惚」に陥ることができる。そこには問題がひそんでいそうだ。梅子が戻ってくると「当り前の自分」に戻ってしまったということは、その間、「当り前の自分」ではなかったということである。これは何を意味しているのか。

画に不満を抱き、想像を馳せ、「恍惚」となるのはその画のまえにひとりでいるときである。父に「因念」（三の六）のある、代助の見合い相手、佐川の娘を呼んだ午餐の後、客が帰ってのちに「それから、人のゐない応接間と食堂を少しうろ〱して」（十二の七）とあるのが注目される。応接間というのは「客間」（七の三）になっているその西洋間である。そこにはピアノも置いてあるのだが、ピアノの音を聞けば、「ブランコに乗つた縫子の姿を思ひ出す」。その髪、リボン、帯が「風に吹かれて空に流れる様を、鮮かに頭の中に刻み込んでゐる」（七の三）とされる。代助がその画のある部屋で現実からしばし遊離してしまう傾向にあるのはなぜか。くりかえせば、「当り前の自分」でなくなるのはなぜなのか。

代助がその画の注文当時を細かく思い起こすのは、三千代のために金を調達しようと実家を訪れた時である。わざわざ三千代のために実家へ足を運んだにもかかわらず、彼はここでも画を眺めて恍惚とし、「三千代の事も、金を借りる事も殆んど忘れてゐた」（七の四）とある。なぜだろうか。彼が気にしているのはやはり、思うように仕上がっていない画である。とくにその日は彼の意匠が活かされていない点についてつぎのように語られる。

代助は（……）時々は例の欄間《らんま》の画《え》を眺めて、三千代の事も、金を借りる事も殆んど忘れてゐた。部屋を出る時、振り返つたら、紺青《こんじよう》の波が摧《くだ》けて、白く吹き返す所丈が、暗い中に判然《はつきり》見えた。代助は此大濤《おおなみ》の上に黄金色《こがねいろ》の雲の峰を一面に描かした。さうして、其雲の峰をよく見ると、真裸《まはだか》な女性《にょしょう》の巨人が、髪を乱し、身を躍らして、一団となつて、暴《あ》れ狂つてゐる様に、旨く輪廓を取らした。代助はヴルキイルを雲に見立てた積で此図を注文したのである。彼は此の雲の峰だか、又巨大な女性だか、殆《ほと》んど見分けの付かない、偉な塊《かたまり》を脳中に髣髴《ほうふつ》して、ひそかに嬉しがつてゐた。が偖《さて》出来上つて、壁の中へ嵌め込んでみると、想像したよりは不味《まず》かつた。梅子と共に部屋を出た時は、此ヴルキイルは殆んど見えなかつた。紺青の波は固《もと》より見えなかつた。たゞ白い泡の大きな塊が薄白く見えた。（七の四）

「雲の峰だか、又巨大な女性だか、殆んど見分けの付かない、偉な塊」という、見方によって姿を変えてくる画と、代助の意識あるいは無意識との関係については後述する。

ここで考えたいのは、三千代が産後患った心臓の疾患について問い合わせずにいた時期に、この画のデザインが練られていたことの意味である。「それ〔引用者注：平岡との手紙の遣り取りが疎遠になってくると、手紙を書かない方が不安になって、その感じを駆逐するためだけに手紙を書くこと〕が半年ばかり続くうちに、代助の頭も胸も段々組織が変つて来る様に感ぜられて来た。此変化に伴つて、平岡へは手紙を書いても書かなくつても、丸で苦痛を覚えない様になつて仕舞つた」（二の二）とある。代助のこのような感覚から、彼は、三千代の出産によって、ある種の不快感、あるいは諦念に襲われ、生身の三千代を遠ざけたい気持ちになっていったという変化が窺えるのではないか。それが「頭も胸も段々組織が変つて来る」である。

代助は、自分にとって重要であるはずなのに、自らの感情を害する要素も喚起する三千代に関する情報をうやむやなまま放置しようとした。そこで、そこからの逃亡として、「ヴルキイル」のデザインに熱中しようとしたと言えるのではないか。とりわけ彼は、その「色彩」、「黄金色の峰」、見ようによっては見える「ヴルキイル」という見え方に工夫した。(2)

彼が「色彩」にこだわった訳を、眼前にできない三千代の血色への懸念を忘れるためと言うことさえできるかもしれない。「ヴルキイル」と三千代とをつなぐ、共通要素は以下に詳述するが、そのデザインは意識に浮上してもよい、三千代を代用する表現であった。(3)

このような経緯から、代助はこの画に集中すれば三千代のことを忘れるというのが習慣になり、現在時においても、それが発動してしまうのだと考えられる。

「ヴルキイル」とは、北欧神話の主神オーディン(4)に仕える女神で、勇敢な戦士を戦死させ、戦死者たちの館に連れゆく役割をする。(5)現在では「ヴァルキューレ」と言いならわされているため、本書もそれに従う。また、戦士たちを「夫」として迎える場合もある。嵐の雲のとどろきに戦士を狩るヴァルキューレ軍の騎行は、十九世紀後半の絵画に見られる意匠である。

漱石はイギリス留学時代、ロンドン大学ユニヴァーシティカレッジの、W・P・ケア教授の授業に出ている。(6)ケアは一九一七年には、Scandinavian Studies School の director になっている。(7)当時はまだギリシア・ローマ神話研究の盛んな時代で、北欧神話に精通した文学研究者は珍しく、ケアの先達といえば、ウィリアム・モリスくらいで、ケアの著書にも多く引かれている。(8)ケアの *The Dark Ages* の第四章は、ゲルマン語の詩の変遷について記している。

そこで、古代北欧口承の古エッダ[9]は、口承されてきても、その躍動性を失っておらず、新しい試みの持ち味、進取の精神、新しい美への願望を最後まで示していると評価する。[10]さらに、英雄詩のなかで卓抜なものの一つとして空中のヴァルキューレの出現を挙げて、アングロ・サクソンの話と異なる北欧のロマンスを構成していると述べられている。[11]また、ケアは、*Epic and Romance: Essays on Medieval Literature* という、ヨーロッパ中世叙事詩を英雄時代という観点から捉えた著作で、アイスランド・サガをその基軸に据える。サガ（物語）の形が、異なる人物の個性を完全に表現できるほど豊富で発達しているとする。[12]また、ヴァルキューレが海を越えて空高く翔ることの言及もあり、[13]ヴァルキューレのなかで最も有名なブリュンヒルドのことを「詩人」と指摘し、詳説する。[14]ケアはさらに、サガの最も良い人物たちは、彼らがあるヒントを汲んで認識するまで、登場のたびごとに心を成長させるという。そのドラマティックな想像力は、慎重な道徳的意見よりも強くまた大きくなるとされ、登場人物たちが自身の意志で物事を手に取っているようにすら見えると言う。[15]おそらく漱石はこのケアの見解を聴き、実際にアイスランド・サガの英訳を手に取ったのに違いない。[16]

漱石の蔵書には、Magnússon[17]と William Morris による訳、*Völsunga Saga: The Story of the Volsungs and Nibulings, with Certain Songs from the Elder Edda* がある。彼ら翻訳者による序で、これは初の英訳だと宣言される。[18]翻訳者による註には、ヴァルキューレが勇敢な戦士を選ぶ者だと記されている。[19]ヴォルスンガ・サガとは、ケアの書に紙幅を多く割かれて説明されていた、ヴァルキューレであるブリュンヒルドの物語である。[20]ブリュンヒルドはオーディンの怒りを買って眠りに就かされ、人間の妻となるべき運命を宣告されている。彼女は、恐れを知らぬ勇士のほかには、けっしてその妻にならないという誓いを立てていた。燃えさかる焔のなかの城に眠っていたブリュンヒルドの眠りを解くのは、竜を殺した勇士シグルズである。焔を飛び越え、城に入り、武装して眠る彼女から、鎧兜を外す。彼女は目を覚まし、ふたりは愛を誓う。シグルズは竜を殺して手に入れた指輪アントファリを彼女に与える。

しかしその指輪には呪いがかけられていて、二人をその後、不幸が襲う。(21)

ここで、シグルズによって眠りから放たれたヴァルキューレ、ブリュンヒルドによる歌を見ておきたい。その歌は、古エッダとしても知られ、ヴァルキューレの英知を表している。

Help-runes shalt thou gather
If skill thou wouldst gain
To loosen child from low-laid mother;
Cut be they in hands hollow,
Wrapped the joints round about;
Call for the Good-folks' gainsome helping.(22)

［拙訳］ 難産で横たわっている妊婦から赤ん坊を取り出す技を得たいなら、
安産のルーンであなたの知恵を増すがよい。
手の窪みにルーン文字を彫り、
関節のまわりを包み、
女神たちのご加護を願いなさい。

なぜヴァルキューレのブリュンヒルドがこのような詩を人間シグルズに授けるかといえば、ヴァルキューレは赤児の誕生を助ける女神（ディース）の一種だからである。(23)

『それから』の背後にあるこのような文化的広がりを知るならば、黄金の雲の峰が見ようによってはヴァルキューレを髣髴とさせるという図案には、三千代を、ヴァルキューレであるブリュンヒルドに、代助自身をシグルズにといった見立てが潜んでいると見抜くことができる。しかし、出産を済ませた三千代を意識して、代助はヴァルキューレの画を描かせることにしたわけではない。代助がこの符合に意識的であった節はまるでない。むしろ意識的でなかったからこそ、彼の嗜好が存分に発揮された。彼の一度も意識したことのない情緒が、画をデザインするにあたって現出したと小説は示すのである。

　彼の意識に上ってないつながりを小説はどのように構成しているか。代助は三千代の産後の病について立ち入って訊きにくい、あるいは訊きたくない感情を抱えていた。平岡の子どもまで出産した三千代に対する思いがあろうし、三千代を平岡に周旋してほんとうによかったのだろうかと自問することは自身の位置すら脅かすことになる。彼はその本質的な問いを自分史のなかに回収してこなかった。ヴァルキューレのなかに三千代を意識しないうちに詰め込んで、三千代への懸念の代わりに、その意匠に没頭した。

　その画は三千代の代理となりえたために、代助は、三千代への懸念を忘れ、情緒を発散することができた。三千代への気掛かりはすべてその画に対する集中へと置き換えられた。そのため、その画を見れば、現在でも、その画に集中する条件反射が起きる。画の吟味に身体が自動的に入ってしまうのだ。縫子のピアノの音を聴けば自然と、空で髪をたなびかせるヴァルキューレの姿に類似した、縫子のブランコをする姿を思い出すのも、同じからくりである。

　したがって、血色の悪い三千代にふたたび会うようになれば、その画は当然のように「此前」より「痛く見劣りがする」（三の五）。同様に、代用行為だった心臓に手をやる癖も変化する。じつは「心臓」は古代北欧神話で頻出するモチーフである。[24] ヴァルキューレは地上に血の雨を降らせることができる。[25] 代助が「血を盛る袋」の警鐘を聞いてみるのが「癖」となった「近来」（一の一）と、「近頃」（三の五）建て増した西洋間にヴァルキューレをデザインしたころとは同時である。そのころ身体の自動化が行われた。それが解かれ、いまその変貌が訪れようとしている。

代助は平岡の新居を訪ねたのちの「此間」(七の一)、ウェーバーのように鼓動を随意に変化させることができそうになり、驚いてやめにしたという、「癖」を抜け出た代助の行為が記されている。
身体を巻き込んだ精神運動が登場人物の時間を形成している。任意に動かせそうな鼓動、それへの驚き、微視的な印象または観念、およびそれらに附く情緒が震えはじめて時間となる。

## 第三節　甦る知覚感覚

代助による、実家の西洋間の欄間の周囲に張った画というのが、彼にとって秘められた、隠された意味を持つことが明らかになった。この画に対する代助のふるまいは、代助の秘められた部分の出現であり、その検討をしておきたい。

この画で代助が最も工夫を凝らしたのは「黄金色の雲の峰」が見ようによっては身を躍らせる「真裸な女性の巨人」(七の四)、すなわちヴァルキューレに見えるという点である。しかしながら、小説の冒頭に来た手紙の一通で実家に呼び出されたとき、彼がその画について気にするのは「画巻物を展開した様な、横長の色彩」が、「どう云ふものか、此前来て見た時よりは、痛く見劣りがする」(三の五)ことである。その画がヴァルキューレの画であることすら読者に知らされない。

このような代助の注意の方向性は何を意味するのだろうか。代助がこの画に自分の三千代への気掛かりを封じ込めたまま意識しないようにしてきた経緯と関係するのではないか。以下分析して、小説の意図を明るみに出したい。

ヴァルキューレの像は、「黄金色の雲の峰」を「よく見ると」立ちあらわれるようにしてあるのだから、ルビンの壺のように、視線を移行させる焦点の合わせ方を必要とする画になっている。それはじつに、代助が自分の心臓を押さえながら、元気だった結婚前の三千代像を暗転させて病気の彼女の像を作ってみるのと同じ、目の焦点のずらし方と言ってよい。

代助が一戸を構えて心臓を押さえてみるのが「癖」となった時期に、例の欄間の画の「輪廓」(七の四)ではなく「色彩」(三の五)にのみ焦点を合わせるようになったのだとすれば、彼の日常生活を代表するその二者は、ともに、想像して現出するほかない三千代あるいはヴァルキューレの像を、視野の外に追いやっているということである。代助は知覚感覚をこのように切り換えていた。

さらに着目したいのは、この小説において一箇所を除いて登場人物のなかで三千代だけが「色」という語で形容されていることである。(26) それらは代助の注意を通して、読者に伝えられる。彼は彼女の顔の「色」、頬の「色」(十二の二、十四の八、十四の十一)を気にしている。帰京した三千代に旅宿で逢った代助が真っ先に気にしたのは、もともと「色の白い」彼女の「色光沢がことに可くない」(四の四)様子である。

また、三千代がひとりで代助宅に来訪した折りに彼が聴き出すのも、「心臓病」後の体調を映す血色である。彼女の話によると、いったんは元のように「冴々して見える日が多」くなったのが、「帰る一ヶ月ばかり前から、又血色が悪くなり出した」(四の四)という。このように三千代の「色光沢」にことさら注意してしまう代助の知覚感覚は、例の模様画の「色彩」に注意を集中していたこととと連動している。

今こそ、例の画を考案していたころの知覚感覚的記憶が甦ってくる。再度の引用になるが、つぎのように語られている。

代助は先刻から、ピヤノの音を聞いて、嫂や姪の白い手の動く様子を見て、さうして時々は例の欄間の画を眺めて、三千代の事も、金を借りる事も殆んど忘れてゐた。部屋を出る時、振り返つたら、紺青の波が摧けて、白く吹き返す所丈が、暗い中に判然見えた。代助は此大濤の上に黄金色の雲の峰を一面に描かした。さうして、其雲の峰をよく見ると、真裸な女性の巨人が、髪を乱し、身を躍らして、一団となつて、暴れ狂つてゐる様に、旨く輪廓を取らした。代助はヴルキイルを雲に見立てた積で此図を注文したのである。彼は此の雲の峰だか、又巨大な女性だか、殆んど見分けの付かない、偉な塊を脳中に髣髴して、ひそかに嬉しがつてゐた。が偖出来上つて、壁の中へ嵌め込んでみると、想像したよりは不味かつた。梅子と共に部屋を出た時は、此ヴルキイルは殆んど見えなかつた。紺青の波は固より見えなかつた。たゞ白い泡の大きな塊が薄白く見えた。（七の四）

「雲の峰」が「巨大な女性」にも見えるという、視覚の関与を強く要求するその画から、代助は「雲に見立てた」ヴァルキューレを見ようとしている。この代助の視覚の動かし方は、自分が封じ込めた三千代への不安定かつ無責任な気持ち、あるいは自己欺瞞をふたたび意識の俎上に載せようとする、身体的変化の現れである。そのように実家における視覚の働かせ方が変わってくると同時に、心臓に手をやる動作も、三千代の心臓病に同伴する姿勢となる点に留意すべきであろう。

右の、ヴァルキューレの画を考案した当時をより詳しく振り返るのは、三千代のための金策に実家に出かけたときである。にもかかわらず、なぜ、三千代のことまで忘れて画を見るのにふけってしまうのか。代助はデザインの構想について振り返り、明確な記憶を吐露している。なぜこのタイミングでその画の構想が想起されるのか。

代助がその意匠に没頭したのは、すでに明らかにしたとおり、三千代の産後の病をようやく知った頃であり、にもかかわらず、彼女の病状について平岡に対して積極的に問い合わせなかった頃である。そして前述のとおり、その画を三千代の代理とすることで、三千代への懸念を脳裏から追い払った。ゆえに、代助は、この画を前にしたときの身体の習慣により、一時的に三千代のことを忘れる。

しかしながら、いま、「色光沢」の悪い三千代を「気の毒」（四の四）に思い、彼女のために金を工面するために実家に来ている。三千代のことを思うには手遅れなほど遅い。かつてその画に代理の役割をさせることで、自分の不安を取り払った。現在、そのごまかしが解かれたからこそ、その画に塗りこんだ真の内容が識閾の上に昇ってくる。そのような精神のうごめきがここには記されているのだ。

前述のとおり、代助はヴァルキューレが三千代への懸念の代理となると意識してはいない。彼の一度も意識したことのない情緒が、画を見る時々の変化で、識閾下から今にも吹き出しそうになる。漱石の小説の時間はこのようにして情緒との関係で作られる。

画に識閾下の情緒を掻き立てられた代助は、嫂に相談に行ったその日、彼女から「誰か好きなのがあるんでせう。其方の名を仰《おつし》やい」と言われ、つぎのような「覚《おぼえ》がなかつた」はずのことが心に浮かぶ。「今迄嫁の候補者としては、たゞの一人も好いた女を頭の中に指名してゐた覚がなかつた。が、今斯う云はれた時、どう云ふ訳か、不意に三千代といふ名が心に浮かんだ」（七の六）となる。ながらく「覚がなかつた」はずのことが心に浮かぶのは、自己をごまかしながら生きてきた代助の問題点が、想像通りにできあがっていないヴァルキューレの画をまえに、いま浮上しつつあるからに違いない。

漱石が挑戦するのは、いったん押し込めた情緒が、その喚起を強く促すものによって呼び覚まされる事態の表現である。代助は自分の思いが封じ込められた、思いの代用物に刺激される。意識から押し隠された領域の開閉が告げられる。

代助は嫂から送ってもらった二百円を三千代に与えた。その翌日、目が覚めた時、「高い日が椽に黄金色の震動を射込んでゐた」（十二の三）とある。「黄金色の震動」とは、「黄金色の雲の峰」（七の四）として描かせたヴァルキューレの震動がいま、現実の代助を射っていることを意味する。以前はヴァルキューレに投じることで処理されていた三千代への感情だったが、三千代本人に、金を与えるなどの形で投じることができたがゆえに、彼の心身が移行する。

三千代はその二百円を生活費として消費してしまい、謝りに代助宅を訪れた場面がつぎのように描かれる。代助は、「其穏やかな眠のうちに、誰かすうと来て、又すうと出て行つた様な心持がした。眼を醒まして起き上がつても其感じがまだ残つてゐて、頭から拭《ぬぐ》ひ去る事が出来なかつた」（十の三）と感じる。

ここに関わってくるのが、当初の意匠の細部が思い出されつつある、欄間の画に描かれたヴァルキューレである。北欧文学研究の第一人者である、H・R・デイヴィッドソンはつぎのようにヴァルキューレについて説明している。

> 古代北欧文学は馬に乗り、槍で武装した、いかめしいヴァルキューレの像を残してくれた。他方、それとは異なった、血や屠殺に関わる、霊的な女性の、より素朴な像もまた現存している。ときに巨大なサイズの女性の創造物は戦が起ころうとする地に血をまき散らす。また、彼女たちはときおり血桶を運び、狼に乗るように描かれ、空から降り注ぐ血の雨のなかボートを漕ぐ姿で見られる。そのような形姿はたいてい戦いと死の前兆なのだ。あるいは、ときに彼女たちは男の夢に現れる。それで彼女たちは十、十一世紀の吟唱詩に一度ならず描写されるのである。[27]

代助が「リリー、オフ、ゼ、ヴレー」の香の力を借りて「穏やかな眠」を得ているとき、「すうと来て、又すうと出て行つた」「誰か」（十の三）とは、三千代だった。ここに端的に、代助の押し隠された情緒において、三千代が男の夢に現れるヴァルキューレであると描かれている。

代助はこの日、三千代が子どものためにつくったという服と同じ生地の「ネル」（十の二）を着ている。代助が平岡の新居を訪ねたとき、三千代が「手に持つた赤いフランネルのくる〳〵巻いたの」を代助に見せた。彼女はそれを亡くなった「赤ん坊の着物」だと言って、「附紐を解いて筒袖を左右に開いた」という。三千代をたしなめる平岡に対して、彼女は「貴方のと同じに拵へたのよ」と言う。平岡は「絣の袷の下へ、ネルを重ねて」着ていた。代助が「袷の下にネルを重ねちやもう暑い。襦袢にすると可い」（六の五）と言ったのだが、三千代が代助宅に訪ねてきたこの日は、さらに夏に近づいた「蟻の座敷へ上がる時候」（十の一）である。それなのに、代助はこの日「ネル」を身に付けているのだ。

先に、ヴォルスンガ・サガで、ヴァルキューレのブリュンヒルドがシグルズに歌って示した、難産のさい子どもを取り出す方法を説く詩を紹介した。ヴァルキューレは子どもの誕生を決めるディースの一種である。フォルケ・ストレムによれば、そのディースと融合したフュルギヤという一団がある。フュルギヤには随行者、胞衣《えな》（後産）という意味がある。(28) ここには細やかな仕掛けが施されている。

代助がこの日、三千代の死んだ嬰児の身に付けていたという「ネル」を着て寝ているのは、ヴァルキューレをデザインした当初の情緒の甦りに応じた装いなのである。代助にとって、三千代の子が死んでその身にまといそこねた「ネル」を自らの身にまとうことは、運命を決めてくる胞衣をまとうことと同じであった。

漱石が描こうとするのは、代助と三千代以外の者にとって目にも留まらない「ネル」に積み重なった情緒だ。漱石は微視的な世界を動かし、情緒の連なりでできあがる小説の時間をつくろうとしている。

## 第四節　睡眠と覚醒

夢と覚醒とをめぐる問題は、小説のはじめから周到に語られてきている。(29) 平岡夫婦が新居に越した日の夜、代助は寝つかれず、難儀していた。

　実を云ふと、自分は昨夕寐つかれないで大変難儀したのである。例に依つて、枕の傍へ置いた袂《たもと》時計が、大変大きな音を出す。夫が気になつたので、手を延ばして、時計を枕の下へ押し込んだ。けれども音は依然として頭の中へ響いて来る。其音を聞きながら、つい、うと〳〵する間に、凡ての外の意識は、全く暗窖《あんこう》の裡《うち》に降下した。が、たゞ独り夜を縫ふミシンの針丈が刻み足に頭の中を断えず通つてゐた事を自覚してゐた。所が其音が何時かりん〳〵といふ虫の音に変つて、奇麗な玄関の傍《わき》の植込《うえご》みの奥で鳴いてゐる様になつた。――代助は昨夕《ゆうべ》の夢を此所《ここ》迄辿つて来て、睡眠と覚醒との間を繋《つな》ぐ一種の糸を発見した様な心持がした。（五の二）

このとき彼の述懐は「三四年前」へと伸びていった。

三四年前、平生の自分が如何にして夢に入るかと云ふ問題を解決しやうと試みた事がある。（……）自分の不明瞭な意識を、自分の明瞭な意識に訴へて、同時に回顧しやうとするのは、ジェームスの云つた通り、暗闇を検査する為に蠟燭を点したり、独楽《こま》の運動を吟味する為に独楽を抑へる様なもので、生涯寐《ね》られつこない訳になる。と解つてゐるが晩になると又はつと思ふ。

　此困難は約一年許《ばか》りで何時の間にか漸《ようや》く遠退《とおの》いた。代助は昨夕の夢と此困難とを比較して見て、妙に感じた。正気の自己の一部分を切り放して、其儘の姿として、知らぬ間に夢の中へ譲り渡す方が趣《おもむき》があると思つたからである。同時に、此作用は気狂《きちがい》になる時の状態と似て居はせぬかと考へ付いた。代助は今迄、自分は激昂《げっこう》しないか

ら気狂にはなれないと信じてゐたのである。（五の二）

「三四年前」とは、菅沼が死に、平岡が三千代をもらいたい意志を代助に打ち明けるころまでである。代助は後で三千代に「僕は三四年前に、貴方に左様打ち明けなければならなかつたのです」（十四の十）と言う、その「三四年前」である。そのころなぜ、代助は「夢」に入る間際を捕捉しなければならないと感じたのか。

仕掛けられているのは、小説全体を貫く、選択した現実と併走する夢という問題系である。「約一年許りで」「夢」へ移行する瞬間を捕捉しようとして寝られなくなる困難は遠退いたとある。この「約一年」とは、三千代が出産したあたりに相当しよう。そして、しばらくして西洋間の模様画の意匠に没頭したらしいことは述べたとおりである。

夢と現実とを画然と分けるそのような状態から一転し、現在、「睡眠と覚醒との間を繋ぐ一種の糸」（五の二）をとうとう発見したとはどういうことか。平岡への三千代の周旋をはじめとして三千代に関する事柄すべてを「夢」に託して西洋間の模様画に塗り込み、問わないことにしていた事柄がいままた甦ってきている。これが「夢」を引き継いだ「覚醒」である。

三千代に子どもを産ませられなかった代助が、三千代の亡くした嬰児のまとっていた「ネル」を着て寝ている。そこに現実の三千代が現れ、彼の「夢」に出入りする。代助は枕元に置いて「夢の方へ、躁《さわ》ぐ意識を吹いて行く」（十の二）「リリー、オフ、ゼ、ヴレー」を水に漬けていた。息の上がった三千代はそれを飲んだという。

「夢」を通り抜けて「神経」を生まれ代わらせる枕元の花用の水を、彼の「夢」に出入りする現実の三千代が飲む。代助に現実と夢との区別がもはやなくなってきていることが示されている。「夢」に押し流したはずの事柄はこうして舞い戻ってくる。この小説が捉える夢をめぐる問題は、見事なまでに、人間の夢の性質を捉えている。

さらにつぎのことにも注目したい。三千代はその日「大きな白百合」を提げてきて、その香を嗅いでみせるが、代助に傍で嗅いではいけないと注意され、「あら何故」（十の五）と問う。

この白百合にはヴァルキューレとの関係が見出せる。漱石の蔵書に見える、William Morris, *The Earthly Paradise* は、「一月」から「十二月」までそれぞれの月ごとの長編詩を有した詩集である。その「一月」は「アスロオグの養育」という長編詩である。アスロオグとはシグルズとブリュンヒルドとの間に産まれた娘で、ヴォルスンガ・サガにも、ブリュンヒルドが、じつはシグルズとのあいだの娘だったアスロオグを預ける場面がある。[30]

この長編詩はアスロオグが苦節のすえようやく手に入れる幸せを描く。彼女は貧しい人間に養育され、こき使われている。しかし十七歳になった春、白百合の丘で自分の本質を認識する。その日、ある王に逢う。一年後の再会で二人は結婚する。結婚の晩に王はつぎのような夢を見たという。焔の中から出てきたシグルズとブリュンヒルドとが白百合を王に渡し、焔の中へと帰っていった。王は白百合を地に挿した。[31]この詩の物語における白百合の役割として、定められた唯一の女の指示という意味合いを読みとりうるだろう。

ヴァルキューレの画による室内装飾がモリスの影響下にあるとの指摘がされているが、[32]読書家の代助は、ヴァルキューレの画をかかせる時点でモリスのこの詩に共感を寄せておきながら、自分のその情緒の意味を理解していなかったという設定であろう。前章で論じたとおり、香りたつ白百合の香とともに、かつての封じ込められた意味を、三千代の「あら何故」（十の五）が明らかにする。

つづいて三千代は「あなた、何時から此花が御嫌になつたの」と代助に質問をかける。「昔し三千代の兄がまだ生きてゐる時分、ある日何かのはづみに、長い百合を買つて、代助が谷中の家を訪ねた事があつた。其時彼は三千代に危しげな花瓶の掃除をさして、自分で、大事さうに買つて来た花を活けて、三千代にも、三千代の兄にも、床《とこ》へ向直《むきなお》つて眺めさした事があつた」（十の五）とあり、代助が、三千代と三千代の兄に百合をプレゼントしたことがここで代助に思い起こされたと読みとれる。

三千代が代助へ白百合のお返しをすることで彼に直視させるのは、彼が「夢」へ追いやった、兄との親密な交際である。また、それを裏切る、平岡への三千代の周旋である。それらが回帰し、代助を襲う。小説は周到に、睡眠と覚醒、そして、境界領域を代助に体験させ、ついにこのような持続を打ち立てたのである。

## 第五節　「夢」の現実化（一）

トーマス・カーライルによれば、「勇気」と「誠実」とが古代北欧人の重んじた性質である。[33] カーライル『英雄および英雄崇拝』から、ヴァルキューレの説明と、北欧の信仰の核心が勇敢さにあることを述べている部分をこう。

The *Valkyrs*; and then that these *Choosers* lead the brave to a heavenly *Hall of Odin*; only the base and slavish being thrust elsewhither, into the realms of Hela the Death-goddess: I take this to have been the soul of the whole Norse Belief. They understood in their heart that it was indispensable to be brave; that Odin would have no favor for them, but despise and thrust them out, if they were not brave. Consider too whether there is not something in this! It is an everlasting duty, valid in our day as in that, the duty of being brave. *Valor* is still *value*.[34]

[拙訳]　ヴァルキイルのこと。それから、これら選択者たちが勇者を天のオーディンの館へ導くこと。卑劣で卑屈な者だけが別の場所、すなわち死の女神ヘラの領土へ押し込まれるということ。私はこれらのことが北欧の信仰全体の精神であったと考える。勇敢さは絶対不可欠で、もし彼らが勇敢でなかったなら、オーディンは彼らに

愛顧を与えず、軽蔑してつまみ出すであろうと、彼らは胸の裡に承知していた。これはたいしたことだったのではないか、考えてもみていただきたい！　勇敢であることの義務とは、当時においてと同様、今日においても通用する、永久不変の義務である。勇気は依然として価値である。

シグルズがブリュンヒルドの愛を得るのも、炎を恐れぬ、誰よりも勇敢な者だったからだ。代助は父からも「勇気」のなさを難じられ、それを自覚している。彼にとってとりわけ三千代との関連で勇気のなさがしばしば内省されている点について前章で述べた。たとえば、平岡との手紙の行き来のなくなったころを振り返って、「別段問ひ合せたり聞き合せたりする程に、気を揉む勇気も必要もなく、今日迄過して来た」（二の二）とある。また、旅宿に残されている三千代のもとへ行こうとしても、「気が咎めて行かれなかつた。勇気を出せば行かれると思つた。たゞ代助には是丈の勇気を出すのが苦痛であつた」（四の三）と回想された。さらに、「リリー、オフ、ゼ、ヴレー」の浸かった水を飲んだ三千代に対して、「果して詩の為に鉢の水を呑んだのか、又は生理上の作用に促がされて飲んだのか、追窮する勇気も出なかつた」（十の四）とある。

代助がこのように三千代に対して勇気を出せないと自覚するとき、父の説く「胆力」「熱心」「誠実」とヴァルキューレを有する北欧神話の心髄である「勇気」「誠実」とが、結ばれる。身体に入ってきた言葉が他の言葉の含意と結合する。そのとき、ヴァルキューレによる戦士の評価対象である「勇気」が、「詩」から現実へと進む。代助が「夢」に押し流した事柄が現実へと逆流してきている。

代助はそののち、三千代とのすべての過去の断面に「燃る愛の炎」（十三の五）を見出し、「情の旋風《つむじ》に捲《ま》き込まれた冒険の働き」（十三の五）で平岡と会見する。平岡への意見が失敗に終わり、最終決断へ踏み切ることになる。代助は三千代に関して「熱誠」（十三の九）勇気をふるう方向へとこうして組みなおされた。[35] 識閾下からの情緒の波動が届いたことが示されている。

## 第六節　「夢」の現実化（二）

さらに代助を包囲する言葉群を見ておきたい。見合いのために実家からおびき出された日、代助は騙されたと知ってこう感じる。「此姉迄が、今の自分を、父や兄と共謀して、漸々窮地に誘なつて行くかと思ふと（……）」（十一の八）。代助は「嫂と縫子の蝙蝠《かわほり》傘を抱《さ》げて」（十一の六）家を出たとある。古代のヴァルキューレは、コウモリのような竜にまたがった精霊として捉えられ、その絵画も残されている。(36) いつでも思考が三千代に逢うことへと動いてゆき、代助は平岡の家の近所まで身体を運び、「暗い人影が蝙蝠の如く静かに其所《そこ》、此所《ここ》に動いた」（十二の二）と見出す。それは、三千代がヴァルキューレとして彼の前に現象しているのである。

その後代助はまた実家で高木と佐川の娘との午餐に呼び出される。それを終えて、ひとりになった代助を記すくだりに、「それから、人のゐない応接間と食堂を少しうろ〳〵して」（十二の七）とある。「応接間」とは例の画のある空間である。その後、彼の初めての断言、「其愛の対象は他人の細君であつた」（十三の一）が出て来て、つぎのように叙述が続く。

> 其時代助の脳の活動は、夕闇《ゆうやみ》を驚ろかす蝙蝠の様な幻像をちらり〳〵と産み出すに過ぎなかつた。其羽搏《はばたき》の光を追ひ掛けて寐てゐるうちに、頭が床から浮き上がつて、ふわ〳〵する様に思はれて来た。さうして、何時の間にか軽い眠に陥つた。

すると突然誰か耳の傍《はた》で半鐘《はんしょう》を打つた。（……）代助の夢に斯《こ》んな音の出るのは殆んど普通であつた。ある時はそれが正気に返つた後迄も響いてゐた。五六日前彼は、彼の家の大いに揺れる自覚と共に眠を破つた。其時彼は明らかに、彼の下に動く畳の様を、肩と腰と脊《せ》の一部に感じた。彼は又夢に得た心臓の鼓動を、覚めた後迄持ち伝へる事が屢《しばしば》あつた。そんな場合には聖徒《セイント》の如く、胸に手を当てゝ、眼を開けた儘《まま》、じつと天井を見詰めてゐた。

代助は此時も半鐘の音が、じいんと耳の底で鳴り尽して仕舞ふ迄横になつて待つてゐた。（十三の二）

蝙蝠のような竜にまたがったヴァルキューレの幻像を「脳の活動」が「産み出す」とき、その「夢」のなかで働く諸感覚は、彼にとってもはや当然のようにそのまま「覚めた後まで」引き継がれる。[37] とくに「心臓の鼓動」は、正常か否かを確認する対象ではなく、また、ウェーバーのように動かしてみる対象でもすでになく、現実化した「夢」におののく器官である。聖徒の格好で「運命」に忠誠を誓う。

「凡てを概括した上で、平岡は貰ふべからざる人を貰ひ、三千代は嫁ぐ可からざる人に嫁いだのだと解決した。代助は心の中《うち》で痛く自分が平岡の依頼に応じて、三千代を彼の為に周旋した事を後悔した」とあり、さらに、三千代を「気の毒」（十三の四）に思う点を数えあげていく。「病気に冒された三千代」、「小供を亡くした三千代」、「夫の愛を失ひつゝある三千代」（十三の四）と。上京後の三千代に初めて旅宿で逢ったとき「色光沢」の悪さに驚き、「始終斯うなんだと云はれた時は、気の毒になつた」（四の四）とあり、三千代が鈴蘭を浸けた水を飲んだとき「気の毒さうな顔で」「心臓の方は、まだ悉皆《すっかり》善くないんですか」（十の五）と尋ねたとある。それら「気の毒」は、もっと早く、彼が手紙で問い合わせるのを怠った期間に発せられるべきだったのだ。彼はその思いに突き動かされる。

三千代が「悉皆善くなるなんて、生涯駄目ですわ」と答えて、「繊い指を反らして穿めてゐる指環を見た」（十の五）

とある。その指環を質入れし、それを代助の金で請け出すとき、それは代助の胸の中に投げ込まれるにたる運命の環になっている。北欧神話で指環や腕環が移動を重ね、登場人物を追い込むのと相似する。[38]

こうして代助は「三千代の運命を、全然平岡に委ねて置けない」（十三の九）という筋を通すことになる。前章で論じた、三千代の兄、菅沼に関する記憶の浮上もその過程を推し進める。代助は縁談を断りに実家に行きながら、父に会えずに帰る。帰路はつぎのように語られている。

練兵場《へんぺいじょう》の横を通るとき、重い雲が西で切れて、梅雨には珍らしい夕陽が、真赤になつて広い原一面を照らしてゐた。それが向を行く車の輪に中つて、輪が回る度に鋼鉄《はがね》の如く光つた。車は遠い原の中に小さく見えた。原は車の小さく見える程、広かつた。日は血の様に毒々しく照つた。代助は此光景を斜めに見ながら、風を切つて電車に持つて行かれた。重い頭の中がふら〳〵した。終点迄来た時は、精神が身体を冒したのか、精神の方が身体に冒されたのか、厭な心持がして早く電車を降りたかつた。代助は雨の用心に持つた蝙蝠傘を、杖の如く引き摺《ず》つて歩いた。（十四の五）

彼によって見出されるのは、血のような陽に照らされる車輪や蝙蝠傘といった、ヴァルキューレを有する北欧神話の、彼にとっては夢の領域に属していたはずのモチーフである。それらが彼の頭を重く「ふら〳〵」にする、現実の構成要素になったことが示される。[39] 切り離しがたい「三千代の過去」と「わが昔の影」を取り戻すべく「今日始めて自然の昔に帰るんだ」と代助は胸の中で言う。しかし、「やがて夢から覚めた」（十四の七）とある。それはたしかに昔「夢」であり、今も夢見心地を起こさせるのであるが、現実に実現するとき、「永久の苦痛」（十四の七）が待ち受けている。三千代を呼び寄せる。三千代を乗せた車が来るくだりはつぎのように描かれる。

其時雨に光る車を門から中へ引き込んだ。輪の音が、雨を圧して代助の耳に響いた時、彼は蒼白い頬に微笑を洩《もら》しながら、右の手を胸に当てた。（十四の七）

「輪の音」は運命の音として「夢」から鳴り響き、代助に「聖徒の如く」（十三の一）宣誓を促す。三千代との愛の確認のあと、代助は「自分と三千代の運命」という認識を深めながら、「自分で自分の勇気と肝力に驚ろい」（十五の一）ている。

彼は自分で自分の勇気と胆力に驚ろいた。彼は今日迄、熱烈を厭ふ、危きに近寄り得ぬ、勝負事を好まぬ、用心深い、太平の好紳士と自分を見傚《な》してゐた。徳義上重大な意味の卑怯はまだ犯した事がないけれども、臆病と云ふ自覚はどうしても彼の心から取り去る事が出来なかつた。（十五の一）

彼にとって憧憬の対象に過ぎなかったヴァルキューレの世界が現実と化している。よって彼は、「かつて心を駭《おどろ》かした」外国雑誌のある号、「Mountain Accidents と題する一篇」に異なる印象をもつ。そこには「錬瓦の壁程急な山腹に、蝙蝠《こうもり》の様に吸ひ付いた人間を二三ヶ所点綴《てんてつ》した挿画」があった。「道徳界に於て」、この「絶壁」の登攀《とうはん》者と同一な地位に立っている今、「自ら其場に臨んで見ると、怯《ひる》む気は少しもなかつた」（十五の一）という。また、佐川の縁談を断るために父に面会を申し込んでも会えず、「絶壁の途中で休息する時間の長過ぎるのに安からずなつた」（十五の一）とされる。

代助の思考に、父の説教に出てきた「剣《つるぎ》が峰」（三の二）や、ヴァルキューレを見立てたという「黄金色の雲の峰」（七の四）が入り込む。そのうえでのこの表現である。つまり、この小説は、ある意味、「例の欄間の画」（七の四）、雑誌の「挿絵」（十五の一）といった代助の頭のなかにあった表象が実際に顕在化するまでを描いてきたと言える。また、彼自身によって「今日迄一図に物に向つて突進する勇気」の挫かれていた理由が明らかにされる。それはかえって「明白な判断に本《もと》いて」起こっていたのだという。三千代の場合に「彼の信ずる所を断行」（十五の五）してそれが解ったとある。

このようにして彼の「心の憧憬」の先取りを、「頭の判断」が跡づけるさまはつぎのように叙述されている。

彼の信念は半ば頭の判断から来た。半ば心の憧憬から来た。二つのものが大きな濤の如くに彼を支配した。彼は平生の自分から生れ変つた様に父の前に立つた。（十五の五）

「貴方の仰しやる所は一々御尤もだと思ひますが、私には結婚を承諾する程の勇気がありませんから、断るより外に仕方がなからうと思ひます」ととう〳〵云つて仕舞つた。其時父はたゞ代助の顔を見てゐた。良《やや》あつて、「勇気が要るのかい」と手に持つてゐた烟管《きせる》を畳の上に放り出した。（十五の五）

自己が自己に自然な因果を発展させながら、其因果の重みを脊中に負つて、高い絶壁の端迄押し出された様な心持であつた。（十六の一）

梅雨は漸く晴れて、昼は雲の峰の世界となつた。（十六の二）

これらは彼が実家の西洋間に描かせた「紺青の波が摧けて、白く吹き返す」さまや「大濤」の上の「黄金色の雲の峰」(七の四)がとうとう彼の現実として現れたことを意味する。

## 第七節　結合する情緒

要するに代助は、父に寄生して生きるに不都合な、三千代を典型とする邪魔ものを「夢」の世界に追いやっていたのだが、それらが彼の現実を襲うように戻ってきたということである。(40)漱石が『それから』で描こうとしたのは、意識の届かない領域へ押し込んだ、観念、印象、情緒であっても、それらはたがいにつながりあうということ、人間はその記憶を「それから」と辿ることで呼び戻し、いつしかその束が現在時に生息しはじめるということである。このようにして、この小説の時間は読者の目の前で形成された。

前章で引いたジェイムズが言うように、「推移」や「関係」を知る「感じ」というのが、言語に表現されなくても、たしかに存在する。(41)代助が夢と現実とを画然と分けようとしたとしても、それらはたがいに関係しあって存在している。また、関係しあうからこそ、彼の時間が動く。代助は感知していた「夢」の手痛いしっぺ返しを受ける。彼の気にしていたヴァルキューレの模様画の「色彩」(三の五)は、じつは、最も気に懸けるべきだった三千代の「色光沢」(四の四)の代理表象であった。「画巻物を展開した様な」(三の五)その感じは、問い合わせられなかった三千代の「それから」を繰り延べようとしていたのである。

見えにくいが確かに実在するその感じが執拗に追求され、小説の表現となってきた。代助と三千代の認識としては「凡てに逆つて、互を一所に持ち来たした力」(十四の十一)となる。代助は、自分達を説明するために平岡を呼ぶ「運命の使」を郵便函に投げ込ませ、茫然自失する。

小説のなかに初めから時間があるのではなく、登場人物の感受する、意識内部の「関係」が動き、「推移」の「力」が読者に通じて初めてそれは時間になる。本章が分析してきた『それから』における、夢と現実とをつなぐ情緒はこのような時間形成に関わっている。

三千代に逢うことを禁じられた代助は平岡宅まで行ってみる。「一台の空車《からぐるま》の輪の音」（十七の一）に驚いている。回り出した運命の輪に驚いているのである。「其晩は火の様に、熱くて赤い旋風《つむじ》の中に、頭が永久に回転した。代助は死力を尽して、旋風の中から逃れ出様《でよう》と争つた。けれども彼の頭は毫《ごう》も彼の命令に応じなかつた。木の葉の如く、遅疑《ちぎ》する様子もなく、くるり〳〵と焔の風に巻かれて行つた」（十七の一）。

代助の頭は「焔の風」に巻かれるのを受け入れる。平岡が父に寄こした手紙を持って糺す兄の言葉を聞く最中に、代助はこう考えている。「三千代以外には、父も兄も社会も人間も悉く敵であつた。彼等は赫々《かくかく》たる炎火の裡《うち》に、二人を包んで焼き殺さうとしてゐる。代助は無言の儘、三千代と抱き合つて、此焔の風に早く己れを焼き尽すのを、此上もない本望とした」（十七の三）。

ヴォルスンガ・サガでは、ヴァルキューレであるブリュンヒルドが、自分を救うために火を越えてきた勇者とは、現在の夫ではなく、シグルズだったと知り、愛するシグルズを謀殺する。ブリュンヒルドはシグルズの遺骸と自分の生身とをどのように焼くかを指示し、シグルズを焼く火葬堆に我が身を運ばせ、シグルズとともに焼かれ、死ぬ。[42] 火に焼き尽くされて物語が終わるのだ。[43] ヴァルキューレの意匠は、代助本人のうえにこそ、はっきりと顕現した。そのように書かれている。

よく知られるように、『それから』末尾で、「赤い色」が「代助の頭の中に飛び込んで」くる。以前代助は色彩が頼もしくないからと想像による模様画の塗りかえを試み、「眼球の中から飛び出して、壁の上へ行つて、べた〳〵喰つ付く様に見えて来た」（三の六）としていた。ここではそれと正反対の事態が起きている。

忽ち赤い郵便筒が眼に付いた。すると其赤い色が忽ち代助の頭の中に飛び込んで、くる〳〵と回転し始めた。傘屋の看板に、赤い蝙蝠傘を四つ重ねて高く釣るしてあつた。傘の色が、又代助の頭に飛び込んで、くる〳〵と渦を捲いた。四つ角に、大きい真赤な風船玉を売つてるものがあつた。電車が急に角を曲るとき、風船玉は追懸《おつかけ》て来て、代助の頭に飛び付いた。小包郵便を載せた赤い車がはつと電車と摺《す》れ違ふとき、又代助の頭の中に吸ひ込まれた。烟草屋の暖簾《のれん》が赤かつた。売出しの旗も赤かつた。電柱が赤かつた。赤ペンキの看板がそれから、それへと続いた。仕舞には世の中が真赤になつた。さうして、代助の頭を中心としてくる〳〵と焔の息を吹いて回転した。代助は自分の頭が焼け尽きる迄電車に乗つて行かうと決心した。（十七の三）

かつてはっきりと見えないヴァルキューレに不満を抱いたのとは逆に、「赤い蝙蝠傘」が「頭に飛び込んで」くる。代助を囲む「赤」が「それから、それへ」と彼の頭に回転しながら取り込まれる。夢の物足りなさを想像で補わなければならなかったのが、このいま、過酷な夢とつながった現実が代助を容赦しない。

代助は「われ知らず、自分のとうに棄却した問題に襲はれて」（十一の二）いった。その情緒は、意識が振り捨てたはずの「それから」を、「それから、それへと」取り戻す。

『それから』は、不要なものの排除、忘却、そして「棄却」を許さない思想の事件として成立している。

漱石が力を入れたのは、小説内部からあふれ出す時間の創作である。空想を遊ばせる趣味の場に過ぎないように思われていたヴァルキューレの画が、じつは、代助の秘められた情緒を押し隠す貯蔵庫であって、しだいにその画をとおして出て来た情緒が彼の現実を揺るがすように押し迫る。代助にとって昔から親しみのあるものが、いつのまにか抑圧されていた事柄を指し示し、無気味な力として現れたということである。こうして登場人物に襲来する、彼らの現実をも変える情緒の記憶は、個別なそれであって、小説に通例ふりあてられる計測可能な時間ではない。

漱石が描こうとしたのは、意識の届かない領域へ押し込んだ、観念、印象、情緒であっても、たがいにつながりあい、束となり、現在時に生息しはじめるということである。漱石は、登場人物が意識的に振り捨てたことを、ひそかに小説の風景に盛り込む。そして、登場人物の情緒はその古い記憶を確かめさせる徴候に触れてしまうのだ。

その情緒の反応の過程が小説の時間を形成する。微視的な状況が目に見えるところまで進行するとき、漱石の小説は、あたかも現実を踏み越えるかのような力をもって現出する。

（1）越智治雄がこの小説において過去の時間は「三四年前、四五年前、五六年前と、切れ目のあいまいなままに流動し」と述べている（『漱石私論』角川書店、一六二―一六三頁）。しかしながら、代助による「過ぎ去った時間への問いかけ」は越智の言うようなあいまいさとは無縁である。すなわち、平岡と三千代とが結婚した三年前、代助と菅沼とが知り合った五年前から何年離れているかという明確な時間認識で「三四年前、四五年前、五六年前」が用いられている。

（2）この「ヴルキイル」が、北欧神話に出てくる、戦死した勇者を選ぶ女神であることの指摘は、勝田和学が『イメージ・シンボル辞典』を引いて行っているが、漱石の蔵書や、ヴォルスンガ・サガについては触れていない（「『それから』の構造――〈花〉と〈絵〉の機能の検討から」『国文学　言語と文芸』一〇〇号、一九八六年十二月、七五―七六頁）。他に、江藤淳がこの壁絵にウィリアム・モリスの影響を指摘している（『講座　夏目漱石』第三巻、有斐閣、一九八一年、六七頁）。

（3）この考察は、フロイト「機知――その無意識との関係」（原著一九〇五年、生松敬三訳、『フロイト著作集』4、人文書院、一九七〇年）における、重要であるが感情を害する要素が、検閲を通り抜ける要素で置き換えられること、象徴や比喩や小さなもので代用されることを明らかにした論考から、示唆を受けている。

（4）オーディンについては、カーライルが *Sartor Resartus; Heroes and Hero-Worship; Past and Present* の第一講で、英雄として最初に北欧神話のオーディンを挙げている。漱石はその説明を早くから読んでいたろう。漱石所蔵のこの書は、タイトルページがなくなっており、書誌情報が不明である。つぎの一節を引いておく。"That the man Odin, speaking with a Hero's voice and heart, as with an impressiveness out of Heaven, told his People the infinite importance of Valor, how man thereby became a god; and that his People, feeling a response to it in their own hearts, believed this message of his, and thought it a message out of Heaven, and him a Divinity for telling it them: this seems to me the primary seed-grain of the Norse Religion, from which all manner of mythologies, symbolic practices, speculations, allegories, songs and sagas would naturally grow." Thomas Carlyle, *Heroes and Hero-Worship*, New York: Peter Fenelon Collier, 1897, p. 265. 拙訳すれば以下のとおり。「オーディンという男が、英雄の声と心で、天来の印象深さをもって語り、彼の民衆に、勇気が限りなく重要であり、勇気によって人間が神となると説くこと。そして彼の民衆は心ひそかに共鳴を覚え、オーディンのこの託宣を信じ、これを天からのお告げと思い、これを彼らに伝えたという理由でオーディンを神だと考えたこと。これらのことが私には北欧の宗教の第一義的な種子であると思われる。ここからあらゆる種類の神話、象徴的儀式、思索、寓意物語、詩歌、サガが自然に芽生えていったのだろう」。

(5) フォルケ・ストレム『古代北欧の宗教と神話』原著一九五七年、菅原邦城訳、人文書院、一九八二年、二〇四頁。また、漱石の蔵書にある *Völsunga Saga* の翻訳者註にも同様の説明があり、後述する。

(6) 明治三十三年日記1によれば、十一月七日と十一月二十一日に「Ker ノ講義ヲ聞ク」とあり、後者は「面白カリシ」とある(『漱石全集 第十九巻』、岩波書店、一九九五年、二八―二九頁)。

(7) *The Oxford Companion to English Literature*, edited by Margaret Drabble, fifth edition, Oxford, New York, Tokyo, Merbourne: Oxford University Press, 1985, p. 530.

(8) 稲垣瑞穂は漱石がロンドン大学を受講したころの科目について調べあげている。それによれば、ケア教授は「15世紀イギリス文学史講座」を持ち、モリスの編集した『古英語詩文集』と『初期の英語頭韻詩』とをテキストに用いていた(『夏目漱石ロンドン紀行』(清水堂、二〇〇四年、五五頁))。

(9) 古代、アイスランドにはスカルデと呼ばれる吟誦詩人がいて、詩の語法が伝授されていた。一二二〇年頃、スノリ・ストゥルソンという詩人、批評家、歴史家であった人物(他に、外交官、政治家など)が一つの詩学の書を著した。それが『散文のエッダ』である。詩の技法の書という性格上、数多くの古代北欧の歌謡、伝説など『古エッダ』が引用されていた。同時に、原典から材料を採りながらの彼の手になる創造もあるようだ。なお、後述するシグルズとブリュンヒルドの娘とされるアスロオグの名も、この「詩語法」のなかに見られるという。時代は下って一六四三年、アイスランドの司教スヴェンソンによって『古エッダ』の写本が見つけだされた。同じタイプの詩もその後発見されていった。全体で三十四篇のこれらの詩は総称して

『古エッダ』あるいは『詩のエッダ』と呼ばれている。これらの詩の大多数が十世紀に作られたものだという。対して、物語のほうは、サガと呼ばれている。サガは七百篇以上あるといわれる。十三世紀に書き起こされ、今に伝えられている（K・クロスリイ・ホランド『北欧神話』原著一九八〇年、山室静・米原まり子訳、青土社、一九八三年、三〇一―三三頁）。

(10) *The Dark Ages*, Edinburgh and London: William Blackwood and Sons, 1904, p. 249. これは漱石の蔵書と同書である。

(11) *Ibid.*, p. 288.

(12) W. P. Ker, *Epic and Romance: Essays on Medieval Literature*, London: Macmillan and Co., 1922, pp. 130-131. これは漱石の蔵書と同書である。

(13) *Ibid.*, p. 98.

(14) ブリュンヒルドというヒロインの性格について、正しく想像され、強く表現されていると、また、彼女の心理の変化について、はっきりと目論まれていたかのように、印象的だと述べられる。*Ibid.*, pp. 104-105.

(15) *Ibid.*, p. 244. ケアはアイスランド・サガについての長い考察を終えるにあたり、つぎのような言葉でまとめている。

"The Sagas are more solid and more philosophical than any romance or legend." p. 245.

(16) 漱石は他にも、Frederic W. Moorman という英文学者による *The Interpretation of Nature in English Poetry from Beowulf to Shakespeare* (Strasburg: K. J. Trübner, 1905) という著作も持っており、そこでは、自然を崇拝する古英詩のルーツとしてオーディンなどの北欧神話の世界やスノリ・ストゥルソンによるエッダが指摘されている（pp. 6-7)。Moorman は現存の英詩がノルマン人の征服後に書かれたものであることを重視している（p. 40)。また、自然を深く取り込んだ『ニーベルンゲンの歌』が北欧から伝えられたことも述べている（pp. 16-17)。なお、漱石の留学時代のノートに「Valhalla of the Norsemen, old warriors ノ ideal.」（ノートI―1「The View of the World」『漱石全集 第二十一巻』岩波書店、一九九七年、二六頁）という言葉がある。このヴァルハラとは、ヴァルキューレが勇気ある戦士を戦場から選び出し、最終戦争に備えて集めたとされる館の名称である。なお、江藤淳が『幻影の盾』を論じてすでに、漱石がオーディン神話についてケアから知識を得たのだろうと推測している（『漱石とその時代』第三部、新潮社、一九九三年、七一頁）。

(17) ウィリアム・モリスのアイスランドへの旅を案内したアイスランド人。ウィリアム・モリス『アイスランドへの旅』原著一九一一年、大塚光子訳、晶文社、二〇〇一年参照。

(18)　*Völsunga Saga: The Story of the Volsungs and Niblungs, with Certain Songs from the Elder Edda*, translated by Eirikr Magnússon; and William Morris, edited by H. Halliday Sparling, London: Walter Scott, 1888, p. x. これは漱石の蔵書と同書である。

(19)　*Ibid*., p. 30.

(20)　同翻訳者序はさらに、ヴォルスンガ・サガが十二世紀のいつかに、伝承や、吟唱詩人に知られていた断片、当時書き写され今に伝わる歌から構成されたと述べている（*Ibid*., p. xl.）。ケアはイプセンが *Warriors in Helgeland* という劇でシグルズとブリュンヒルドの物語を名前を変えて用いられたことを紹介している。ただしその劇にはオーディンのミステリーやヴァルキューレがないと述べている（W. P. Ker, *op. cit*., p. 259）。漱石は談話、講演でイプセンに多く言及するが、なかでも『それから』を発表する直前の「予の希望は独立せる作品」（『新潮』一〇巻二号、一九〇九年（明治四十二年）二月一日）で、イプセンの作には「生命」のあることを指摘しているのが注目される（『漱石全集 第二十五巻』三四三―三四五頁）。漱石は、イプセンの手がけていないヴァルキューレを小説に盛り込もうとしたのだと考えられる。

(21)　「ヴォルスンガ・サガ」『アイスランド　サガ』（谷口幸男訳、新潮社、一九七九年、五三五―六〇〇頁）を参照した。なお、『それから』とブリュンヒルドとシグルズの悲劇とは、物語の基本要素の面で非常に近似している。愛を誓った二人がいて、再会し、誓いを確認して、指輪が交換される。そのことを忘却しているとき、男は友のために、自分が愛を誓ったはずの女との結婚を取り持つ。記憶が甦ってきたときにはもはや、女は友の妻となっている。指輪の存在が二人の愛の軌跡を保存していて、真実が明らかになる。男が病床に臥している女に愛を訴えるが時すでに遅いという物語型がそれである。

(22)　*Völsunga Saga*, *op. cit*., p. 72. 註に、一連のスタンツァは翻訳者によって、シグルドリーヴァの歌から挿入されたとある（*Ibid*., p. 68）。また、その歌の続きが“CERTAIN SONGS FROM THE ELDER EDDA, WHICH DEAL WITH THE STORY OF THE VOLSUNGS.”として同書の最後に収録されている。すべてのルーンの教えをまとめる、ブリュンヒルドの謡う詩の部分を引用しておこう。

“These be the book-runes,
And the runes of good help,
And all the ale-runes,

And the runes of much might;
To whomso they may avail,
Unbewildered unspoilt;
They are wholesome to have:
Thrive thou with these then,
When thou hast learnt their lore,
Till the Gods end thy life-days." (*Ibid.*, p. 74)

拙訳は以下のとおり。

「これらはブナのルーン、
そして安産のルーン、
醸造酒のルーンのすべて、
すぐれた力のルーン、
それらが助けるだろう人みな、
惑わされないように害なわれないようになるだろう。
これらの文字を持ち、豊かになるだろう、すなわち、
これらの文字があればあなたは発展するだろう、
あなたがそれらの教えを学んだなら
神々があなたの人生に終止符を打つまで
その恩恵にあやかりなさい」

ケアは、多くの学ぶべきことが詩に現れるとし、とくにこの場面に言及し、シグルズがヴァルキューレの眠りを覚まし、彼女が彼にルーンとその力について教えるとしている（*The Dark Ages, op. cit.*, p. 274.）

なお、ルーン文字とは、古代北欧の文字のことである。その説明については、カーライルの以下の文章を参照のこと。

"Odin's *Runes* are a significant feature of him. Runes, and the miracles of "magic" he worked by them, make a great feature in tradition. Runes are the Scandinavian Alphabet; suppose Odin to have been the inventor of Letters, as, well as "magic," among that people! It is the greatest invention man has ever made, this of marking down the unseen thought that is in him by written characters. It is a kind of second speech, almost as miraculous as the first." Carlyle, *op. cit.*, pp. 259-260. 拙訳すれば以下のとおり。「オーディンのルーンは彼の重大な特徴である。ルーンと、それによって彼が行った「魔術」の奇跡とは、伝説上の一大特色をなしている。ルーンはスカンディナヴィアのアルファベットである。オーディンが、「魔術」と同様、人々のあいだにある文字の考案者であったと仮定してみよ！　書かれた文字によって、心のうちにある目に見えぬ思想を記しとどめるこの発明は、人間のかつて成しとげた最大の発明である。それは第二の言語とも称すべき、第一の言語に匹敵する奇跡である」。

(23)　ストレムはつぎのように述べる。「ディースの機能の一つ——そして、もっとも些細ならざるもの——は、産褥中の女をまさかの時に助けて彼女に生命の果実を産ませることであった。このきわめて重大な任務がディースたちに、運命の存在としての特殊かつ重要な地位を与えたのである。(／)ディースたちは運命決定の力としては、特別な名、すなわちノルンの名を賦されている。ノルンたちは人間の寿命を計りとり、個人の出生時にその人生を決定した」(前掲『古代北欧の宗教と神話』二一二頁)。また、マッケンジーによれば、ディースのうちには、「まだ生まれていない赤児の面倒を見て、人間界の中で親切な母親を彼らのために見つけてやる」乙女もいるという(ドナルド・A・マッケンジー『北欧のロマン　ゲルマン神話』原著一九一二年、東浦義雄・竹村恵都子訳、大修館書店、一九九七年、三八頁)。

(24)　シグルズは竜の心臓を食べることによって鳥の言葉が分かるようになり、ブリュンヒルドの眠っている城にやってくる。

(25)　前掲『古代北欧の宗教と神話』三四頁。

(26)　一箇所というのは、代助の顔色について、門野が「大変顔の色が悪い様ですね、(……)」(十三の五)と聞いている箇所である。それは代助が「必竟は、三千代が平岡に嫁ぐ前、既に自分に嫁いでゐたのも同じ事だと考へ詰めた」後であるので、三千代の顔色の悪さは煎じ詰めれば、自分のせいであったと受けとめたゆえの顔色として、巧みに描かれている。

(27)　H. R. Ellis Davidson, *Gods and Myths of Northern Europe*, London: Pelican Books, 1964 (=Penguin Books 1990), p. 64. 拙訳。原文は、"Old Norse literature has left us with a picture of dignified Valkyries riding on horses and armed with spears, but a different, cruder picture of supernatural women connected with blood and slaughter has also survived. Female creatures, sometimes of gigantic size, pour blood over a district where a battle is to take place; they are sometimes described as carrying troughs of blood or riding on wolves, or are seen rowing a boat through a rain of blood falling from the sky. Such figures are usually omens of fighting and death; they sometimes appear to men in dreams, and they are described more than once in skaldic verse of the tenth and eleventh centuries.”

(28) ストレムによれば、フュルギャは運命決定の力をもつ（前掲『古代北欧の宗教と神話』二〇五頁）。

(29) この小説には睡眠から覚醒への推移をとらえる場面の多いことは、すでに、熊坂敦子（「『それから』――自然への回帰」『日本近代文学』一〇集、一九六九年五月『夏目漱石の研究』桜楓社、一九七三年）や吉田熈生が指摘している。吉田はこの意味を、「代助の関心が意識と無意識、すなわち自己の存在と無化に向けられていることを示していよう。そして睡眠と対比された覚醒は、意識の始まりであり、逆に覚醒と対比された睡眠は意識の終りであるから、睡眠と覚醒という命題は、時間としての自己了解、あるいは自己了解としての時間への関心を示していると考えられる」と述べる（前掲論文、一二一頁）。「自己了解」の意味がとりにくいが、彼は要約して「自己了解は持続と記憶とを核とし、関係性としての美意識との関連において現れる」、「自己了解の強度の増大は、客観的時間の属性に対する矛盾として現れる」と述べている（前掲「代助の感性――『それから』の一面」一二四頁）。

(30) *Völsunga Saga, op. cit.*, p. 97.

(31) 私は William Morris, *The Earthly Paradise*, vol. 3, Boston: Roberts Brothers, 1893. pp. 80-165. を使用した。漱石の蔵書にあるのは、*The Earthly Paradise*, Longmans, London: Green & Co., 1900 である。

(32) 江藤淳「『それから』と『心』」『講座夏目漱石　第三巻　漱石の作品（下）』有斐閣、一九八一年、六七頁。

(33) カーライルは北欧神話についてつぎのように述べている。“Among those shadowy *Edda* matters, amid all that fantastic congeries of assertions, and traditions, in their musical Mythologies, the main practical belief a man could have was probably not much more than this: of the *Valkyrs* and the *Hall of Odin*; of an inflexible *Destiny*; and that the one thing needful for a man was *to be brave*. The *Valkyrs* are Choosers the Slain: a Destiny inexorable, which it is useless trying to bend or soften, has appointed who is to be slain; this was a fundamental point for the Norse

believer; —as indeed it is for all earnest men everywhere, for a Mahomet, a Luther, for a Napoleon too. It lies at the basis this for every such man; it is the woof out of which his whole system of thought is woven." Carlyle, *op. cit.*, pp. 263-264. 拙訳すればつぎのとおり。「これらの影に包まれたエッダの事項のうち、その音楽的な神話における、主張と伝説のあの奇想天外なあらゆる寄せ集めのなかで、人間の持ち得た実際的信仰の根幹はおそらく、以下に述べることを出なかったのではないだろうか。すなわち、ヴァルキューレとオーディンの館についての信仰、変えがたい運命についての信仰、そして人間にとって唯一の必要事は勇敢であることだという信仰。ヴァルキューレ女神群は戦死者の選択者である。苛酷な運命とは、曲げようとしても和らげようとしても無益で、誰が殺害されるべきかを指名してきた。これが北欧の信仰者にとって根本的に重要なことであった。—いや、世界のどこでも、熱誠の者にとって、たとえばマホメット、ルター、ナポレオンにとっても事実そうであるように。それは、そのような人物すべてにとって根底にあり、思想の全体系が織り出される横糸となっているのである」。

(34)　*Ibid.*, p. 264.

(35)　吉田凞生によって「三千代との関係は単なる過去ではなく、自己了解としての記憶である。三千代との時間は、均質的に直線として流れた時間ではなく、現在に向って累積した時間である」(前掲「代助の感性——『それから』の一面」一二四頁)と喝破されたその内実を本稿ではより掘り下げる試みを行った。

(36)　アーサー・コットレル『世界の神話百科　ギリシア・ローマ・ケルト・北欧』原著一九九七年、米原まり子他訳、原書房、一九九九年、四二〇—四二一頁。

(37)　代助の脳が「蝙蝠の様な幻像」を産み出すとは、狂気を意味する"to have bats in the belfry"(鐘楼のなかに蝙蝠をかう)をふまえていよう。アト・ド・フリース『イメージ・シンボル事典』原著一九七四年、山下主一郎他訳、大修館書店、一九八四年、四七頁参照。

(38)　北欧神話におけるリングは「運命の力の象徴であり、最も陰鬱な場合は、滅亡の象徴でもあった。名高いもののひとつが呪われた指輪アンドヴァリナウトで、それは多くの生命を奪った」とされる(前掲『世界の神話百科　ギリシア・ローマ・ケルト・北欧』四八三頁)。シグルズが竜ファーヴニルを殺害して手に入れたのが、その「アンドヴァリナウト」である。

(39)　代助が三千代に告白したとき、三千代は「残酷だわ」と言うが、代助が自分は「罰」を受けていて、結婚できずにいるのは「貴方が僕に復讐してゐる」からだと言っている。この言い分はそのままでは解しかねるが、ヴァルキューレ、ブリュンヒルドが最愛のシグルズに行った「復讐」に重ねれば分かりやすい。ブリュンヒルドとシグルズのやりとりを引用しておこう。それは代助の感じ取る「心臓」への不安を説明するようにも思われる。"This is the sorest sorrow to me," she said, "that the bitter sword is not reddened in thy blood." (/) "Have no fear thereof!" says he, "no long while to wait or the bitter sword stand deep in my heart; and no worse needest thou to pray for thyself, for thou wilt not live when I am dead; the days of our two lives shall be few enough from henceforth." (/) Brynhild answers, "Enough and to spare of bale is in thy speech, since thou bewrayedst me, and didst twin me and all **bliss**; —naught do I heed my life or death." *Völsunga Saga, op. cit.,* p. 106. 太字強調は引用者による。拙訳すれば以下のとおり。「最も悲痛な私の嘆きは」彼女（ブリュンヒルド）が言った。「鋭い剣をあなたの血で赤く染めることができないことです」（／）「その恐れはご無用！」と彼（シグルズ）が言う。「長く待つ必要はない。そうでなくても、鋭い剣が私の心臓深くに突き刺さるだろう。これ以上悪いことをあなたは望むことはできまい。というのも、私の死後、あなたは生きてはいないだろうから。私たち二人の命は今後いくばくもないだろう」（／）ブリュンヒルドは答えた。「あり余るほどの不幸があなたの言葉にあります。あなたが私を裏切り、私を引き裂き、すべての幸《ブリス》を割いて以降は。生きるか死ぬかを私は決して気に留めません」。

　三千代に告白する直前の、代助の状況を記した叙述はこうである。「さうして凡てが幸《ブリス》であつた。だから凡てが美しかつた。（／）やがて、夢から覚めた。此一刻の幸《ブリス》から生ずる永久の苦痛が其時卒然として、代助の頭を冒して来た」（十四の七）。ルビは漱石自身による。ヴォルスンガ・サガの言葉遣いがふまえられている。

(40) フロイトは『無気味なもの』（『フロイト著作集』3、原著一九一七年、高橋義孝他訳、人文書院、三二七―三五八頁）で、かつて親しくなじみがあり、抑圧を経てふたたび戻ってきたものが「無気味なもの」として現れることを言う。この小説における、回帰してくる「夢」は、無気味なものとはやや異なるが、その運動が類似しているといえるだろう。

(41) William James, *The Principles of Psychology*, vol. 1, New York: Dover Publications, Inc., 1950, pp. 245-246.

(42) その部分を引用しておく。なお、この部分を含めて、漱石手沢本 *Völsunga Saga* には、Chapter XXXII. Of the Ending of Brynhild にあたるすべてのページの角を大きく折った跡がある。"Now is the dead corpse of Sigurd arrayed in olden wise, and a mighty bale is raised, and when it was somewhat kindled, there was laid thereon the dead corpse of Sig-

urd Fafnir's-bane, and his son of three winters whom Brynhild had let slay, and Guttorm withal; and when the bale was all ablaze, thereunto was Brynhild borne out, when she had spoken with her bower-maidens, and bid them take the gold that she would give; and then died Brynhild, and was burned there by the side of Sigurd, and thus their life-days ended." *Völsunga Saga, op. cit.*, p. 124. 拙訳すれば以下のとおり。「シグルズの遺骸は古くからの流儀で葬られ、巨大な火葬堆が積まれた。それが勢いよく燃え上がったとき、ファーニヴニル殺しのシグルズの遺体、ブリュンヒルドが殺させた三歳の（冬を三つ越えたばかりの）シグルズの息子、そしてグットルムの遺体がその上に置かれた。そして火葬堆がすっかり炎で輝いたとき、ブリュンヒルドは彼女の部屋つきの侍女たちに声を掛け、彼女が与えたいと思う黄金を受け取るように言ってから、その火葬堆に我が身を運ばせた。それでブリュンヒルドは死に、シグルズの傍で焼かれた。こうして彼らの命ある日々は終わったのだ」。

(43)　また、北欧神話では、古エッダ歌謡の冒頭に置かれた『巫女の予言』に示されるように、「ラグナロク」という、火による世界破滅が予言されており、主神オーディンがヴァルキューレに戦場から勇者をヴァルハラに集めさせるのも、その世界の終末、炎上に備えるためだとされる。なお、ラグナロクについて研究した古典的名著がある。オルリック『北欧神話の世界　神々の死と復活』（デンマーク語原著 *Om Ragnarok*, 一九〇二年、尾崎和彦訳、青土社、二〇〇三年）である。

# 第三章　『道草』という文字の再認――生の過程をつなぎなおすために

## 第一節　現在からの呼びかけ

『道草』[1]で開かれる記憶は登場人物の想像力を刺激する。想起した微細な事象に登場人物の意識が一度でも振り向けば、その事象は小説の表面上から消えたのちも、彼／彼女の内側で存在しつづける。そのような登場人物の記憶と現在時との交渉について考察する。

主人公健三の過去と現在時との関係を問う研究は多くの成果を挙げてきた[2]。とりわけ中島国彦が早くに、『道草』を「過去の事実」が健三を「所有」し、「新たに発見された意味が再び健三の意識や彼を取り巻く現実世界に働きかけるという生きた構造」として捉えたことを評価したい[3]。また健三が経済的交換に目覚めた意義について論ずる研究も『道草』論の地平を「言葉の生誕」[4]の考察へと開いた。しかし健三が「不図《ふと》何か書いて見やうといふ気」（百一）を起こすまでの精神的営為についてはまだ十分に議論が尽くされていない。とくに、健三の記憶想起と彼の執筆行為との関係を探る考察はいまだない。

そこで本章は、健三による記憶想起が積み重なることで、彼が執筆に至るまでの動機を育んでいったその過程を析出したい。

『道草』には、主人公、健三が青年に対し、「仏蘭西のある学者が唱へ出した記憶に関する新説」（四十五）を話すくだりがある。未来が塞がれたとき「凡ての過去の経験が一度に意識に上る」（四十五）と「此哲学者」はみなしているという。それは、ベルクソンが『物質と記憶』で記憶の再現について考察する章段で出した例証である。『道草』で引かれたくだりの直前部分にあたる『物質と記憶』の一節をここで紹介したい。そこでは夢や夢遊状態における記憶力の「高揚」が言われ、そのような場合に現れてくる正確な記憶についてこう述べられる。

Memories which we believed abolished then reappear with striking completeness; we live over again, in all their detail, forgotten scenes of childhood; we speak languages which we no longer even remember to have learnt.(5)

［拙訳］消えてしまったと信じていた記憶がそのとき驚くべき完全さをともなって再び現れるのである。忘れ去っていた幼少時の光景を、細部にいたるまでふたたびありありと生きなおす。たとえば、習ったことさえもはや覚えていない言葉を語るのだ。

健三はベルクソン『物質と記憶』をすでに読んでいる人間と設定されている。ということはつまり、健三自身で自身の体験をベルクソンを通してつかみなおす道がこの小説には敷かれていよう。(6)

さらに、『物質と記憶』の同じ章段にはベルクソンの時間論の要と言える、現在の行為と関わる記憶の働きについて記される。

For, that a recollection should reappear in consciousness, it is necessary that it should descend from the heights of pure memory down to the precise point where *action* is taking place. In other words, it is from the present that comes the appeal to which memory responds, and it is from the sensori-motor elements of present action that a memory borrows the warmth which gives it life.(7)

〔拙訳〕回想が意識に再び現れるためには、その回想が純粋な記憶の高みから行為の行われるまさにその場所まで降りてゆくことが必要となる。言い換えれば、記憶が応える訴えかけの起こるのは現在からであり、それに生命を与える温もりを記憶が借りるのは、現在の行為の感覚＝運動の要素からなのである。

記憶はその作動のために、現在の感覚＝運動の要素から生命を得るとされている。

その説にならうかのごとく、『道草』では健三を記憶へ誘う契機がいくつも設けられる。健三はしばしば、書物や書画、書付を見て追憶を始める。島田のことを相談に訪ねた姉の家で「筒井憲」という「落款《らつかん》」のある「子供の時から見覚えのある古ぼけた額」（四）を目にし、そこから少年期の自分と姉夫婦とのやりとりが回想される。

また、姉の夫、比田から見せられた、「美《み》濃紙《のうがみ》版の浅黄《あさぎ》の表紙をした古い本」の「江戸名所図絵」（二十五）から、「子供の時分」その「挿絵を拾つて見て」いった「懐かしい記憶」を思い起こす。それら舞い戻ってきた記憶に、健三は「懐かしい」という新たな「熱気」を与えるのである。

## 第二節　記憶の再統合

記憶から甦る物は多く、書物、書画、書付である。幼い健三に言われるままに島田が買い与えた物の記憶として、「武者絵、錦絵、二枚つゞき三枚つゞきの絵」（十五）がある。また、現在島田の話を聴きながら思い起こすのは、「池の端の本屋で法帖《ほうじょう》を買つて貰つた事」（十六）である。これらはたしかに「零砕《れいさい》の事実」（十五）だ。しかしそれらは「断片的な割に鮮明に彼の心に映るもの許《ばかり》」（十五）である。記憶のなかの書物や書画を凝視すれば、そこから彼の想像が伸びてゆく。登場人物がぶつかるように「零砕の事実」を配置する漱石にとって、健三の思考をどこに到達させるかは織り込み済みであろう。例を挙げよう。

法帖とは書の手本であり、島田から買ってもらったのは「董其昌《とうきしょう》の折手《おりて》本《ほん》」（十六）とある。先に引用したベルクソンの句にあるとおり、習ったことさえ覚えていなかったその本の文字を健三は思い出す。健三は島田が法帖の釣り銭の僅か五厘を取ろうとしていたことを苦々しく思い起こす。だが、それ以上のことも考えるはずだ。健三が董其昌を思うとき、後の青年期に身に付けた知識もあわせて思い出すに違いない。

董其昌とは明末期の、禅に帰依し、書画に優れた文人である。その書は「董体」と呼ばれる。とくに草書が有名で、日本にも江戸初期から彼の法帖が長崎を経由して多く舶載された。董其昌はまた山水画を得意とし、彼の画論は後世に大きな影響を及ぼす。董の『画禅室随筆《がぜんしつずいひつ》』では、禅家の南北二宗に喩えて、画を南北に分け、南宗文人画を尊び、北宗院体画を貶める立場を打ち出した。南宗文人画の系列の源流が王維にあることを主張したそれは、当時定説となっていた。[8]

さらに、董其昌の、詩文集『容台集《ようだい》』の別集に収められた、「画旨」と題される画論も著名である。そこで彼は、画家の六法の一つ、「気韻生動《きいんせいどう》」に新しい意味を与える。気韻生動は生まれながらにして知るのみではない。「万巻の書を読み、万里の路を行」けば、胸中に自然が「写し出す」ようになると述べる。(9)

健三は妻の実家の昔を回顧し、その「張交《はりまぜ》の襖には南湖《なんこ》の画だの鵬斎《ぼうさい》の書だの」について、妻の祖父母の「趣味を偲ばせる記念《かたみ》」（五十八）であったと振り返っている。南湖とは、江戸後期の南宗派の画家、春木南湖で、谷文晁《たにぶんちょう》の弟子である。当時江戸では文晁と併称されるほどであった。(10) 鵬斎とは、南湖とほぼ同時代の文人、亀田鵬斎のことであり、鵬斎賛の南湖の画もある。(11) 彼は折衷学派(12)であった。家塾を開いていた彼は、松平定信による、朱子学以外を禁ずる寛政異学の禁により、塾を閉じ、漢籍、詩文、書画、考証学をなす閑居の日々を送るようになる。(13) だが、晩年は飄逸な叢書と瀟洒恬淡な画が人気を呼び、江戸文壇の寵児になったという。(14)

まず確認したいのは、江戸後期の文人にとって、書と画とは切り離せない一体のものであったことだ。健三もまた、書と画を対に考えており、文人と地続きの感性の持ち主であるとうかがえる。書家であると同時に画家であった鵬斎の則る画論は、董其昌の写生論の応用ともいえる、心に映じた山水を描くという画論、写意論である。鵬斎の代表作、『胸中山』(15)はその究極のスタイルとされ、鵬斎の胸中の山水を描いたとされる。

「南湖の画だの鵬斎の書だの」の「張交」は健三の帰国したとき、すでに売られていたらしい。それについて振り返る現在の健三は、董其昌によって提案された、胸中に自然を写し出す術が、いかに南湖や鵬斎に注ぎ込んだかを把握していよう。すると健三は、董其昌の述べるように、「万巻の書」を読むことが、とりわけ、董其昌の法帖を島田に買ってもらうことが、自分の人となりをつくるうえで欠かせない体験であったと痛感しないわけにいかない。

董其昌の法帖の文字が彼の内側に刻まれ、それらが彼自身の成長に見合うだけの情報を時々に得ていたからこそ、健三は「南湖の画だの鵬斎の書だの」を見分けられる印象と観念とを身に付けているのだ。同じことは彼が「子どもの時分」丹念に見ていたという「江戸名所図絵」(二十五)に関しても言える。その写実的な挿絵を描いた長谷川雪旦も南湖、鵬斎と同時代人である。かくのごとくひそかに連合しはじめた健三の記憶が記される。『道草』には、数度の再考のうえ束ねられて再生される記憶が動いている。

そもそも漱石がベルクソンに興味を抱いたのは、ウィリアム・ジェイムズの示唆による。ジェイムズは『心理学大綱』の記憶に関して記した章でこう述べている。単に再現されたというだけでは記憶と言えない。記憶と言いうる条件として、想像された事柄が過去と関連させられ、過去にたしかに存在したと、考えられなければならない。ある事実を過去の出来事に関連づけるとは、多数の隣接した連合体とともに考えられることに他ならない。くわえてジェイムズは、記憶とは自分の過去において、日付が付いていなければならないとする。[16]

健三の回顧する昔の「細かい絵」にははじめ「何れを見ても日付がついてゐなかつた」(十九)とある。このような状態から始まり、健三はみずからの経験であったはずの記憶を摑みなおす。小説において個人的な時間が創出されてゆく過程である。

連合し、位置づけられてはじめて記憶と言えるという、ジェイムズの見解は、『道草』における記憶の構造全体をよく説明する。たとえば董其昌の法帖の場合、幼い健三には文字の意味もよく呑み込めていなかったが、青年となって身に付けた知識によって、過去の董其昌の文字の意味、ならびに、「南湖」や「鵬斎」につながる脈絡をさかのぼって把捉できる。

そのとき初めて、董其昌の法帖は、健三の確かな記憶として存在するようになる。董其昌の草書を書の手本として見た文字形態だけでなく、そこに記された意味内容まで摑むのだ。記憶統合の重層的なメカニズムが示されている。

## 第三節　文字と声

本節ではさらに詳しく、記憶の情緒が喚起され、記憶の再定位が行われるさまについて検討する。健三は、実父が島田対策のために保存していたという「書付《かきつけ》の束《たば》」（三十一）に出会わされる。「手続き書と書いたものや、取り替せ一札の事と書いたものや、明治二十一年子《ね》一月約定金請取《うけとり》の証と書いた半紙二つ折の帳面やら」が出てくる。「其帳面の仕舞には、右本日受取右月賦金は皆済相成候事《かいざいあいなりそうろうこと》と島田の手蹟《しゅせき》で書いて黒い判がべたりと捺してあった」（三十二）という。これらは健三が養家と実家とのあいだを金で行き来させられた言語的証拠だ。それらは健三にとって見覚えのない証文であり、自分では再生できない過去である。彼はそれを読むのを途中で断念してしまう。

　しかし「読みにくい彼の父の手蹟」とあるように、健三は、書体やくずし癖なら見覚えがあり、そこから養父の手蹟と実父の手蹟とを見分けてみせる。この文字形態がつぎに見るように、現在響く声によって肉づけられ、息吹を吹き込まれる。文字を書いたひとのあつみが立ち上がる。

「是を御覧、迚《とて》も読む勇気がないね。只でさへ判明《わか》らない所へ持つて来て、無暗《むやみ》に朱を入れたり棒を引いたりしてあるんだから」

健三の父と島田との懸合《かけあい》に就いて必要な下書らしいものが細君の手に渡された。細君は女丈《だけ》あつて、綿密にそれを読み下した。

「貴方の御父さまはあの島田つて人の世話をなすつた事があるのね」

「そんな話は己も聞いてはゐるが」

「此所に書いてありますよ。――同人幼少にて勤向《つとめむき》相成《あいな》りがたく当方《とうかた》へ引き取り五ヶ年間養育致候《いたしそうろう》縁合《えんあい》を以てと」

細君の読み上げる文章は、丸で旧幕時代の町人が町奉行か何かへ出す訴状のやうに聞こえた。其口調に動かされた健三は、自然古風な自分の父を眼の前に髣髴した。（三十二）

父の書いた文章が、健三の妻、御住《おすみ》の眼で「読み下」される。彼女の声によって古い文が現前化するさまは「読み上げる」とされる。過去の文字が読み上げられ、現在の「熱気」を与えられる。かつて見たことがなく、今も途中で読むのをやめてしまったその文字は、御住の声を通して健三の現在に存在する。文字形態の記憶に聴覚の記憶が加わってようやく、そのような文字を書き、そのような声を発していた特定の個人を髣髴とする。紛れもない記憶想起のプロセスだ。[17] 小説の文字から読者を小説世界に引き込む術がここには隠されている。読者に、文字の奥に潜んだ音声が響いてくる。

御住の見つけ出した書付に、実父による「島田に渡した金の証文」があり、そこには「然る上は健三離縁本籍と引替に当金〇〇円御渡し被下《くだされ》、残金〇〇円は毎月《まいげつ》三十日限り月賦にて御差入の積《つもり》御対談云々」（三十二）と書かれてあった。島田にとって健三が金づるだったと分かる。しかしながらそれを見ても、健三の感想は「凡て変梃《てこ》な文句許だね」（三十二）に留まっている。彼にはその事実をみずから経験したとは実感できていない。

健三が懐かしさに駆られ、積極的に過去へ想像力を伸ばそうとするのは、書付のなかから「小学校の卒業証書」や「賞状」が出てきたときである。その賞状には賞品名として「筆墨紙《ひっぼくし》」と断ってあった。健三は御住に言う。「書物も貰つた事があるんだがな」。

彼は勧善訓蒙《かんぜんくんもう》だの輿地誌略《よちしりやく》だのを抱いて喜びの余り飛んで宅《うち》へ帰つた昔を思ひ出した。御褒美をもらふ前の晩夢に見た蒼い龍と白い虎の事も思ひ出した。是等の遠いものが、平生と違つて今の健三には甚だ近く見えた。

（三十一）

健三は当時大きな喜びを感じた、賞をもらう前夜から帰宅までを思い起こす。彼の個人的情緒が喚起され、ようやく記憶が手に入る。そして一気に過去が現前化するという心のなかのクローズアップが、「今の健三には甚だ近く見えた」と表される。その過去は読者の眼前にも近づけられている。健三が忘れていた書物に附着する情緒を思い出すのにしたがって、微視的な時間が波立ち、小説という虚構の時空ができあがる。

ここで『勧善訓蒙』がこの小説で果たしている役割について検討したい。健三は現在、数え年で「三十六」（五）であり、生まれが中国の占星術で九星のうちの「七赤《しちせき》」、すなわち、一八六七年（慶応三年）とされている。よってもし順調に小学校に入学していれば、一八七三年（明治六年）から小学生であった。[18]

健三が思い出したのと同じ書物である可能性が高い、一八七一年（明治四年）に刊行された、箕作麟祥訳述『泰西勧善訓蒙』（名古屋学校蔵版）を見ておこう。それは前編三冊、後編八冊、続編四冊となっている。前編の原書は、フランスのボンヌという著者による倫理の書で、一八六七年パリで刊行された。フランスはもとよりギリシア、ローマ、また聖書から引かれた多くの道徳、教訓、生活指南の句が載っており、類似した戒めが近くの章にまとめられている。その第百十二章では、恩に報いないのは借りた金を返さないのに等しいと言われ、第百十四章では、忘恩の戒めが説かれる。そのあいだにある第百十三章から引用すれば、「（……）父母ハ我カ幼稚ノ時愛育シタルモノナル故ニ我其恩ヲ顧ミサル可ラス（……）」[19]とある。

幼い健三は、ただ書物を貰った喜びとそれを読むうれしさのみが先行し、本の内容を自身に引きつけて読むことはなかったであろう。しかし、島田に金をせびられそうな「今の健三」（三十一）がこの書物の内容を思い起こせば、父母に対する忘恩の戒めが意味のある文字として響いてくる。

彼は「三つから七つ迄《ママ》」（十九）養父母宅に（島田と御常《おつね》とが離縁後は御常のもとに）いたとされる。したがって七つの時点ではまだ養家から小学校に通っていたことになろう。『勧善訓蒙』を賞にもらって持ち帰った家が養家なのか実家なのかを特定することはできないが、『勧善訓蒙』がありありと思い浮かべられ、現在時の観念となり、当時の思い出へと送り返される。

『勧善訓蒙』第五十六章にあった「善書ヲ読ム時ハ人タル者ノ務ヲ励マシ[20]」という文言を思い起こすならば、健三は島田に買ってもらった「董其昌の折手本」（十六）をも顧みながら、いかに自分が読み書きできるようになったかについて考える。『道草』に出される書物、書画、書付はまるで健三の再考を待つかのように配置されている。

『道草』がひそかに組み立てているのは、登場人物の記憶していた文字形態や文字面のうえに、後から身に付けた知識が付加されるという記憶の成長である[21]。この点をさらに検証しよう。ベルクソンの新説まで連想されるほど、健三の思考が現在時の島田と過去の島田とを往復するようになったころ、島田が「李鴻章」の書を「好きなら上げても好ござんす」（四十六）と言い出す。

李鴻章[22]の書について持ち掛けられ、健三が思い起こすのは、島田が昔、藤田東湖の偽筆「白髪蒼顔万死余《はくはつそうがんばんしのよ》云云と書いた半切《はんせつ》の唐紙《とうし》」を「時代を着けるのだ」と言って「台所の竈《へっつい》の上に釣るしてゐた」（四十六）ことだ。陳腐な文字を金にしてやろうと企む島田の姿は東湖のその漢詩全文を引き連れて思い出されるだろう。現在の健三なら、藤田東湖が江戸に出て亀田鵬斎について儒学を学んだことも考えあわせるだろう。

幼い健三はむろん漢詩の内容まで考えなかった。しかしながら健三は長じて東湖の詩に接し直し、その意味も知る。健三は現在、漢詩の始まりの句を間違わずに覚えているぐらいだ。文字の意味が考えなおされる、健三の足取りが示唆されている。文字という観念が情緒を連れてきた。

東湖の漢詩とは「遺悶《いもん》二首」のうちの一首で、つづきは「平生豪気未全除　宝刀難染洋夷血　卻憶常陽舊草廬[23]」である。現在それを思い起こす健三が「舊草廬《きゆうそうろ》」について思い直すなら、島田から新しい独楽を買って貰って「時代を着けるために、それを河岸際の泥溝《どぶ》の中に浸けた」（四十）思い出の場所が浮上する。この、東湖の偽筆の想起と独楽の思い出とが連動しはじめれば、御住の声で開かれた「時代の付いた紙の色」（三十一）の書付までもが連合する。

小説に配される虚構の事象に、登場人物と同じだけ立ち留まってみるならば、登場人物の記憶と現在時とのあいだで取り交わされる熱い応答が見えてくる。健三の現在に古い文字が蓄積される。以後、健三は、新たに出会う過去を必ず、前に思い起こした文字と連合させて考えるだろう。彼は古い文字の効果のもとで思念する人物として造型された。健三は古い文字の刺激によって、記憶していた事柄をこの小説上に生成する役割を果たしている。

## 第四節　「夢」の作業

健三が忘れ去っていた過去の文字を読みなおし、自らの生を組みかえるありさまを指摘してきた。つぎに、健三の記憶想起とその結合とがどのように構成されているかについて検討する。

まず「幼少の時分是程世話になつた人に対する当時のわが心持といふものを丸で忘れて」（十五）しまっていた健三が、しだいに思い出す過程である。健三は現在、島田から金を請求される「不安」（二十）を抱えており、その「不安」がかえって、健三の言うままに金を使った養父母の「不安」（四十一）を引きあてる。[24]よく知られるように、健三は養父から「御前の御父ッさんは誰だい」（四十一）と聞かれ、養母から「健坊、御前本当は誰の子なの」（四十一）と繰り返し聞かれたことを思い出す。

彼は養父母のかつての「不安」を思うことでようやく、当時の自分の「ぼんやりした不満足の影」（四十一）に辿りつく。快い情緒をともなう書物などの記憶は早々と思い出されるが、養父母への不快な感情の想起はそうはゆかない。想起の順序は彼の内的必然性に基づいており、小説の言葉もその順序に沿って展開する。

健三によってひとたび想起された書物、書画、書付はひきつづき彼の記憶を喚起しつづける。その後の彼の想起にも積極的に関与してくる。たとえば、「錦絵」（四十一）を買ってくれた人を嬉しがらなかった自分の心持ちを疑問に思い、正確な記憶を探している。『道草』における記憶想起はこのように、思い出された書物、書画、書付などに支えられる。

健三自身、自らの記憶の実態を把握することに努める。彼は買ってもらった玩具や書画を「買つて呉れる人」から「切り離して」（四十一）いたと反省する。健三がどのように記憶を捉え直したかがわざわざ記される。歪められた記憶を保持しているのかもしれないという健三の自覚は、贋造された可能性のある記憶にまで辿りつく。

島田のかつての声、誰がお前の父かという問いは、島田との交際を禁じた実父の声と、論争的に関わってくる。それだけならどちらかに軍配を上げれば済むことだが、健三が記憶から父なるものを甦らせれば甦らせるほど、両者は分かち難いようにしか思い出せない。

健三は「外れ鷹」を見た記憶をつぎのように思い出す。「突然鷹が向ふに見える青い竹藪の方へ筋違に飛んで行つた時、誰だか彼の傍に居るものが、「外《そ》れた〳〵」と叫けんだ。すると誰だかまた手を叩いて其鷹を呼び返さうとした」（三十九）。この「誰だか」の「誰」は、健三が御住の読み上げる書付から鷹狩り談をする父を思い出しているところから、実父であろう。にもかかわらず、この思い出につづけて語られるのは、「彼の父母として」（三十九）の島田夫婦である。このように健三はしばしば、養父と実父とを同時に思い起こし、ときに混同する。つぎはその顕著な例である。

外国の雑誌で「出産率が殖えると死亡率も増すといふ統計上の議論」を読んだ健三は「赤ん坊が何処かで一人生れゝば、年寄が一人何処かで死ぬものだ」などと考えている。「夢のやう」な「彼の観念」は、「つまり身代りに誰かが死ななければならないのだ」と考える。そして目の前にいる島田にだけ「意味のある眼《まなこ》を注」（八十九）ぐ。健三が、生まれた子の代わりに死ぬ「誰か」を、「夢」の置き換え作業のように、島田とみなすとき、島田を生まれた子にとって祖父の立場に据えている。[25]

健三は誰を「父」とみなすかという問題に、ながらく解決を付けずにきた。島田がいよいよ健三にまとまった金を請求してきたとき、健三の「怒りと不快と」（九十）が爆発する。[26] 彼は激しく、島田に金など「誰が遣るもんか」（九十）と言っている。しかしながら、突然の激情の出所は、父問題の根底に横たわる、別件の問題から来ていよう。

島田の「御前を措いてもう外に世話をして貰ふ人は誰もありやしない。だから何うかして呉れなくつちや困る」（九十）という言葉によって、健三は、誰も無償で世話などしてくれなかった、幼少期の事実をまざまざと見せつけられた。[27] ここに来て彼には、その事実を引き受けるか否かが突き付けられている。

## 第五節　小説の構成

つづいて甦る記憶は健三自身にとって意外な内容である。ここで示される記憶の重層性に注目したい。「同時に今迄眠つてゐた記憶も呼び覚まされずには済まなかつた」（九十一）と甦るのは、健三が実家に引き取られて後、「生《うみ》の父」が、健三に将来世話になるつもりもないのに金を掛けるのは惜しいという態度に出て「子としての待遇」を彼に与えなかったという記憶である。幼い健三はみずから「愛情を、根こぎにして枯らしつくした」（九十一）とある。実父の方こそ健三に対し、「今に世話にならうといふ下心のないのに、金を掛けるのは一銭でも惜しかつた。繋《つな》がる親子の縁で仕方なしに引き取つたやうなもの丶、飯を食はせる以外に、面倒を見て遣るのは、たゞ損になる丈」（九十一）という考えを持っていたのだ。そればかりではない。島田が健三の籍をなかなか戻さなかったため、実父は「食はす丈は仕方がないから食はして遣る。然し其外《ほか》の事は此方《こつち》ぢや構へない。先方《むかう》でするのが当然だ」という「理窟」（九十一）で健三に接した。それらの衝撃的な事実が「始めて新らしい世界に臨む人の鋭どい眼をもつて」「鮮明《あざや》かに」（九十一）眺められる。

健三が気付かされるのは、養父への不快の背後に重なり、見えにくくなっていた、実父への嫌悪である。養父、実父という心的表象は、彼にとってあまりに隣接しており、実父に対しての「愛想をつかした」という思いは、養父を嫌う感情へと移動していたのではないか。[28] 幼い健三が意識的に「親子の縁」を切ったのは、むしろ実父の方だったのだ。

『勧善訓蒙』、「董其昌の折手本」、東湖の漢詩など文字の記憶を受け入れた健三の現在だからこそ、すすんで養育してくれた「父」は誰かという問題を解くことができる。ゆえに「健三の心は却つて昔の関係上多少の金を彼に遣る方に傾いて」（九十四）くる。

健三が最後に思い起こす記憶は、「不愉快な昔」（百）という、現在思い出しても「不愉快」な経験である。それは、姉の夫、比田が金貸業を開業したと聴いて思い起こされる。死んだ次兄が生前、「銀側時計」（百）を健三に見せて「是を今に御前に遣らう」（百）と言っていたという。しかし次兄の死去のときその時計は質に入っており、幼い健三にはどうしようもなかった。比田がその時計を請け出したらしく、親族が落ち合った折り、時計は勿体らしい口上とともに比田から長兄へと渡された。

健三は肉親の兄や姉に対し、「無言のうちに愛想を尽かした」（百）という。「面中《つらあて》がまし」くなされたその時計の受け渡しが、健三にとって血のつながった故人からの愛の剝奪に見えたらしいことまで書き込まれている。この想起された事件は愛と無縁の思惑で行き来する「品物」（百）をめぐっていて、実質的に、あたかも養家と実家とのあいだを金で行き来した健三自身を思わせる。したがってそれは、健三にとって最も不快な、抑圧しておきたい思い出となり、長らく封印されていたのではないか。

健三から剝ぎ取られたのが「銀側時計」であるというのは、健三の生の過程を織りなおすこの小説にとって、象徴的な意味を含んでいよう。健三は、長兄による、「今に」（百）あげるという言葉から、「未来の得意を予算に組み込」んでいた。その未来がいまだ来ない「今」、殺されていた「其時の感情」が「復活」（百）する。書付、書物、書画に対して抱いていた印象にあらたな意味が付け加えられたこのときだからこそ、「銀側時計」に託されていた時間が洗いざらい甦るのである。

健三による記憶想起について再度確認すれば、おおむね、喜びのともなった光景から、不満足な光景、実父に対して愛想を尽かした光景、自身の「物品」性を突き付けられた光景という順でなされた。つまり、抑圧の高い光景ほど想起が困難であったと示されている。

これは漱石が、登場人物の識閾下にうごめく力の構造を現出させるために組み立てた構成である[29]。小説の言葉の繰り出し方によって、抑圧してきた過去をも引き受けることへの登場人物の抵抗感と違和感とが示された。記憶想起の重層的なメカニズムが、小説の形状で表されている。藤尾健剛による、「〈持続〉を生きつつある健三の生を、それが体験されるままに描き出そうという試み[30]」という指摘は、以上述べてきたような、虚構づくりの側面から補説できるだろう。

記憶をつかみなおすことによる、健三の前進も綿密に書き込まれている。先に触れたとおり、島田は健三に離縁のときに書かせた、「私儀今般貴家御離縁に相成《あいなり》、実父より養育料差出候に就ては、今後とも互に不実不人情に相成ざる様心掛度《たく》と存候」（百二）という書付を盾に、金をせびろうとした。健三からすれば、まがりなりにも人情を誓った書付が金で請け出される物品のように扱われたことに強い不快感を抱く。(31) 銀側時計もその書付も、金によって請け出されたといえる幼少期の自身と酷似する軌跡を取っており、ゆえに彼の怒りに火がつく。

しかしながらそれらについて検討できる立場に健三は現在立ち、養父のために金を用意する。不快感を克服しつつ記憶の光景が現在に押しひろげられるのだ。

記憶の底にしまわれていた情緒が解放される。この小説の進行はその苦しみの過程と重なる。強い情緒が記憶の底から掻き出される現場に読者は居あわせる。(32) 登場人物の時間が読者の情緒までをも刺激しながら小説のなかで成長する。そのような感覚を漱石は作りだした。

## 第六節　文字の効果

みずからの生の過程をつなぎなおす健三のありようはどのように執筆と結びつくのか。冒頭で触れたが、蓮實重彦は、健三が離縁になったときに書いてやった「反故同然」（九十五）の紙片を、島田から売りつけられたおかげで、かえって「利潤を生む書き方」に目覚めたと読み解く。(33) 本章は、蓮實の用いた経済システム論的観点をふまえながらも、健三が執筆に至る理由について、想起された文字との関係で説明したい。

健三は島田から連想して、早くより養母御常の「女文字で書いた厚い封書」（二）を思い出している。その手紙を健三は「いくら読んでも〳〵読み切れ」ず、「五分の一ほど」（二）しか眼を通さなかった。「幼い健三の世話をした時の辛苦ばかり」（四十四）を綴ったその「女文字」が、この小説の時間中、彼の頭のなかで再生されている。昔、読み切れなかった文字、眼にしえなかった文字、まじまじと見た偽筆、当時喜んだが忘れてしまっていた文字、このような文字が健三の現在に集められる。

同時に、健三が読みはじめる文字は読者の読んでいる文字であり、読者は、記憶を想起する当事者の印象または観念、その情緒を薄めて味わうことができる。

これら文字の累積のあげく、健三はとうとう「北魏の二十品といふ石摺」という、今までしまいこんでいた文字を表に出すための「紫檀《したん》の懸額《かけがく》」（八十六）を作らせる。しかもそれは、学者としてのノート以外の初の書き物で得た「原稿料」三十円からの五円を使った初の買い物である。では、彼がその額に入れる「北魏《ほくぎ》の二十品」について見ておこう。

北魏二十品の成立経緯はつぎのとおりである。五世紀末から六世紀前半にかけて、北魏では、皇帝から無位無官の者に至るまで幅広い階層の仏教徒が金を出し、龍門の石窟に仏像を彫り、造像供養を行った。[34] この窟の特長は、仏像を造った者たちによる「造像記《ぞうぞうき》」が文字として彫られている点である。[35] そのなかから名品として選ばれたのが、「北魏の二十品」だ。

その造像記は「亡くなった家族の為に仏像を造る、という例が圧倒的に多い[36]」と言われる。親族の冥福を祈るべく仏像が彫られたのである。実際、それを読むと、切々たる哀悼の想いの伝わってくるものが多い。たとえば、彫られた時代が古く、代表作品の一つとされる、「比丘《びく》慧成《えじょう》」という発願者による造像記の一部を書き下し文で引いてみよう。

父使持節《しじせつ》・光禄大夫《こうろくたいふ》・洛州《らくしゅう》刺史《しし》始平公《しへいこう》、奄焉《えんえん》として薨放《こうほう》す。慈顔を仰ぎ、以て躬《み》□を摧《くだ》き、匪烏在□。遂《すなわ》ち亡父

の為に石像一区を造る。(37)

「始平公」という名の父が突然逝去し、身もくだける思いで、石像を造ったと述べている。他の代表作品も、父母の健康を祈る措辞や母が亡子の死後の幸せを祈る痛々しい措辞など、ほとんどが親族の幸福あるいは冥福を祈る文字で埋めつくされている。むろんこの造像記が珍重されてきたのは、北朝を代表する書法としてその緊張感あふれる筆づかいを鑑賞するためだ。健三が手に入れた「石摺」もその目的で複製されたレプリカである。

しかしながら、健三自身明確に意識していないにせよ、彼は学者としての任務以外の初めての原稿で、親族の幸福を願う千四百年以上も前の文字を「床の間」（八十六）に出すために「懸額」を買ったことになる。健三に常時それを眼にさせるべく仕掛けた漱石の意図を明らかにしておきたい。

健三は「北魏の二十品といふ石摺」のなかから「ある一つを択《え》り出して」額に入れる。それを「胡麻竹」の下にぶら下げるのだが、「竹に丸味があるので壁に落付かないせいか、額は静かな時でも斜に傾いた」（八十六）とある。つまり健三は始終それが気に掛かっている。

すると、はじめ書法や筆づかいを鑑賞するはずだった石摺の文字の意味内容が、彼の頭に忍び込む。彼は二十品のまた別のレプリカを取り出して、取り換えてみることもあるだろう。すると、また別の家族が親族のために祈っている。今までしまわれていたこれらの古い文字が日の目を見たのは、健三が「面白い気分」（八十六）で書いた文字の報酬のおかげである。彼自身による新しい文字は、以前眼にしたことのある文字をふたたび意識に昇らせる初仕事をした。

それら文字は、幼いころ与えられた文字と連動しはじめ、健三を文字の効果の下に置く。その「北魏の二十品」の一つが飾られる床の間で、健三はいつもその額の見える席に座る。養母、御常の二回目の訪問でも健三は、「御常の顔を眺め」ながら「同時に」「新らしく床の間に飾られた花瓶と其後に懸つてゐる懸額とを眺め」（八十七）ている。そして自分の「不人情」（八十七）に思い至りつつ、養母にまた「五円札」（八十八）を渡す。かの原稿料の最後の五円である。文字の前に座らされた健三は、その文字が千四百年以上もまえに演じていたのと同じ行いをするのだ。

健三は、かつて理解が届いていなかった文字、書画などに含まれていた意味を読みなおす位置に置かれている。健三は姉の夫、比田から「読み懸けの本」や「江戸名所図絵」を見せられたとき、「子供の時分」江戸名所図絵を「頁から頁へと丹念に挿絵を拾って見て行くのが、何よりの楽みであつた」（二十五）ことを思い出しながら、暇のない今の自分を憂えていた。

しかし現在、人生の道々に捨ててきた書物や書画などをその意味や文脈を補いながらあらためて眺め、読む。その機会が日増しにふえる。健三が座っているのは、古い文字と向きあっていなければならない位置であり、なおかつ、古い文字に応え、古い文字を顕彰するために新しい文字を産出しなければならない位置である。抑圧していた文字や表象の解放とともに、逼塞させられていた情緒が健三の現在を突き動かしてくる。

島田の代理人との面会後、続けられない採点をやめて往来に飛び出したとき、健三の「頭の何処か」から「御前は必竟《ひっきょう》何をしに世の中に生れて来たのだ」という「質問」（九十七）が掛けられる。「其声」は執拗に彼を「追窮」（九十七）してくる。健三は自分に文字の教育が施されたからこそ、自分が「世の中」に出ることができ、自ら生産する文字によって、「世の中」に流通する金を得られるという連関を見出す。健三の想起する文字、あるいは彼の掲げる古い文字は、彼をその文字の効果の下に置き、彼に文字の効力を浴びせかけてやまない。抑圧していた記憶の解放は、抑圧していた文字の解放と並行していた。

『道草』の「草」とは、時代の色が付いた書付、小学生向けの読本、董其昌の草書、竈の上につるされる偽筆といった、ささやかな文字群のことではないだろうか。記憶のなかの断片的なそれらを、現在の健三が意味を補いながら、あらためて読む。人生の道々に捨ててきた、そのような文字が、「自分の研究と直接関係のない本などを読んでゐる暇は、薬にしたくつても出て来まい」（二十五）と考えていた学者としての健三の生活に、「世の中」の視角を持ち込む。「島田に遣るべき金の事を考へて、不図何か書いて見やうといふ気を起した」（百一）とは、彼にとって新しい、自ら書く文字を通じて「世の中」と交渉することを言う。

島田の代理人との面会後、採点をやめて往来に飛び出したとき、「声」が健三に降りそそぐ。「御前は必竟何をしに世の中に生れて来たのだ」（九十七）。それは、健三によって意味が補充されてきた文字に肉づけされる「声」に他ならない。[38] もはや能動的に動きはじめた記憶の文字が、彼の未来を示唆する「声」になっている。

『道草』において、記憶の情緒の度合いに基づく構成が採られていることを論証してきた。その構成を支えるのは、登場人物の意識内で変化して持続する、声になる文字である。

（1）夏目漱石『道草』は一九一五年（大正四年）六月から同年九月まで『東京朝日新聞』と『大阪朝日新聞』に発表された。

（2）石﨑等は、『道草』における「「過去」の二重構造・二律背反」を指摘し、健三が過去に拘泥しようとすれば現在の立場を「自己弁護」することになり、過去を超克しようとすれば現在の立場を「自己反省」するようになると述べている（「『道草』の時間的構造」『国文学研究』四〇集、一九六九年六月、『漱石の方法』有精堂、一九八九年、一五六頁）。秋山公男は『道草』が後期三部作『行人』『心』『彼岸過迄』とは異なり、「現在からする過去の検証ではなしに、「継続中」の過去からする現在の検証を特質とする」と指摘した。（「『道草』――構想と方法」『文学』第五〇巻第四号、一九八二年四月、『漱石文学論考――後期作品の方法と構造』桜楓社、一九八七年、二六七頁。

（3）中島国彦「『道草』の認識」『国文学研究』五九集、一九七六年六月、『漱石作品論集成　第十一巻　道草』桜楓社、一九九一年、一八五頁。

（4）蓮實重彦「修辞と利廻り――『道草』論のためのノート」『別冊国文学　夏目漱石事典』一九九〇年七月、『魅せられて』河出書房新社、二〇〇五年、四四頁。柴市郎は「交換」にともなう「ひずみ」を論じ、健三が「書く」ための時間を「能動的」に利用するに至った点を分析する（「『道草』――交換・貨幣・書くこと」『日本近代文学』第四九集、一九九三年十月、一二二―一二三頁）。

（5）Henri Bergson, *Matter and Memory*, translated by Nancy Margaret Paul and W. Scott Palmer, New York: Dover Publications, Inc., 2004（＝1912）, p. 200. 漱石は引用するくらいであるから『物質と記憶』を読んでいただろうが、蔵書に残っていない。

（6）清水孝純はすでに、「健三の紹介する記憶説が、健三自身の過去の理解に役立てられていることが推測される」と述べている（「方法としての迂言法」初出『文学論輯』三一号、一九八五年八月、『漱石その反オイディプス的世界』翰林書房、一九九三年、二四六頁）。

（7）Bergson, *op. cit.*, p. 197.

（8）董其昌の南北二派論はわずか百二十文字前後だが、後世に大きな影響を与えた文章として中国の画論史上、他に例がないとされる（古原宏伸「董其昌における王維の概念」『中国画論の研究』中央公論美術出版、二〇〇三年、七五―七六頁）。その二派論にはじめに反論したのは、日本の田中豊蔵「南画新論」（『国華』二六二―二八一号、一九一二年（明治四十五年）六月―一九一三年（大正二年）十月）である。漱石はこれを読んでいた可能性もあるが、一登場人物、健三の知る範囲としては当時の定説内に収めるのが妥当であろう。

（9）中田勇次郎『文人画論集』（中央公論社、一九八二年、一〇一―一〇七頁）に拠る。大槻幹郎『文人画家の譜――王維から鉄斎まで』（ぺりかん社、二〇〇一年、九三―九五頁）、藤原有仁「董其昌集」（『董其昌集　明』（中国法書ガイド 51）、二玄社、一九八九年、四―七頁）、島谷弘幸「董其昌と唐様」（同書一三―一五頁）も参照した。董其昌の傑作の一つとされる『行草書巻』は東京国立博物館蔵である。

（10）渥美國泰『亀田鵬斎と江戸化政期の文人達』芸術新聞社、一九九五年、二四五頁。なお、『漱石全集　第十巻』の、「青木南湖」とした注（三五一頁）は間違いである。

（11）「遊人と鶴図」前掲『亀田鵬斎と江戸化政期の文人達』二四八頁。

（12）朱子、陽明、古義、古文学派を折衷する。このころ、朱子学から古学、折衷学派へと転じてきた学風の推移があった。

（13）杉村英治『亀田鵬斎』三樹書房、一九八一年、三一―三八頁参照。

(14) 徳田武「解説」『江戸漢詩選 第一巻 文人』岩波書店、一九九六年、三一四―三二〇頁参照。

(15) 一八〇九年（文化六年）に刊行された画譜で、三十三図からなる紙本木版彩色の冊子本である。

(16) William James, *The Principles of Psychology*, vol. 1, New York: Dover Publications, Inc., 1950, pp. 649-650.

(17) T・A・リボー『情緒の心理学』第十一章「感情の記憶」には、"Among all our impressions, those of sight and hearing are those most easily revived," とある。*The Psychology of the Emotions*, London: Walter Scott, 1897, (Kessinger Publishing's Rare Reprints), p. 159.

(18) 『学制百二十年史』ぎょうせい、一九九二年、七六二頁参照。なお、当時尋常小学校進学年齢は必ずしも一定しておらず、漱石自身も通常より一年あまり遅く進学した。また、飛び級もあった。しかしながらこのような情報は『道草』内にないので、健三を通常通り数え年の七歳で進学したと見て、立論している。

(19) 『泰西勧善訓蒙』中、一八七一年（明治四年）、中外堂発行、二〇頁。

(20) 『泰西勧善訓蒙』上、一八七一年、中外堂発行、二二頁。

(21) 石原千秋は、語り手と健三の認識について分析し、過去がつぎつぎと現在に付加されてゆくと論じた（「叙述形態から見た『道草』の他者認識」『成城国文』第四号、一九八〇年十月、『テクストはまちがわない――小説と読者の仕事』筑摩書房、二〇〇四年、一八五―二二三頁）。本章は登場人物の認識の変容に重点を置いたので、付加されるのを現在時の認識の方であるとした。

(22) 李鴻章とは、清軍を組織した政治家である。伊藤博文と天津条約を結び、朝鮮で東学党の乱のあったときに朝鮮へ派兵し、日本側の出兵を招いた。博学の知識人としても知られる（梁啓超『李鴻章――清末政治家悲劇の生涯』原著一九〇二年（明治三十五年）、張美慧訳、久保書店、一九八七年、一四七―一七一頁）。彼は清側の全権大使として日清戦争の講和条約を結びに来日し、一八九四年（明治二十七年）三月二十四日に、山口県下関で群馬県人小山豊太郎によって狙撃され、重傷を負う（鶴岡静夫『知られざる裁判干渉――李鴻章狙撃事件裁判』雄山閣、一九七四年）。

(23) 『藤田東湖全集』第三巻、章華社、一九三五年、二三二―二三三頁。書き下し文は「平生の豪気未だ全くは除かず、宝刀洋夷の血を染め難し　卻て憶ふ常陽の舊草廬」。

(24) フロイトが「ひとりの人間の「無意識」が、「意識」を避けながら、他の人間の『無意識』に反応することができる」

（「無意識について」原著一九一五年、井村恒郎訳、『フロイト著作集』6、人文書院、一九七〇年、一〇六頁）ということを重視し、「転移」を理論化していくのは周知のとおりである。

(25) これはフロイトによる記憶の考察に匹敵する。誰が父かという問いは健三にとって「現実に活動しながら同時に忘却されている心的外傷」（フロイト『モーセと一神教』原著一九三九年、渡辺哲夫訳、筑摩書房、二〇〇三年、一三八頁）だったといえる。さらにフロイトの説明を添えておこう。「ある心的内容を他の心的内容で置き換える例は数多くあり、これらはすべて、さまざまな心理学的局面に実際に現われている。（……）隣接する連想の中での移動であり、あるいはこの過程全体に注目するならば、何か隣接したものによる置き換えをともなった抑圧なのである」（「隠蔽記憶について」原著一八九九年、小此木啓吾訳、『フロイト著作集』6、人文書院、一九七〇年、二二頁）。

(26) 呼び起こされた記憶が現在時にもたらす作用についてはやはりフロイトが明快な説明をしている。「新たなものは抑圧されたものの持つ潜在的なエネルギーによって強力になり、抑圧されたものは新たなものの背後にあって新たなものの助力を得て現実へと作用を及ぼしてくる」（前掲書、一六二頁）。

(27) 吉田凞生は、健三にその所属を問う島田夫婦の言動が反復されることで、健三の身体的否定が「生きた記憶」になり、金目当てに来訪する島田と衝突したとする（「家族＝親族小説としての『道草』」『講座夏目漱石 第三巻 漱石の作品（下）』有斐閣、一九八一年、二六八―二七三頁）。

(28) フロイトに先立って、情緒の移動について総合的研究をしたのは、リボーである。リボーの『情緒の心理学』から該当箇所（Ribot, *op. cit.*, pp. 176-179.）を漱石はわざわざノートに書き出している（ノート「Ⅲ―7 "A" and "a"」『漱石全集 第二十一巻』岩波書店、一九九七年、二四二頁）。

(29) 『道草』に先立つ、登場人物の記憶想起と小説構成とを関連づけた小説（実際は小説内小説）に、二葉亭四迷『平凡』（『東京・大阪朝日新聞』一九〇七年（明治四十年）十―十二月）がある。『平凡』にも「無意識」の語が見えるが、明治四十年代以降、登場人物の識閾下を叙述する小説は稀でなくなった。しかしながらそれを構成面からも現そうとした小説となると類例があまりない。

(30) 藤尾健剛「『道草』――〈物語〉への異議」初出『日本近代文学』第五九集、一九九八年五月、『漱石の近代日本』勉誠出版、二〇一一年、二五九頁。

(31) 前述の、吉田凞生は、島田は金銭に価値を認め、健三は情緒的結合に価値を置くがゆえに衝突したと考察する（前掲「家族＝親族小説としての『道草』」『講座夏目漱石　第三巻　漱石の作品（下）』）。

(32) このような記憶想起から時空をつくる小説作法は、日本近代文学においては森鷗外『舞姫』によって創始されたと言ってよいだろう。ただし『舞姫』は内側に聴き手である相沢謙吉を持っており、いきおい太田豊太郎の情緒はその要録となっている。その点、『道草』と異なる。

(33) 蓮實重彦「修辞と利廻り——『道草』論のためのノート」『別冊国文学　夏目漱石事典』一九九〇年七月、前掲『魅せられて』四三頁。

(34) 北魏は北方少数民族の鮮卑族《せんびぞく》、拓跋部《たくばつぶ》が華北漢人社会を平定して建てた国であり、仏教を重要な柱とした。それは大乗仏教であり、中国内で受容されてきた道教的仏教とは一線を画す。四九四年、北魏第六代皇帝孝文帝が洛陽へ遷都する前後より、洛陽近郊の龍門で石窟に造像が行われるようになったという。

(35) 気賀沢保規「龍門二十品とその周辺——古陽洞・造像記・弥勒信仰」『龍門二十品・上　北魏』（中国法書ガイド 20）、二玄社、一九八八年、一六—二二頁参照。

(36) 佐藤智水「龍門石窟と鎮護国家の仏教」『龍門二十品・下　北魏』（中国法書ガイド 21）、二玄社、一九九八年、一五頁。

(37) 紀年四九八年。前掲『龍門二十品・上　北魏』（中国法書ガイド 20）、四七頁。「□」はすでに壊れている字である。「匪烏在□」の文意は未詳とされる。

(38) 『勧善訓蒙』第二十三章には、「人ノ務ヲ分テ三種トス　一　天ニ対スル務　二　自己ニ対スル務　三　人ニ対スル務」とあり、人間が「天」や「自己」に対して顔向けできる「務」をなすべきであるとされる（前掲『泰西勧善訓蒙』上、八頁）。

# 第四章　新しい文字を書くまで──『道草』の胎動・誕生

## 第一節　往還する時間

前章で重点的に考察したのは、登場人物健三がこれまで封印してきた「誰の子」（四十一）であるかを解く過程である。その自覚の過程には、文字に対する、彼の認識の進展が組み込まれていた。

本章においても、現在時から投げ掛けられる光によって、散在していた過去の観念や印象が統合されるその行程について検討する。『道草』の健三が「世の中に片付くなんてものは殆んどありやしない。一遍起つた事は何時迄も続くのさ。たゞ色々な形に変るから他にも自分にも解らなくなる丈《だけ》の事さ」（百二）と言うくだりはよく知られる。日常的現実への敗北や諦観として捉えられがちなこの部分である。(1)

だが実際は、忘却していた事柄をとりもどし、情緒をつなぎなおすことで踏み出せる固有の持続について述べているのではないか。健三は、過去を精査し、統合してはじめて意味を持ちはじめる日常を持っている。

細々としたことが同時進行する現在時に、記憶の細部が降りてきて、現在時にどのような行動をとるかが選ばれる。本考察によって、小説の細部の事象から網の目のように伸びてゆく小説の時間の様相を取り出したい。

まず検討したいのは、健三が忘れられなかったという、自分の背後に「控えてゐる」「こんな世界」（二十九）が「突然現在に変化」（二十九）するさまである。その表現に、どのような工夫がされているか見てゆこう。

健三の「追憶」（三十八）において、現在、記憶を辿ってそれを見る自分の眼と、その記憶の過去の「舞台」（三十九）で見回していた自分の眼とが一致させられている。たとえば「それから舞台が急に変つた。淋しい田舎が突然彼の記憶から消えた。（／）すると表に連子窓《れんじまど》の付いた小さな宅が朧気《おぼろげ》に彼の前にあらはれた」（三十九）とある。「連子窓」自体を見ていたり、「連子窓」から見ていたりするのは、幼い自分であり、その幼い自分をよりどころとして、現在時の健三は記憶の風景を見回す。つづいて「彼はまた偶然広い建物の中に幼い自分を見出した」（三十九）とあるのも同様である。とくに、「少《ちい》さい健三が不図《ふと》心付いて見ると、其広い室は既に扱所《あつかいじょ》といふものに変つてゐた」（四十）というくだりでは、現在の眼と過去の眼とが巧みに重ね合わされる。

彼の眼にとって、呼び起こした記憶を照らすのに欠かせないのが過去の光である。養父島田についての記憶は、つぎのように現在時に活性化されて引き出される。「健三は毎晩暗い灯火《ともしび》の影で彼を見た」（四十三）。これは養父島田が後家と通じたために、夜更に帰宅し、養母御常《おつね》と言い争いをしていたという思い出であるから、灯火がともっているのは当然といえば当然だがしかし、小説における記憶の造型という点から考えれば、島田が灯火で照らし出されるのには表現上の意味があろう。

現在時の島田と過去の島田の様子とに照明があてられることで、健三の内側の往還が表現できる。そもそも健三のまえへ島田は「根津権現の坂の蔭から現はれ」（二）た。島田は「蔭から」健三の眼に映じるに足る光のもとへ現れた。光のなかで島田のシルエットが浮かび上がる。「健三の眼に映じた此老人は正しく過去の幽霊であつた。また現在の人間でもあつた。それから薄暗い未来の影にも相違なかつた。（／）「何処《どこ》迄此《までこの》影が己《おれ》の身体に付いて回るだらう」」（四十六）。

現在の人間である島田が転じて過去の島田となっているさまは何度も表される。健三の家にやって来て「洋燈《らんぷ》」を調節しようと「暗い灯《ひ》を見詰めてゐる」島田を健三は眺め、「記憶にある彼」を思い出す。記憶のなかの島田と現在時の島田とのあいだの往還はほとんど自動的になされる。「洋燈の螺旋《ねじ》を急に廻したと見えて、細長い火屋《ほや》の中が、赤い火で一杯になつた。それに驚ろいた彼は、又螺旋を逆に廻し過ぎたらしく、今度はたゞでさへ暗い灯火《あかり》を猶の事暗くした」（四十八）という具合に眼前の島田が「灯火」を調節しえず、それに照らし出されたり、影になったりするとき、過去の同じ動作をする島田が思い起こされる。その島田の影は御常との毎晩の言い争いの影と連動し、また別の現在時の島田とも連動している。

このように分析してみれば、「老人は健三の手に持つた暗い灯影《ひかげ》から、鈍い眼を光らして又彼を見上げた」（四十九）という島田は、現在時と過去との往還のすえ、かたどられていよう。

## 第二節 過去を照らす光

こうして光のもとに降りてくる記憶のあり方は、健三によってなつかしく思い出される一つの玩具に象徴されている。その玩具とは、健三が子どものとき島田父母から買ってもらったという「写し絵」（四十）である。[2] はじめ、健三にとって記憶の像が「彼の頭の中には眼鏡で見るやうな細かい絵が沢山出た」（十九）という具合に出現し、「それから舞台が急に変つた」（三十九）と切り替わるのは、写し絵の進行と相似している。

過去へのこうした踏査が、現在時の前進を推し進める。健三は「写し絵」について「彼はよく紙を継ぎ合はせた幕の上に、三番《さんば》叟《そう》の影を映して、烏帽子姿に鈴を振らせたり足を動かさせたりして喜こんだ」（四十）と遊んだことを思い出す。

三番叟とは、平安時代後期には発生していたといわれる「翁猿楽(3)」において、翁、父尉《ちちのじょう》につづいて揉《もみ》の段《だん》と鈴の段とを舞う者のことである。三番叟は鈴の音をクレッシェンドしながら四方の柱を祝福し、異界の波動を伝える役目をする(4)。三番叟は「翁のもどき(5)」と言われ、「翁が神歌を謡ひながら舞うた跡を、動作で示す(6)」とされ、鈴を鳴らして舞う。

翁と父尉と父が二人いて、翁をなぞる三番叟もまた父もどきである。三番叟で遊んだ喜びの回想が呼び起こすのは、その直後に、島田夫婦から「御前の御父ッさんは誰だい」とか「御前本当は誰の子なの」（四十一）と聞かれた不快な記憶である。同時に、三番叟の写し絵についての回想は、自分が実父、養父を受け入れられず、それゆえに自分もまた父になりきれずにいたことを自覚させる。

ここで、『道草』に言及されるウィリアム・ジェイムズの著作から、『多元的宇宙』の考察と表現とを参照したい。ベルクソンを紹介する第六講で、対象の運動を止めてしまう主知主義を難じ、こう述べる。

Our intellect casts, in short, no ray of light on the processes by which experiences *get made*.(7)

[拙訳]　要するに、我々の知性は、経験がつくられる過程には何の光も投げかけない。

漱石はこのような主知主義に対し、小説で登場人物自らが過去の経験のつくられた過程へ光を投げ掛けるさまを捉えようとした(8)。

さらに、『多元的宇宙』第六講を補助線にすれば、健三の記憶の造型についていっそう明確に言うことができる。ジェイムズはこう述べている。

Past and future, for example, conceptually separated by the cut to which we give the name of present, and defined as being the opposite sides of that cut, are to some extent, however brief, co-present with each other throughout experience. The literally present moment is a purely verbal supposition, not a position; the only present ever realized concretely being the 'passing moment' in which the dying rearward of time and its dawning future forever mix their lights.[9]

［拙訳］　たとえば、過去と未来とは概念的に区別されており、我々が現在という名を与える切れ目の両側にあると定義されているが、その過去と未来とは経験のどの部分においても、いかに短い時間であれ、ある程度はたがいに共存している。文字通りの現在の瞬間というのはただ単に言語的な想定であって、位置ではない。そもそも具体化され、現実にあるとされている現在はただ、後方へ消えゆく時間と現れてくる未来の時間とが絶えずそれぞれの光を混ぜあっている「過ぎゆく時間」なのだ。

ジェイムズはベルクソンを受けて、過去、現在、未来が各々分かれて存在するわけではないとし、その共存の様態について説明した。

『道草』において健三の体験した過去は、現在から光を投じられる。あるいは、過去が、現在時の光をめがけて降りてくる。そのことをありありと描くのに用いられるのが、現在の「燈火」である。真の体験から隔てられていた健三が、その情緒を過去のなかで共振させることによって、思い出のひとつ、写し絵のように、光は記憶を照らし出す。ばらばらに放置されていた生の時間が、光によっていまここに共存するかのように出現する。

「子としての待遇を彼に与へなかつた」実父に関する「今迄眠つてゐた記憶」（九十一）が呼び覚まされるさまは、記憶の情緒が現在に注ぎ入る間際を可視化している。実父への嫌悪を思い起こしたことについて、「彼は始めて新らしい世界に臨む人の鋭どい眼をもつて、実家へ引き取られた遠い昔を鮮明かに眺めた」（九十一）とされる。抑圧されていた記憶の蓋が開けられ、その情緒が現在時に注ぎ入る際が「鮮明かに」と形容されている。それまで深淵だった記憶を現在時に照らし出す鮮やかさである。過去を迎える場としてこのように現在時が動きはじめ、そこから、未来が拓かれてゆく。

## 第三節　連合する想起対象

この小説において健三の時間を構成するのに用いられるのは、燈火ばかりではない。おもに健三の妻、御住《おすみ》によって取り扱われる糸が、過去と現在とをつなぐ機能を果たしている。つぎに指摘しよう。

そもそも健三が、父によって保存されてあった島田対策の書付を見た最初は、御住の「白い腕《かいな》の傍に放り出された」「書物の束」（三十）を見たときである。御住は「縫物」（三十）の途中で眠くなり、健三の兄から預かったそれを頭に敷くようにして寝ていたのだった。

それは「古風なかんじん撚《より》で丁寧な結び目がしてあつた」（三十）。その「鄭寧《ていねい》に絡げたかんじん撚の結び目」（三十一）を解いてみる気になるのは、御住が健三の父の「親切」を代弁してからである。前章で、書付の文字が御住の声によって肉付けられて現前化することをすでに説明した。一々ほぐし始めた書類には、養家と実家とのやりとりとは無関係な、健三の情緒を大きく動かす小学校時代の賞状なども含まれていた。

その書類を「また一纏《ひとまと》めにして、元のかんじん撚で括《くく》らうとした」とき、「其かんじん撚」が「ぷつりと切れた」（三十三）。それを絡げなおすのは御住である。彼女は「赤と白で撚つた細い糸」を出してきて健三の過去周辺の事実と健三のかつての情緒とを「新らしく」（三十三）絡げた。

島田来訪時に起こった御住の「歇私的里《ヒステリー》」も彼の記憶想起の要である。健三が看護に行き、交替して自室に下がった下女が「後には赤い筋を引いた光るもの」を畳の上に残していった。「彼は眉を顰《ひそ》めながら下女の振り落して行つた針を取り上げた。何時もなら婢《おんな》を呼び返して小言を云つて渡す所を、今の彼は黙つて手に持つたまゝ、しばらく考へてゐた。彼は仕舞に其針をぷつりと襖に立てた」（五十）。健三は何を考え、赤い糸を引いた針を見つめていたのであろうか。その前の部分で、島田について「健三の心を不愉快な過去に捲き込む端緒《いとくち》になつた」（四十六）と形容されていた。健三は糸によって過去に向かって情緒を投げるさまをイメージしているのだ。

御住の「歇私的里《ヒステリー》」は健三にとって過去を思い起こしつつ、比べてみなければならない対象である。「発作の今よりも劇《はげ》しかつた昔の様も健三の記憶を刺戟した」という。「或時の彼は毎夜細い紐で自分の帯と細君の帯とを繋《つな》いで寐た。紐の長さを四尺程にして、寐返りが充分出来るやうに工夫された此用意は、細君の抗議なしに幾晩も繰り返された。（／）或時の彼は細君の鳩尾《みぞおち》へ茶碗の糸底を宛がつて、力任せに押し付けた。それでも踏《ふ》ん反《ぞ》り返らうとする彼女の魔力を此一点で喰ひ留めなければならない彼は冷たい油汗を流した」（七十八）とある。先述した光の様相と同じように、ここでは記憶の「紐」、「帯」が現在時へと伸びてくる。

このように健三を追い掛けてくる過去の微細な情景が連合しあうなか、健三はつぎのような記憶を思い起こす。「糸」とともに引きずり込まれそうな幼い自分が思い出され、現在の彼は、あたかもその糸を握って過去へと引きずり込まれそうである。[10] 幼い健三は萱葺《かやぶき》の家の池の中に動く「緋鯉《ひごい》の影」に心を動かされる。

濁つた水の底を幻影《まぼろし》の様に赤くする其魚《うお》を健三は是非捕りたいと思つた。

或日彼は誰も宅にゐない時を見計つて、不細具な布袋竹の先へ一枚糸を着けて、餌と共に池の中に投げ込んだら、すぐ糸を引く気味の悪いものに脅かされた。彼を水の底に引つ張り込まなければ已まない其強い力が二の腕迄伝つた時、彼は恐ろしくなつて、すぐ竿《さお》を放り出した。さうして翌日静かに水面に浮いてゐる一尺余りの緋鯉を見出した。彼は独り怖がつた。……

「自分は其時分誰と共に住んでゐたのだらう」

彼には何等の記憶もなかつた。彼の頭は丸で白紙のやうなものであつた。けれども理解力の索引に訴へて考へれば、何うしても島田夫婦と共に暮したと云はなければならなかつた。（三十八）

「過去の幽霊」であり、「現在の人間」であり、「未来の影」（四十六）でもある島田が復籍を言い出して初めて健三の座敷に来たのは、この緋鯉を糸で釣ろうとした思い出も含めた長い回想を行った時から「五六日」（四十六）後である。島田の二度目の訪問は、さらに「三日程して」（四十七）であった。そのとき御住は床に臥していた。つまり、この緋鯉を釣ろうとした思い出の回想から、健三が病気の御住の傍に残された赤い糸を引く針を見るまで、八、九日ばかりである。

ならばつぎのようなことが言えそうである。健三が赤い糸を引く針を「黙つて手に持つたまゝ、しばらく考へてゐた」（五十）という、その考えの対象は、この緋鯉を釣ろうとした体験であろう。「濁つた水の底を幻影の様に赤くする其魚」（三十八）を見た情緒と、病気のときの御住の「外界はたゞ幻影のやうに映るらしかつた」（七十八）という情緒とは、結びあわさり、彼の現在に関与してきている。その釣りの回想は、水底に引き込まれる怖さがそのまま、想起にともなう怖さとなっている。しかも、その曖昧な記憶を「釣り上げ」て自分史に統合するには「理解力」の助けが必要だという。

この場面は、「綺麗に切り棄てられべき筈の過去」がつぎからつぎへと「自分を追掛けて来た」（三十八）とされている。過去の情緒の甦りに沿って「歩きがち」（三十八）な長い回想部の一つである。つづいて彼は「偶然広い建物の中に幼い自分を見出した」。高い所で弁当を食べている最中に、「稲荷鮨の格好に似たものを、上から下へ落した。彼は勾欄《てすり》につらまつて何度も下を覗いて見た」（三十九）とある。この上から下を覗く行動も、池の水の底を覗く格好と連動している。

これらの記憶想起がジェイムズ『心理学大綱』の「記憶」の章で述べられる様態と合致していることはとくに指摘しておくべきかと思われる。

In mental terms, *the more other facts a fact is associated with in the mind, the better possession of it our memory retains*. Each of its associates becomes a hook to which it hangs, a means to fish it up by when sunk beneath the surface.(11)

［拙訳］　精神の面から言うならば、一つの事実が精神のなかで他の事実と結びつけられればられるほど、私たちの記憶は保持するその事実をよりよく我がものとすることができる。事実のもつ連合体の一つ一つが、それを引っかける釣り針になるのであり、水面下に沈んでいるときに釣り上げる手段になる。

ジェイムズが記憶について理論的に述べようとしたことが『道草』にあてはまるのみならず、『道草』の想像力すら刺激しているように見えることに注意を払いたい。『道草』は伝記的事柄に題材を採る小説とみなされていたために、この小説の、記憶想起に関する理論的達成が気付かれないまま見過ごされてきた。

## 第四節　「父」／「子」の自覚

健三は現在、二人の子どもを持っており、妻の御住はさらにひとりを妊娠している。健三にとって父とは何かについて考えることは喫緊の課題である。しかし彼の現状はつぎのような有り様だ。

彼は子どもたちの愛でる草花の鉢を縁側から無意味に下へ蹴飛ばし、一時の満足の後やってくるはかない気分について「何にも知らない我子の、嬉しがつてゐる美しい慰みを、無慈悲に破壊したのは、彼等の父であるといふ自覚は、猶更《なおさら》彼を悲しくした」という。だが、「己の責任ぢやない。必竟《ひっきょう》こんな気違じみた真似を己にさせるものは誰だ。其奴《そいっ》が悪いんだ」（五十七）という弁解を腹の底に持っている。彼は「父」である自分が子どもの慰みを破壊したというよりも、むしろ「其奴」がそれを自分にやらせたと言う[12]。彼の問う「こんな気違じみた真似を己にさせるものは誰だ」は、みずからを「我子」の「父」としていまだ十全に認められていないことを示す。

前章で明らかにしたとおり、健三は自分の「父」が誰かという問題を抱えていた。彼にとって実父と養父とが置き換え可能であったことに典型的に表れているように、その問題はながく放置されてきた。しかし健三は徐々にそれを解いてゆく。

「誰」（三十八）と暮らしていたかを解きほぐす過程で、健三はその頑なな心を愉快な思い出からほどいてゆく。先述のように「写し絵」の遊びで、「三番叟の影を映して、烏帽子姿に鈴を振らせたり足を動かさせたりして喜こんだ」（四十）というのがその一つである。いったん過去から呼び起こされた鈴の音は、他の記憶と結びつきながら、健三が思い起こす内容を豊かにしつつ、健三の現在時を活性化する。

他に健三が想起したことに、「鈴を鳴らしたり、腹掛を掛けたりした馬が何匹も続いて彼の眼の前を過ぎた」（三十八）というのがある。想起するこのときに、過ぎていった鈴の音が呼び戻されている。記憶のなかの「鈴」同士が呼びあう。健三の現在時においても「鈴の音」が連想される。ぼんやりしていて言葉にならずに消えてゆくはかないものが鼓膜に届かない「鈴の音」にたとえられる。

「妾《わたくし》今度《こんだ》はことによると助からないかも知れませんよ」（……）
「何故だかさう思はれて仕方がないんですもの」
質問も説明も是以上には上る事の出来なかつた言葉のうちに、ぼんやりした或ものが常に潜んでゐた。其或ものは単純な言葉を伝はつて、言葉の届かない遠い所へ消えて行つた。鈴の音が鼓膜の及ばない幽《かす》かな世界に潜り込むやうに。（五十三）

「鈴の音」は喜びの光景に欠かせなかったのにながらく忘れられ、鼓膜の及ばない幽かな世界に潜り込んでいた。出産前の妻のおぼろげな不安は、夫である健三へ確実に伝わるものの、「言葉の届かない所」へと消えてゆく。あたかも、自分にとって大切であったにもかかわらず忘れていた「鈴の音」のように。

健三の現在が一連の記憶想起によって言葉にならない情緒に敏感になりつつあることがこのように記されている。彼は記憶を掘り起こすことによって自分の内側のふたりの父の重ね合わせについて正視する。ようやく能動的に動きだした記憶の情緒が、彼の現在を変化させる。

健三は御住が健三の「指頭《しとう》」にお腹の胎児の「生の脈搏」の「微動」を伝えようとしたのを思い起こす。「是は誰の子？」（六十五）と「暖かい言葉」が彼女から洩れた。妻の腹の子が「誰の子」であるかを認識するには、自分がそもそも誰の子であるかの記憶想起が関与してくる。

健三の過去から現在にまで振動しはじめた「鈴の音」が彼を促す。「三番叟」の翁、父尉、三番叟のように、実父、養父、自分と、三人の父を健三が真に認められるとき、彼は、御住が「同情のある夫の指頭に伝へやうとした」その「脈搏《みやくはく》」（六十五）の持ち主が産まれてくるのを取り上げることができるのだ。

## 第五節　「父」になること

『道草』後半部、健三が生まれた子を取り上げる場面を分析しよう。

五分経つか経たないうちに、彼女は「もう生れます」と夫に宣告した。さうして今迄我慢に我慢を重ねて怺へて来たやうな叫び声を一度に揚げると共に胎児を分娩した。

「確《しつ》かりしろ」

すぐ立つて蒲団の裾の方に廻つた健三は、何うして好いか分らなかつた。其時例の洋燈は細長い火蓋の中で、死のやうに静かな光を薄暗く室内に投げた。健三の眼を落してゐる辺は、夜具の縞柄さへ判明《はつきり》しないぼんやりした陰で一面に裹まれてゐた。

彼は狼狽した。けれども洋燈を移して其所を輝《てら》すのは、男子の見るべからざるものを強ひて見るやうな心持がして気が引けた。彼は已を得ず暗中に模索した。彼の右手は忽ち一種異様の触覚をもつて、今迄経験した事のない或物に触れた。其或物は寒天のやうにぷり〳〵してゐた。さうして輪廓からいつても恰好の判然しない何かの塊に過ぎなかつた。彼は気味の悪い感じを彼の全身に伝へる此塊を軽く指頭で撫でゝ見た。塊りは動きもしなければ泣きもしなかつた。たゞ撫でるたんびにぷり〳〵した寒天のやうなものが剝げ落ちるやうに思へた。若し強く抑へたり持つたりすれば、全体が屹度《きつと》崩れて仕舞ふに違ないと彼は考へた。彼は恐ろしくなつて急に手を引込めた。

「然し此儘にして放つて置いたら、風邪を引くだらう、寒さで凍えてしまふだらう」

死んでゐるか生きてゐるかさへ弁別《みわけ》のつかない彼にも斯《か》ういふ懸念が湧いた。彼は忽ち出産の用意が戸棚の中に入れてあるといつた細君の言葉を思ひ出した。さうしてすぐ自分の後部《うしろ》にある唐紙を開けた。彼は其所《そこ》から多量の綿を引き摺り出した。脱脂綿といふ名さへ知らなかつた彼は、それを無暗《むやみ》に千切つて、柔かい塊の上に載せた。（八十）

江藤淳が先に引いた少年期の釣りの場面とこの出産場面とに「生命の根源に対する恐れ」を見ているが、[13]それらが同様に見えるとしたら、どのようなつながりが設けられているかをより具体的に示す必要がある。

健三は、現在の「理解力」に照らせば確かに自分は島田の子であったと認識する。記憶を統合し直す恐ろしさを感じながらも、島田夫婦を父母としていた時期の記憶の情景を釣り上げなければならない。ゆえに、現在の健三は「布袋竹の先へ一枚糸を着け」（三十八）た釣り竿を想像で握る。

過去と現在とが手応えのある一本の「糸」で結ばれたからこそ、健三は現在、自らの子の出生にあたって、父として、いったん引っ込めた手をまた差し伸べられる。彼は戸棚から出産の用意を取り出し、「柔かい塊の上に」「脱脂綿」を載せる。ようやく「柔かい塊」が生誕し、健三の子になる。それ以前は、その子の生命は危うい状態であった。まさにこのとき、健三は真に父として生まれたのだ。記憶想起の恐れを克服することで、健三は子であった過去から、父となる現在へと自身を取り結ぶことができる。

これは漱石が慎重に敷いた、記憶想起による進展である。脱脂綿が取り出された戸棚は、じつは、健三の父が保存してあったという「書付の束」がしまわれた場所である。それらは「夜具蒲団の仕舞つてある一間の戸棚」（三十三）にいったんしまわれたとあった。つまり、健三の古い生を包んでいた書付のとなりに、新しい生を包む脱脂綿が置かれていたのだ。古い書付がほどかれ、子だった自分に関する一連の記憶想起が十全になされ、それによって、新しい綿が新しい生を包み、彼は父になった。

多くの事象が連関し、記憶想起と現在時との靱帯が強くなってゆく。健三の子ども時代の情報や思い出が包まれた「古い書付」の「かんじん撚」は、御住に促されてほどかれた。ふたたび束ねようとしたときその「かんじん撚」が切れたため、御住が代わりに「赤と白で撚つた細い糸」（三十三）で絡げた。彼の過去はこのように現在時に新しく結びなおされたからこそ、健三はそのとなりにしまいおかれた「脱脂綿」を見つけることができたのである。

御住は健三が一家を養うために余分に働き出して得た給料の一部で買ったのであろう「一反の反物」で「あなたの着物を拵《こしら》へようと思ふんですが、是は何うでせう」（二十一）と言っていた。健三はそれに冷たく応対し、彼の着物はしたてられていない。

代わりに御住は、新しく生まれた子の着物を「幾何《いくつ》も」（八十五）縫い、針を運ばせている。健三がそれを覗き込み、「そりや誰の着物だい」（八十五）と尋ねる。健三の着物をつくるはずだった手間が、新生児のために回される。御住のあやつる糸によって、健三は父になる体験を積んでいる。巧みな設定とはこのことだろう。それは小説内で組み合わされた事象に登場人物の情緒を掛けあわせて成立しているのであって、小説外の伝記的事実を写したものでは決してない。

## 第六節　情緒と書く行為

ここで注意したいのは、健三が初めて職務外の原稿を書いたその時期についてである。御住が産後の「既定の三週間」（八十二）を過ごしおえてしばらくたった「今」から数えて、その時期は、「一ヶ月余り前」（八十六）とある。つまり、健三が赤子を取り上げたのと、原稿の執筆をしたのとはほぼ同時期に設定されている。健三は混同していた父たちを認識することで、自ら真に父たりえ、父たちに関係する情緒を回収することで新しい文字を産出できたという意味だ。新しい「父」と文字とが誕生する。

先に指摘したように、健三の回顧の場面でしばしば「洋燈」「燈火」（七十一）が使われている。健三が赤子を取り上げた場面にも「洋燈」があり、御住の「其所」は照らさずに暗中模索したにせよ、その「静かな光」（八十）によって、彼は赤子のうえに脱脂綿を載せることができた。子であった記憶を照らす光は、父となった健三の現在時を照らしはじめる。その光が健三と健三の子に生命を与えたようにすら見える。

健三はまた、ふだん、書斎の「光線」（九十四）のもとで「洋筆《ペン》」を走らせている。島田への、「昔の情義」の代金分を稼ぐために彼は「原稿紙に向」（百一）かう[14]。回顧の光景を切り開いた健三であるからこそ、燈火の下で何かを書くことができる。

かつて健三は活字と交渉すればするほど、「孤独」に陥っていた。「彼の頭と活字との交渉が複雑になればなる程、人としての彼は孤独に陥らなければならなかつた。彼は朧気にその淋しさを感ずる場合さへあつた。けれども一方ではまた心の底に異様の熱塊があるといふ自信を持つてゐた」（三）。「父」たちを取り戻し、ようやく「父」たりえて産まれた「柔らかい塊」（八十）に生命を吹き込むことができ、ようやく、みずからの心の底にもつ「異様な熱塊」を、活字の産出のために使えるようになったということである。

健三は、「貸本屋から借りた小説」を新生児のわきで読む御住に対し、「斯んなものが面白いのかい」（八十四）と訊いている。健三がなぜそのような問いを投げかけるのか考察されたことはなかったが、これは彼のなかで蠢く情緒が訊かせた重要な問いである。健三は記憶から生起してくる文字や表象に応答し、それらを面白がった情緒をこの現在時に手放せなくなっているのである。

新しい原稿を「面白い気分」（八十六）で執筆した以上、妻の読む「小説」にも無関心でいられない。彼が自分の新しい読者に喚びおこしたい情緒はむしろ、妻が「小説」を読んで興じているらしい「面白」さに近い。彼はこうして、執筆者本人にとっても読者にとっても「面白」く感じられる新しい範疇の文字をしたためる方向へといざなわれる。

（……）彼は、猛烈に働らいた。恰《あたか》も自分で自分の身体に反抗でもするやうに、恰もわが衛生を虐待するやうに、又己《おの》れの病気に敵討《かたきうち》でもしたいやうに。彼は血に餓えた。しかも他《ひと》を屠《ほふ》る事が出来ないので已むを得ず自分の血を啜つて満足した。（百一）

記憶を呼び起こしはじめた当初、健三は「「自分は其時分誰と共に住んでゐたのだらう」（／）彼には何等の記憶もなかつた。彼の頭は丸で白紙のやうなものであつた」（三十八）という状態であった。「誰」が折り重ねられ、記憶が「白紙」である状況が、彼の「病気」であった。その「白紙」に言葉を取り戻すことによって、健三は、かつて情を注いでくれた「誰」に応答できる。

ともすれば見過ごしそうな片々たる情緒を照らしてくる「例の洋燈」（八十）のもとで、健三の記憶が感受され、彼の嬰児が動き始め、新しい書き物が作られはじめる。その筆は、ぼんやりとした微かな感じを摑むために走るのに違いない。

どこかに忘れてきていた文字、鼓膜の及ばない幽かな世界に消えていく鈴の音、光をあてなければ永遠に出てこないかもしれないそれらを掻き立てること。途切れそうな信号に応答し、意識の及んでなかった記憶の深淵を照らすこと。言葉にならないものを言葉にしてゆく決意がここで誕生している。

『道草』という小説は、やって来た方向の余韻、赴く先の予感という、はっきりと見えず、聞こえない微かな関係性を捉え、出現している。ここには、言葉にならないものとの関係で、人間にとっての言葉ならびに文字が主題化されている。

記憶の生理が動きはじめるとき、かつての家の台所に掛かっていた陳腐な文字や故人の筆跡を残した下書きなど、形成途上の文字に目が向けられる。意識の底に沈潜していた情緒をすくいとり、表現者の決意が固まる。健三はそれら書きかけの文字を縒りあわせ、この世にまだなかった新たな文字を綴るのだ。文字とそれにまつわる情緒の導きによって、書く行為へと向かう。この過程はこれまで指摘されてこなかったが、『道草』の根幹を形成する。記憶の能動的側面をしだいに開くことによって、漱石はこの小説の書く行為を創造した。『道草』は、「父」と「子」と「文字」とがふたたび生誕するその胎動を、その成長を、この小説の内側から生み、育んだ。

「ぼんやりした或もの」（五十三）が言葉と対になり、消滅の谷間から取り出される。漱石が描こうとするのは、このような変動するエネルギーからなる時間である。

（1）　相原和邦は逆に、「現実は「片付」かぬものと認めつつ、なお、これを「片付」けようとする姿勢、日常的現実に対する一層の深入りと挑戦とを激しく底にひそめている」と言う（『漱石文学の研究――表現を軸として』明治書院、一九八八年、三八五頁)。

(2) 写し絵は幻燈とも言われ、明治二十年代の半ばごろから比較的安価になり、父兄が少年に買い与えるようになったという(開国百年記念文化事業会編、小宮豊隆編纂『明治文化史　第十巻　趣味・娯楽編』洋々社、一九五五年、四一八—四一九頁)。その魅力は動いて見える点であったとされる(木村小舟『明治少年文化史話』童話春秋社、一九四九年、二五九頁)。光度の強弱、映像の大小、場面の転換などは、小林源次郎『写し絵』(中央大学出版部、一九七九年)、および、岩本憲児『幻燈の世紀』(森話社、二〇〇二年)に詳しい。

(3) 三番叟の、五穀豊穣を祝福する性質を指摘したのは、野上豊一郎『能　研究と発見』(岩波書店、一九三〇年)である。翁猿楽の発生時期については天野文雄「翁猿楽の成立——常行堂修正会との関連」(『文学』一九八三年七月、『翁猿楽研究』和泉書院、一九九五年)参照。

(4) 世阿弥「風姿花伝」によれば、祈禱のために六十六番あった申楽を「一日に勤めがたしとて、その中を選びて、稲経の翁〈翁面〉、代経翁〈三番申楽〉、父助、これ三を定む」(『世阿弥　禅竹』(日本思想大系24)、岩波書店、一九七四年、四〇頁)とされている。揉の段と鈴の段については表章「翁猿楽異説」『能楽史新考(一)』(わんや出版、一九七九年)に詳しい。

(5) 折口信夫「翁の発生」(『民俗藝術』第一巻第一、三号、一九二八年三月、『折口信夫全集』第二巻、中央公論社、一九七五年、四一一頁)。

(6) 折口信夫「能楽における「わき」の意義　「翁の発生」の終篇」『民俗藝術』第二巻第三号、一九二九年三月『折口信夫全集』第三巻、中央公論社、一九七五年、二四八頁。

(7) William James, *A Pluralistic Universe*, N.Y.: Longmans, Green, & Co., 1909, p. 239. 本書は漱石の蔵書と同書である。

(8) 燈火に照らされるのは、養父母を思い出す流れにおいてばかりではない。御米の父、つまり健三にとって義父のことを思い出すときにも、その場に燈火があるように設定された。「細い燈火の影を凝と見詰めてゐると、灯は動かないで風の音丈が烈しく雨戸に当つた。ひゆう〳〵と樹木の鳴るなかに、夫婦は静かな洋燈を間に置いて、しばらく森《しん》と坐つてゐた」(七十一)とある。裕福だった義父の昔の権勢を思い出し、ひるがえって現在の義父の暮らし向きについて思う。記憶を呼びだす健三の現在がかたどられている。

（9）James, *op. cit.*, p. 254.
（10）江藤淳はこの回想を単なる回想ではなく、健三を非合理な「暗い力」に引きずり込むさまとして読んでいる（『決定版　夏目漱石』新潮社、一九七四年、二六四―二六六頁）。
（11）James, *The Principles of Psychology*, vol. 1, p. 662.
（12）芳川泰久は『道草』における「養父」、「己」、「其奴」という構図が、「超自我」「自我」「エス」というフロイトの構図と相同的との指摘を行っている（「Es の発見」――『道草』という強度」『漱石論――鏡あるいは夢の書法』河出書房新社、一九九四年）。しかし、過度に道徳的な審級であるはずの「超自我」を「養父」と同一視はできないだろう。
（13）江藤淳、前掲『決定版　夏目漱石』二六六頁。
（14）東郷克美による、健三の書斎が「壮烈な自己確立の戦場となった」という指摘がある（「『道草』――「書斎」から「往来」へ」『国文学　解釈と教材の研究』一九八六年三月、六一頁）。

# 第二部　思想の記憶

# 第五章　古い声からの呼びかけ――『門』に集まる古典

## 第一節　水の声

漱石『門』(1)は、日本近代文学研究において、作品論か、テクスト論かで対立する舞台となった小説である。しかし、小説の喚起する知識とそれに附く情緒とを背負いきれていない読みがあらわに出てしまう漱石の小説であるだけに、その境界設定自体が意味を持たない。むしろ、小説の豊饒さを救いえている指摘を、過去の遺物と化した対立構図のなかの、各論から拾いたい。

前田愛は、宗助《そうすけ》・御米《およね》夫婦の居住空間の安定がどのように「住まいの空間ぜんたいを支えている深層的な部分」から脅かされているかを示した。空間の秩序と均衡に「断り口」があり、「無意識の領域」が隠れていることを明らかにした功績は大きい(2)。

三好行雄の論については御米の罪を「産めない母」として「身体を介して顕在化」させてしまうとした点を評価したい(3)。

小説の読みに設けられた境界は、社会的な産物に過ぎなかったように思われる。文学が言語という手段を用いて目指しているのは、現在の脳研究や認知科学でも解明が追いついていない、一個の人間の所有を許さず、言葉になりそうもないものまで表現してしまうその行為性である。小説が、有限な字数で書かれながらも提示したいことは、有限ではない。書きつけられる情報が限られてくるからこそ、長い年月を文化のなかで生きてきた言葉による、多くの周りの情報を喚び出す力を利用して小説家は書くのだ。つまり、小説に盛られる情報は、表面的に読みとれる程度に留まりはしない。

漱石は登場人物に、文化的背景のある事物に出会わせる。彼・彼女はそれを解釈可能である。彼らの解釈が書かれていないからといって、無視してよいわけではない。なぜなら、他の言葉でもよいところが、一連のつながりのある、文化的喚起力を持つ言葉がわざわざ用いられたためである。

小説家にとって、登場人物は、小説の時間を持ち、産み出しながら、生きる人物である。『門』において、女性主人公の御米は、かつて安井という人物の妻だった。安井について深く考察した先行研究はほとんどないが、本章はそれを試みる。

安井は「勉強」（十四の五）家と設定されており、ともに生きていた御米には、安井との生活が浸み込んでいる。安井の「勉強」について、じつは、かなり推測できるように語られている。安井に関する回顧の後、宗助と御米について「二人は兎角して会堂の腰掛《べんち》にも倚《よ》らず、寺院の門も潜《くぐ》らずに過ぎた」と語られ、「必竟ずるに、彼等の信仰は、神を得なかつたため、仏に逢はなかつたため、互を目標《めじるし》として働らいた」とされる。さらに、「文芸にも哲学にも縁のない彼等は」（十七の一）と、明確な比較対象となる何者かを感じさせる語り方がされている。ならば、「満州や台湾に向」かない「性質」（十七の一）だったという安井は逆に、宗教に縁があり、文芸や哲学に関心を持っていたと意味されているのではないだろうか。

文芸や哲学といっても幅広いが、安井の口にしたという内容から、能や浄瑠璃、禅がそれに該当することが分かる。

本章では、「文芸」に「縁」のある安井に関する記憶がどのように御米に作用しているかについてを、次章では、「哲学」に「縁」のある安井に関する記憶がどのように宗助に作用しているかについてを考察する。登場人物が記憶を持つということ、しかも、歴史的文化的知識と関わる記憶を持つということが、どれほど小説の時間を拡張するかを証明したい。

宗助は京都帝国大学生のとき、安井から京都の地理・歴史・文化について教えられる。安井は「越前」（十四の二）・「福井」（十四の四）の出身である。東京から京都に来て日の浅い宗助は、「安井の案内」で京都を知ることができ、「大分の便宜」を得たとある。

宗助の回顧によれば、安井は、夏休み前から、「少し閑静な町外れへ移つて勉強する積《つもり》」と言って、「樹と水の多い加茂の社の傍」の家に下宿していた。その家の主人は「もと加茂神社の神官の一人であつたと云ふ話」を宗助は聞く。安井の住まいについて「わざわざ此不便な村同様な田舎へ引込んだ」（十四の五）と振り返っている。

安井はなぜ、「加茂の社」の傍の、もと「加茂神社の神官」だった主人の持つ家へ勉強のために引っ込んだのか。加茂の社とは、賀茂《かも》健角身《たけつぬみ》と玉依姫とを祭神とする下鴨神社のことである。金春禅竹作脇能『加茂』では、そこに神社のできた縁起が示されている。[4] わざわざ「加茂の社」近くの、元神官だった者の家に下宿した安井はむろん、『加茂』を知っていよう。[5]

灌漑技術の高さで古来重用されてきた[6]渡来人、秦氏の女が玉依姫となるのがこの伝説である。[7] 玉依姫とは、神霊を宿す巫女のことである。この能の前半のシテは「水桶」を持った里の女で、ワキは初めて賀茂神社に参詣した播州室《ばんしゅうむろ》の明神の「神職の者」である。シテの女とツレの女の登場場面を見てみよう。

御手洗《みたらし》や、清き心に澄む水の、加茂の河原に出づるなり。

直《すぐ》に頼まば人の世も。
神ぞ糺《ただす》の、道ならん。
半ば行く空水無月の影更けて、秋程もなき御祓川《みそぎがわ》
風も涼しき夕波に、心も澄める水桶の、もち顔ならぬ身にしあれど、命の程はちはやぶる、神に歩みを運ぶ身の、
宮居曇らぬ心かな。
頼む誓ひはこの神に、よるべの水を汲まうよ。(8)

心も澄んだ身で「水桶」を持ち、満ち足りた身分ではないけれど、生きている限り、神にお参りする身は、このお宮と同様、曇らぬ心だと言っている。そこへ来た「神職の者」であるワキから、立ててある白羽の矢の由来を聞かれ、シテが語り出す。

昔此の賀茂の里に、秦《はだ》の氏女《うぢによ》と云ひし人、朝な夕なこの川辺に出でて水を汲み神に手向けるに、ある時川上より白羽の矢一つ流れ来り、この水桶にとまりしを、取りて帰り庵の軒に挿す。主《あるじ》思はず懐胎し男子《なんし》を生めり。この子三歳と申しし時、人々円居《まとい》して父はと問へば、この矢を指して向ひしに、この矢すなはち鳴る雷《いかづち》となり、天にあがり神となる。別雷《わけいかづち》の神これなり。(9)

「秦の氏女」は朝夕、川辺から水を汲み、神に手向けていた。あるとき川上から「白羽の矢一つ」流れ来て、この「水桶」にとまったのを取って帰り、庵の軒に挿しておくと、思いがけず懐胎し、男子を産んだ。その子三歳のとき、その矢が「火雷神《ほのいかづちのかみ》」となり、その子も天に上がり、「別雷の神」となったという。つづいてツレの女が「その母御子

も神となりて、賀茂三所《みところ》の神所《しんしょ》とかや(10)」と言い、その氏女も神となったとされる。このような縁起である。

この謡曲の特徴は、川への讃歌がえんえんと続くことであり、「川尽くし」と呼ばれる(11)。そのなかに、シテによる「嵐の底の戸無瀬なる、波も名にや流るらん(12)」というのがある。安井の関心事項はすべてつながるようだ。引きつづき安井の関心を見ていこう。

安井と宗助とが訪れた「大悲閣」は嵯峨嵐山にある。次章で詳説するが、角倉了以が江戸初期、保津川、高瀬川を開削したさいの犠牲者を弔うために建立し、千手観音の大慈大悲にあやかって名づけられた。そこで「谷底の流を下る艪の音」を宗助と安井は聞き、その音が「雁の鳴声によく似てゐる」（十四の二）のを面白がったとある。この保津川の流れの音が、謡曲『加茂』に右のように出てくるのだった。

角倉了以は嵯峨嵐山を郷里としていた。また、五世紀にまで遡れば、初めて大堰川流域の開発に着手したのは、秦氏である。秦氏が住みついた嵯峨の一地域は現在でも太秦《うずまさ》と呼ばれている。

安井の郷里は「福井」（十四の三、四）とされる。じつは福井の発展も秦氏による灌漑とは切り離せない。鎌倉初期、日向浦から移住してきた秦氏が多烏浦を開発したとされる(13)。安井は、秦氏、角倉と、古代から近世にかけて治水事業を担った者に関心を抱いたと分かる。

大悲閣に行けば誰もが目にすることのできる碑がある。おもに、角倉了以による保津川、富士川、伏見川、天龍川、鴨川の開削工事について称える碑、「河道主事嵯峨吉田了以翁碑銘」である。保津川には大きな石があまりに多いため舟の通る川にするのに困難を極めたことがこう刻されている。

台命謂自古所未通舟今欲通開是二州幸也宜早為之丙午春三月了以初浚大井河其所有大石以轆轤索牽之石在水中則搆浮楼以鉄棒鋭頭長三尺周三尺柄長二丈許繫縄使数十余人挽扛而径投下之石悉砕散石出水面則烈火焼砕焉河広而

浅者帖石而挟其河深其水又所有瀑者鑿其上与下流準平之逮秋八月役功成先是編筏纔流而已於是自丹波世喜邑到嵯峨舟初通五穀塩鉄材石等多載漕民得其利因造宅河辺居焉[14]

[書き下し文]
謂《い》ふ、古《いにしえよ》自り舟通さざる所、今通開せんと欲するは、是れ二州の幸也《なり》、宜しく早く之を為すべし、と。丙午春三月、了以初めて大井河を浚ふ。その所に大石有り、轆轤《ろくろ》索《さく》を以て之を牽く。水中に在るは則ち浮楼《ふろう》を構へ、鉄棒の頭鋭くして長三尺周三尺柄長二丈許りなるを以て、縄を繋ぎ数十余人をして挽扛《ばんこう》せしめ、而して径《ただ》ちに之を投下するや、石は悉く砕け散る。石、水面に出づれば、則ち烈火もて焼き砕く（焉）。河広くて浅きは、石を帖《たらし》て其の河を挟《さしはさ》み、其の水を深くす。又、瀑有る所は、その上と下流とに鑿《うがち》て之を準平《なら》す。秋八月に逮《およ》びて役功《えきこう》成る。先には是れ筏を編みて纔《わず》かに流すのみ。是に於いて丹波世喜邑《せきむら》より嵯峨に到り舟初めて通ず。五穀、塩鉄、材石等多く載せて漕《はこ》ぶ。民は其の利を得、因りて宅を河辺に造り居《す》む（焉）。

了以がいかなる手段で保津川（大井河）を切り開いたか、また、それにより、丹波から嵯峨へ舟の通ることができるようになり、民衆がどれほど利益を得たかということが記されている。

宗助の想起は、安井に大悲閣まで連れていってもらったことばかりでなく、安井、御米、宗助の三人で嵯峨から高雄へ歩いたことにも及ぶ。

紅葉も三人で観た。嵯峨から山を抜けて高雄へ歩く途中で、御米は着物の裾を捲くつて、長襦袢丈を足袋の上迄牽いて、細い傘を杖にした。山の上から一町も下に見える流れに日が射して、水の底が明らかに遠くから透かさ

れた時、御米は、

「京都は好い所ね」と云つて二人を顧みた。それを一所に眺めた宗助にも、京都は全く好い所の様に思はれた。

（十四の九）

嵯峨から高雄へ抜ける道とは、保津川を遡り、清滝川に入る道筋で、平安時代より自生する紅葉の名所である。述べてきたとおり、古代、保津川の上流部、大堰川には、秦氏によって葛野《かどの》大堰が造られ、江戸初期、角倉了以によって保津峡の疎通が行われた。先に安井と宗助が連れ立って大悲閣に行ったと記されている以上、この行楽のときにも、大悲閣の石碑に刻された治水事業も話題にされたとみてよいだろう。

宗助の想起として、安井が「加茂の社」の傍の家に住んでいたこと、安井と「大悲閣」に行ったこと、御米も含めて三人で嵯峨から高雄へと歩いたことが並べられている。これらはむろん、御米も当時から知っていた事実である。この小説では、宗助と御米との「二人の共有してゐた事実」（十三の七）と共有していない事実とが明確に分けられ、語られる。宗助と共有している御米の事実と、宗助と共有していない御米の事実とが、判然と分かるようにこの小説は作られている。

たとえば、嵯峨から高雄へと三人で歩いたのは、御米にとって、宗助と共有している事実である。安井が「加茂の社」の傍で、しかも加茂神社の神官の一人であった主人の宅に住んでいたということについて、御米は、安井自身から聴いていただろう。これも宗助の知っている事実と同じではある。しかし、安井からどのように聴いたのかといった体験の襞は語られず、彼女の内に秘められている。

## 第二節　記憶に由来する反応

「彼等は余り多く過去を語らなかつた。時としては申し合はせた様に、それを回避する風さへあつた」(四の五)、また、「彼等は自己の心のある部分に、人に見えない結核性の恐ろしいものが潜んでゐるのを、仄《ほの》かに自覚しながら、わざと知らぬ顔に互と向き合つて年を過した」(十七の一)とある。宗助と御米とは、互いに過去を語りえない。

御米が宗助にも隠している「結核性の恐ろしいもの」とは何なのか。それを読みとれるように小説は作られている。容易に判断できるように、安井についてより細密で濃厚な思い出を保持しているのは、宗助よりも御米のほうである。この小説が描きだす御米の生活は、彼女に安井との生活を思い起こさせる道具に満ちている。

御米にとって、安井に連れられて京都に来て、初めて家を持ったときのことなど忘れるはずのないことである。宗助は安井と御米の新居を見たときのことをこう回想している。安井は宗助に「家の様子を見てくれ」と案内する。

「なに宅《うち》を持ち立てだものだから、毎日々々要るものを新らしく発見するんで、一週に一二返は是非都《みやこ》迄買ひ出しに行かなければならない」と云ひながら安井は笑つた。

「途迄《みち》一所に出掛けやう」と宗助はすぐ立ち上がつた。序に家《うち》の様子を見てくれと安井の云ふに任せた。宗助は次の間にある亜鉛《とたん》の落《おと》しの付いた四角な火鉢や、黄《き》な安つぽい色をした真鍮《しんちゆう》の薬鑵や、古びた流しの傍に置かれた新らし過ぎる手桶を眺めて、門《かど》へ出た。(十四の七)

御米が所謂嫁入り仕度をしてきていない点から御米と安井との関係が内縁関係に留まっていたのであろうという指摘があるが、(15)そうであればこそ、安井と新居を構え、家財道具をひとつひとつ集めていく楽しみの格別であった様子が右のようなさりげない描写から浮かびあがる。新しい「手桶」もそのようにして買い集めた道具のひとつである。

安井と御米とが、新しい「手桶」を借家の「古びた流し」で使うとき、安井が直前まで住んでいた下宿の傍の「加茂の社」（十四の五）の縁起談について御米に話さないとは考えられない。というよりむしろ、これだけの道具立てを揃えている以上、小説は安井が御米にその話をしたと明かしているとみてよいだろう。

すでに見たように、「秦の氏女」の「水桶」に、「火雷神」の化身である「白羽の矢」が流れ留まって、彼女が懐妊し、「別雷神」を産んだという、謡曲『加茂』で知られる縁起が「加茂の社」にはある。当時の宗助に「新らし過ぎる手桶」が目に留まったのも、宗助もまたその話の委細を聞かされており、若者らしい関心を持ってそれを見たからだと分かる。

ゆかりの物から物語を始める夢幻能の語り方を、御米は安井から教わっていただろう。御米は、買ったばかりの「手桶」を使うたびに、謡曲『加茂』で「水桶」を持ったシテが縁起談を話すように、「白羽の矢」が留まった「水桶」を手にする思いでいた。御米は、安井とともに謡曲を模して「水桶」を使ってみせた可能性すらあろう。そのときにはもちろん、安井の子が自分の身体に宿るのを願っていたのである。

御米の身体が、安井との生活を決して忘れていないことは、随所に書き込まれている。御米が現在目にするものごとが過去のそれと二重写しになる。この小説は、きわめて微細なくだりから、小説の時間を発散させている。

たとえば、宗助が家主の坂井から安井が明後日来ると聞き、蒼くなり、帰宅してすぐ寝ると言った宗助に対する御米の反応を見てみよう。

宗助が外から帰つて来て、こんな風をするのは、殆んど御米の記憶にない位珍らしかつた。御米は卒然《そつぜん》何とも知れない恐怖の念に襲はれた如くに立ち上がつたが、殆んど器械的に、戸棚から夜具蒲団を取り出して、夫の云ひ付け通り床を延べ始めた。（十七の二）

御米はなぜ、「卒然何とも知れない恐怖の念に襲はれた」のか。宗助にとって例のないことなのに、なぜ彼女は「殆んど器械的に」戸棚から夜具蒲団を取り出したのか。安井はつねに「何処かに故障の起る」（十四の二）身体の持ち主だった。御米はその看病に明け暮れている時期もあった。安井との生活で、このような経験を繰り返していたからこそ、宗助に対しても、甦った「恐怖」を覚え、器械的に動いたのである。

翌日、宗助は「寄席《よせ》へでも行つて見やうか」と「珍らしく」誘う。ふだん寄席になど行きつけない宗助がそれを思いつくこと自体、意識しないまま宗助が安井の嗜好を思い出していることを示している。見たのは「浄瑠璃」（十七の三）だ。宗助にとって「いくら力《つと》めても面白くならなかつた」（十七の三）のは当然である。実際は自分の好みで来たわけではないからである。

他方、御米のほうは浄瑠璃を「真面目に聴いてゐる」（十七の三）。彼女の過去にそのような習慣があったのだと察せられる。(16)

小説家にとって、登場人物にゆかりの物を見させることは、小説に時の路を生成することに他ならない。能の物語もそこに力点を置いた。漱石小説も、登場人物の記憶によって導かれる世界を描く。登場人物が何とどのように出会うかが書かれ、詳しく書かなかった部分もおのずから動くことが期待されている。

## 第三節　「鏡」と「面目」

さらに、小説が示す、御米の記憶を刺激する事物との出会いを指摘しよう。

「水道税の事で一寸聞き合せる必要が生じた」（十三の一）宗助が家主の坂井の家に立ち寄り、そこに来ていた甲斐の呉服商から「銘仙《めいせん》」（十三の二）を御米のために買って帰った日のことである。子どもが多い坂井の家の陽気さについて言う宗助に、御米はその夜、「私にはとても子供の出来る見込はないのよ」（十三の四）と告白する。なぜなら、三度目の胎児を失ったとき「易者の門」を潜って「貴方は人に対して済まない事をした覚がある。其罪が祟つてゐるから、子供は決して育たない」（十三の八）と宣告されたからだという。

御米はなぜ、このときに「易者の判断」を宗助に告白しようと思ったのか。告白の契機がなぜこのときかについて、じつは念入りに仕組まれている。安井は「着物道楽」（十四の二）であったとされ、また、これまで見てきたように治水に関心を持っていた。宗助が「水道税」について坂井に問いあわせに行き、居合わせた甲斐の織屋から御米のために銘仙を買って帰ってきたとき、彼女に安井が連想されたことは明瞭である。[17] 宗助は安井宅に御米である女性を垣間見て、「粗い縞の浴衣」（十四の六）を着ていたと覚えている。それは御米であり、また、宗助が安井から紹介されたとき、これから出かける際だったので、余所行きの「衣服」「帯の光」（十四の七）を身に付けていた。御米の装いに言葉を掛けたり、似合う生地を選んだりしたのは、宗助だけではむろんなく、むしろ安井のほうが多く彼女を喜ばせたと察せられる。宗助がその日とった行動は、御米にとって、安井を思い起こさせるに十分であった。ゆえに、彼女は易者の宣告について告白したくなったのである。

宗助、御米夫婦は、一所になって六年だが、初めての懐妊は広島で、流産となり、福岡では早産となった。どちらも宗助の経済力不足で「世帯の苦労」から、「算段」（十三の五）が付かず、子どもを死なせてしまった。東京に移ってはじめての年、御米はまた懐妊した。つぎのように振り返られる。

するとこ三度目の記憶が来た。宗助が東京に移つて始《はじめ》ての年に、御米は又懐妊したのである。出京の当座は、大分身体が衰ろへてゐたので、御米は勿論、宗助もひどく其所《そこ》を気遣つたが、今度こそはといふ腹は両方にあつたので、張《はり》のある月を無事に段々と重ねて行つた。所が丁度五月目になつて、御米は又意外の失敗《しくぢり》を遣つた。其頃はまだ水道も引いてなかつたから、朝晩下女が井戸端へ出て水を汲んだり、洗濯をしなければならなかつた。御米はある日裏にゐる下女に云ひ付ける用が出来たので、井戸流の傍に置いた盥《たらい》の傍迄行つて話をした序《ついで》に、流を向へ渡らうとして、青い苔の生へてゐる濡れた板の上へ尻持《しりもち》を突いた。御米はまた遣り損なつたとは思つたが、自分の粗忽《そこつ》を面目ながつて、宗助にはわざと何事も語らずに其場を通した。けれども此震動が、何時《いつ》迄経つても胎児の発育に是といふ影響も及ぼさず、従つて自分の身体にも少しの異状を引き起さなかつた事が慥《たしか》に分つた時、御米は漸く安心して、過去の失《しつ》を改めて宗助の前に告げた。宗助は固より妻を咎《とが》める意もなかつた。たゞ、「能《よ》く気を付けないと危ないよ」と穏やかに注意を加へて過ぎた。（十三の五）

しかし、胎児は「浮世の空気を一口も呼吸しなかつた」。その児は「出る間際《まぎわ》迄健康であつた」のだが、「臍帯纏《さいたいてん》絡《らく》」で「胞《えな》」を「二重《ふたえ》」に頸に巻いていたのを「あの細い所を通す時に外し損なつたので、小児はぐつと気管を絞められて窒息して仕舞つたのである」（十三の六）。「罪は産婆にもあつた。けれども半《なかば》以上は御米の落度に違なかつた。臍帯纏絡の変状は、御米が井戸端で滑つて痛く尻餅を搗《つ》いた五ヶ月前既に自ら醸したものと知れた」（十三の六）と宗助の認識が示されている。産後の蓐中にあった御米はただ「其始末」を聞いたのである。

彼女は三度目の胎児を失つた時、夫から其折の模様を聞いて、如何にも自分が残酷な母であるかの如く感じた。自分が手を下した覚がないにせよ、考へ様によつては、自分と生を与へたものの生を奪ふために、暗闇《くらやみ》と明海《あかるみ》の途中に待ち受けて、これを絞殺《こうさつ》したと同じ事であつたからである。斯う解釈した時、御米は恐ろしい罪を犯した悪人と己《おのれ》を見傚《みな》さない訳に行かなかつた、さうして思はざる徳義上の苛責《かしやく》を人知れず受けた。しかも其苛責を分つて、共に苦しんで呉れるものは世界中に一人もなかつた。御米は夫にさへ此苦しみを語らなかつたのである。(十三の七)

水道をまだ引いていなかった宗助との家で、宗助との子を「井戸流の傍に置いた盥の傍迄行つて話をした序に、流を向へ渡らうとして、青い苔の生へてゐる濡れた板の上へ尻持を突いた」(十三の五)ために、その子を「絞殺」(十三の七)してしまった。御米は、「流」に置いた、その水を汲む「盥」をまたごうとして足を滑らせた。

このとき彼女に思い出されたのは、加茂の社の縁起談にあった、川の流れから水を汲み上げる「桶」に「白羽の矢」が流れ留まって「別雷神」を懐妊する「秦の氏女」の話である。このように設定されている[18]。

神を懐妊する神話とは、まったく逆の話、まったくの裏返しのストーリーが、彼女の現実に現れた。安井との生活でその神話を思い描きながら「古びた流し」で「新らし過ぎる手桶」を使ってきただろう彼女は、そうであるがゆえに、宗助との生活に移ってすんなりと宗助との間の子を懐妊できはしない。それればかりか、みずからの身体で、宗助との間の子を「絞殺」するのである。

この符合について、御米は、夫に話すわけにゆかない。彼女は蒲団の上で、「時ならぬ呪詛《のろい》の声を耳の傍《はた》に聞いた」。

三週間の安静期間中「彼女の鼓膜は此呪咀の声で殆んど絶えず鳴つてゐた」（十三の七）。彼女はこの符合が偶然か必然かを確かめたい。産褥明けに「鏡」（十三の八）を見て、彼女は易者に問うことにした。易者の「貴方は人に対して済まない事をした覚がある。其罪が祟つてゐるから、子供は決して育たない」（十三の八）という宣告はその符合が偶然ではなく、まさに制裁であることを告げている。この安井への「罪」の意識を御米は夫と「共有」（十三の七）できない。それは彼女が、異なる夫とともに紡ぎあげてきた豊かな時間、喜びに満ちた身体による反逆がなした罪だからである。みずからの主体的判断が通わない身体のある部分が、現在時を越えて、行動に出る。それを確定する易者の判断が、御米の欠如した意識の座に居座ることになる。

こうして彼女にとって、安井を思い起こすたびに痛感する「済まない」という気持ちと、自分が三度目の胎児に対して犯した「罪」の自覚とは連動しはじめる。それがために、井戸端で尻餅を搗いた自分は宗助に会わせる顔がないと「面目」（十三の五）なく思ったのである。

その後も御米は、自らの身体が宗助との間の子どもに手を下した罪を背負って生きている。まるで安井への面目なさゆえに、宗助との子を絞殺したかのように感じられることが彼女にとって、宗助に対し、面目ない。漱石がこのように登場人物を追い込んでいる点についてこれまで分け入って検討されてはこなかったが、その周密さは驚嘆すべき域に達している。

登場人物を囲む道具の配置で、漱石は、登場人物が口に出せない、身体の続く限り続く個人の罪の時間を小説に創りあげた。

## 第四節　個人的な奥行きの生成

御米が三番目の胎児の首にえなを二重に巻いてしまう要因を作った「盥」（十三の五）と、易者に占ってもらおうと思い立つきっかけになった、産褥明けに見た「鏡」（十三の八）とを、夫婦は今でも使っている。それらの使われ方を見てみよう。

六畳に据えられた「鏡台」について、前田愛は「三人の子どもを死なせた暗い過去の記憶が引き出されてくる時間の断り口」[19]と明確に述べたが、それをさらに綿密に言うなら、御米にとってその六畳の鏡の空間は、宗助と顔を合わさずに自らを懲罰する場所であった。宗助が叔母のことについて子どもをたった一人しか産まないから若いと言えば「自分の顔を鏡に映して見」（五の一）るし、宗助が「御米、御前子供が出来たんぢやないか」（六の一）と言えば、「鏡台の前に坐つて」「泣い」（六の一）ていた模様である。御米は「鏡」のまえで、宗助への面目なさを確認し、易者が因果で結んだ、安井への「罪」と「ぼんやりした影の様な死児」（十三の七）への「罪」との関係をたえず強化する。そして子を産む苦しみを味わいながらも子どもを持てずに老いてゆく、罰の証しとしての老いを見つめる。

宗助は鏡に「御米の襟元から片頬」にかけての「如何にも血色のわるい横顔」（六の一）を見る。それは宗助の弟、小六《ころく》が引き移ってくるために六畳を空ける準備をしていた御米の横顔である。彼女は「寒い所為《せい》なんでせう」と答えながら、「すぐ西側に付いてゐる一間の戸棚」を開け、「支那《しな》鞄《かばん》と柳行李《やなぎごり》」「二つ三つ」を片付けようがないと宗助に訴える。「支那鞄」とは、おそらく、安井の転地にあたって、御米が安井に付いていったとき持っていた「鞄」である[20]。宗助を呼び寄せて、三人で保養地から京都へ帰るさいに、宗助が「行李」を持っていたことも書き込まれており、この「行李」はそのときのそれであろう。[21]

　つまり、安井との思い出が張り付く「支那鞄と柳行李」に青ざめる御米の横顔を、宗助は鏡越しに見たわけである。安井に対する裏切りが「東京へ出て来ても、依然として重い荷に抑えつけられてゐた」（十五の一）と表現されるように、鞄や行李は、安井に対する罪が象徴されていよう。

　さらに、彼女を滑らせる原因をつくった「盥」が現在どのように使われているかを見るなら、御米の、意識の瀬戸際あたりにある葛藤が見えてくる。子の命を奪うきっかけになった「盥」を、彼女は家の治水のために使っている。その「盥」は自分が病気の時に額を冷やす手拭を「絞」（十一の一）るときにも使う。宗助夫婦が現在住んでいる崖下の家は治水の面で多くの不都合を抱えた場所である。東京に来た当初は井戸を使わなければならなかった。水道が通っても今度は雨漏りがする。その対策に使うのが例の「金盥」である。「御米は金盥の中に雑巾を浸けて、六畳の鏡台の傍に置いてゐた。其上の所丈天井の色が変つて、時々雫《しずく》が落ちて来た」（六の三）とある。屋根の修繕が済んでも雪が降れば小路がぬかるみ、なかなか乾かない。「外から靴を汚して帰つて来る宗助が、御米の顔を見るたびに、「是や不可ない」と云ひながら玄関へ上つた。其様子が恰《あたか》も御米を路を悪くした責任者と見做してゐる風に受取られるので、御米は仕舞に、「何うも済みません。本当に御気の毒さま」と云つて笑ひ出した」（十六の一）とある。

　ぬかるんだ家に住まわされる「責任」が御米にあるなら、彼女は、その「盥」とともに安井との過去まで遡らなければならない。安井とさまざま話しながら新しい「手桶」（十四の七）を使ったり、「雨の中に浸かつて仕舞ひさう」（十四の三）な鈴鹿宿の話をしたりしたことを思い出さなければならないのだ。[22]

　御米は「紅葉の赤黒く縮れる頃」になって体調を崩し、「ぶら〱し出した」[23]。もともと宗助が「この女には生れ故郷の水が、性に合はないのだらう」と疑いを起こすくらい、彼女は東京で健康がすぐれなかった。「暮の二十日過になつて」御米はとうとう倒れる。彼女が額を冷やすのに、例の「金盥」（十一の一）（十一の三）が使われた。医者は

「丸い穴の開いた反射鏡を出して」御米の眼を押し開け、「仔細に反射鏡の光を睫の奥に集めた」（十二の二）とある。彼女の身体表現が「鏡の光」で確認される。

小六が宗助御米宅に同居するようになって以来、御米は六畳に置いてある鏡台を見にゆくことができない。その鏡台は罪と罰とを確認する場であったがゆえに、彼女は罪と罰とを自分の心身から映し出してそこに預けておくことができていた。責め苛むべき自己を外に設置することで、みずからの厳しい追及の手から逃れさせていたといえよう。

ところが、もともと御米に対し批判的な小六がその六畳に陣どる。小六は自分の現在の不遇を「元を糺《ただ》せば兄が責任者」（四の十三）とみなし、不服を抱いている。御米は前にもまして自分の罪と罰とを意識させられるにもかかわらず、それを自分から逃す手段がなくなる。御米が据えられた鏡台を前にして記憶を甦らせていたときと、宗助を没落させた者とみなしている小六の視線を身に受けるときとでは、彼女が現在なす記憶の意味づけも異なってくる。彼女の罪と罰とは内向する。そのようなせめぎ合いがまず身体に代行され、彼女は倒れる。医者が「反射鏡の光」によって彼女の「睫の奥」から確認するのは、「少し薬が利き過ぎましたね」（十二の二）という中毒症状である。

この小説で「鏡」はさらに発展する。御米が男の髭のあるなしに神経質である点も、これまで着目されてこなかったが、念入りに描かれていることの一つである。彼女は家主の坂井が「髭のない人」（七の一）であると宗助に報告し、初めて坂井の顔を見たときも、「髭のないと思つたのに、髭を生やしてゐる」のが案外であったため、宗助に「貴方、坂井さんは矢っ張り髭を生やしてゐてよ」（九の一）と注意するほどである。

小説は彼女がなぜそこまで敏感なのかも答えを用意している。御米が三人目の子を臍帯纏絡で亡くし、産褥明け、易者に「自分が将来子を生むべき、又子を育てるべき運命を天から与へられるだらうか」と確かめに行った。そのとき易者は「仔細らしく腮の下の髯を握つて」（十三の八）何かを考え、そのうえで宣告した。御米は、髭のある男を見るたびに易者の宣告を思い出し、疼くのだ。ゆえに彼女は髭を嫌っている。

「山門」を敲いた宗助は、坐禅に失敗する。その十日間「髭は固《もと》より剃る暇《いとま》を有《も》たなかつた」(二十二の一)。参禅後の宗助に御米は「小さな鏡」(二十二の一)を突きつける。映すのは、宗助にとってまた御米にとって、乗り越えるべき対象である。御米にとって宗助に髭を剃るよう「小さな鏡」を見せることは、罪を確定してみせた易者の「髯」を切り落とすことを意味する。

この「小さな鏡」は、御米にとって、六畳に据えられた「鏡台」で「面目」なさを確認するのとは違う、進む先を映し出す役割を果たしている。御米が小さな鏡を出す場面はつぎのとおりである。

わざと活發に、

「いくら保養でも、家へ帰ると、少しは気疲が出るものよ。けれども貴方は余まり爺々《じじ》汚《むさ》いわ。後生だから一休したら御湯に行つて頭を刈つて髭を剃つて来て頂戴」と云ひながら、わざ〳〵机の引出から小さな鏡を出して見せた。(二十二の一)

この部分は、「易者の門」を潜る決心をしたつぎの場面と対比的に描かれていよう。

御米は歩き〳〵、着物を着換える時、簞笥を開けたら、思はず一番目の抽出の底に仕舞つてあつた、新らしい位牌に手が触れた事を思ひつゞけて、とう〳〵ある易者の門を潜つた。(十三の八)

「抽出」あるいは「引出」に入れた手に何が触れるのか、あるいは何を取り出すのか。ひきだしにはもちろん、過去から持ち続けている物が入っている。その物は小説では、通常、過去を引きだす。だが、御米が取り出した「小さな鏡」は、過去からの男の髭を切り落とした先の未来を示唆している。

この小説には、多くの文化的歴史的意味を湛えた小道具が動員されていた。その小道具は、個人的な時間を産み出す力を蓄える。「物」への観念、印象、それらに附く情緒が、過去を呼び出し、小説に奥行きをつくる。同時に、未来を示唆し、小説にその先の時間を備えさせる。本章は、漱石が小説の細部にまで自身の文学理論を貫き、生成過程としての小説の時間空間を創ったことを証明した。

(1)『門』は『東京朝日新聞』と『大阪朝日新聞』に、一九一〇年（明治四三年）三月から同年六月まで連載された。
(2)「漱石と山の手空間――『門』を中心に」『講座夏目漱石　第四巻　漱石の時代と社会』有斐閣、一九八二年、一四二頁。
(3)「『門』のなかの子ども」『日本文藝論集』一九八六年、『三好行雄著作集　第二巻　森鷗外・夏目漱石』筑摩書房、一九九三年、二四一―二四二頁。
(4) 金春禅竹作。十六世紀初頭になる『自家伝抄』に明記されるという。以下、「賀茂」『謡曲集』1（新編　日本古典文学全集58）小学館、一九九七年、五四―六六頁、ならびに、「賀茂」『謡曲百番』（新日本古典文学大系57）岩波書店、一九九八年、三五四―三五九頁を参照した。なお、本章では「加茂」と表記する。漱石もそれで考えていたと思われるからである。漱石の弟子の一人、野上豊一郎は能楽研究の第一人者であったが、「加茂」という表記で通している。野上豊一郎『謡曲選集（読む能の本）』岩波書店、一九三五年、四二―五六頁。
(5) 漱石は、一九〇七年（明治四〇年）三月、京都を訪れ、京都帝国大学初代学長となった親友、狩野亨吉宅に宿泊している。狩野宅は下鴨村にあった。漱石が狩野宅へ逗留できるかを確認している書簡がある（一九〇七年三月二二日『漱石全集　第二十三巻』岩波書店、一九九六年、三四頁）。
(6)『日本書紀』の伝えるところでは欽明天皇のころからだという。
(7) この話は『山城国風土記』にも載っているが、そこでは賀茂氏の氏女が玉依姫になるとされている。賀茂氏も渡来人で、嵯峨嵐山松尾の秦氏と婚姻関係で結ばれていた（仲尾宏『京都の渡来文化』淡交社、一九九〇年、一九頁）。この曲は秦氏本系帳（『本朝月令』所引）の所説が天台系口伝のうちに流伝したとされる神道雑々集などに拠っているという（前掲『謡曲百

番』（新日本古典文学大系57）三五四頁）。

（8）前掲『謡曲集』1（新編　日本古典文学全集58）五六頁。

（9）前掲『謡曲集』1（新編　日本古典文学全集58）五八頁。

（10）前掲『謡曲集』1（新編　日本古典文学全集58）五八頁。

（11）川水を汲む姿に神の心を汲む意もこめるという（前掲『謡曲百番』（新日本古典文学大系57）三五四頁）。

（12）前掲『謡曲集』1（新編　日本古典文学全集58）六〇頁。「嵐の底」は中世歌語で嵐山をふまえる。「戸無瀬」は嵐山のふもと、大堰川の急流の地。

（13）『福井県史　通史編2　中世』東洋書院、一九八〇年、二三五頁。多烏浦は現在の福井県小浜市田烏。

（14）『特別展　没後三七〇年記念　角倉素庵——光悦・宗達・尾張徳川義直との交友の中で』大和文華館、二〇〇二年、一〇六―一〇七頁。『嵯峨誌』臨川書店、一九七四年、三五一、三五二頁、ならびに、『角倉同族会報』第二十号（二〇〇二年六月一九―二一頁）も参照した。

（15）石原千秋「〈家〉の不在——『門』」『日本の文学』第八集、有精堂、一九九〇年一二月、『反転する漱石』青土社、一九九七年、三一〇頁も参照した。

（16）家に帰った夫婦の目に、「火鉢」（十七の四）の前に胡坐を掻いて、やかんの「鉄瓶」（同）をおろしてさめさせてしまっている宗助の弟、小六の姿が目に入る。御米にとって「浄瑠璃」を見た後、火鉢、やかんをまえに身体をあたためるというのは、安井との生活を髣髴とさせよう。

（17）甲斐の商人の男と安井とが髪の毛を真ん中から分けるという同じ髪型をしている点については、すでに酒井英行などの指摘がある（『漱石　その陰翳』有精堂、一九九〇年、一八二頁）。宗助が安井との類似に気付いたかどうかまでは言いきれないと思うが、宗助がその男の様子を御米に話したならば、御米にはすぐに安井が連想されたであろう。

（18）『古事記』の三輪山説話も思いあわされている。勢夜陀多良《せやだたら》姫が溝の流をまたいで大便中、大物主神《おおものぬしの》が丹塗矢になって、彼女のほと（女陰）を突いた。驚いた彼女がその矢を持ち帰り、床のはしに置くと、その矢は壮夫になり、彼女を娶った。そして神の子が生まれる（『古事記　祝詞』（日本古典文学大系1）岩波書店、一九五八年、一六〇―一六三頁）。

（19）前掲「漱石と山の手空間」一四一頁。

(20)「安井は心ならず押入の中の柳行李に麻縄を掛けた。御米は手提鞄に錠を卸した」(十四の九)と語られていた。錠をおろすほどなのだから、トランク状の支那鞄であったと考えられる。

(21)「二人は又行李と鞄を携へて京都へ帰つた」(十四の十)と言われていた。この「行李」は、安井のものと宗助のものと両方を指すだろう。宗助の「行李」について、夏休み明けに東京から京都へ来るさいのこととして「宗助はまた行李を麻縄で絡げて、京都へ向ふ支度をしなければならなくなつた」(十四の四)と強調されていた。

(22)安井は宗助に「浄瑠璃に間の土山雨が降るとある有名な宿」(十四の三)である「或友達の故郷の物語」をして聞かせた。「其友達の小さい時分の経験として、五月雨の降りつゞく折抔は、小供心に、今にも自分の住んでゐる宿が、四方の山から流れて来る雨の中に浸かつて仕舞ひさうで、心配でならなかつた」(同)という話である。安井は治水整備に関心を持っていた者という設定である。

(23)御米の倒れたのが「紅葉」ももう終わりかけの頃であるのには注意したい。彼女が安井と宗助の「二人」を等分に見て「京都は好い所ね」(十四の九)と言ったのが紅葉のまえでのことであり、その後、安井の留守に、「御米ばかり淋しい秋の中に取り残された様に一人坐つてゐた」(十四の九)座敷に宗助が上がり込んだあたりから、安井に対する裏切りが始まったのだった。「紅葉の赤黒く縮れ」ればその時節の到来が告げられている。

# 第六章　禅・口承文芸からの刺激——『門』に潜む文字と声

## 第一節　儒教と禅と

小説という虚構の時間と空間とはどこからどこまで広がると見なせばよいだろうか。従来の文学研究は、小説の時間的・空間的境界を内側にみなし過ぎてはいなかったか。小説は、現在の時と場所から放たれる性質を備えた言葉で書かれ、小説内には、言葉を受けとめ、進展する潜在力を備えた人間が描かれている。

これまでの日本文学研究では、小説に登場するのが、知能を持つ人間であるということを軽視し過ぎてきたように思う。その人間は、読者の予想を上回る知的受容をする者として設定されているかもしれない。にもかかわらず、その能力を低く見積もることは、登場人物の感受によって広がる虚構の時空の設定まで切り落とすことと同じになる。

本章は、漱石『門』(1)を分析することで、小説が、一見したところよりも、はるかに大きな広がりを持っており、その時空は、つねに登場人物の思考を通じて発展しつづけていることを証明する。

『門』には、宗助・御米という夫婦の日常生活がいかに過去の因果で縛られているかが念入りに語られている。宗助は京都帝国大学生のとき、安井という友人から御米を奪った。そのことを宗助は「過去の痛恨」「創口《きずぐち》」(十七の二)

と認識している。これを主題として生きている主人公が描かれているにもかかわらず、これまで『門』論で、安井について正面から論じる研究はほとんどなされてこなかった。前章では御米に安井との生活がどのように浸み込んでいるかが、『門』に書き込まれていることを扱った。本章では、おもに宗助に安井がどのような示唆を与えているかを読みとる。そのことで、安井の残した思想、文化、思考法がどのようにこの小説の世界を広げているかについて検討を行う。

東京から京都に来て日の浅い宗助は、「安井の案内」で京都を知ることができ、「大分の便宜」を得たとある。安井は幅広い教養の持ち主で、その関心事は芸能から、本章で論証するとおり東洋思想にまで及ぶ。

宗助の記憶が甦る体裁で語られた、宗助と安井のやりとりを中心に見ていく。

　ある時は大悲閣へ登つて、即非《そくひ》の額の下に仰向《あおむ》きながら、谷底の流を下る艪《ろ》の音を聞いた。其音が雁の鳴声によく似てゐるのを二人とも面白がつた。（十四の二）

安井と宗助とが行った「大悲閣」とは、嵯峨嵐山にある千光寺のことで、角倉了以が一六〇六年（慶長十一年）、保津川、高瀬川を開削したさいの犠牲者を弔うために、嵯峨中院にあった千光寺を移して創建した。[2] 角倉了以は嵯峨嵐山を郷里としていた。

眼下に保津川の急潭を望む大悲閣了以殿（客殿）には、「儒学教授兼両河轉運使吉田子元状」という木造碑がある。[3] これは、角倉了以の嗣子、角倉素庵の行状記であり、最初の文はつぎのとおりである。

　慶長元和之間丁天下文明之運勃興儒教荷担斯道者北肉藤斂夫先生也[4]

[書き下し文]
慶長元和の間、天下文明の運に丁《あた》り、儒教を勃興し斯道を荷担するは、北肉藤歛《れんぶ》夫先生なり

「北肉藤歛夫先生」というのが藤原惺窩のことである。千光寺大悲閣には、惺窩の漢詩の額も掲げられている。(5) 惺窩はもともと禅僧だったが、一五九六年（慶長元年）、儒学への志向を固める。(6) 素庵は惺窩に師事し、儒学を究めため、「儒学教授」と冠された。(7)

惺窩は保津川の石を名づけなおす。了以殿に入るところにある石碑、「河道主事嵯峨吉田了以翁碑銘」にそのことが刻されている。吉田了以とは角倉了以のことである。林道春（林羅山）の撰文により、(8) 素庵が建てた碑である。一部、引用しよう。

玄之能書且問儒風於惺窩藤先生有年矣一旦招先生遡遊于河上奇石激湍甚多請先生多改旧号其白浪揚如散花者号浪花隅旧名大瀬其斉汩環石者号観瀾盤陀有石相距可二十尺猿抱子飛超其間者号叫猿峡旧名猿飛東有山岩高嶮有棲鶻之奇巣者号鷹巣石壁斗絶皃如万巻堆者号群書岩旧名出合此処有石似門広五丈高百余尺者号石門関有湍急流船行如飛号鳥船灘旧名鵜川（中略）復有石方三丈許其面如鏡聳於水崖号鏡石(9)

[書き下し文]
玄之、書を能くし、且儒風を惺窩藤先生に問ふこと年有り、一旦先生を招き河上に遡遊《そゆう》す。奇石激湍《げきたん》甚だ多し、先生に請うて多くの旧号を改め、其の白浪揚りて花散らすが如きは浪花隅《ろうかわい》と号す（旧名大瀬）、其の斉汩《せいこつ》として石を環るは観瀾盤陀《かんらんばんだ》と号す、石有り相距つる二十尺ばかり猿子を抱へ其間を飛び超ゆるは叫猿峡《きょうえんきょう》と号す（旧名猿飛）、東山岩高嶮に有りて鶻《はやぶさ》の奇巣に棲む有るは鷹巣《ようそう》と号す、石壁斗絶の皃《ぼう》万巻堆《たい》の如くは群書岩と号す（旧名出合）、

此処に石有り門に似て広さ五丈高さ百余尺は石門関と号す、湍有り急流を船行飛ぶが如きを鳥船灘《せんたん》と号す（旧名鵜川《てい》）、（……）復た石有り方三丈許、其面鏡の如く、水崖に聳ゆるは鏡石と号す。

「玄之《はるゆき》」とは、素庵のことである。藤原惺窩に、大悲閣から見下ろせる谷底の石を号してもらったという。大悲閣に行く誰もがそのことについてそこにある碑で読むことができる。これを読んだ者は誰しも、この大悲閣という禅寺が、近世初頭において、禅と儒教との切り結ぶ場であったと知ることができる。

伊勢物語、徒然草、観世流謡本を初めとして、古典文学、芸能書の刊行に角倉素庵が精力を傾注し、それらが嵯峨本として尊重されていることは常識に属することであろう。素庵による『史記』百三十巻の本邦初の刊行も、宗助・安井が京都帝国大学生であった明治三十五、三十六年当時(10)ならば、素庵の業績であると学生は知っていたことだろう(11)。のみならず、この大悲閣は、朝鮮の学問と日本の学問とが意気投合する舞台であった(12)。大悲閣には、東アジアの「文芸」「哲学」の精髄が集結していたと言って過言でない。

「安井の案内」（十四の二）で宗助はここに連れてこられたということは、この寺に集結した「文芸」や「哲学」について安井が熟知していたことを示す。安井は宗助に「即非の額の下に仰向きながら、谷底の流を下る艪の音を聞（十四の二）く所作を促した。

即非とは、臨済正宗（黄檗宗）の開祖、隠元の弟子、高僧の即非如一《そくひにょいち》のことである。彼は隠元から印可を受け、法嗣《はっす》となった(13)。隠元は明末、清の初めの思想運動のなかで中国禅の正統を自認し、臨済正宗を名乗る。しかしながら、明治政府の宗教政策は、臨済正宗という自称を認めず、黄檗宗という名称に変えさせ、臨済宗から独立させた(14)。安井がその事件を注視していたことすらうかがえる。即非の額とはつぎのとおりである。

叢竹写清音(15)

もと禅宗だった千光寺が、一時、天台宗となっていたが、一八〇八年（文化五年）臨済正宗になったため、この額が運ばれてきたのかもしれない。あるいは、実際に即非がこの寺を訪れ、したためたのかもしれない。宗助の回想中、即非の額への言及直前に、「至る所の大竹藪に緑の籠る深い姿を喜んだ」（十四の二）とある。回想にさいし、宗助が即非の額の文字を思い浮かべていることが分かる。

この「叢竹」は、嵯峨の竹林のみならず、禅林をも指すであろう。「清音」は保津川の石にあたって立てる音と受け取れる。ゆえに、安井・宗助の二人はこの額の下に仰向いた。

彼らの教養をもってしてそうすることは、近世初期の、禅と袂を別ち、自立しようとした儒教と、近世末期から近代初期にかけての、禅の問い直しの機運を感じ取る行為なのである。

もう一度、「河道主事嵯峨吉田了以翁碑銘」を見てみよう。今度は、後半部である。

此年夏営大悲閣于嵐山山高二十丈許壁立谷深右有瀑布前有亀山而直視洛中河水流亀嵐之際舟艇之来去居然可見矣(16)

[書き下し文]

此年の夏大悲閣を嵐山に営む、山高二十丈許、壁立ち谷深く、右に瀑布有り、前に亀山有りて、直ちに洛中を視る、河水は亀嵐の際を流れ、舟艇《こう》の来去するや居然として見るべし。

「ある時は大悲閣へ登つて、即非の額の下に仰向きながら、谷底の流を下る艪の音を聞いた」というのは宗助の回想なのだが、この回想自体、了以の碑の、右の一文をなぞっている。

それだけではない。その回想のなかで、嵯峨は二度までも振り返られる。

紅葉も三人で観た。嵯峨から山を抜けて高雄へ歩く途中で、御米は着物の裾を捲くつて、長襦袢丈を足袋の上迄牽いて、細い傘を杖にした。（十四の九）

嵯峨は紅葉の名所であり、亀山には古来、桜と紅葉が植えられておらず、嵐山、小倉山にのみ植えられていることも当然そのとき話題になることだ。大悲閣は絶景で知られており、山々の好対照が一望できる。安井が嵯峨を知悉し、繰り返し、大悲閣近辺を御米と宗助に案内している。これは何を意味しているのか。

## 第二節　盗人への問い

安井の郷里は「福井」である。夏休み後に宗助と再会したときにも安井が「郷里の事」（十四の六）を話したと語られている。福井には、言うまでもなく、曹洞宗の大本山、永平寺がある。[17]

宗助と安井とが京都帝国大学に通っていた当時、すでに著名な臨済宗の僧が福井から出ていた。釋宗演《しやくそうえん》である。[18]釋宗演は、宗助が参禅にさいして世話になった僧、宜道が「悟の遅速は全く人の性質《たち》」（二十一の二）として例に出した「洪川《こうせん》和尚」の弟子にあたる。その講演記録から宗演の口調をすこし取り出してみよう。

禅宗じやとて普通世間の人に分らぬ事、考へられぬ事を唱へたのでは無い。云へば云へる事、考へれば考へられる事、実行すれば実行せらるゝ事を伝へたのである。然るに徒に尊大に構へて居るのが、禅宗の特色なるかの如くに思ふて居る者があるが、此は大なる誤謬である。（……）然るに今日の如く人間の智識に依て、凡べてを考へようとする時代に至つても、尚ほ旧式を墨守して居るのは、愚の至りぢや。(19)

講演記録によれば、釋宗演が「然るに」という言葉を頻繁に発しているのが見てとれる。安井には「「然るに」と云ふ口癖」（十四の六）があったとされる。彼が郷里出身の僧、釋宗演と同じ口癖を持っているということは、彼が釋宗演の講演を少なからず聴き、畏敬していたことが推測される。(20) 安井は、宗教、哲学に関してこのような経験を持っている。文芸についてはどうか。

「もう斯んな古臭い所には厭きた」と言い出す宗助に対し、安井は、「或友達の故郷の物語をして聞かした」という。それは「浄瑠璃に間《あい》の土山雨が降るとある有名な宿の事」だった。安井は、「其友達の小さい時分の経験として、五月雨の降りつゞく折抔《など》は、小供心に、今にも自分の住んでゐる宿が、四方の山から流れて来る雨の中に浸かつて仕舞ひさうで、心配でならなかつたと云ふ話をした」。宗助は「そんな擂鉢《すりばち》の底で一生を過す人の運命ほど情ないものはあるまい」と考えた。安井は「さうして土山から出た人物の中では、千両函《ばこ》を摩り替へて磔《はりつけ》になつたのが一番大きいのだと云ふ一口話を矢張り友達から聞いた通り繰り返した」（十四の三）とある。

安井が宗助に、ある友達の故郷の物語として出した有名な宿とは、鈴鹿のことであり、「浄瑠璃」とは近松門左衛門『丹波《たんば》与作《よさく》待夜《まつよ》の小室節《こむろぶし》』である。(21) 口承で伝えられてきた話を近松が大幅に改編した話である。手が加えられたのは、与作の元の妻として滋野井が設定されたこと、また、滋野井と与作の子として与之助が設定されたことである。もともと武士であった与作が改易となり、一家離散し、子の与之助は馬方となっていた。そして、与之助は、丹波国城主の「お湯殿」の子である調姫《しらべ》の乳母となっていた実母、滋野井に会い、丹波からの、姫のお輿入れに同行する。

与之介は、身を持ちくずしていた馬方、与作にも、父と知らずに会い、与作という名の恋しさから与作に仕える。その一番の聞かせどころは、実の父親と知らないままに与作の手先になり、盗みを犯し、捕らえられるところである。はからずも罪を犯した者の真の悲しみが語られる。真実を知った与作と彼と同棲する小万《こまん》とが自らを咎めて自殺を図るという筋立てである。

安井の言う「間の土山雨が降る」は、滋野井の命で与之助に、「姫君のおとぎ」に歌わせた歌である。「坂は照る〳〵。鈴鹿は曇る。土山あひの。あひの土山雨が降る[22]」。この歌がまさに、父母を恋しく思いながらも、思いが通じず、悲しみを抱えた与之助によって歌われる。

なぜ、安井は宗助に、友達の故郷の物語をして聞かせるのに「浄瑠璃」(十四の三)を引きあいに出すのか。『丹波与作待夜の小室節』は、丹波の国から始まる。前章で述べたとおり、角倉了以によって丹波から嵯峨への保津川の疎通がなされたことは、大悲閣の石碑、「河道主事嵯峨吉田了以翁碑銘」によって知ることができる。安井・宗助間の話としてはひとつながりなのである。また、安井と宗助が第二学年の始まりにあわせて予定していた京都行は、与之助が『丹波与作待夜の小室節』で関東へお輿入れする調姫の機嫌を得た、東海道の「道中双六」と、逆のルートとなっている。

その「道中双六」には、「とんと打つたる輿津波。松原はるゝ。膏薬買ふて月を吸出せ清見寺[23]」というのも出てくる[24]。安井が京都へ下る折りに寄ろうと提案した「輿津」臨済宗「清見寺」(十四の三)のことだ。

さらに問うならば、なぜ安井は、宗助に、「間の土山雨が降る」という、盗みを犯す与之助の歌を思い出させたのか。その土山から出た人物として「千両函を摩り替へて磔になつたのが一番大きいのだ」と話したのだろうか。

盗人への問いは、じつは、臨済禅において基本的な問いである。六祖大師(慧能)(六三八―七一三)による重要な言葉が存在し、頻繁に参照される。安井が身を置いていた環境ならば、そのことを知らずにいるということはまず考えられない。[25] 彼はそれを知っていたからこそ、このような話を宗助に対して持ち出した。宗助は、そのことを後から知ることができるよう導かれている。その過程をつぎに辿ってみよう。

## 第三節　三つの寺

安井に関して宗助が呼び起こした記憶は、宗助の現在時の思考に忍び込む。宗助はなぜ、突然、参禅を思いつくのか。その唐突さがしばしば指摘されてきた。[26] じつは、それは安井についての想起から連想されたのだと、小説は示している。[27]

後でも触れるが、宗助は「歯の性《しょう》」が悪いと自覚しており、「歯医者の門《かど》を潜《くぐ》」（五の二）る。そこで開いた雑誌「成効」に、「風碧落《へきらく》を吹いて浮雲《ふうん》尽き、月東山《とうざん》に上つて玉《ぎょく》一団」とあり、「感心」する。その句はじつは『禅林句集』に載る。[28] その夜、帰宅して彼は「久し振に論語を読ん」（五の四）でいる。家主の坂井宅で安井が翌々日に来ると聞く直前、主人から、昨夕逢った芸者が「ポッケット論語」（十六の三）を好み、いつも持っているという話を聞いていた。

これらは、その後、安井の名前を坂井の口から聞いた途端に、総合されて宗助に襲いかかる。青ざめた宗助は、翌日の夜、「浄瑠璃」（十七の三）を聞きに行くことにするが、気が晴れない。その「浄瑠璃」自体、安井からの連想で思いついた娯楽なので、落着けないのである。その後、宗助は「鎌倉辺」の「禅寺へ留めて貰」（十八の一）うことにする。

ここで、初刻一六八六年（貞享三年）の黒川道祐撰『雍州府志』の「寺院門（葛野郡）」に「千光寺」の項目を見てみよう。

> 千光寺　嵯峨、大井河の北西にあり。寧兀菴《ねいごつたん》の派なり。しかれども、名存して寺絶ゆ。角倉吉田了意《ママ》、天性、水利を得。丹波鳥羽より舡をこの川に通ず。時に、この寺を再興し、しからして観音大士の像を安置す。伝へいふ、嵯峨帝の持仏なりと。[29]

多く後刷された『雍州府志』であり、東京出身の宗助が幾度も開いたに違いない京都の参考書である。そこに千光寺が、右のように、「寧兀菴の派」と述べられている。兀菴普寧《ごつたんふねい》とは、鎌倉時代に南宋から来日した臨済宗の僧である。儒学から仏教に転じた経歴を持ち、知己であった蘭渓道隆《らんけいどうりゆう》と円爾《えんに》の招請を受け入れ、来朝した。北条時頼の要請により、建長寺二世となる。[30]

安井について清算できていないことが宗助の心残りであり、そのことに苦しみ、彼は鎌倉に行く。そのときその禅寺は、従来言われているように「円覚寺」[31]だろうか。むしろ、「建長寺」ではないのか。宗助が座禅を組んだ「一窓庵」（十八の二）の所在を建長寺とするならば、鎌倉行は宗助にとって単なる逃避行以上の意味を持っているだろう。

安井が坂井家の客に来ると分かって以降、「心に落付《おちつき》が来なかつた」（十七の四）宗助は、「黒い夜の中を歩るきながら」、「是からは積極的に人世観を作り易《か》へなければならなかつた。さうして其人生観は口で述べるもの、頭で聞くものでは駄目であつた。心の実質が太くなるものでなくては駄目であつた」と考え、「行く〳〵口の中で何遍も宗教の二字を繰り返した」（十七の五）とあり、つぎのように続く。

> 宗教と関聯して宗助は坐禅といふ記臆を呼び起した。昔し京都にゐた時分彼の級友に相国寺へ行つて坐禅をするものがあつた。（……）
>
> 彼は今更ながら彼の級友が、彼の侮蔑に値する以上のある動機から、貴重な時間を惜まずに、相国寺へ行つた

のではなからうかと考へ出して、自分の軽薄を深く恥ぢた。（十七の五）

「心の実質」を太くしたいであるとか、「侮蔑」を恥じるとかいったくだりは、藤原惺窩の思想を思わせる。(32) 惺窩は儒者として飛び出すまえ、禅の修行を相国寺でした。そして家康の前に、儒者たることを示す「深衣道服」をまとって現れ、相国寺の学僧西笑承兌《さいしょうしょうたい》に対して、儒教の論理を述べた。(33) 彼の墓は相国寺にある。(34) ゆえに「相国寺」は、大悲閣の碑や額に多く遺る惺窩の言葉が宗助の脳裏によみがえってきている最中に、呼び起こされなければならなかった。そして宗助は鎌倉の「山門」（十八の二）に向かう。彼の脳裏で三つの寺は連動して現れるのだ。

このように、『門』に出てくる三つの寺、「大悲閣」、「相国寺」、「鎌倉」の「禅寺」は、すべてつながるよう小説に配されている。

## 第四節　「鏡」と「門外」

宗助が坐禅をしに鎌倉に出かけようと思い立った理由を解くことができた。記憶想起によって再活性化した知性が急き立てたのである。小説は、登場人物自身意識していない領域に対して、知識の諸断片がどのように関わってくるかを描くことができる。

つぎに、宗助の参禅が、彼にどのような反省をもたらし、その後、彼がどのような禅書を繙くことになるかを確認する。鎌倉に着いた当日から宗助は坐りはじめるが、じきに寝てしまう。翌朝起きてみると、宜道《ぎどう》はもう参禅を済まして飯を炊いでいた。

見ると彼は左の手で頻《しき》りに薪を差し易へながら、右の手に黒い表紙の本を持つて、用の合間々々に夫を読んでゐる様子であつた。宗助は宜道に書物の名を尋ねた。それは碧巌集《へきがん》といふ六づかしい名前のものであつた。宗助は腹の中で、昨夕の様に当途《あてど》もない考に耽つて、脳を疲らすより、一層其道の書物でも借りて読む方が、要領を得る捷径《ちかみち》ではなからうかと思ひ付いた。宜道にさう云ふと、宜道は一も二もなく宗助の考を排斥した。

「書物を読むのは極《ご》悪う御座います。有体《ありてい》に云ふと、読書程修業の妨《さまたげ》になるものは無い様です。私共でも、斯うして碧巌抔を読みますが、自分の程度以上の所になると、丸で見当が付きません。それを好加減に揣摩《しま》する癖がつくと、それが坐る時の妨になつて、自分以上の境界を予期して見たり、悟を待ち受けて見たり、充分突込んで行くべき所に頓挫が出来ます。大変毒になりますから、御止しになつた方が可いでせう。もし強いて何か御読みになりたければ、禅関策進《ぜんかんさくしん》といふ様な、人の勇気を鼓舞したり激励したりするものが宜しう御座いませう。それだつて、只刺戟の方便として読む丈で、道其物とは無関係です」(十八の六)

「宜道」とは、宗助が坐禅を組む「一窓庵」の庵主の僧である。彼の読んでいる『碧巌集』は宗門第一の禅の教本であり、禅にとって最大の基本的書物である。漱石文庫には、『再鐫《せん》碧巌集』(小川多左衛門、安政六年)、『圜悟碧巌集』(妙心寺正眼庵新刊)の所蔵があり、前者は宜道が手に取るのと同じ「黒い表紙の本」である。(35)『碧巌集』は、北宋初期の雪竇重顕《せっちょうじゅうけん》の編著である『雪竇頌古《せっちょうじゅこ》』の「本則」と「頌」(36)に対し、北宋晩期の圜悟克勤《えんごこくごん》が「評唱」や「著語《じゃくご》」を付けたものである。宗助が手に取ってはならない書、『碧巌集』には、その第二十八則の「頌」につぎのようにある。

明鏡当台列像殊。(37)

[書き下し文]

明鏡台に当つて列像殊なり。

その書はつづいて達磨から数えて五祖弘忍《ぐにん》の後継者選びの騒動の検討に入る。六祖が決まる前後の事件に継ぐ事件については、漱石も持っている『六祖大師法宝壇経』に詳しい(38)。五祖弘忍は、しかるべき詩偈を出した者を後継者にすると告げる。大衆の教授であった神秀《じんしゅう》がつぎのような詩偈《しげ》を出す。

身是菩提樹　　心如明鏡台
時時勤払拭　　莫使染塵埃(39)

[書き下し文]
身は是れ菩提樹　　心は明鏡の台の如し
時時に勤めて払拭《ほっしき》し　　塵埃に染《けが》さしむること莫れ

身は悟りの樹で、心は明鏡の台のようだ。いつも勤めて拭き払うようにせよ。塵埃にけがさせてはいけないという。五祖弘忍の判断はこうだった。「五祖即ち神秀の門に入ることを未だ得ず、自性を見ざることを知る」。「自性」を見ていない、すなわち、「見性」していないとみなされた。五祖は神秀を呼び出してさらに言う。「只だ門上に到るのみにして、未だ門内に入らず」。まだ門内に入っていないという判定をしたのである。

他方、文字を知らない米つき小屋で働く、慧能という行者《あんじゃ》がおり(40)、その男がつぎのような詩偈を出してきた(41)。

菩提本無樹　　明鏡亦非台

本来無一物　　何処有塵埃(42)

［書き下し文］

菩提は本より樹無し　　明鏡も亦た台に非ず

本来無一物　　何れの処にか塵埃有らん

悟りにもともと樹はない。明鏡もまた台ではない。本来何も持っていないのだ。(43)どこに塵や埃があろうかという。五祖弘忍は、この者こそ法を嗣がせるべき者として、密かに自分の衣鉢を与えた。五祖は騒擾を慮り、慧能を南に脱出させる。他方、神秀は北に行く。禅宗にとって南宗と北宗とに分かれる大きな転機であった。(44)

宗助は自分を「長く門外に佇立むべき運命をもつて生れて来たもの」（二十一の二）らしいと嘆息する。神秀が、心は明鏡台のようであるという詩偈を出し、五祖弘忍から「只だ門上に到るのみにして、未だ門内に入らず」と通告されたのに類比的である。

## 第五節　「本来の面目」

宗助は『碧巌集』を手に取ることが禁じられる。もし読むならばと、『禅関策進』という、多くの禅師による「示衆」や修行のさまの記された本を宜道からすすめられる。

『禅関策進』とは、明末、雲棲袾宏《うんせいしゅこう》が撰述し、一六三五年（寛永十二年）に刊行された禅籍である。日本では一六五六年（明暦二年）に刊行され、一七六二年（宝暦十二年）にも、東嶺円慈《とうれいえんじ》によって再刻される。その東嶺の後序によると、東嶺の師の白隠慧鶴《はくいんえかく》が、『禅関策進』の「引錐自刺《いんすいじし》」の章にみえる、錐で股を突き刺して眠気を払って坐禅した、慈明という僧の逸話に奮起し、昼夜その本を手放さなかったという。(45)

宗助は宜道に連れられて、老師による提唱を聴く。宜道が取り出すのは『宗門無尽燈論』である。

> やがて提唱が始まつた。宜道は懐から例の書物を出して頁《ページ》を半ば擦《ず》らして宗助の前へ置いた。それは宗門無尽燈論《しゆうもんむじんとうろん》と云ふ書物であつた。始めて聞きに出た時、宜道は、
> 「難有《ありがた》い結構な本です」と宗助に教へて呉れた。白隠和尚の弟子の東嶺和尚とかいふ人の編輯したもので、重《おも》に禅を修行するものが、浅い所から深い所へ進んで行く径路やら、それに伴なふ心境の変化やらを秩序立てゝ書いたものらしかつた。(二十の二)

宜道は東嶺編輯の『宗門無尽燈論』の提唱が行われるからこそ、宗助に、白隠の発憤のきっかけとなった、東嶺が再刻のうえ後序を記した『禅関策進』をすすめたのだと分かる。この関連もこれまで指摘されなかったことだ。『宗門無尽燈論』の「宗由第一《しゆうゆ》」のところで、仏から始まって達磨に至り、達磨以降どう引き継がれたかが簡潔に記されている。例の、禅宗が南宗と北宗とに分かれたことを記す部分を、漱石の蔵書と同じ『東嶺和尚編輯　宗門無盡燈論』上で見てみよう。

> 至五祖弘忍南北分頓漸第六代伝衣以慧能仏事本知文字今会仏法(46)
>
> [書き下し文]
> 五祖弘忍に至て南北頓漸《とんぜん》を分つ。第六代衣を伝ふ。慧を以て仏事を能くす。本《もと》と文字を知らず、今仏法を会せず。

神秀の北宗側が政治権力と結びつくのに対し、慧能の南宗は後に支持を得て、後の禅宗五家、潙仰《いぎょう》、臨済、雲門、法眼《ほうげん》、曹洞はすべて南宗から出る。それほどに慧能が六祖と認定された詩偈、「菩提は本より樹無し　明鏡も亦た台に非ず　本来無一物　何れの処にか塵埃有らん」は重視されるに至る。「本来無一物」とは、何にも依拠しないという意味である。(47) この句は、彼の放った「本来の面目」とともに禅にとって重要語となる。

慧能によって「本来の面目」という言葉が放たれた状況について詳説する日本の禅籍がある。それは、『碧巌集』にならって、大燈国師の語録を本則とし、評唱や下語を白隠が付けた『槐安国語』である。大燈国師（宗峰妙超《しゅうほうみょうちょう》）とは臨済宗の僧で、峻烈無比の禅風であり、大徳寺を開山した。(48) 現在の臨済宗はすべてこの大燈国師の系統である。(49) その「大燈国師の遺誡」も、宗助は提唱の前に、「堂上の僧は一斉に合掌して」「誦し始めた」（二十の二）のを聴いている。(50)

『槐安国語』から、大燈国師の言葉である本則を引用しよう。

挙六祖云不思善不思悪正当恁麼時還明上座本来面目来(51)

［書き下し文］

挙す。六祖云、不思善不思悪《ふしまく》、正当恁麼《いんも》の時、明上座《みょうじょうざ》が本来の面目を還《かえ》し来れ。(52)

「明上座」というのは、六祖慧能が五祖から衣鉢を得たことに不服で、他の者とともに六祖を追ってきた、道明禅師という者である。白隠は「本則評唱」でその状況を詳しく説明する。それによれば、明上座が「盧行者《ろあんじゃ》」つまり慧能を見つけた。慧能は、衣鉢を石上に抛ち、「この衣は信を表す。力をもって争うべきだろうか（いや、そうではない）」と言い、草むらのなかに隠れる。明上座がもちあげようとしても、その衣は動かなかったため、慧能を呼んで、

「行者《あんじゃ》行者、我、法のために来た。衣のために来たのではない」と言う。

　慧能が草むらから出て来て言うには、「善を考えるな、悪を考えるな、まさに今、明上座の本来の面目はどこにあるか」と。明上座はただちに大悟し、また問うていう。「おっしゃった奥義の外に、さらに密意はありますか」と。慧能が言う。「おまえに説いたことはけっして秘密でない。おまえ、もし自分で内省すれば、秘密はおまえのなかにあるだろう」。明が言うには、「私は五祖のもとにいるといっても、実に未だ自己の面目について考えられていなかった。今、指示を蒙って、あたかも他の水を飲んで冷暖をおのずから知るようです。今、あなたは即ち私の師です」と。(53)

大燈国師がこの因縁を親しく頌したと、白隠は記している。

『門』に戻って、宗助が老師と相見した場面を見てみよう。


　「まあ何から入つても同じであるが」と老師は宗助に向つて云つた。「父母《ふぼ》未生《みしょう》以前本来の面目は何だか、それを一つ考へて見たら善からう」(十八の四)

　これに見解《けんげ》、つまり自分なりの解答を出さなければならないのだが、宗助は「現在の自分が許す限りの勇気を提《ひっ》さげて、公案に向はうと決心」するも「妄想」(十八の五)が浮かび、坐りきれない。

　宗助は最後まで「父母未生以前本来の面目は何だか」に見解を呈することができない。老師から「もつと、ぎろりとした所を持つて来なければ駄目だ」(十九の二)と言われ、尽きた。(54)

　しかし宗助が今後も生き続ける人間として設定されている以上、老師から与えられた「父母未生以前本来の面目は何だか」(十八の四)という公案の元を辿る時間は十分にある。彼は、六祖慧能の、「菩提は本より樹無し　明鏡も亦た台に非ず　本来無一物　何れの処にか塵埃有らん」という例の詩偈と、慧能から衣鉢を盗もうとした明上座に対し、

「明上座が本来の面目を還し来たれ」と言ったという慧能の言葉に必ず出会うことになる。

文学研究のなかに、小説の構造枠を固定されたもののように考え、その時空を狭く見積もる方法があるが、そのような貧しい枠組みを持ち出しては、他ならぬ時空を超えてゆく性質を備えた言語でできている小説の力を削ぐことになる。言語が指し示す行為性を備えている以上、小説は暫定的な枠を超えた時空まで描くことが十分に可能である。

小説に書かれているエピソードに、登場人物が後から近づく。小説家はこのような運動を小説に潜在力として埋め込む。そうすれば、登場人物が生きて動くようになり、また、その登場人物のありようを小説の時空の拡張のために機能させることができる。今後の文学研究はそこまで到達すべきだろう。

参禅に失敗した宗助が、公案を解こうとしつづけ、手がかりを探すならすぐに、六祖慧能が盗人に対して放った「本来の面目」を問う言葉に突き当たる。そのとき、宗助に甦ってくる最近の出来事として、家主の坂井家に泥棒の入った事件がある。その泥棒は、宗助の家の庭に落ち、細い路に「黒塗の蒔絵の手文庫」を落としていった。

手紙や書付類が、其所いらに遠慮なく散らばつてゐる中に、比較的長い一通がわざわざ二尺許広げられて、其先が紙屑の如く丸めてあつた。（七の四）

宗助はこの文庫を「丸で進物の菓子折の様」に包んで、坂井の門前へ向かう。勝手口に廻って待っていると、ふたりの女の子が首を出し、「宗助の顔を眺めながら、泥棒よと耳語《さゝやき》やつた」（七の五）。文庫のほかに盗られたという金時計が「差出人の不明な小包」で送り戻されてきた旨を坂井の主人が宗助宅に報告に来る。「泥棒も持ち扱かつたんでせう。それとも余り金にならないんで、已《やむ》を得ず返して呉れる気になつたんですかね。何しろ珍らしい事で」（九の一）と坂井は笑う。

坂井の娘たちは宗助のことを「泥棒よ」とささやいたのだが、安井にとってみれば、宗助は自分の女を盗った泥棒以外の何物でもない[55]。坂井はさらに宗助に尋ねた。泥棒が崖を伝って裏から逃げるつもりだったろうか、または逃げる拍子に崖から落ちたものだろうか。その問いは、宗助自身陥ったと思っている運命を指すと言える。

宗助が「父母未生以前本来の面目は何だか」（十八の四）に有効な見解を出せず、「本来の面目」を調べにかかる。六祖慧能が衣鉢を盗みに来た明上座に対し放った文言、「不思善不思悪、正当恁麼の時、明上座が本来の面目を還し来れ」に突き当たる。そのうえで、坂井家の泥棒が落としていった文庫について振り返るときが来る。その文庫には、坂井家に安井を連れてくると報知した坂井の弟の手紙が入っていたかもしれないと考えさせられる。参禅後の宗助が、落ちてきた手紙を思い起こして、それに語らせるのだ。このように宗助には、禅の体験を意味づけなおす可能性が開かれている。

小説の登場人物が、記憶をめぐらし、向かう先があるということを忘れてはならない。小説に書かれている現在だけがすべてではないのだ。漱石の小説の場合、とくに登場人物の記憶が、本来異なることがらの間を取り結んで、さらなる時間を発生させている。

## 第六節　「鏡」と「面目」

つぎに、宗助にとってより痛切な過去の経験がどのように再考されたかを検討しよう。

宗助・御米夫婦は一緒になって六年で、初めての懐妊は広島にて流産で、つぎは福岡で早産となり、三度目が東京に来て、死産であった。最後の児の死因はつぎのとおりである。御米が井戸端で盥をまたごうとして転倒し、胎児の首に「胞《えな》」を二重に巻いてしまったために、産道を通るとき、「胞」が幼児の首を絞めたのだ。彼女はその産褥明けに「鏡」（十三の八）を見て、易者に占ってもらおうと思い立つ。その易者から、「貴方は人に対して済まない事をした覚がある。其罪が祟つてゐるから、子供は決して育たない」（十三の八）と宣告される。宗助にそのことを隠してきて、ようやく告白するのが、小説の現在時である。

それまで御米は、その六畳の鏡の空間で宗助と顔を合わさずに自らを懲罰してきた。宗助が叔母について子どもをたった一人しか産まないから若いと言えば「自分の顔を鏡に映して見」（五の一）るし、宗助が「御米、御前子供が出来たんぢやないか」（六の一）と言えば、「鏡台の前に坐つて」「泣い」（六の一）ていたとある。

この小説には宗助と鏡との関係も綿密に書き込まれている。宗助は安井に連れられて大悲閣に行ったことを思い出すのだから、そこにある碑に藤原惺窩が保津川のある石を「鏡石」と名付けたと読んだことも思い出していよう。また、宗助は洗面台に据え付けられている「鏡」に歯を照らして見ている。「広島で銀を埋めた二枚の奥歯と、研いだ様に磨《す》り減らした不揃の前歯とが、俄かに寒く光つた」（五の二）。「広島」とあるのは、宗助が京都で御米を安井から奪って「瘠世帯」（十三の五）を張った新婚の地である。そこで御米は一人目の子を流産した。宗助の父は、彼らが広島で暮らして「半年ばかり」（四の三）のころ死去する。暮らし向きが苦しく、父の遺産を手に入れたくとも上京できなかった。

宗助が歯を鏡に写して「歯の性」（五の二）の悪さを自覚するのは、このように御米を妻にすることで遺産相続を十分にしそこなったという被害者的な意識と連動している。生前、叔父は「あんな事をして廃嫡に迄されかゝつた奴だから、一文だつて取る権利はない」（四の九）と言っていたという。「あんな事」とは、宗助が御米と一緒になって世間から「徳義上の罪」を背負わされ、退学し、「大きく云へば一般の社会を棄てた」（十四の十）ことを指す。叔父の生前のそのような考えを聞き出してのち、宗助の歯が痛みだす。宗助は手に入るはずだった「財産」（四の九）を、

「あんな事」をして失ったという忸怩たる考えに囚われている。

このような宗助の自己認識に対し、「父母未生以前本来の面目は何だか」という公案は彼の現在から決して遠い問いかけではない(56)。出すべき「見解《けんげ》」とは『禅学辞典(57)』によれば、「個人個人の立ち場より見たる事物の解釈判断」の方であり、一般にはびこる考えではないからである。

前述のように、五祖を受け継ぐつもりだった神秀は、「塵埃」に曇る「心」という「明鏡の台」について詩偈を出し、門外の通告を受けた。神秀の考え方は宗助にあてはまる。宗助の鏡は、たとえば、「失敗者としての自分に顧みて」(四の五)旧友に会わす顔がないと思う心によって汚されていると言ってよい。

宗助は鎌倉から帰宅して、坂井宅での、安井との同席をあやうく逃れたことについて、「辞退をして其席へ顔を出す不面目丈は漸と免かれた様なものゝ」(二十二の二)と思っている。この面目は「徳義上の罪」を犯したため親元に帰れず、帰ってきた時には父が死んでいて、「今に至る迄其時の父の面影を思ひ浮べては済まない様な気がした」(十四の四)と言われるときの、親への面目なさや、「不徳義な男女」と見なす「世間」(十四の十)への面目なさ、あるいは、成功した旧友にあうのを避けたいという面目なさとは、また異なる「不面目」である。

宗助は老師の「面前」に坐り、「もつと、ぎろりとした所を持つて来なければ駄目だ」(十九の二)と言われた。人に対して、鏡に対して、面と向かうことができなければならない。安井への「不面目」から出直すことは、安井との記憶を洗いなおすことである。

宜道は山を去る宗助に、「悟の遅速は全く人の性質《たち》で」と、「洪川和尚」の例を出して、なぐさめた。

「(……)亡くなられた洪川和尚などは、もと儒教をやられて、中年からの修業で御座いましたが、僧になつてから三年の間と云ふもの丸で一則《いつそく》も通らなかつたのです。夫で私は業が深くて悟れないのだと云つて、毎朝厠《かわや》に向

つて礼拝された位でありましたが、後にはあのやうな知識になられました。これ抔は尤も好い例です」（二十一の二）

洪川和尚というのは、藤原惺窩と真逆の経路を辿った人物で、儒教から禅へと向かい、しかも、「相国寺」で印可を受けるのである。山を去る宗助の背中に掛けられた言葉は、宗助に思考の完了を許さない。

宗助は、「何うしたら此門の閂を開ける事が出来るか」（二十一の二）と考えたと参禅を振り返り、つぎのように結論している。

彼自身は長く門外に佇立《たたず》むべき運命をもつて生れて来たものらしかつた。夫は是非もなかつた。けれども、何うせ通れない門なら、わざ〳〵其所迄辿り付くのが矛盾であつた。彼は後を顧みた。さうして到底又元の路へ引き返す勇気を有たなかつた。彼は前を眺めた。前には堅固な扉が何時迄も展望を遮ぎつてゐた。彼は門を通る人ではなかつた。又門を通らないで済む人でもなかつた。要するに、彼は門の下に立ち竦《すく》んで、日の暮れるのを待つべき不幸な人であつた（二十一の二）。

宗助が今後も考えつづけなければならないことが明言されている。宜道による「東京へ帰つてからも、全く此方を断念しない様にあらかじめ間接の注意を与へる」（二十一の二）言葉を尊重しようとするならば、宗助は、帰った東京で、安井への面目について考え、「大悲閣」、鎌倉の寺で聴いた「洪川和尚」、そして関連する「相国寺」を思い起こし、儒教と禅とに挟まれて考える。この小説は、他の語でも済むところを、知の格闘の歴史が刻まれた語で作られているからにはそのような小説内容を備えている。

## 第七節　放たれる「鏡」

宗助・御米夫婦の向かう先が、この小説で暗示されていることを指摘しておこう。御米は「井戸端で滑つて痛く尻餅を搗いた」ことで、「臍帯纏絡」（十三の六）を起こし、三番目の子も「絞殺」（十三の七）してしまった。彼女は安井に対しても、宗助に対しても、自分が罪人であるという認識を免れず、六畳の鏡台に向かう限り、その再認識は続く。ところがその六畳を小六に占領され、御米が小六に餅をいくつ食べるか尋ねるなどしているうちに、正月になる。

宗助も二尺余りの細い松を買つて、門の柱に釘付にした。それから大きな赤い橙を御供の上に載せて、床の間に据ゑた。床には如何《いかが》はしい墨画の梅が、蛤の格好をした月を吐いて懸つてゐた。宗助には此変な軸の前に、橙と御供を置く意味が解らなかつた。

「一体是や、何う云ふ了見だね」と自分で飾り付けた物を眺めながら、御米に聞いた。御米にも毎年斯うする意味は頓と解らなかつた。

「知らないわ。たゞ左様《そう》して置けば可《い》いのよ」と云つて台所へ去つた。宗助は、

「斯うして置いて、詰り食ふためか」と首を傾けて御供の位置を直した。

伸餅は夜業《よなべ》に俎を茶の間迄持ち出して、みんなで切つた。包丁が足りないので、宗助は始から仕舞迄手を出さなかつた。力のある丈に小六が一番多く切つた（十五の一）。

新年の用意に、「橙」を載せた「御供」とは鏡餅のことである。[58] 鏡餅について『本朝食鑑』に以下のようにある。

凡そ本邦、古へより餅を以て神明の供と為し、大円塊を作し、以て鏡形に擬す。故に餅を呼て鏡と称す。此れ八咫の鏡に擬するか。正月朔旦必す鏡餅を以て諸神に供す。及ひ一家の長幼団欒の同く鏡餅を薦めて以て新歳を賀す。[59]

また、『日本歳時記』にはつぎのようにある。

又歯固といひてもちゐかゞみにむかふ（俗に　餻を鏡の形に作る故に　鏡餻《かがみもちゐ》と称す（……）　但人は歯をもつて命とする故に歯といふ文字をよハひともよむ也　歯固ハよはひをかたむるこゝろなり　さて正月のかゞみにむかふ時は古今集に入たる

あふミのやかゝみの山をたてたれバかねてそミゆる君が千とせハ　といふ歌を誦するとなん世諺問答に見えたり　このうたハ延喜の御門の御時近江の国より大嘗会の御べたてまつりし時大伴の黒主かよめる歌なり　（御べハ御贄也　大嘗会の時悠紀主基のくによりミつき物奉るを贄といふ　への字にごりてよむへし）　又もしほ草に鏡餻を読る歌

千世までも影をならへてあひミんといはふかゝみのもちゐたらめや[60]

元旦に歳を重ねるために鏡餅を見る儀式を行うことは江戸期に広くなされていた。九〇一年（延喜元年）醍醐帝即位の大嘗会のとき大伴黒主が詠んで以来、鏡餅に向かってこの歌を誦するという。また当時から大嘗会屏風が当代一流の歌人、画家、書家によって新造された。

宗助が佐伯の叔母から九月に受けとった、唯一の「親爺の記念《かたみ》」(六の三) である抱一の屏風を御米が晩秋にとうとう道具屋に売り払った。そのため、この家の鏡餅は一度も、大嘗会屏風のまえに供えられる鏡餅のように、抱一の屏風のまえに置かれることはなかった。売られた屏風は「真丸な縁の焼けた銀の月と、絹地から殆んど区別出来ない様な穂芒の色」(六の三) という画だった。

対して宗助がいま鏡餅を前に置く「如何はしい墨画」は「梅が、蛤の格好をした月を吐いて懸つてゐた」とある。宗助がその「変な軸」のまえに「橙と御供を置く意味が解らなかつた」というのは、鏡餅の置かれるのが屏風の前でないことへの違和感の表明だろう。御米には屏風のことが頭にないので例年行う正月用飾り付けの意味を知らないという答えが返ってくる。

宗助はここで、先祖との縁が切れたことを認識しながら、鏡餅を「眺め」ている。宗助は、御米が屏風を売るのにようやく同意したころ、歯医者に通い、歯を治しはじめた(61)。彼にとって歯を固め、齢を重ねる儀式はその延長上にある。鏡餅は、正月明けに小六によって割られる(62)。宗助が父祖に対する「面目」にばかり拘泥していられない方向に、事態は進む。つまり、「古鏡」にこだわりを見出していた宗助だが(63)、次第に、定位置に据え付けられた鏡の呪縛から抜け出す勢いが成熟している。

宗助に求められているのは、鏡を固定化してしまわずに、本来何物も持っていないのが自分であると認識することである。六祖慧能が「菩提は本より樹無し　明鏡も亦た台に非ず　本来無一物　何れの処にか塵埃有らん」と述べたように。父母からの遺産をはじめとしてもともと何も持っていないのが自分であると考えられたならば、御米を獲得することで失った「信用」(四の四) や「地面家作」(四の五) を指折り数えることもなくなる。

宗助は「父母未生以前本来の面目は何だか」という公案を、御米と安井とに脅かされる「自分の現在と遠い」、「希有な問題」と考えていたが、本当にそれは遠く、「希有」であったのだろうか。「本来の面目」について考えてみるという問いがもともと、盗みを働こうとした者に向かって六祖慧能が投げかけた言葉であることをあとから知るならば、この公案は、宗助の問題の核心に極めて「近い」問題を提起していることにたちまち気づく。(64) 六祖慧能は善悪の過ちを見ずに人を見ることが精神の不動を修める要であると説いていた。

主人公からいったん懐疑的に見なされた公案も、小説全体の思想で検討するならば、漱石によって慎重に配された公案であることは明らかだ。これまで、漱石自身の参禅体験を基にしているということで宗助の坐禅について深く問われてこなかった。しかしながら、小説には小説の論理が貫かれ、ひとつひとつの言葉が他の言葉と連携しながら、密度が高まるように仕掛けられている。

前章でも扱った「小さな鏡」の考察をここでも行いたい。十日間「髭は固より剃る暇を有たなかつた」（二十二の二）参禅後の宗助に、御米は「小さな鏡」（二十二の一）を突きつけた。宗助は坐禅を組んでも「凝《じつ》と生きながら妄想に苦しめられ」（十八の五）、その間、「延び掛かつた髯が、頬の辺で手を刺す様にざら〳〵した」（二十の一）という。「小さな鏡」に映るのは剃るべきその髭（髯）である。この鏡でもって無用な妄想を切り落とす機会が到来したと示されている。

この「小さな鏡」は、六畳に据えられた「鏡台」や洗面台の「鏡」とは違って、過去を世間的善悪で問うのではない「本来の面目」を映し出す力を発揮している。(65) 六祖慧能の詩句は、心の鏡は台に据え付けられてはいないとした。鏡台ではなく「小さな鏡」にこそ、乗り越えるべき過去が映し出される。「小さな鏡」も過去を映し出すが、持ち運び可能である。現在を拘束する過去ではなく、現在を切り開く過去である。「父母未生以前本来の面目」に対する「見解」は、このような「小さな鏡」の現在から生まれると見込まれる。

門外の通告を受けた神秀のように心を鏡台として固定するならば、世間的な塵埃ばかりを気にするほかない。明鏡は台にないと六祖慧能のように考えるところまで達するなら、「本来無一物」であることを自覚し、安井から御米を盗んだ宗助はその自分の「本来の面目」を考えられる。彼の日常の行住坐臥は、それを解くための示唆に満ちている。

これまで文学研究で忘れられがちだったのは、登場人物が知識を手に入れてなおも成長する人間として設定されている点である。公案を解けなかった情景が描かれることは、その後、それを解くべく生きながらえることまで描かれていることと同様であり、それにたいしても、研究を施すべきだと考える。

『門』において、登場人物は「不面目」と「面目」について考えつづけ、「門」について考えつづけ、「鏡」によって自分自身を考えつづける。それら経過する各点が同質のわけがない。小説を動かぬ固体として想定する研究に対し、私が提案したいのは、登場人物の可動領域がどこまで広がるかを示す研究である。

登場人物は記憶を手がかりにして、微々たる自己改変が進むように設定されている。とくに小説『門』には、中国・日本の知性の格闘の歴史が刻まれている。また、それを呼び起こさなければならないだけの動機を登場人物は抱えている。生の連関は小説において、このように形成される。そのとき初めて、哲学書でも歴史書でもない、文学となる。

文学は、生の連関を形成しながら動き続ける。『門』には、亀裂を抱えることでより鍛えられていった真の知性が投入されていた。それらに触れうる言葉と登場人物とが、小説内で隣接していることは決して無視できない。一見停滞して見える小説であっても、連続的な生成状態に至るべく、また、言葉を通して近づく読者をそこに捲き込むべく、作られている。

登場人物に生々しい鼓動を持たせたいと考える小説家は多い。研究でもそのことについて考察できるようにしたい。漱石の場合、述べてきたようなしくみで動きつづける時間を作りあげ、小説に生命の時間を形成した。

（1）『門』は『東京朝日新聞』と『大阪朝日新聞』に、一九一〇年（明治四十三年）三月から同年六月まで連載された。
（2）千光寺はもと清涼寺の西方中院にあった禅宗だったが、角倉了以が一六一四年（慶長十九年）、現在地へ移し、大悲閣を建立し、天台宗とした。一八〇八年（文化五年）、禅宗に戻る。
（3）一六三三年（寛永十年四月）。堀杏庵撰文。素庵の遺児、玄紀と厳昭とが尾張藩儒医堀正意（杏庵）に「素庵行状」の撰文を依頼し、南洋材に刻し、没後の翌年、寛永十年四月に千光寺大悲閣に建碑した。素庵伝記の根本史料である（『特別展　没後三七〇年記念　角倉素庵──光悦・宗達・尾張徳川義直との交友の中で』大和文華館、二〇〇二年十月、三三頁）。
（4）前掲『特別展　没後三七〇年記念　角倉素庵』一〇九頁。『嵯峨誌』臨川書店、一九七四年、三五四頁も参照した。なお、漱石は一九〇七年（明治四十年）三月末から四月初めにかけて、京都下鴨村の、京都帝国大学初代学長、狩野亨吉宅に宿泊している（書簡802。参照『漱石全集　第二十三巻』岩波書店、一九九六年、三四頁）。狩野亨吉は藤原惺窩の『寸鉄録』、『惺窩先生文集』を所蔵する。
（5）保津川の石を賛する漢詩である。大徳寺僧大綱の書になる。大悲閣には石川丈山の漢詩の額もある。丈山も惺窩の弟子である。
（6）惺窩は七、八歳ごろからすでに仏門に入っていたが、十八歳のときから京都相国寺に住む。「北肉」山人と号したのは晩年で、明末の三教融合の思想家林兆恩の「艮背心法」によったのだという（金谷治「藤原惺窩の儒学思想」『藤原惺窩　林羅山』（日本思想大系23）、岩波書店、一九七五年、四四九−四七〇頁）。
（7）素庵は藤原惺窩が編纂を試みた中国の詩文による『文章達徳録』の増補と増註を引き継いだ。素庵編著『文章達徳録綱領』は長男玄紀による、素庵没後の製版で一六三九年（寛永十六年）に刊行された。
（8）藤原惺窩と林羅山とを結びつけたのも、素庵である（林屋辰三郎『角倉素庵』朝日新聞社、一九七八年、八〇−八六頁）。
（9）前掲『特別展　没後三七〇年記念　角倉素庵』一〇六−一〇七頁。前掲『嵯峨誌』三五一−三五四頁、ならびに、『角倉同族会報』第二十号（二〇〇二年六月、一九−二一頁）も参照した。
（10）小説『門』の現在時に、伊藤博文暗殺があったとされているため、小説現在時が一九〇九年（明治四十二年）十月以降を進んでいると知ることができる。宗助と御米が一緒になって「今日迄六年程」（十四の一）とあり、宗助が大学を退学させられたのは一九〇三年（明治三十六年）と分かる。宗助と安井とは三学年をともに過ごし、三学年目に、宗助が安井から御米を奪ったことになっているので、宗助・安井が京都帝国大学法科大学に入学したのは一九〇〇年（明治三十三年）九月と考えられる。

(11)　素庵の、嵯峨本、『文章達徳録綱領』以外の、学問的功績は以下のとおり。素庵は『本朝文粋』十四巻の書写ならびに校訂、『続日本紀』四十巻の校訂をなし、『菅家文草』の清書本も自筆で作った（現存最古、最良の写本）。慶長期には中国の『史記』百三十巻五十冊を本邦で初めて古活字本で刊行した。また、観世黒雪の依頼で「観世流謡本」の書写をたびたび行い、観世流の隆盛の礎を築く（林進「素庵の軌跡――その書跡と書誌学的業績について」（前掲『特別展　没後三七〇年記念　角倉素庵』四－九頁、および、同書の素庵自筆本・書入れ本・校訂本の解説による。七九－一〇三頁）。素庵の読書堂は大悲閣にあった（前掲『嵯峨誌』三四九頁）。

(12)　秀吉の文禄・慶長の役で俘虜となった、朱子学者姜沆《かんはん》は赤松家に投じられ、惺窩と会う。惺窩は京都から素庵を伴って、釈奠《せきてん》の儀の伝授を受けたという。また、素庵は、惺窩と姜沆を嵯峨に招く（林屋辰三郎、前掲『角倉素庵』七八－八〇頁）。

(13)　「印可」とは指導者から修行者がその悟りの円熟を認められたことの証明である。即非は、法語、題讃を求める者あれば、筆を走らせたという。高橋竹迷『隠元、木庵、即非』丙午出版社、一九一六年（大正五年）二三七、二五三頁。

(14)　『岩波 仏教辞典　第二版』末木文美士他編、岩波書店、二〇〇六年、一〇九頁。

(15)　歴代の『漱石全集』で、その額の所在は不明とされてきたが、大悲閣了以殿に存在した。調査にあたり、現住職大林道忠氏には多くのご尽力を賜った。

(16)　前掲『嵯峨誌』三五三頁。

(17)　道元は、一二四四年（寛元二年）越前に移り、翌年大仏寺を開き、一二四六年（寛元四年）永平寺と寺号を改めた。

(18)　彼は若狭の出身であるが、一八八七年（明治二十年）に府県制が敷かれ、若狭は越前と統合し、福井となっている。漱石は、釋宗演のもとで一八九四年（明治二十七年）十二月下旬から一月七日にかけて坐禅を組んでいる。

(19)　「坐禅の用心」『一字不説』、光融館、一九〇九年（明治四十二年）、一〇四頁。「白隠禅師一代の説法の如きは龍の水を得、虎の山に告せるが如く縦横無碍自在にして、決して陀羅尼的漢文的の説法のみをせられなかつた」と続く。

(20)　安井の口癖と釋宗演の口ぶりの相似は漱石研究者からまだ指摘されていない。

(21)　一七〇七年（宝永四年）大坂竹本座初演と推定されている。「丹波与作待夜の小室節」井口洋校注、『近松浄瑠璃集』上

（新日本古典文学大系91）岩波書店、一九九三年、一三二―一八三頁を参照した。丹波与作の歌はすでに一六七〇年代に流行しており、それが別の伝承の登場人物、関の小万と結びつき、街道筋の馬方、与作と出女小万が恋人とみなされていたという。

(22) 前掲書、一四七頁。

(23) 前掲書、一三九頁。

(24) 清見寺と鈴鹿とは、近松が、本来の東海道五十三次に変えて故意に挿入した宿駅である（角田一郎「近松浄瑠璃の道行について」『近松浄瑠璃集』上（新日本古典文学大系91）付録月報47、一九九三年九月、二頁）。わざわざ清見寺に誘う安井であれば、そのことに気づいていよう。

(25) 道元は『正法眼蔵』「第六　即心是仏」で『六祖壇経』が南宗の者らによって改竄されたという部分を全文引用している（『正法眼蔵』上巻、岩波書店、一九三九年、一〇二―一〇三頁）。また、道元は同じく『正法眼蔵』「第二十　古鏡」で、過去の時間を照らし出す鏡という観点から、多くの考察を行っている。

(26) 同時代においてすでに正宗白鳥から参禅への唐突さが言われ（正宗白鳥「夏目漱石論」『中央公論』一九二八年六月、『夏目漱石Ⅰ』（日本文学研究資料叢書）有精堂、一九七〇年）、それは柄谷行人の「『門』解説」にまで及ぶ（柄谷行人「解説」『門』新潮社、一九七八年、『増補　漱石論集成』平凡社、二〇〇一年、四一六頁）。その反論として、酒井英行は『門』の伏線を示し、「夫婦の愛情生活と罪の問題との両方を不可分のものとして初めから描いていた」と、宗助の課題、「自己救済」の展開を確認してみせた（酒井英行「『門』の構造」『日本文学』一九八〇年九月、『漱石　その陰翳』有精堂、一九九〇年、一七七―一七八頁）。

(27) 藤尾健剛は、「達磨」の風船を宗助が買ってくる例をだし、禅の修行が「潜在意識に注入された暗示に使嗾されたもの」と解釈している（「『門』の立つ場所――〈日常〉という逆説」『国文学研究』第一一七号、一九九五年十月、『漱石の近代日本』勉誠出版、二〇一一年、一五七頁）。

(28) 漱石蔵書は英朝禅師編輯『増補頭書禅林句集』文光堂翻刻、一八八九年（明治二十二年）だが、私は貝様書院蔵版『増補首書禅林句集』一切経印房、一八九四年を用いた。同書、二十八の表。なお、『禅林句集』に載る句は、「東山」ではなく、「青山」である。なお、『禅林句集』と漱石小説との関係は、加藤二郎『漱石と禅』（翰林書房、一九九九年）に詳しい。

(29) 立川美彦編『訓読　雍州府志』臨川書店、一九九七年、一六九頁。

（30）前掲『岩波 仏教辞典 第二版』三三八頁。
（31）『漱石全集 第六巻』の注解（六六四頁）にも記されているとおり、漱石が明治二十七年末から二十八年初頭にかけて円覚寺の塔頭帰源院で座禅を組んだ経験から、宗助の行った庵室はそこだと考えられてきた。
（32）たとえば、藤原惺窩『寸鉄録』（一六〇六年）一巻にはつぎのようにある。「人ヲ用心キヅカイセンヨリハ、タヾワガコ、ロヲヨクオサムベキ也」（底本・東北大学附属図書館狩野文庫他『寸鉄録』、前掲『藤原惺窩 林羅山』一二頁）。なお、惺窩の論じる「心」については、黒住真『複数性の日本思想』三〇四―三〇五頁（ぺりかん社、二〇〇六年）を参照のこと。
（33）黒住真は、丸山眞男による儒教の位置づけに対し、近世初期の実際において儒教は脆弱で、惺窩のこのような言動によってようやくその専門性が標榜されたに過ぎないと証明する（『近世日本社会と儒教』ぺりかん社、二〇〇三年、一一〇―一一一頁）。
（34）林羅山によって建てられた。
（35）漱石はほかに、『仮名碧巌夾《きょう》山鈔』（堤六左衛門開板、慶安三年）、『天桂禅師提唱碧巌録講義』（光融館、一八九八年（明治三十一年））を所有しており、関心の高さがうかがえる。陳明順は、漱石の漢詩との関係で、漱石が禅門を叩き続けたのだと述べている（『漱石漢詩と禅の思想』勉誠社、一九九七年、一四七―二一六頁）。
（36）「本則」というのは、雪竇が選んだ、古則や公案とよばれる古人の問答百則で、「頌」はそれに対する韻文のコメントである。
（37）『再鐫碧巌集』小川多左衛門、一八五九年（安政六年）、二四の裏。
（38）漱石の蔵書は『六祖大師法宝壇経』（山田大應編輯、愛知・矢野平兵衛、一八八五年（明治十八年））である。私は中川孝『六祖壇経』（禅の語録四）筑摩書房、一九七六年、二六―四六頁に拠った。なお、『六祖壇経』と『六祖大師法宝壇経』とは同じものである。ただし、もっとも古いとされる敦煌本をはじめとして、数段階の変遷が見られるという。『六祖壇経』は慧能の門人、法海の筆録になるとされている。
（39）前掲『六祖壇経』（禅の語録四）二七頁。
（40）行者とはまだ得度を受けずに在家のまま寺にいる者のこと。
（41）慧能は当時文字を知らなかったため、神秀の詩偈を読んでもらい、自分の詩偈を書いてもらったとある。

(42) 前掲『六祖壇経』(禅の語録四)三六頁。

(43) 中川孝は解説で、「恵能《ママ》のみが『本来無一物』という表現をもって、衆生本来の清浄なる仏性を徹見した当体を吐露できたのは、彼に深い見性の体験があったからにほかならない」と述べる(前掲『禅の語録四　六祖壇経』二一九頁)。

(44) 釋大眉『宗門之無尽燈』ぺりかん社、一九七七年、四〇―四一頁を参照した。この書には釋大眉の提唱が編集されている。

(45) 藤吉慈海『禅関策進』(禅の語録一九)筑摩書房、一九七〇年、一―三頁参照。

(46) 『東嶺和尚編輯　宗門無盡燈論』上、愛知・矢野平兵衛、一八八五年(明治十八年)、三の表、三の裏。

(47) 『禅学辞典』(神保如天・安藤文英、無我山房から出た大正版の再版、正法眼蔵註解全書刊行会、一九五八年)には「空界無物の境、正位独立の常体をいふ。人の上より謂はば一切に依倚せざる湛然寂静の行履を示す」と述べ、この語はもと六祖の偈より出るとする(一三七九頁)。また、前掲『岩波　仏教辞典　第二版』も、「自己・万法の本来の姿をいう。あらゆる一切の存在の真実のあり方は、本来縁起・空の現成であって、自我の執着すべき固定的実体はないこと」(九四九―九五〇頁)とした後、この語が『六祖壇経』にあるとする。

(48) 旧仏教側からの論戦に大燈国師が応じた「正中の宗論」が有名である。当時勢力を増す禅宗に、延暦寺、園城寺、東寺などが危機感をつのらせ、大燈国師と学僧玄慧《げんえ》法師との論戦を朝廷に申し出たのを論破したのである。のちに玄慧は大燈国師の弟子になったという。なお、前述のとおり、大悲閣了以殿にある藤原惺窩の漢詩は大徳寺僧の手になる。

(49) 以上、平野宗浄『大燈国師語録』講談社、一九八三年、一六―一八頁を参照する。

(50) 『門』に載せられたのは実際は夢窓国師の遺誡であった。漱石は単行本で「大燈国師」を「夢窓国師」に直している。しかし、「大燈国師」を登場させる必要があると考えた漱石のもともとの意図を鑑み、本論を展開している。

(51) 白隠慧鶴『槐安国語』五巻(原著一七五〇年(寛延三年))愛知・矢野平兵衛、一八八六年(明治十九年)翻刻、二八の表。

(52) 読点、送りがな、ならびに濁点を、『槐安国語』下巻(訓注・道前宗閑、禅文化研究所、二〇〇三年)を参考に補った。

(53) 宋代の禅僧無門慧開が編んだ公案集『無門関』にもこの対話が検討されており、『無門関』(岩波書店、一九九四年、一〇一頁)の西村恵信の訳注を参照し、訳した。

(54) 老師の室からの宗助の退室について「喪家の犬の如く」(十九の二)と書かれている。禅で「狗」に仏性があるかないかは『臨済録』でよく知られるように、基本的な問いである。ここではそれに加えて、東京に帰る宗助を戒めて、宜道が例に出した「洪川和尚」（二十一の二）の筆になる『禅海一瀾』の一節をふまえていると考えられる。そこではこう説かれる。「若し見性せずんば、則ち仏祖の書は読むべからず。駭きて怪しむ者多く、因りて概して異端と謂ふ。其の誣たるや亦甚し。是れ村犬の尭に吠ゆるの論なり」（今北洪川『禅海一瀾』大田悌蔵訳注、岩波書店、一九三五年、三九頁）。『史記淮陰侯伝』にある話を用いて、悟っていない者が仏祖の書を読んで怪しむ場合が多いのは、狗がもとより自分の主人と思っていないから吠えるのと同じだと言っている。

（55）坂口曜子が「泥棒とはむろんシンボル」であり、「宗助は人妻を盗んだ元泥棒」であると指摘している（『魔術としての文学——夏目漱石論』沖積社、一九八七年、二一六頁）。

（56）宗助の認識に従って、この公案と宗助の現在との無関係を見ている論考が多いなか、酒井英行は「作者は主人公に『父母未生以前本来の面目』という公案を与えることで、宗助に過去の意味を根元から問い直させ、安井への贖罪を果たすべきだと考えているのである」と指摘している（前掲『漱石　その陰翳』一七八頁）。

（57）前掲『禅学辞典』三二三頁。

（58）門松が祖先の霊を迎え、「蛤」が貞節を表し、「橙」が代々続く子孫繁栄を願うことは知られるとおりである。

（59）人見必大『本朝食鑑』巻二、一六九七年（元禄十年）（『本朝食鑑』上（覆刻　日本古典全集）、現代思潮社、一九七九年（昭和五十四年））、一四七頁より、原文漢文を書き下して引用した。

（60）貝原益軒刪補、貝原好古編録『日本歳時記』一六八八年（貞享五年）、『古版本　日本歳時記』さつき書房、一九七七年、一三頁による。割字部分を（　）で表記した。

（61）「斯う穏やかに寐かされた時、宗助は例の歯が左程苦になる程痛んでゐないと云ふ事を発見した」（五の三）とある。

（62）柳田國男によれば、「節供の食物の条件は、原料の精選と製法の念入りとの他に、これを分配する様式の特殊な点にもあった」という（『年中行事覚書』修道社、一九五五年＝講談社、一九七七年、六五頁、他に、餅について五六—六二頁参照）。

（63）宗助が鎌倉で手に取ることを禁じられていたのが『碧巌集』だ。そこでは、各人の持つ過去について「古鏡」という言い方がされている（前掲『再鐫碧巌集』二五頁）。

（64）北山正迪は、漱石が「現実に作用《はたら》きかける激しい視線で禅に関心をもつてゐたことを示してゐるものと思はれる」と述べている（『大乗禅』一九六九年一月、二五頁）。

(65)　前田愛は御米にとっての六畳の鏡が過去への入口であることをいちはやく見抜いた。前田は、この宗助が「小さな鏡」を突き付けられる場面に関してつぎのように述べている。「御米がほんの一言で宗助をやすやすと日常的な世界に迎え入れてしまうこの場面の意味を正当にうけとめるかぎり、参禅をめぐってことごとしく論じたてられてきたこれまでの言説は、何かむなしい観念の遊戯だったように思われてくる」（「漱石と山の手空間――『門』を中心に」『講座夏目漱石　第四巻〈漱石の時代と社会〉』有斐閣、一九八二年、一四四頁）。しかしながら、本論が論じてきたように、「鏡」に関する解釈史は、禅の歴史の重要な蓄積であり、とりわけ「本来の面目」を問うた初めの人間である「六祖慧能」がその「鏡台」を否定したのは大きな事件であったわけだ。ゆえに、漱石は意図的に宗助と御米の家の六畳に「鏡台」を据えたのに違いない。また、「小さな鏡」が「鏡台」からの離脱を意味していることも明白である。このように小説『門』において鏡と参禅とは切り離せない。

# 第七章　再帰する浄土教――『彼岸過迄』の思想解析

## 第一節　彼岸への観想

『彼岸過迄』[1]は、「風呂の後」「停留所」「報告」「雨の降る日」「須永の話」「松本の話」「結末」という各篇からなる。「風呂の後」はおもに森本によって敬太郎に話された話、「停留所」は、敬太郎がおもに須永の母、田口、松本に話した内容、「報告」は敬太郎と田口とのやりとりと、敬太郎が松本、須永、千代子に話した事柄である。「雨の降る日」は敬太郎による須永への報告、ならびに、千代子による話、「須永の話」は須永によって、「松本の話」は松本によって話されたこと、「結末」は敬太郎が誰からどのような話を聴いたかを整理した段である。

多くの研究は、話された内容の時間の再構成を行ってきた。末尾が冒頭につながる小説形式であるのに、主人公須永にそれが反映されているように見えないという見解[2]が出され、それに反論して年立ての整理を行った論考がある[3]。また、声を集める「探偵」としての聴き手敬太郎が存在する意味について論じられ[4]、聴き手の「変化」についても論じられた[5]。敬太郎の浪漫趣味を漱石門下生の文学傾向に重ねたり[6]、植民地文学として位置づけたりする考察も[7]、多くの実りをもたらした。声の発信スタイルへの注視としては、語り手となる千代子のふるまいに見られるごとく、突然物語が打ち切られるという指摘(8)も鋭い。

多種類の研究が『彼岸過迄』の試みに迫ろうとするなか、仏教的観点を考慮に入れた考察だけがまだなされていない。これは大きな欠落に思えてならない。この小説は漱石にとって「娘の死」への「弔い(9)」であったという共通理解から、もう一歩先へ進みたい。この小説は、死んでほしくなかった者について、人はどのようにして語りはじめることができるのかを問うている。そのように死を扱っている小説において、「彼岸」という世界的な思想概念に向き合わなくて、いったい東アジアの文学といえるだろうか。

『彼岸過迄』には、「羅漢寺」（「風呂の後」三）、「小日向」の「寺」（「停留所」十）、「善光寺如来」（「停留所」十五）、浅草の「観音様」（「停留所」十六）、「弘法大師千五十年供養塔」（「雨の降る日」七）、「大仏」（「須永の話」十五）といった具合に、観音、寺、供養塔が配されている。これらはすべて登場人物の耳目に留まり、小説内にある。のみならず、主人公が把握したくてもしえないのが、亡き生母の「菩提所」（「松本の話」六）である。須永は叔父の松本にこう言った。

「ぢや責めて寺丈教へて呉れませんか。母が何処へ埋つてゐるんだか、夫《それ》でも知つて置きたいと思ひますから」
（「松本の話」六）

世界宗教がつねにそうであるように、仏教もまた、多くの声から成り、膨大な解釈の歴史を持つ。それを知らないふりをして通り過ぎることのできない者がいる。『彼岸過迄』は鎮魂の願いを胸に秘めた者が多く登場する。彼らが仏教的要素に立ち止りながら、踏み出すそのとき、小説は歴史を含んで、新たなこの小説独自の時間を産出する。本章は、解釈を要求する仏教的要素が、登場人物の認識の更新に関与し、新たな声をあげる契機になっていることを論じる。

「雨の降る日」の章は、千代子が敬太郎と須永とをまえに語っているはずなのに、一人称叙述になっておらず、三人称叙述が取られている。千代子の語りには、「三部経」「和讃」「親鸞上人」「蓮如上人」が出てくる。須永が千代子の話を聴くのはこれが初めてではない。須永は千代子が話す内容を考える時間を十分に持ってきた。そのうえで再度、敬太郎とともに彼女の話に耳を傾けるのだ。

構成が示す小説の時間が、物理的な単なる時間ではなく、登場人物による考えの深まりが組み込まれたそれであるとき、むしろ、登場人物こそが、小説ならではの時間を生み出していると言うことができる。

千代子は数え年二歳の、松本夫婦の末娘宵子の相手を自分だけでしていたとき、その子が急死したときのことを語る。(10) 宵子の葬儀の場面から引用したい。

晩には通夜僧が来て御経を上げた。千代子が傍で聞いてゐると、松本は坊さんを捕まへて、三部経がどうだの、和讃がどうだのといふ変な話をしてゐた。其会話の中には親鸞上人と蓮如上人といふ名が度々出て来た。十時少し廻つた頃、松本は菓子と御布施を僧の前に並べて、もう宜しいから御引取下さいと断わつた。坊さんの帰つた後で御多代が其理由を聞くと、「何坊さんも早く寐た方が勝手だあね。宵子だつて御経なんか聴くのは嫌だよ」と済ましてゐた。千代子と百代子は顔を見合せて微笑した。（「雨の降る日」六）

「三部経」とは、浄土三部経のことであり、浄土教の根本経典となっている「仏説無量寿経《むりようじゆきよう》」二巻、「仏説観無量《かんむりよう》寿経《じゆきよう》」一巻、「阿弥陀経」一巻のことである。(11)「無量寿経」は、念仏信仰の拠りどころとなった経典である。なかの第十八願で、無量寿仏、すなわち、阿弥陀仏を信じ、浄土に生まれようと願って十回念仏するだけでよいとされている。

この、阿弥陀仏の名をとなえるだけで阿弥陀仏の絶大な力をはたらかせることができるという考え方は、民衆に受け入れられ、そこから念仏による死者追善の儀礼が生まれていった。

「観無量寿経」は、仏が韋提希夫人《いだいけぶにん》、および、十大弟子の一人、阿難に行った説法である。序説「韋提希夫人と王舎城の悲劇」で、阿闍世の話が説かれる。正説が「一、心統一して浄土を観想する十三の方法」と「二、散心の凡夫、往生をうる九種の方法」であり、さらに、「得益《とくやく》」、「結語」が付いている。

正説で示される、浄土を観想する方法の第一に挙げられるのが、〈日想〉観である。漱石の蔵書していた『真宗聖典』より引く。

仏告韋提希。汝及衆生。応当専心。繫念一処。想於西方。云何作想。（……）当起想念。正坐西向。諦観於日。令心堅住。専想不移。見日欲没。状如懸鼓。既見日已。閉目開目。皆令明了。是為日想。名曰初観。(12)

［書き下し文］

仏、韋提希に告ぐるに、汝および衆生、まさに、専心に、念を一処に繫けて、西方を想ふべし。（……）まさに想念を起し、正坐し、西に向ひて、日を諦観すべし。心をして堅住ならしめ、想を専らにして、移らざれば、日の没せんと欲して、状《かたち》、懸鼓《けんく》のごとくなるを見よ。すでに日を見をはらば、目を閉ずるも開くも、みな、明了ならしめよ。これを〈日想〉とし、名づけて〈初観〉といふ。(13)

〈日想〉観とは、日没のようすが吊りさげた太鼓のように丸いことを観じとり、西方の極楽浄土を観想することである。春分と秋分とは、太鼓のように丸い日没によって、〈日想〉観を行い、浄土に生まれることを願うのに適した時だという。日本では春秋の彼岸会が仏事となる。「観無量寿経」においてて初観に〈日想〉がすすめられていること

はながく重視されてきた。(14)

『彼岸過迄』はこのような思想的文脈に置かれており、この小説には西方の彼岸を観想する志向性がもともと備わっている。ゆえに、敬太郎がはじめて松本の家を訪れたとき、「太鼓を鳴らしてゐる音」(「報告」八)を耳にし、宵子の死んだ翌日にも、嘉吉という男の子が「陣太鼓」(「雨の降る日」三)を叩いたのだった。

雨の降る日に宵子の死が悼まれ、なぜ太鼓が鳴らされるのか。それは、太陽の見えない雨の降る日にこそ、天空に沈もうとする日のかたちを想像する必要があるからである。「観無量寿経」で、日は太鼓のようだとされる。太鼓は彼岸に思いを馳せる手段として浄土教において第一に推奨されてきた。太鼓から連想して死者の行き先について考える。この小説は何よりもまず、遺された者による追慕を描いている。

## 第二節　親鸞・蓮如の思想

松本は、親鸞上人や蓮如上人といった、浄土教の発展に欠かせなかった人物まで持ち出し、通夜僧と浄土三部経について議論を交わすほどに、浄土教に明るい。松本はその僧を帰してしまったという。なぜだろうか。

浄土三部経のうち、「観無量寿経」と「無量寿経」とのあいだには、罪を犯した下品の者に対する扱いの差があり、古来、議論の的となってきた。「観無量寿経」では、下品の者も最終的には阿弥陀如来の慈悲で救われる。

しかしながら、「無量寿経」第十八願においては、念仏を唱えても、五逆の者、ならびに、正法を誹謗する者は救われない。「無量寿経」で「本願」とされる第十八願に付された制限がそれである。『真宗聖典』から引こう。

設我得仏。十方衆生。至心信楽。欲生我国。乃至十念。若不生者。不取正覚。唯除五逆。誹謗正法。(15)

［書き下し文］

たとひ、われ仏となるを得んとき、十方の衆生、至心に信楽《しんぎょう》して、わが国に生れんと欲し、乃至《ないし》十念せん。もし生れずんば、正覚《しょうがく》を取らじ。唯だ、五逆、正法《しょうぼう》を誹謗《ひほう》するを除かん。(16)

五逆の罪を犯した者と正法を誹謗した者とは、浄土に生まれることができないとある。大乗の五逆とは、(1)塔寺を破壊し経像を焼き三宝《さんぼう》の財産を盗むこと、(2)声聞《しょうもん》・縁覚《えんがく》・大乗の教えをそしること、(3)出家者の修行を妨げあるいは殺すこと、(4)小乗の五逆のうちの一罪を犯すこと、(5)因果の道理を信ぜず、悪口・邪淫などの十不善業をなすことである。(17)ゆえに、下品の者も救われる方法の記された「観無量寿経」との差が問題になってきた。

つぎに、親鸞の「浄土和讃」を見ながら『彼岸過迄』におけるこの問題の扱われ方を見てみよう。(18)親鸞の「浄土和讃」は、まず阿弥陀仏の讃から入る。これは阿弥陀仏のなす光明を称える和讃である。「大経意《だいきょうのこころ》」（大経は無量寿経）、「観経意」（観経は観無量寿経）、「弥陀経意」が和讃の形式で述べられる。「観経意」は九首すべて阿闍世説話にもとづく。その七首目に着目したい。

大聖《たいしょう》おの〳〵もろともに
凡愚底下《ていげ》のつみひとを
逆悪もらさね誓願《ママ》に
方便引入《いんにゅう》せしめけり(19)

「逆悪もらさね誓願に」とあるのは、五逆十悪(20)を犯した悪人すらもらすことのない阿弥陀の誓願に、という意味である。阿弥陀によって逆悪人までもが救われると親鸞は導く。

親鸞の意図は、「観無量寿経」を用いて全面的に悪人正機説を展開することにあった。親鸞が和讃に込めたのは、浄土三部経の「観無量寿経」を根拠に、悪人に救済の道を開くことである。松本と通夜僧との会話のなかの「浄土三部経」「親鸞上人」という言葉は、このような仏典解釈の争闘のなかで理解されなければならない。松本はそれに意識的であり、ゆえに通夜僧の答えに不満だったのだ。

松本と坊さんとの話に出てきた「蓮如上人」についてつぎに検討しよう。蓮如は、親鸞の教えと弥陀の教えを記した文で知られる(21)。蓮如の文でも、十悪五逆と法を謗る者も懺悔すれば救われると説く(22)。蓮如の文に顕著なのが、「女人成仏」の思想である。親鸞に比べ、阿弥陀は女人をも救うという強調が目立つ(23)。『真宗聖典』の「御文」から「五帖目」を引いてみる。

夫。女人の身は五障三従とて、おとこにまさりて、かゝるふかきつみのあるなり。このゆへ《ママ》に、一切の女人をば、十方にまします諸仏も、わがちからにては、女人をば、ほとけになしたまふこと、さらになし。しかるに阿弥陀如来こそ、女人をばわれひとりたすけんといふ大願を《ママ》こして、すくひたまふなり。このほとけをたのまずば、女人の身の、ほとけになるといふことあるべからざるなり。これによりて、なにとこゝろをもち、またなにと阿弥陀ほとけを、たのみまいらせて、ほとけになるべきぞなれば、なにのやうもいらず、たゞふたごゝろなく一向に、阿弥陀仏ばかりをたのみまいらせて、後生たすけたまへとおもふこゝろひとつにて、やすくほとけになるべきなり。このこゝろのつゆちりほども、うたがひなければ、かならず〳〵極楽へまいりて、うつくしきほとけとはなるべきなり(24)。

このような蓮如の思想は、逼塞していた彼の青年期にしたためられた文を基にしている。蓮如は、一四一五年（応永二十二年）に、本願寺第七代法主存如とその召使の女性とのあいだに生をうけた。彼の生母は、彼の将来のことを考え、存如に正妻が決まってまもなく、当時六歳の蓮如を残して本願寺から姿を消したという。しかし、正妻にも一男が誕生したため、蓮如の法主就任は望むべくもなかった。蓮如は継母から警戒されて育つ。だが、ひとり研鑽を積み、四十三歳のとき、本願寺第八代法主になったという[25]。

蓮如は親鸞に勝るとも劣らぬほど、自己の信条に忠実に、阿弥陀如来であれば女人や五逆の者までも救済が可能であると説く。そこには彼の人生における宿願が伏在しており、法主であるにもかかわらず召使とのあいだに子を儲けた父、ならびに、姿を消した母の救済がひそかに念じられたといってよい。

## 第三節　「観無量寿経」の思想

『彼岸過迄』では、宵子の通夜の席で、宵子の父、松本が、三部経や親鸞、蓮如の和讃の話を通夜僧としていたが、その僧を早々と引き取らせる。そのことについて千代子が思い出して語っている。

須永は、宵子の通夜の時点ではまだ、自分の父の不義と、生母の存在および彼女の死について知らない[26]。しかしながら、千代子の話を聴く時点では、父が、小間使とのあいだに自分という子まで儲けてしまったことを知っている。須永が松本から出生の秘密を聴くのは大学卒業の二、三ヶ月前で、千代子の話を聴いているのは翌年の梅の咲くころである。つまり、話を聴く時点ではすでに、自分の父と実母との交わりが「邪淫」にあたると知っている。千代子の話す内容の場面の時間と実際にそれを話している時点との時間差が、須永には決定的な意味を持つ。このような意味づけで『彼岸過迄』の時間構成が指摘されることはなかったため、強調しておきたい。

ふだんから須永は「小日向」(「停留所」十)の寺に父の墓参りに行っている。「小日向」には浄土教の寺が多いが、なかに蓮如創建の本法寺という寺もある。[27] 小日向に頻繁に行く須永はむろんそれを知っていよう。松本から自分が小間使の子であると告げられれば、須永は同じ境遇から身を立てた蓮如の思想について気にならないはずがない。ことに、「小日向」の寺の墓に眠る父が生前「邪淫」をなして自分が生まれたことを知ってのちは、蓮如の思想について繰り返し考えたに違いない。須永の目に必ず留まるのが、浄土三部経において歴史的に争われた、「無量寿経」と「観無量寿経」との差異としての、五逆の者が救われるか否かの問題、親鸞、蓮如による解釈の問題である。[28] 須永が浄土三部経に関する松本の議論を気にするなら、悪人や女人も往生可能と親鸞や蓮如が説く根拠を浄土三部経から探すだろう。

ただちに目に入るのは「観無量寿経」の序説にある、阿闍世説話である。それは、王と王妃韋提希によって、阿闍世が出生と同時に殺されそうになり、それを怨んだ阿闍世が彼らを幽閉し、さらには韋提希夫人が釈尊に向かって悪人阿闍世を嘆くという一連の話からなる。育ての母が生母ではないという秘密を抱えた須永であれば、衝撃を受けるのは当然だ。女人往生の思想は、韋提希夫人が釈尊から「仏国土」を「観想しなさい」と言われたことから生まれた。阿闍世の母、韋提希夫人は悪人を生んだことを釈尊に嘆き、「西方の極楽世界」の観想へと導かれ、救われる。[29]

このように浄土三部経に接した須永が、千代子による、宵子の死を追いかける語りを聴くとはどういう意味があろうか。千代子はつづいて、宵子の納棺の様子をつぎのように話していた。

> 其日は女がみんなして宵子の経帷子を縫つた。百代子が新たに内幸町から来たのと、外に懇意の家の細君が二人程見えたので、小さい袖や裾が方々《ほうぼう》の手に渡つた。千代子は半紙と筆と硯とを持つて廻つて、南無阿弥陀仏と

いふ六字を誰にも一枚づゝ書かした。「市さんも書いて上げて下さい」と云つて、須永の前へ来た。「何うするんだい」と聞いた須永は、不思議さうに筆と紙を受取つた。

「細かい字で書ける丈一面に書いて下さい。後から六字宛《づゝ》を短冊形に剪つて棺の中へ散らしにして入れるんですから」

皆な畏《かし》こまつて六字の名号を認《した》ためた。咲子は見ちや厭よと云ひながら袖屏風をして曲りくねつた字を書いた。十一になる男の子は僕は仮名で書くよと断わつて、ナムアミダブツと電報の様に幾何《いくつ》も並べた。（……）最後に南無阿弥陀仏の短冊を雪の様に振り掛けた上へ蓋をして、白綸子《りんず》の被《おい》をした。（「雨の降る日」五）

当時「南無阿弥陀仏」としたためる意義を実感していなかった須永が、決定的な時間差を経て、千代子が当時の状況を語るのを聴く。「無量寿経」に照らせば彼の父と生母とは、救われない罪を犯した悪人と言いうる。ただ、親鸞、蓮如の解釈にしたがって、「観無量寿経」によるならば、「南無阿弥陀仏」を唱えれば「罪」が除かれ、「清浄業処」を観ることができ、「極楽世界」へ往生したとみなせるのだ。(30) つまり、千代子が語りなおしているこのときこそ、「南無阿弥陀仏」という文句が、宵子に対してというよりも、簡単には往生できないはずの、父や生母へ捧げる言葉として、須永の耳を捕らえるわけである。

漱石は、記憶にある言葉と現在耳にしている言葉とが合体するさまを描いている。他の登場人物の何気ない言葉を刺激として、時間を経て受け取る、登場人物の衝撃が創られた。

「観無量寿経」で救われる五逆の者や正法を誹謗した者たちは、その救われる瞬間に、「観世音」の光明や音声に出会う。また、浄土を観想する方法の第十に、観世音菩薩の真実の体の形を観る観想が挙げられる点からも、「観無量寿経」における、観世音の重要性が認められる。(31) 観世音菩薩を最終的に観ることができるのは、「観無量寿経」では差別なくすべての者たちである。五逆・十悪を作った「下品下生《げぼんげしょう》」の者さえ救われるのがこの経の特徴だ。
「観無量寿経」には「得益《とくやく》」という短い節があり、韋提希が仏の所説を聞き、阿弥陀仏と二菩薩、すなわち観世音菩薩と大勢至菩薩とを見たとされる。

説是語時。韋提希。与五百侍女。聞仏所説。応時即見。極楽世界。広長之相。得見仏身。及二菩薩。心生歓喜。歎未曾有。廓然大悟。得無生忍。(32)

[書き下し文]

この語を説く時、韋提希、五百の侍女と、仏の所説を聞き、時に応じて即ち、極楽世界、広長《こうじょう》の相《すがた》を見る。仏身および二菩薩を見ることを得て、心に歓喜《かんぎ》を生じ、未曾有なりと歎じ、廓然大悟《かくねんたいご》して、無生忍《むしょうにん》を得たり。(33)

そしてそのような究極の救いの思想を示した経の最後に、「結語」が設けられ、この説法の要が語られる。

仏告阿難。此経名観。極楽国土。無量寿仏。観世音菩薩。大勢至菩薩。亦名浄除業障。生諸仏前。(34)

[書き下し文]

仏、阿難に告ぐるに、この経を、〈極楽国土、無量寿仏、観世音菩薩、大勢至菩薩を観ず〉と名づけ、また、〈業障を浄め除いて、諸仏の前に生まる〉と名づく。(35)

引用してきたように、「観無量寿経」には、阿闍世を産み殺そうとした悪人であるはずの韋提希が、女人の身でありながら、観音・勢至の二菩薩まで観ることができ、成仏をなしえたと記される。父と生母の犯した罪を知って以来、そのことが頭から離れない須永は、千代子が浄土三部経に言い及ぶとき、観想に引き込まれざるをえない。このように組み立てられている。

通夜でみなが、死んでしまった宵子の顔を見つめる様子を千代子はつぎのように辿る。

顔へは白い晒し木綿を掛けた。千代子は時々それを取り除けて見ては泣いた。「一寸貴方」と御多代が松本を顧りみて、「丸で観音様の様に可愛い顔をしてゐます」と鼻を詰らせた。松本は「左うか」と云つて、自分の坐つてゐる席から宵子の顔を覗き込んだ。（「雨の降る日」五）

悪人正機を読み取った親鸞や蓮如による「観無量寿経」解釈や、三部経における観音について知りえたのちに、須永が、千代子からあらためて「観音様の様に可愛い顔」（「雨の降る日」五）の宵子の「死顔」（「雨の降る日」六）について聴く。須永にとって大きな転回点がこのとき来た。死んだ実父と生母とは、観音・勢至菩薩と出会えたのか。実母は自分を孕んでどう思ったか。自分を産むことで死ぬことになった実母は、果たして安らかに死ねたのか。五逆の一つを犯した父は何を思い、どう死んでいったのか。

## 第四節　「雨の降る日」の三人称叙述

千代子の話す内容のうち後半の通夜以降を須永は当時、ともに体験している。すでに記憶と化していたそれらに、須永は新しく自分なりの強調を施しながら千代子の話を聴いている。三人称叙述ならば、その須永の再認識までもが表出可能である。

火葬場での場面で、宵子の母が竈の鍵を持ってくるのを忘れたというのを、須永が「鍵なら僕が持つて来てゐるよ」と言って、「冷たい重いものを袂から出して叔母に渡した」（「雨の降る日」七）とある。この「冷たい重い」という感触は、千代子の認識しうる範囲を越えている。妹と父を亡くした須永であるからこそ、家族を焼く竈の鍵の冷たさ重さを感じることができる。また、千代子の話を聴いているときすでに、自分の生母の死も松本から聴いて知っているので、生と死とに切り離される母子について思うなら、その鍵はより冷たくより重く感じられる。つまり、この叙述は聴き手須永の思いを乗せていよう。

さらに、この「雨の降る日」という章には、千代子が語ったはずの部分に、明らかに千代子の関心外の事柄が含まれている。ふだん下女に何の気も留めない千代子であるのに、松本家の下女の行動が追われ、描かれているのは奇妙ではないか。骨あげの場面では、宵子の守をしていた下女が「清」という名前まで明らかにされ、その行動が辿られる。須永が彼女のために席を設けてやったことも述べられる。

宵子の守をしていた下女なら、宵子が死んだ直後の彼女の行動から語られればよいものの、そうではなく、須永も加わっているこの場面から彼女が登場する。そして、御坊が、焼かれた宵子の頭蓋骨の顎を潰して歯を拾いわけたとき、須永が「斯うなると丸で人間の様な気がしないな。砂の中から小石を拾ひ出すと同じ事だ」と言うと、「下女が三和土の上にぽた〱と涙を落した」（「雨の降る日」八）とある。

これは、自分の生母が下女だったことについて考えつつある須永が、骨あげのときを思い起こして選び出した記憶として、叙述に盛り込まれていると見るべきではないか。須永は、松本から、実の母が髪を島田に結っていたと聴いている。島田は当時すでにやや古風な正装の髪型であった。しかし、葬式の参列のための正装は基本的に島田髷だった。[36] 生母が島田髷に結っていたことがあると松本から聴いている須永は、生母が島田髷をしていたであろう機会について何度も考えたであろう。葬式につづく骨あげのときも通常まだその髷のままである。したがって、骨拾いをしながら泣く下女の様子は、須永にとって、記憶にない生母を観じてみる形姿になったことは容易に想像できる。須永の思い入れの現れるのがこの場面の、下女に関する叙述なのである。

このように見てくれれば、「雨の降る日」という章における三人称叙述は、計算尽くで選択された方法であると分かる。須永が決定的な時間差を経て、千代子の話を身を入れて聴いているその行為を映し出すのに、最も有効な叙述方法がそれであったのだ。

この小説は、他者の声を聴く行為によって自分の「身の上」（「停留所」十七）への解釈が深まるさまを表現している。敬太郎が「観音様」の地で「文銭占なひ」を受けて、「ぼんやりした自分の頭が、相手の声に映つてちらりと姿を現はしたやうな気がした」（「停留所」十八）のと同様、須永も、敬太郎や千代子の話を聴きながら、頭の奥から姿を現す自らの「身の上」について考えているのだ。

## 第五節　語り出す道のり

出生の秘密を知り、なおかつ両親を亡くしている人間が何をどう考えだすようになるか。この小説では口に出せないタブーが敷かれ、登場人物の葛藤が続く。須永にとってのタブーは、千代子の話を聴く行為によって一部解かれた。火葬場の竈の鍵の「冷たい重い」という感触は、変化の最中にある聴き手の思考を現出している。

千代子は自身にとって最も苦痛であった、生きて愛らしい宵子の顔が「死顔《しにがお》」（「雨の降る日」六）に変わったさまについて、根かぎり語った。その宵子の「死顔」が「観音様の様」であったと聴くとき、須永の内なるわだかまりが大きく動く。彼にとって宵子という観音を観想してみるとはすなわち、五逆を犯した者や女人を救う道が見えてくることである。

千代子の話から一週間、須永は記憶を新たにし、「親鸞上人」「蓮如上人」「三部経」といった一連の問題について、生々しく、検討していよう。彼にとって重要なこの世にいない人間を観想し、言葉にしてみる戸口まで、須永は来ている。彼の話しだす環境はどのように整うだろうか。須永は敬太郎から郊外に連れ出され、千代子に持ち上がっている結婚について訊かれる。敬太郎と須永の気分がほどけてくるまでの道のりはつぎのように記されている。

> 此日彼等は両国から汽車に乗つて鴻の台の下迄行つて降りた。夫から美くしい広い河に沿つて土堤《どて》の上をのそく〳〵歩いた。敬太郎は久し振に晴々した好い気分になつて、水だの岡だの帆懸船だのを見廻した。須永も景色は賞めたが、まだ斯んな吹き晴らしの土堤などを歩く季節ぢやないと云つて、寒いのに伴《つ》れ出した敬太郎を恨んだ。早く歩けば暖たかくなると云つて、敬太郎はさつさと歩き始めた。須永は呆れた様な顔をして跟《つ》いて来た。二人は柴又の帝釈天の傍迄来て、川甚《かわじん》といふ家へ這入つて飯を食つた。（「須永の話」二）

須永が話しだす経緯に注目したい。須永は千代子から、宵子の死ぬ日の午後の様子を「幼稚園へ行く七つになる男の子が、巴の紋の付いた陣太鼓の様なものを持つて来て、宵子さん叩かして上るから御出《おいで》と連れて行つた」（「雨の降る日」三）と聴いた。前述のとおり、太鼓は〈日想〉観に欠かせない。〈日想〉観は「観無量寿経」で、浄土を観想する十三の方法の第一に掲げられている。雨の日に面会謝絶をする松本の話を千代子がはじめた時点で、須永は宵子の冥福を祈る松本家の、雨の降る日に鳴る太鼓を思い浮かべている。話を聴いている間中、〈日想〉観を試みていることになろう。

浄土を観想する第二の方法は、〈水想〉である。(37)須永と敬太郎とは「河」「水」を見て、それを得ている。その第三は〈地想《ちそう》〉である。(38)ふたりは「土堤」「岡」を見てそれをなしたといえよう。

つぎの第四観が〈樹想〉である。「宝樹」と呼ばれる浄土の樹を観想しなければならない。その模様を記す「観無量寿経」の一節を引こう。

涌生諸果。如帝釈瓶。有大光明。化成幢幡。無量宝蓋。(39)

[書き下し文]

諸果を涌生《ゆしょう》すること、帝釈の瓶の如し。大光明有り、化《け》して幢幡《どうばん》と無量の宝蓋《ほうがい》と成る。(40)

「帝釈瓶」とは、帝釈天の所持する宝瓶のことで、求めに応じて何でも湧き出す。宝樹の果実はまるでそれだとされるわけだ。須永は大学卒業の二、三ヶ月前、松本から自分に生母が別にいたことを聴いた。千代子が須永と敬太郎とのまえで宵子の死について話すのは、翌年の梅の花の季節だが、須永も通夜に同席していたのだから、千代子の話した内容のほとんどをすでに知っていた。松本の意図を探るためだけでも、須永は浄土三部経を繙かなければならない。

須永は「観無量寿経」にすすめられるとおりの歩みをしていることにはじめは気付かなかったろうが、「万人の善行を喜び、悪行をこらしめる」(41)神という帝釈天に行き着いたとき、(42)彼のこれまでの歩みが、宵子についての話も耳に残る〈日想〉から、つぎに〈水想〉、第三に〈地想〉という具合に、「広い河」「水」「土堤」「岡」と歩き、見てきて、「帝釈天」まで来て、〈樹想〉の材料に行き当たったと知ることになろう。浄土を観想する順序どおりの歩みは、父の死から始まる須永の話を引き出す引き金となっているのだ。

敬太郎は川甚という料理屋に入って須永からとうとう話を聴き出す。須永の話はつぎのように始まる。

僕の父は早く死んだ。僕がまだ親子の情愛を能《よ》く解しない子供の頃に突然死んで仕舞つた。僕は子がないから、自分の血を分けた温たかい肉の塊りに対する情は、今でも比較的薄いかも知れないが、自分を生んで呉れた親を懐かしいと思ふ心は其後大分《だいぶ》発達した。今の心を其時分持つてゐたならと考へる事も稀《まれ》ではない。（「須永の話」三）

須永は敬太郎の質問にまともに答えるのではなく、彼の半生を振り返るところから語り起こす。須永は生母が別にいたことをまだ敬太郎に伏しているが、使われている言葉を見れば彼の念頭にあるのは、父と生母とであると分かる。まず、「自分を生んで呉れた親」という言い方は、父親や養母よりも、生みの母親を指す表現に違いない。また、「自分の血を分けた温たかい肉の塊りに対する情」という言い回しや「今の心を其時分持つてゐたなら」という言い方には、血のつながった人間がすでにこの世にいないという意識がうかがえる。さらに、彼はつぎのように話を続ける。

父は死ぬ二三日前僕を枕元に呼んで、「市蔵《いちぞう》、おれが死ぬと御母さんの厄介にならなくつちやならないぞ。知つてるか」と云つた。僕は生れた時から母の厄介になつてゐたのだから、今更改ためて父からそれを聞かされるのを妙に思つた。仕方がないから黙つて坐つてゐると、父は骨許《ほねばかり》になつた顔の筋を無理に動かす様にして、「今の様に腕白ぢや、御母さんも構つて呉れないぞ。もう少し大人《おとな》しくしないと」と云つた。僕は母が今迄構つて呉れたんだから此儘《このまま》の僕で沢山だといふ気が充分あつた。それで父の小言を丸で必要のない余計な事の様に考へて病室を出た。

（……）母は突然《いきなり》自分の坊主頭《あたま》へ手を載せて、泣き腫らした眼を自分の上に据ゑた。さうして小さい声で、「御父さんが御亡くなりになつても、御母さんが今迄通り可愛がつて上るから安心なさいよ」と云つた。僕は何とも答へなかつた。涙も落さなかつた。其時は夫で済んだが、両親《ふたおや》に対する僕の記憶を、生長した今に至つて、遠くの方で曇らすものは、二人の此時の言葉であるといふ感じが其後《そのゝち》次第々々に強く明らかになつて来た。何の意味も付ける必要のない彼等の言葉に、僕は何故厚い疑惑の裏打《うらうち》をしなければならないのか、それは僕自身に聞いて見ても丸で説明が付かない。（「須永の話」三）

ここで須永が敬太郎に告白していることは、幼少期に意味が解らず「余計な事」と思われた大人の言葉が、その裏を嗅ぎつけることのできる年齢になったときに「意味」を持つ言葉として振り返られ、自己存在を脅かしてきたということである。

ふたたび、須永が敬太郎とともに聞いた千代子の話を検討しておこう。急死することになる宵子は数え年でまだ二歳で、「頭は御供《おそなえ》の様に平らに丸く開いてゐた」。その「乏しい片鬢《かたびん》を一束割いて、其根本に赤いリボンを括り付けた」（「雨の振る日」二）のは千代子だ。彼女は宵子に、父母へ挨拶をさせた。宵子は四つ這《ばい》になって、父の松本に対し、「自分の尻を出来る丈高く上げて、御供の様な頭を敷居から二三寸の所迄下げて、又イボン〳〵と云つた」（「雨の降る日」二）とある。「誰に結つて貰つたの」という松本の問いに、宵子は頸を下げたまま「ちい〳〵」と答えた。まだ頭のできていない宵子の「頭の毛」を引っぱりすぎたうえに、揺さぶりすぎたことが窺える。また、千代子は宵子につづいて食事をさせるさいに「色々な芸を強」いたことも告白している。宵子が「御供の様な平たい頭を傾《かし》げて、斯う？　斯う？　と聞き直」すのを「何遍も繰り返してゐる」（「雨の降る日」三）最中に、宵子は突然うつぶせになったのである。千代子は敬太郎と須永のまえで、宵子の最後の言葉を「イボン〳〵」、「ちい〳〵」、「旨しい〳〵」、「頂戴〳〵」、「斯う？　斯う？」と再現した。この片言はすべて、宵子が言葉を覚えたてだったにもかかわらず、自分の死因と、自分を死にいたらしめた者とを最後に名指した言葉として、後から振り返って受け取れるだろう。(43)

そこに聴き手として参入した須永であるからこそ、自分の父の残した謎の句を取り出すところから語りはじめる。死の二三日前の言葉に籠る父の思いを言語化することは、須永が最も忌避してきたことに他ならない。しかし、死んだ者の片言を「余計な事」として封じ込めているうちは追善供養も覚束ない。「観音」としての宵子を観想し、父と「僕を生んだ母」（「松本の話」六）とを西方浄土へと送るべく、彼らの生と死とに向き合う。

髪を結ったまま死んだ宵子は、死んだのか、殺されたのか不明瞭なままである。松本によれば「島田に結つてた事がある」（「松本の話」六）、彼の生母「御弓」も同様である。彼女の「菩提所」（「松本の話」六）を知っているのは須永の育ての母だけだという。追悼の手段を持たない須永は、ただ深く聴き、観想を試み、この世に生を享けた自分について見つめなおすしかない。『彼岸過迄』という小説は、死者を幻視し、弔えてはじめて前進できる、生き遺った者の行程を記す。

（1）『彼岸過迄』は『東京朝日新聞』と『大阪朝日新聞』とに一九一二年（明治四十五年）一月から四月まで連載された。本文の引用は『漱石全集 第七巻』（岩波書店、一九九四年）に拠る。

（2）秋山公男「『彼岸過迄』試論――「松本の話」の機能と時間構造」（『国語と国文学』五八巻二号、一九八一年二月『漱石作品論集成 第八巻　彼岸過迄』桜楓社、一九九一年）は、小説冒頭の時間において須永が改良されていないのを、漱石の錯覚であるとする。

（3）酒井英行（「『彼岸過迄』の構成」『国文学研究』第七五集一九八一年十月『漱石 その陰翳』有精堂、一九九〇年、所収）はそれに反論し、年立を整理した。

(4)　前田愛「仮象の街」(原題「謎としての都市——『彼岸過迄』をめぐって」)『現代詩手帖』一九七七年五月、『都市空間のなかの文学』一九九二年、筑摩書房、三九二—四一四頁。石原千秋「語ることの物語——『彼岸過迄』」『国文学　解釈と鑑賞』一九九一年四月、『反転する漱石』青土社、一九九七年、八八—一〇八頁。
(5)　工藤京子「変容する聴き手——『彼岸過迄』の敬太郎」『日本近代文学』第四六集、一九九二年五月、二九—四二頁。
(6)　藤尾健剛「『彼岸過迄』——漱石と門下生」、『日本近代文学』第四六集、一九九二年五月、『漱石の近代日本』勉誠出版、二〇一一年、一六五—一八五頁。
(7)　押野武志「〈浪漫趣味〉の地平——『彼岸過迄』論」『漱石研究』第一一号、一九九八年十一月、『文学の権能　漱石・賢治・安吾の系譜』翰林書房、二〇〇九年、四四—五七頁。
(8)　十川信介「『彼岸過迄』の通話」『文学』二〇〇三年十一月、『明治文学　ことばの位相』岩波書店、二〇〇四年、二三一—二五三頁。
(9)　越智治雄「『彼岸過迄』のころ——一つのイメージ」『文学』一九六八年六月、『漱石私論』角川書店、一九七一年、二〇七頁。
(10)　小森陽一は千代子の、再現性を有する語りについて論証している(「漱石深読　第九回『彼岸過迄』」『すばる』二〇〇九年九月、二二四—二二六頁)。
(11)　「無量寿経」は一四八年に安世高が漢訳したと伝えられており、「阿弥陀経」はさらにそれ以前に成立していた。「観無量寿経」は、これらよりやや遅れて作製された(『浄土三部経』下、岩波書店、一九九〇年、中村元、早島鏡正、紀野一義訳注)。漱石は浩々洞編の『真宗聖典』(無我山房、一九一三年(大正二年))を蔵書している。
(12)　『真宗聖典』無我山房、明治四十三年(大正八年七十版を使用)、七三頁。
(13)　前掲「観無量寿経」『浄土三部経』下、五〇—五一頁を参考にした。
(14)　中国浄土教の大成者である善導は、「観無量寿経」が西方の日没の観想から説かれていることを、一、人生の帰すべき方処を象徴的に教え示すものであり、二、日没はまた、浄土の方向のみでなく、人間の罪障の深長を知らしめ、三、かえって阿弥陀仏とその浄土の光明にこの身が照らされていることを知らされると教えている。「観無量寿仏経疏巻第三　観経正宗分定善義巻第三」『大正新脩大蔵経　第三十七巻　経疏部　五』大蔵出版、一九二六年、二六一頁。なお、漱石は『大日本校訂

縮刷　大蔵経目録』弘教書院、一八八五年（明治十八年）を所有している。

(15) 前掲『真宗聖典』一三頁。

(16)「無量寿経」（『浄土三部経』上、岩波書店、一九九〇年、中村元、早島鏡正、紀野一義訳注）、一五七頁を参考にした。

(17) 前掲『浄土三部経』上、三一二頁。小乗の五逆とは、(1)母を殺すこと、(2)父を殺すこと、(3)阿羅漢を殺すこと、(4)仏身を傷つけ血を出すこと、(5)僧伽（仏教教団）を破壊することである。この区別は親鸞『教行信証』に説明されている。「信巻」（『教行信証』岩波書店、一九五七年、二三九頁）。

(18) 親鸞による、初めの三部の和讃、「浄土和讃」、「高僧和讃」、「正像末浄土和讃」は格調高く、内容も豊かであるため、南北朝時代から「三帖和讃」と呼ばれ、重視されている。「三帖和讃」の制作年代は、一二四八年（宝治二年）から一二六〇年（文応元年）あたりとされる（『親鸞和讃集』名畑応順校注、岩波書店、一九七六年、三一九頁）。

(19)『真宗聖典』一三〇頁。「念仏和讃」の「浄土和讃」より。

(20) 十悪とは、殺生、偸盗、邪淫、妄語、綺語（へつらいのこと）、悪口、両舌（二枚舌のこと）、貪欲、瞋恚《しんい》（いかること）邪見（因果を否定すること）（『岩波 仏教辞典 第二版』岩波書店、一九八九年、四頁）。

(21) その文は、蓮如の孫によって八十通が選ばれ、五帖に編集されたのが「五帖御文」で「帖内御文」と呼ばれ、それ以外は「帖外御文」と呼ばれている。

(22)「本願名号信受して寤寐《ごび》にわするることなかれといふは、かたちはいかやうなりといふとも、またつみは十悪五逆、謗法、闡提《せんだい》のともがらなれども、廻心《えしん》懺悔して、ふかく、かかるあさましき機をすくひまします弥陀如来の本願なりと信知して、ふたごころなく如来をたのむこころの、ねてもさめても憶念の心つねにしてわすれざるを、本願たのむ決定心をえたる信心の行《ぎょう》人《にん》とはいふなり」（『蓮如文集』笠原一男校注、岩波書店、一九八五年、二三―二四頁）とある。

(23) たとえば「そのうち第十八の願において、一切の悪人女人をたすけたまへるうえに、なほ女人はつみふかく、うたがひのこころふかきによりて、またかさねて第卅五の願に、なほ女人をたすけんといへる願をおこしたまへるなり。かかる弥陀如来の御苦労ありつる御恩のかたじけなさよと、ふかくおもふべきなり」とある。前掲『蓮如文集』五一頁。

(24) 前掲『真宗聖典』二八三―二八四頁。

(25) 前掲『蓮如文集』笠原一男解説による。

(26) 玉井敬之はその時期を「鎌倉での余波がまだ残っているその年の十一月の頃」としている（『帝塚山学院短期大学紀要研究年報』二三号、一九七五年十二月、『夏目漱石論』桜楓社、一九七六年）。
(27) 明暦の大火以降、小日向には浄土教系寺院の転入が相継いだ。本法寺もその一つである（『文京区史』第二、文京区役所、一九六八年、七〇二頁、七一二頁）。なお、本法寺は夏目家の菩提寺である。
(28) 平川彰は、五逆を犯した重罪人が、大乗の教えで救われるか否かが、初期の大乗仏教で大きな問題になっていたと述べている（「浄土思想の成立」『講座・大乗仏教五　浄土思想』春秋社、一九八五年、三六頁）。
(29) 巻末の「附載」を参照されたい。
(30) 「観無量寿経」にはつぎのようにある。「この人、苦に逼られて、仏を念ずるに遑あらず。善友《ぜんぬ》、告げていう、「汝よ、もし（仏を）念ずることあたわざれば、まさに無量寿仏（の名）を称うべし」と。かくのごとく、至心に、声をして絶えざらしめ、十年を具足して、〈南無阿弥陀仏〉と称えしむ。仏の名《みな》を称うるがゆえに、念々の中において、八十億劫の生死の罪を除き、命終る時、金蓮華《こんれんげ》の、なお日輪のごとくにして、その人の前に住するを見ん。一念のあいだ頃ほどに、すなわち極楽世界に往生することをえ、蓮華の中において、十二大劫を満たし、蓮華まさに開く。観世音・大勢至、大悲の音声《おんじょう》をもって、それがために、広く諸法の実相と、罪を除滅する法を説く」（前掲『浄土三部経』下、七八頁）。
(31) 浄土を観想する第十観を引用しておく。「これを〈観世音菩薩の真実の色身《しきしん》を観るの想い〉とし、〈第十観〉と名づく。仏阿難に告げたもう、「もし、観世音菩薩を観んと欲する者あらば、まさに、この観をなすべし。この観をなさば、もろもろの禍に遇はず、業障《ごっしょう》を浄除し、無数劫の生死《しょうじ》の罪を除かん」（前掲「観無量寿経」『浄土三部経』下、六四頁）。浄土を観想する十三の方法は、つぎのとおりである。第一に西方の観想、第二に水の観想、第三に大地の観想、第四に林の観想、第五に八種の功徳ある池水の観想、第六に総てを観る観想、第七に花の座の観想、第八に像の観想、第九にあまねく一切の体や形を観る観想、第十に観世音菩薩の真実の体の形を観る観想、第十一に大勢至菩薩の形や体を観る観想、第十二に無量寿仏の極楽世界の観想であり、これが完全な観想だとされる。第十三に雑多の観想である。
(32) 前掲『真宗聖典』九三頁。「廓然大悟」とは、疑いがからりと晴れるさまである。
(33) 前掲「観無量寿経」『浄土三部経』下、七九頁を参照した。そこでは「（観音・勢至の）二菩薩」とされている。
(34) 前掲『真宗聖典』九三頁。

(35) 前掲「観無量寿経」『浄土三部経』下、八〇頁を参照し、〈 〉を付した。

(36) 葬式のさいは「から島田」といって、島田を少し変えた結い方をした地方も多かった（『日本の葬儀』式典新聞編集部、一九七五年、一五八頁）。

(37) 「観無量寿経」より引用しておく。「つぎに、水想をなせ。（すなわち）水の澂清《ちょうしょう》なるを見、また、（それを）明了《みょうりょう》に把握して、分散の意なからしめよ。」（前掲『浄土三部経』下、五一頁）。

(38) 「もし、（進んで）三昧をえば、かの国地を見ること、了々分明にして、つぶさに説くべからず。これを〈地想〉とし、〈第三観〉と名づく」（前掲『浄土三部経』下、五二頁）とある。

(39) 前掲『真宗聖典』七五頁。

(40) 前掲『浄土三部経』下、五四頁を参照した。

(41) 『岩波 仏教辞典　第二版』末木文美士他編集、岩波書店、二〇〇二年、六六二頁。

(42) 葛飾の題経寺。帝釈天はもともとインドの神で、雷の電光である金剛杵《しょ》という武器を持ち、この世界に水と光とをもたらしたという。このようなインドの神話から、自然現象を左右する神と考えられるようになり、太陽神とも、雨を降らせる神とも考えられるようになったらしい（『仏教語源散策』中村元編、東京書籍、一九七七年、一一六頁）。

(43) 漱石は『文学評論』（春陽堂、一九〇九年）で「因果の概念と云ふのも亦習慣の産物として出現するに過ぎない」（『漱石全集　第十五巻』七七頁）というヒュームの主張を紹介するが、幼児の頭を押したり、身体を揺さぶったりすれば突然死を招きかねないという常識がこの場合、因果を形成するという設定だろう。

# 第八章　記憶へ届ける言葉──『彼岸過迄』の生成

## 第一節　小説形式の意味

『彼岸過迄』が「風呂の後」「停留所」「報告」「雨の降る日」「須永の話」「松本の話」「結末」といった、話の連鎖する形状を採ることについて、漱石自身が予告文で「個々の短編が相合《あいがつ》して一長編を構成するやうに仕組」むと述べた(1)。そのため先行研究でよく言及されてきた。なかでもその方法意識にまで踏み込んだ考察としてつぎの三つを挙げたい。

小倉脩三は、敬太郎という登場人物を視点にして他の登場人物の意識の内奥が語られる点について意味づけ、「個々の意識の集合として作品世界を構築するという、いわばジェームズの多元宇宙観の小説的実現である(2)」と述べる。大枠は同意するが、個々の意識の集合を表現したいのであれば、かならずしも短編の連鎖する形式でなくてもよいのであるから、漱石としてはそれ以上の狙いがそこにあったのではないかと考えられる。酒井英行は、「「謎解き」の連鎖性のある小説に仕立てた」と論証し(3)、「探訪者敬太郎」の前に謎が現れると考察している。そうであるならやはり、一つの筋を展開する長編でも十分それを書くことができよう。佐藤泉は「短編連作」という漱石の採った方法について「三部作の時代を指せる潜在的な思考原理」として検討されるべきとし、『彼岸過迄』における人称、文体の不統一性こそが「物語の統一的全体性なるものに対する積極的な批評」であるという見方をしている。(4) 佐藤論からは、連鎖する小説というかたちで把握することの有効性が示されていよう。

一編一編が一応結ばれているそのスタイルは、通常の長編小説と違って、内部の登場人物も読者と同様、語り終えられた話を把握しうる立場にある場合が多い。たとえば、「風呂の後」という章は、敬太郎が森本から聴いた話が主になっているが、敬太郎はその話を須永と千代子に話したであろうと読みとれる。「停留所」という章での、敬太郎が松本を尾行して得た内容も、田口に報告するのであるし、それは千代子にも知れることである。その一連の行動を松本へ「報告」したその経緯も、敬太郎は須永、千代子に話している。また、敬太郎が「須永の話」で聴いた内容を松本に言って促さなければ、松本は「松本の話」にあるようなことを話すわけがない。さらに、松本から聴き出した、須永に関する内容を、敬太郎が当の須永に黙っていなければならない理由はない。つまり、すべての章のおおよその内容を、実際の登場人物たちが把握しているという構造なのである。

各話が一話一話切れているからいっそう、その話を聴いてのちに考えた登場人物という輪郭が明確になる。そのことを確認したうえで考えたいのは、この短編と短編とが、敬太郎の聴くという行為によって結ばれる形式の採られている意味である。このような形式の採られた理由はなぜか。私はそれを異質な各点を結ぶ、登場人物の印象ならびに観念を前景化することにあったのではないかと考える。登場人物は先に語られた話を把握し、そこから刺激を受けた印象ならびに観念を活用しながらつぎの話に臨む。本章は、短編の連鎖する形式にも、一長編にも見えるこの小説の挑戦の意味について明らかにする。

## 第二節　伏在する主題

『彼岸過迄』の最終部にある、松本への須永の手紙は、松本が敬太郎へ話したときに見せたように置かれているが、じつは、物語言説の時間という観点からいえば、それはこの小説で最も早く語り出された言葉である。なかでも最後の手紙を分析することから始めて、須永が何に近づこうとして松本へ手紙を書き、敬太郎へ語ったかを取り出し、『彼岸過迄』の試みを考察したい。

「僕がこんな煩瑣《くだくだ》しい事を物珍らしさうに報道したら、叔父さんは物数奇だと云つて定めし苦笑なさるでせう。然し是は旅行の御蔭で僕が改良した証拠なのです。僕は自由な空気と共に往来する事を始めて覚えたのです。こんな詰らない話を一々書く面倒を厭はなくなつたのも、つまりは考へずに観るからではないでせうか。考へずに観るのが、今の僕には一番薬《くすり》だと思ひます。僅かの旅行で、僕の神経だか性癖だかが直つたと云つたら、直り方があまり安つぽくつて恥づかしい位です。が、僕は今より十層倍も安つぽく母が僕を生んで呉れた事を切望して已まないのです。白帆が雲の如く簇《むらが》つて淡路島の前を通ります。反対の側の松山の上に人丸の社があるさうです。人丸といふ人はよく知りませんが、閑があつたら序だから行つて見やうと思ひます」（「松本の話」十二）

ここにある「考へずに観る」は、あきらかに「観無量寿経」をふまえている。仏がこの経を名づけた場面から引いてみよう。

此経名観。極楽国土。無量寿仏。観世音菩薩。大勢至菩薩。(5)

〔書き下し文〕

この経を〈極楽浄土、無量寿仏、観世音菩薩、大勢至菩薩を観ず(6)〉と名づく。

須永の書く「考へずに観る」には「観想する」という含みが持たされており、「仏」や菩薩をひたすら想像するという意味が込められている。前章で分析したとおり、千代子の語りは宵子の死に際を生々しく再現した。それは生きていた宵子の顔が死に顔になった事態について、自分の関与の可能性を掘り起こす作業であった。死んだ者の、生前の言葉と顔とが千代子の語りで復活し、それを聴いていた須永にも、かつて見た宵子の死に顔が「観音」のような顔として甦ってきた。

そのとき須永は、いまだ見たことのない生母の顔を思い描く実践を始める。埋められた「寺」(「松本の話」六)も知らない、「仏」になっているかも定かでない生母の、死に顔、また、生きていたときの顔、それは自身の生のはじまりの時空をかたちづくっていたはずだ。千代子による、死に顔に迫る、身を切る実践に動かされ、須永は思い起こしたくなかった問題について踏み込んでいく。「僕は今より十層倍も安っぽく母が僕を生んで呉れた事を切望して已まないのです」とあるこの「母」は、生母のことを指すだろう。須永の推測では、生母こそが考えすぎる人間として自分を生み付けたとされている。その母胎はもうひとりの「母」と称する女性とのあいだで見えない闘いを交わしていたであろうと彼は考える。須永は生母像を描き、観る。須永はその像の構成なしには、現在時を進んでいけない人物として設定された。『彼岸過迄』はこのような思考を伏在させている。

松本は、小間使であった須永の実の母「御弓」のことを、須永の出産後まもなく産後の肥立ちの悪かったせいか別の病のせいかで死んだとかろうじて記憶していた。松本は須永の出生の秘密を暴露したあと、松本の姉にあたる、須永の「母」と子との親密な関係の美しさを強調し、「御前だつて健全な精神を持つてゐるなら、おれと同じ様に思ふべき筈ぢやないか。もし左う思ふ事が出来ないといふなら、夫が即ち御前の僻《ひが》みだ」（「松本の話」六）と言う。しかし、小間使の子であると知らされた直後に、自分と同じように思えなければそれは僻みだと宣告されるなら、まさに、小間使腹こそがお前の僻みだと指摘しているのと変わらない。

そのときより須永は、実の母が小間使としていかに僻みを抱いていたかを考察の対象とする。須永の生母は、須永を宿しながらも、島田に結って嫁入ることなど望めなかったばかりか、須永の父の子を生んだがゆえに死んでいった。

卒業前に松本から出生の秘密を聴かされた須永は、その直後からそのことについての吟味に入る。短編の連なる『彼岸過迄』においては、様々な話の繰り広げられる時間すべてが、その須永の考えている時間のなかに入り込む。そのことに先行研究の注意はほとんど払われていない。大学卒業後の時間が小説の冒頭より進行するなかで、たとえ明示的に描かれていなくても、須永の思考が働いていることに留意する必要があろう。

この小説で表面上、敬太郎は聴き役をしている。しかしながら通常の人間と同じく、話し手にも回るわけで、小説は何もそれをすべて記さずとも読者に想像させれば十分であろう。森本から話を聴いた敬太郎は、順次、須永にその内容を話したはずだ。その最中に須永が何を考えたかは、つぎの「須永の話」を見ることで判断できる。「須永の話」の章で、須永は生母の精神に入念に迫る。ながらく須永のなかで言葉にしえなかった事柄が初めて息をしはじめた。敬太郎に自分の性質を語りながら背後で追求されているのは、生母の性質である。それこそが須永にとって千代子の話に続けて話したいことがらに他ならない。

たとえば、田口の家に近寄らなくなった須永を心配する「母」に反抗的になる自分の思いがつぎのように話される。「単に彼女に対する掛念《けねん》丈が問題なら、或は僕の気随《きずい》をいざといふ極点迄押し通したかも知れなかつた。僕はそんな風に生み付けられた男なのである」（「須永の話」九）。この「生み付けられた」という表現が示す参照先は、むろん、生母の「気随」である。女主人と対峙するだけの「気随」を生母が持ち、受け継いでいるという認識だろう。同様に、つぎの一節は重要である。

落ち付いた今の気分で其時の事を回顧して見ると、斯う解釈したのは或は僕の僻みだつたかも分らない。僕はよく人を疑ぐる代りに、疑ぐる自分も同時に疑がはずには居られない性質《たち》だから、結局他に話をする時にも何方《どっち》と判然した所が云ひ悪《にく》くなるが、若し夫が本当に僕の僻み根性だとすれば、其裏面には未凝結《まだぎょうけつ》した形にならない嫉妒《しっと》が潜んでゐたのである。(「須永の話」十六)

これは、好青年ぶりを発揮する高木に対する自分の嫉妬について述べている箇所である。しかし、「今の気分」で言えばそれを「僻み根性」であったと判定するなら、あきらかにそれは、松本に言われた「僻み」(「松本の話」六)を受けている。そこには、松本がほのめかした、自分たちとは生まれが違うからという須永への性格規定がある。そして、その「僻み根性」の裏面にこそ嫉妬があると理解されている。

須永の生母が、須永家で現在雇っている作という女と同様に、「階級制度の厳重な封建の代に生れた様に、卑しい召使の位置を生涯の分と心得て」(「須永の話」三十)いたかどうかは分からないが、須永の父の求愛を受け容れていたのだから、当然、身分差によって正妻になることができない「僻み」があろうし、その裏には、女主人への嫉妬もあろう。須永の言葉の奥には、このような、彼なりに摑もうとした生母の性質の分析が潜んでいる。

須永の心内はつぎのように設定されている。須永は千代子の語りによって、「観音」(「雨の降る日」五)のような死に顔を残して死んだ宵子についてあらためて思い出させられたとき、すでに「三部経」(「雨の降る日」六)について調べられる十分な時間を経ていた。彼は「無量寿経」で仏(釈尊)が阿弥陀仏の脇士である観世音菩薩と大勢至菩薩とを紹介する場面を思い起こすだろう(7)。仏がその菩薩の行いについて説くうちから、つぎの箇所に注目したい。

摧滅嫉心。不忌勝故。専楽求法。心無厭足。常欲広説。志無疲倦。撃法鼓。建法幢。曜慧日。除痴闇(8)。

［書き下し文］

嫉心を摧滅せり。勝れたるを忌まざるが故に、専ら法を楽ひ求めて、心に厭足《えんそく》なし。常に広説を欲して、志疲れ倦むことなし。法鼓《ほうく》を撃《たた》き、法幢《ほうどう》を建て、慧日《えにち》を曜《かが》やかし、痴闇《ちあん》を除く。

観世音菩薩と大勢至菩薩とは他の者が勝れていても憎まず、嫉妬心を持たないという。法の太鼓を鳴らし、法のはたを掲げて、智慧の日をかがやかし、迷妄の闇を除くという(9)。

宵子の死んだ日に七つになる男の子が宵子に陣太鼓を「叩かして上る」（「雨の降る日」三）と言っていたと千代子から須永は聴いていた。また雨の降る日にはその男の子が宵子をしのんで太鼓を鳴らすことも知っている。「観音」のような宵子を思い起こすとき、観音にはまったくないという「嫉心」が彼の血に特有の問題として浮上するのである。

## 第三節　「観想」のために

須永は生母の情報が限られていたがゆえに、手近な人、事、物を母の観想のための材料として使ってしまう。表面的には千代子の性質について考えているくだりからも須永の真の考察対象を見出すことができる。「夫程切ない競争をしなければ吾有《わがもの》に出来にくい程、何方へ動いても好い女なら、夫程切ない競争に価しない女だとしか僕には認められないのである。（……）わが失恋の瘡痕《きずあと》を淋しく見詰めてゐる方が、何《ど》の位良心に対して満足が多いか分らないのである」（「須永の話」二十三）と述べられる。「何方へ動いても好い」か否かで問題になるのは、ひとり千代子だけではない。須永にとってそれよりよほど深刻な問題として、須永の父がふたりの女のあいだを「何方へ動いても好い」ような行動をとったために、須永が生まれたという事実がある。そして、生母のほうが、理の通らない不当な身分差別によって、「切ない競争」を強いられたと、須永は思いめぐらしていると読みとれよう。

　とりわけ「わが失恋の瘡痕」という表現に留意しておきたい。数少ない生母についての情報で、産後の肥立ちのわるかったせいで死んだようだというのがあった。ならば、彼女はじつに、恋をしたがゆえに須永を孕み、産み、その傷が癒えずに死んだといえる。彼女にとって、須永を産んだ傷は文字通り致命傷となり、彼女の愛も生も須永の出生によってとどめを刺されたわけで、まさに「失恋の瘡痕を淋しく見詰め」ながらその生涯を閉じたのである。その傷ついた母を観想してみなければ、彼は、自分の生の真実を摑むことすらできないということだろう。

　また、須永は千代子をさまざまに解釈して疲労することについて、「彼女の言語動作を一種の立場から観察したり、評価したり、解釈したりしなければならない」（「須永の話」二十九）と語っている。注目すべきはこの「一種の立場から」である。彼にとって、千代子を考察することと自分の「一種の立場」を考察することとは密接につながっている。その立場とは何か。たとえば、召使の作と千代子との比較がつぎのようになされる。

　僕は其度毎《たびごと》階級制度の厳重な封建の代《よ》に生れた様に、卑しい召使の位置を生涯の分《ぶん》と心得てゐる此作と、何んな人の前へ出ても貴女《レデー》として振舞つて通るべき気位を具へた千代子とを比較しない訳に行かなかつた。千代子は作が出て来ても、作でない外の女が出て来たと同じ様に、なんにも気に留めなかつた。作の方では一旦起《た》つて梯子《はしご》

> 段《だん》の傍迄行つて、もう降りやうとする間際に屹度振り返つて、千代子の後《うしろ》姿を見た。（……）僕から云はせると、既に鎌倉を去つた後猶高木に対しての嫉妬心が斯う燃えるなら、それは僕の性情に欠陥があつたばかりでなく、千代子自身に重い責任があつたのである。相手が千代子だから、僕の弱点が是程に濃く胸を染めたのだと僕は明言して憚《はばか》らない。では千代子の何の部分が僕の人格を堕落させるのだらうか。夫は到底も分らない。或は彼女の親切ぢやないかとも考へてゐる。（「須永の話」三十）

須永の考える封建的な階級差は、作と千代子との関係のみではない。須永が同時にあぶりだそうとしているのは、生母と育ての「母」とのあいだに存した階級差である。生母像に迫る手段を持たないのであるから、それと似た関係性にある女性同士の状況から連想し、考えてみようとするのは当然の思考方法である。「比較しない訳に行かなかった」という語り口にそれがよく表れている。

千代子が「貴女」であることの再発見がすなわち、生母の「卑しい召使の位置」の再確認となっている。そうであるがゆえに、相手が千代子だから自分の「弱点」を「濃く胸を染めた」と言われるのだ。とくに彼女の「親切」が須永の人格を堕落させるとは、千代子の振る舞いこそが、生母の劣等と須永自身の劣等とをたえず再認識させるという判断であろう[10]。

千代子に教えられた、「観音」を想像してみるという行為によって、須永は生の根源へ遡行しはじめる。ただし、生母の観想にさいし、千代子が利用できてしまう点に、須永の苦痛と当惑とがある。『彼岸過迄』に仕掛けられた、髪を結う女性をめぐる経路は複雑に編まれているといってよいだろう。

# 第四節　解き放たれる記憶

「雨の降る日」の最後は、家中五人の声で終わっている。それを分析することで、須永の複数の記憶にある印象または観念がたがいに結びあう瞬間を見出したい。


やがて家内中同じ室で昼飯の膳に向つた。「斯うして見ると、まだ子供が沢山ゐるやうだが、是で一人もう欠けたんだね」と須永が云ひ出した。

「生きてる内は夫程にも思はないが、逝かれて見ると一番惜しい様だね。此所にゐる連中のうちで誰か代りになれば可いと思ふ位だ」と松本が云つた。

「非道いわね」と重子が咲子に耳語《ささや》いた。

「叔母さん又奮発して、宵子さんと瓜二つの様な子を拵えて頂戴。可愛がつて上げるから」

「宵子と同じ子ぢや不可ないでせう、宵子でなくつちや。御茶碗や帽子と違つて代りが出来たつて、亡くしたのを忘れる訳にや行かないんだから」

「己は雨の降る日に紹介状を持つて会ひに来る男が厭になつた」（「雨の降る日」八）

ここには、松本の妻御多代による、千代子と松本へのたしなめが見える。須永は千代子によって再現された話で、父母にとって、とくに母にとって、子に代わりのないことを痛感した。

千代子の話によれば、宵子の生前最後の母子の会話は、宵子が母のいる所まで歩いて来て、「イボン〳〵と云」い、母が「あゝ好くかん〳〵が結へましたねと賞め」（「雨の降る日」二）たことである。ここから須永が感じうるのは言うまでもなく、実の子を失う母の苦しみと悲しみとである。彼にとってのふたりの「母」は両者とも、子から引き裂かれている。

生母は男の子を産んですぐにその子を須永家に引き取られた。生母からすれば、お産の傷も癒えないうちに暴力が振り掛かってきたといってよい。その苦しみが死に達したことは先にも触れたとおりで、「彼を生むと間もなく死んで仕舞つた」（「松本の話」六）とある。

須永の育ての母が、須永の父の種を宿した小間使に暇を取らし、子が生まれしだい引き取り「表向自分の子として養育した」（「松本の話」五）のは、松本によれば、「一つは自分に子の出来ないのを苦にしてゐた矢先だから、本気に吾子として愛《いつく》しむ考」（「松本の話」五）も手伝ったという。それらはすべて須永の育ての母の判断でなされたと須永は松本から聴く。しかしその後「妙《たえ》ちやん」という妹ができた。須永は敬太郎にそれをわざわざ語る。その子が須永の養母にとって実子であったのは、その子がジフテリヤで死んださいの、父の母への言葉、「まことに御前には気の毒な事をした」（「須永の話」四）から分かる。須永はそのときの母の「答へ」を覚えていないと言う。「いくら思ひ出さうとしても思ひ出せない所をもつて見ると、初から覚えなかつたのだらう」（「須永の話」四）と語っている。

小説が須永のこの言葉をわざわざ小説の一文章としたことの意味を考えたい。示唆されているのは、「母」の「答へ」が幼い須永に不審を抱かせるに足るものだったために、感覚的に締め出されたということである。ゆえに須永の記憶に残っていない。成長した須永がこの点に言い及ぶのは、記憶が隠蔽されてしまっているという感覚を持っていることを示す。

しかし、それをことさら取り上げて敬太郎に語る点に、須永の変化が提示されているのだ。自分の存在を脅かす言葉であったために忘却されたらしい言葉の周辺を須永は掘り起こす。その「妙ちゃん」という妹は須永のことを「市蔵ちゃん〳〵と云つて、兄さんとは決して呼ばなかつた」（「須永の話」四）と須永は語る。「市蔵ちゃん」と呼ばせていたのは須永の「母」であるという彼の判断であろう。ジフテリアに掛かったのが、ふたりの子のうち実子のほうであったことの「母」の不幸について、少年期はそれを思わせる言葉が周囲から洩れても意味づけられず、耳障りな不協和音として記憶から抹消されていた。しかし、松本の妻にとっての実子のかけがえのなさを千代子の話であらためて認識した須永は、ここで自己の封印を解く。

須永の話は、就職活動中の敬太郎に向かって行われる。それは第一に、敬太郎が千代子とのことを聴きたがるからである。もし妹の「妙ちゃん」が生きていたら、「母」は自分の姪にあたる千代子を娶るよう須永に催促したかという懸念がそこには潜む。敬太郎に語らない部分を核心として須永の語りは編成されている。

須永が自身の変化を思わせる話をする第二の理由は、敬太郎が須永の「退嬰《たいえい》主義」（「停留所」一）を難じるからだ。もし妹が生きていて、自分が私生児の扱いを受けていたら、田舎に田地のある敬太郎よりも就職活動に奔走しなければならない須永である。[11] 自身「自分の我儘は此財産のためにやつと存在を許されてゐるのだから余程腰の坐らない浅《あさ》墓《はか》なものに違ない」（「須永の話」五）と述べている。同時に「僕は如何なる意味に於ても家名を揚げ得る男ではない」（「須永の話」五）と言っているのも、小間使腹という自己の出生に向きあった語り口である。自分にとって直視したくない事柄を見据えなおし、その核心の周辺部から敬太郎に向かって語り出す。千代子の言葉の重みを引き受けた須永の実践に他ならない。須永の語りの背後に潜まされたごく個人的な時間が、葛藤とともに提出されている。

## 第五節　思考の路

須永の思考がどのように動いたかを、『彼岸過迄』から取り出すことができる。この小説の時間は、読まれながら産出される。

「雨の降る日」という章を境にすれば、左側にふたりの「母」をめぐる言葉に出せないわだかまりについて、右側に、敬太郎が、就職活動の帰りの電車で「黒蛇の目」を持ち、赤ん坊を負ぶった不思議な格好の婦人に会うという出来事が据えられている。

此黒人《くろうと》だか素人だか分らない女と、私生児だか普通の子だか怪しい赤ん坊と、濃い眉を心持八の字に寄せて俯《ふし》目勝《めがち》な白い顔と、御召《おめし》の着物と、黒蛇の目に鮮かな加留多といふ文字とが互違に敬太郎の神経を刺激した時、彼は不図森本と一所になつて子迄生んだといふ女の事を思ひ出した。森本自身の口から出た、「斯ういふと未練がある様で可笑しいが、顔質《かおだち》は悪い方ぢやありませんでした。眉毛《まみえ》の濃い、時々八の字を寄せて人に物を云ふ癖のある」といつた様な言葉をぽつ〱頭の中で憶《おも》ひ起しながら、加留多と書いた傘の所有主を注意した。すると女はやがて電車を下りて雨の中に消えて行つた。(「風呂の後」十一)

森本は「餓鬼が死んで呉れたんで、まあ助かつたやうなもんでさあ。山神《さんじん》の祟には実際恐れを作してゐたんですからね」(「風呂の後」三)と言っていたという。父母にとっての死んだ子の存在、ならびに、「私生児」を生んだ母の存在といった、出生の秘密を知った須永なら耳を澄まさざるをえない内容が、敬太郎が須永に話したであろう話に出てくる。(12) それは「雨の降る日」より右側にある。左側にある須永にとっての大きな問題とあたかも重ねられるかのようである。すくなくとも須永の思考において両者は合体され、それぞれ他方の認識を深める手掛かりとなっている。

須永の思考の道筋についてさらに例を挙げよう。敬太郎が森本から聴いた話に、耶馬渓で、日暮に、「婚礼に行く時の髪を結つて、裾模様の振袖に厚い帯を締めて、草履穿《ばき》の儘たつた一人すた〳〵羅漢寺の方へ上つて行つた」（「風呂の後」三）女がいたという。(13) この「盛装した儘暗い所をたつた一人で上つて行つた」女を右に、左には須永の生母が島田髷を結っていたという松本の話が据えられている。両者を重ね合わせるのはむろん、須永である。成仏されていない生母があたかも婚礼衣装を身に付けたまま羅漢寺の方へ上っていくさまを須永は思い描いたであろう。

読者にとって髪を結った女性同士が重なり合うのは、『彼岸過迄』を「松本の話」の章まで読んでからである。だが、須永にとっては、千代子から、髪を結ったまま死んだ、観音のような死に顔を残した宵子の話を聴いた時点で、それを境に両者が重なるようになっている。

この小説は「雨の降る日」の章の右に、仏が方便として出すような謎めいた話が投げ出され、同章の左に、それと重ね合わせて意味づけ可能な話が配置されている。この形式がけしかけるのは、じつは、登場人物の思考を探索する読みである。もう一例出したい。須永が矢来の叔父の家へ行ったという留守に敬太郎は、須永の家を訪ね、須永の「母」からつぎのような話を聴く。

「ぢあ序《ついで》だから帰りに小日向へ廻つて御寺参りを為て来て御呉れつて申しましたら、御母さんは近頃無精になつた様ですね、此間も他《ひと》に代理をさせたぢやありませんか、年を取つた所為かしらなんて悪口を云ひ云ひ出て参りましたが、あれもね貴方、先達《せんだつ》て中から風邪を引いて咽喉《のど》を痛めて居りますので、今日も何なら止した方が可いぢやないかと留めて見ましたが、矢っ張若《ばり》いものは用心深いやうでも何処か我無《がむ》しやらで、年寄の云ふ事抔には一切無頓着で御座いますから……」（「停留所」十）

このくだりから須永の「母」が死んだ夫の墓参りを怠っており、須永がそれを遂行していると分かる。しかし、須永の「母」が夫の墓参りを怠るのはなぜか、また、その寺はなぜ小日向に設定されているのか、その訳について知らされない。読者は、「松本の話」の章まで読み、彼女の夫の浮気やその相手である小間使が出産してのちに死んだことを知り、父の墓のある寺が悪人、女人も成仏できると説く浄土教系寺の多い小日向にあり、かつ、須永の「母」が出向きたくない理由を解することができる。

敬太郎の思考もほぼそのように動く。須永に千代子とのロマンスを期待していた敬太郎は、千代子のことを話すよう須永に促す。須永はこのとき敬太郎へ、自己をとりまく性と生、死の真相について語り始めた。須永の敬太郎への語りは、言えない核心部の外堀である。そのため敬太郎は、須永の話から外されていた彼の真の生い立ちについて松本から聴き出すのである。

敬太郎としては、松本の話で須永の話の秘匿された部分を補い、須永のこれまでの行動を解するという軌跡をとる。すなわち、初めて須永の家に入る千代子の後ろ姿を見たとき思った「許嫁《いいなづけ》かな」（「停留所」二）という、結われた名づけをほどいてゆく作業である。千代子は宵子の髪を結い、自身の髪を島田に結って須永に見せており、須永の生母は島田に結っていたことがある。宵子の話を聴いて自身を語り出す決意をした須永の思考は、章と章とのあいだをさらにさかんに廻る。

須永、敬太郎の思考は双方とも、『彼岸過迄』の話のあいだを駆けめぐる。このような形式に駆り立てられ、敬太郎は、本人から直接得られない解を手にする。読者もまた、解を求める敬太郎の捜索にしたがって「雨の降る日」を境に、行ったり来たり思考をめぐらす。表だって語られていない須永の生の源泉に押し迫るべく仕掛けられるのは、このような読書スタイルだ。こうしてようやく、最も肝要な小説内容としての須永の秘めた思いが立ち現れる。これが漱石によって試みられた新しい小説の方法である。

## 第六節　生成しつづける小説

前章で、須永が焼き場に持ってきた、宵子を焼く竈の鍵を「冷たい重い」（「雨の降る日」七）と思い出すのを反映できる三人称叙述が採られたと読み解いた。その骨あげの場面で、須永は重要な役割を果たしている。(14)

御坊《おんぼう》が三人出て来た。其内の一番年を取つたのが「御封印を……」と云ふので、須永は「よし、構はないから開けて呉れ」と頼んだ。畏まつた御坊は自分の手で封印を切つて、かちやりと響く音をさせながら錠を抜いた。黒い鉄の扉が左右へ開くと、薄暗い奥の方に、灰色の丸いものだの、黒いものだの、白いものだのが、形を成さない一塊《ひとかたまり》となつて朧気《おぼろげ》に見えた。御坊は「今出しませう」と断つて、レールを二本前の方に継ぎ足して置いて、鉄の環に似たものを二つ棺台の端に掛けたかと思ふと、忽然《いきなり》がら〳〵といふ音と共に、かの形を成さない一塊の焼残が四人の立つてゐる鼻の下へ出て来た。千代子は其なかで、例の御供に似てふつくらと膨らんだ宵子の頭蓋骨が、生きてゐた時其儘の姿で残つてゐるのを認めて急に手帛《ハンケチ》を口に銜《くわ》へた。（「雨の降る日」八）

須永が「黒い鉄の扉」を左右へ開く鍵を持っている。千代子の語りで、彼は取り出された宵子の「形を成さない一塊の焼残」をふたたび思い出す。そのとき彼はみずからの出生を知らなかった当時と違って、死んだ生母の「一塊の焼残」の観想を手繰りよせることになる。「観音様」（「雨の降る日」五）のような顔をしていた宵子の頭蓋骨は「其儘の姿」で残っていた。髪を結い、そして焼かれた宵子を思い起こすことで、須永はそこから観音扉を「左右へ開」き、島田髷を結っていたという情報しかない生母を思い描く決意に達したと考えられるようにしくまれている。

敬太郎、須永をはじめとする聴き手になる登場人物は、ある場所で手に入れた印象または観念を別の場所で手に入れた印象または観念と照らし、身体的に受けとめ、情緒を増幅し、さらに関連情報を求めて想像的に練り歩く。人生の最初期に取り逃がしてしまった生母との出会いについて声に出さずに尋ね歩く。

短編の連鎖する形式が持つ各編のあいだにある空白部にこそ、それらを結ぶ、声にならない叫びが隠されている。短編が連鎖するように見えても、じつは、登場人物の観念、印象がそれらを貫く。そのことは小説の表面上に明示されはしない。しかし、登場人物の観念、印象は、新たな関連情報を手に入れたら、必ず変わってゆく。書かれている以上のことを産出する小説の時間がここにある。漱石の小説は古典物理学の支配下にはない。ありうる可能性を含みこんだ多世界解釈のなかで動いている。

おそらく漱石はこのような書き方をすることで、登場人物の印象や観念を、一度与えられれば固定化されるものとしてではなく、むしろ、他者の語る話を聴いて日々更新し、持続してゆく運動として打ちだすことを目指していたのではないか。短編の連鎖形式とは、登場人物の観念、印象そしてそれらに附く情緒を挑発する装置である。

従来、須永が松本から出生の秘密を知らされ、卒業前関西への旅路に出たにもかかわらず、卒業後の暮らしぶりからして彼は何も変わっていないという点が指摘されてきた。(15) しかし、須永が変化を遂げられるのは、千代子の語りを聴いてなした、自己語りを終えてからである。彼は語ることで、千代子の苦痛に向きあい、顔の記憶を持っていない生母の像を様々な他者の言葉から拾い出し、自分の一語一語の背後に潜ませてゆく。前章で解説したとおり、五逆の者や正法を誹謗した者たちも「観無量寿経」ならば救われる。その救われる瞬間に「観世音」の光明や音声に出会う。須永は千代子の語りによって宵子という「観音」に出会う。彼はその光明や音声を、みずから語ることで、「雨の降る日」の章の右と左とで獲得した記憶へ届けるのだ。この小説には、「母」が「埋つてゐる」「寺」を知ることを断念した者の、逼迫した情緒が縫い込まれている。

到達できない現実を手に入れるのに、話と話とをつきあわせ、材料が探される。この小説はまずもって話に引き込まれる登場人物の動揺によってあつみを持ち、膨らんでゆく。読者が読みながら思わず行う短篇同士を突き合わせる作業はすなわち、逼迫したその者の思考と情緒とが走りまわる軌跡を追いかけていることと同じである。

この小説の形状は、人間の頭のなかで持続する内容を挑発する。一度記された言葉が登場人物や読者の頭のなかでさらなる成長を遂げる。これは生成しつづける小説という漱石の挑戦に他ならない。人間の思考が言葉を受けとったのち、さらなる屈折を重ね、発展してゆくその自然なありようが、小説によってけしかけられている。

（1）「彼岸過迄に就て」は、『東京朝日新聞』と『大阪朝日新聞』とに一九一二年（明治四十五年）一月一日に載る。『漱石全集　第十六巻』岩波書店、一九九五年、四八九頁。

（2）小倉脩三「『彼岸過迄』論の手がかりとして」（「漱石のウィリアム・ジェームズ受容について——『彼岸過迄』論の手がかりとして」『日本近代文学』二八集、一九八二年三月）『夏目漱石　ウィリアム・ジェームズ受容の周辺』一九八九年、一八七頁。

（3）酒井英行「『彼岸過迄』の構成」『国文学研究』第七五集、一九八四年三月、『漱石　その陰翳』一九九〇年、二一四—二一五頁。

（4）佐藤泉「『彼岸過迄』——物語の物語批判」『青山女子短期大学紀要』第五〇輯、一九九六年一二月、一三五頁。

（5）「観無量寿経」『真宗聖典』無我山房、一九一四年、九三頁。

(6) 経名に〈 〉を付した。

(7) 「無量寿経」巻の下にある。書き下し文にして引用する。「二の菩薩ありて最尊第一なり。威神の光明普く三千大千世界を照らす。阿難、仏に白《もう》さく。彼の二の菩薩、その号いかん。仏、言わく。一を観世音と名《なづ》け、二を大勢至と名く。これ二菩薩はこの国土において菩薩の行を修し、命終はりて転化して彼の仏国に生ず」(前掲『真宗聖典』三九頁)。

(8) 前掲「無量寿経」『真宗聖典』四二頁。

(9) 近世まで「法」といえば、この仏教語の「法」に他ならなかった。須永も敬太郎も法学部出身だが、まめに小日向の寺へ墓参りをする須永には、「仏法」についての問題意識が色濃くあると考えられる。

(10) 手近な千代子という材料が、千代子と無関係なことがらを考えさせる手掛かりになってしまう。そういった類推は根拠もなく行われる。須永が話す「ダヌンチオ」(「須永の話」十二)や「ゲダンケ」(「須永の話」二十七)はその例である。

(11) 須永が就職の心配をしないでいられるのは、生前の須永の父が軍の主計官であり、貨殖の道に明らかだったために残した財産ゆえである。小森陽一は、須永の父が国債の発行に関わっていただろうことを述べ、そのノウハウは親戚にも受け継がれていただろうと見抜いている。「漱石文学と植民地主義」『国文学』第四六号、二〇〇一年一月。

(12) 先行研究において、聴き手としての敬太郎の意義付けがなされてきた(山田有策「『彼岸過迄』敬太郎をめぐって」『別冊国文学 夏目漱石必携Ⅱ』一九八二年一〇月、石原千秋「語ることの物語——夏目漱石『彼岸過迄』」『國文学 解釈と鑑賞』一九九一年四月(『反転する漱石』青土社、一九九七年)、須田喜代次「『彼岸過迄』論——聴き手としての敬太郎」『国文学言語と文芸』一九九二年四月、工藤京子「変容する聴き手——『彼岸過迄』の敬太郎」『日本近代文学』一九九二年五月)。しかし、私は、敬太郎は聴き手であると同時に、話し手であることにもっと注目しなければならないと考える。この女の蛇の目は、「加留多」と書かれた傘なのだが、敬太郎が田口の二人の娘と、「例になく長い時間を、遠慮の交らない談話に更かしたのは、正月半ばの歌留多会の折であった」(「雨の降る日」一)とあり、そこで、千代子、百代子から歌留多取りの下手さを言われた敬太郎が、挽回のために、この女の話をした可能性は高い。須永もその場に居あわせ、敬太郎のその話を聴いて内心衝撃を受けたと思わせる。

(13) 羅漢寺は曹洞宗である。曹洞宗を開いた道元は、浄土宗の開祖である法然と同じく、霊山などの女人禁制を強く批判し、否定した(前掲『岩波 仏教辞典 第二版』七九九頁)。

(14)　逆縁になるので、松本は来ていない。須田喜代次「『彼岸過迄』論——聴き手としての敬太郎」『国文学　言語と文芸』一〇八号、一九九二年、八五頁。

(15)　秋山公男「『彼岸過迄』試論——「松本の話」の機能と時間構造」『国語と国文学』第五八集第二号、一九八一年二月、(『漱石文学論考——後期作品の方法と構造』桜楓社、一九八七年)。

# 第九章　浄土真宗と日蓮宗とのあいだの『心』の振幅

## 第一節　相克する思想

言葉は静態的にも動態的にもなる。漱石は登場人物を言葉の活発な運動のなかへと巻きこむことを重視した。言葉のみで世界を組み立てる小説家は何よりもまず、登場人物に生命を与えたい。そのためには言葉がなす行為性に出会わせたい。本章は、小説『心』[1]に言葉の振動がいかに与えられているかを見極める。

『心』の「先生」ならびに「K」の学生時代は一九〇〇年代前半（明治三十年代半ばごろ）である。そのころ、新仏教運動が実を結びつつあった。廃仏毀釈以降、国家との癒着を図ろうとした教団仏教から絶縁し、宗教をみずから選びとる運動が活字のうえでも見てとれるようになっていた。一九〇〇年（明治三十三年）には、境野黄洋、高嶋米峰《べいほう》によって結成された仏教清徒同志会による雑誌、『新仏教』が創刊された。一九〇一年（明治三十四年）には、清澤満《まん》之《し》[2]の掲げる精神主義運動の中軸であった多田鼎《かなえ》、佐々木月樵《げっしょう》、暁烏《あけがらす》敏《はや》などによって『精神界』が創刊された。清澤満之の宗教実践においては親鸞の教えに従い、内なる信仰が重視される。とりわけ、禁書同然にされてきた「歎異鈔」の再発見の功績は大きい[3]。さらに、一九〇五年（明治三十八年）、伊藤証信《しょうしん》、安藤現慶《げんぎょう》によって『無我の愛』が創刊される。この無我愛運動の拠点、巣鴨の無我苑には、清澤満之、佐々木月樵、森田草平が訪れた(4)。

小宮豊隆によれば『心』の「先生の遺書」は「罪を犯すに至る迄の経過」ばかりが書かれ、「「先生」の内面の経過」が「示されてゐない」という。また、先生は自分の心を砕くことができていないがゆえに、「宗教的の主題を取扱つてゐながら、少しも宗教的の気分を持つてゐない」という(5)。これは妥当な見解だろうか。

『心』の遺書はそもそも「先生」によって「あなたから来た最後の手紙」（五十五）への「返事」として書かれた。自分の内面の経過を示さないのは、手紙であれば尋常なことだ。相手の要望に応えることが先決事項となるからである。青年の「私」は先生に自分の「疑惑」（十五）を解いてほしいと暗に要求していた。「先生の人間に対する此覚悟は何処から来るのだらうか」（十五）と。また、「先生の話のうちでたゞ一つ底迄《そこまで》聞きたかつたのは、人間がいざといふ間際に、誰でも悪人になるといふ言葉の意味であつた。単なる言葉としては、是丈でも私に解らない事はなかつた。然し私は此句に就いてもつと知りたかつた」（二十九）と。この青年の手記は、先生からの手紙を読んだ後に書かれているため、手紙の読み手である彼が先生の手紙から刺激を受けた言葉遣いとなっている。

手紙にはこのように相互依存関係がある。すでに当事者間で持たれている情緒に拠りながら何らかの観念や印象が届けられる。このことを考慮に入れなければ、先生の遺書が、明示的にではなくても、示唆する事柄を読みとれない。Kの遺書をも先生は「手紙」（百二）と呼ぶ。しかもKの手紙には肝心なことが略されていると言う。わずかな字数の遺書しか残さなかったKによって書かれなかったKの生きざまが、先生の手紙では書かれたという含意があろう。先生の遺書のつぎのようなくだりを見よう。

Kは真宗寺に生れた男でした。然し彼の傾向は中学時代から決して生家の宗旨に近いものではなかつたのです。教義上の区別をよく知らない私が、斯んな事をいふ資格に乏しいのは承知してゐますが、私はたゞ男女に関係し

た点についてのみ、さう認めてゐたのです。（九十五）

たしかに、遺書を書いている当人の内面と直接関係のない述懐である。しかしながら、手紙として、青年の「私」に応えうる内容だから記されているに違いない。本章では、先生が伝えようとしたKの精神傾向について読み解き、(6)青年に何が与えられたかを論証する。同時にその証明の過程において、『心』がどのような歴史的言葉をどのように引き継ごうとしているのかを明らかにしたい。

Kと先生とは大学二年から三年へと移る夏休みに、房州旅行へ出かける。その折りのことがつぎのように書かれる。

まだ房州を離れない前、二人は小湊といふ所で、鯛の浦を見物しました。もう年数も余程経つてゐますし、それに私には夫程興味のない事ですから、判然とは覚えてゐませんが、何でも其所は日蓮の生れた村だとか云ふ話でした。日蓮の生れた日に、鯛が二尾磯に打ち上げられてゐたとかいふ言伝へになつてゐるのです。（……）彼は鯛よりも却つて日蓮の方を頭の中で想像してゐたらしいのです。丁度其所に誕生寺といふ寺がありました。日蓮の生れた村だから誕生寺とでも名を付けたものでせう、立派な伽藍でした。Kは其寺に行つて住持に会つて見るといひ出しました。（……）其時分の私はKと大分《だいぶ》考が違つてゐましたから、坊さんとKの談話にそれ程耳を傾ける気も起りませんでしたが、Kはしきりに日蓮の事を聞いてゐたやうです。（……）Kはそんな事よりも、もつと深い意味の日蓮が知りたかつたのでせう。坊さんが其点でKを満足させたか何うかは疑問ですが、彼は寺の境内を出ると、しきりに私に向つて日蓮の事を云々し出しました。（八十四）

Kの昂奮を誘う「日蓮」の思想と行動について概観しておこう。日蓮は法華経こそが最高の経典であり、それに拠らない者に対して不寛容な、「あれか―これか」の二者択一のきびしい選択を迫る実践を行った。彼は「折伏《しゃくぶく》」という方法を採った[7]。日蓮は謗法、すなわち正法を謗る者の罪が最も重いとする[8]。なかでも浄土教の念仏を真っ先にとりあげて折伏の鉾先を集中した。一二六〇年（文応元年）に鎌倉で書かれたという『立正安国論』には、法然の『選択本願念仏集』や彼の思想に対して厳しい批判が連ねられている[9]。法然の『選択集』のせいで、釈尊を忘れて西方浄土の阿弥陀を貴び、東方浄土の尊師をないがしろにしているという[10]。

日蓮は一二五四年（建長六年）に故郷の安房国小湊に帰る。このときかつて十二歳から十六歳まで過ごした清澄《せいちょう》寺で「南無妙法蓮華経」と唱えたとされ、日蓮宗ではそれをもって立教開祖とする[11]。日蓮は故郷の地で念仏排撃を中核とする宗教活動を開始した。しかし、当時、急速にその地に勢力を拡大していた地頭東条氏の総領、東条景信《とうじょうかげのぶ》は、念仏門の信徒であったため、激しい抗争関係になる。日蓮の師、清澄寺の道善房《どうぜんぼう》も阿弥陀仏に帰依していた。清澄寺での日蓮の説法が地頭東条景信の反感を招き、道善房はやむをえず日蓮を勘当するという事態に至る。東条景信は天台宗であった清澄寺と二間寺とを念仏宗に改宗させようとしてきた。しかし日蓮は清澄寺の大衆を激励して合戦を起こさせ、阻止する。これらによって日蓮はいよいよ景信の憎しみを買い、東条郷立入禁止を命ぜられ、鎌倉へ行くことになる。

## 第二節　宗教対立の場

その追放から十年以上が経ったため、日蓮は故郷に帰った。一二六四年（文永元年）のことである。同十一月、弟子、信者とともに日蓮が小湊を歩いていた折り、東条景信らの襲撃を受ける。日蓮の四度の大難に数えられる、いわゆる小松原法難である。その後、日蓮はまた故郷を追われた[12]。Kと先生とが訪れるのは、この浄土教と日蓮宗とのぶつかりあった地なのである。

　たしかその翌る晩の事だと思ひますが、二人は宿へ着いて飯を食つて、もう寐やうといふ少し前になつてから、急に六づかしい問題を論じ合ひ出しました。Kは昨日自分の方から話しかけた日蓮の事に就いて、私が取り合はなかつたのを、快よく思つてゐなかつたのです。精神的に向上心がないものは馬鹿だと云つて、何だか私をさも軽薄もの丶やうに遣り込めるのです。ところが私の胸には御嬢さんの事が蟠《わだか》まつてゐますから、彼の侮蔑に近い言葉をたゞ笑つて受け取る訳に行きません。私は私で弁解を始めたのです。（八十四）

「其時私はしきりに人間らしいといふ言葉を使ひました。Kは此人間らしいといふ言葉のうちに、私が自分の弱点の凡てを隠してゐると云ふのです。成程後から考へれば、Kのいふ通りでした。然し人間らしくない意味をKに納得させるために其言葉を使ひ出した私には、出立点が既に反抗的でしたから、それを反省するやうな余裕はありません。私は猶の事自説を主張しました。するとKが彼の何処をつらまえて人間らしくないと云ふのかと私に聞くのです。私は彼に告げました。——君は人間らしいのだ。或は人間らし過ぎるかも知れないのだ。けれども口の先丈では人間らしくないやうな事を云ふのだ。又人間らしくないやうに振舞はうとするのだ。

　私が斯う云つた時、彼はたゞ自分の修養が足りないから、他《ひと》にはさう見えるかも知れないと答へた丈で、一向私を反駁《はんばく》しやうとしませんでした。（八十五）

この地でKと先生とが交わす会話の意味を解読したい。仏教には聖道門と浄土門との二つがある。聖道門とは、自らの修行によって仏の境地に到達する道である。天台、真言、禅に加え、日蓮宗もこちらに属する。戒律を保つことが前提になる。浄土門とは、阿弥陀如来の本願によって救われることを信じて念仏を称《とな》える凡夫《ぼんぷ》の道である。(13) 浄土宗、浄土真宗がこれにあたる。浄土教の祖師道綽《どうしゃく》は末法の今、聖者の道である聖道門では悟りがたいとし、浄土門によることを提唱した。親鸞の師、法然はその道綽の思想を受け継ぎ、『選択本願念仏集』で「聖道門を閣《さしお》きて、選んで浄土門に入《い》れ」と呼びかけた。(14)

煩悩をたちきり修行を重ねる聖道門とは自力によって悟りを得る困難な門である。Kが自分に「精進」「修養」を課し、かねてから目指していたのはこちらの「道」（七十三）であった。(15)

ところが、先生から「君は人間らし過ぎるかも知れないのだ。けれども口の先丈では人間らしくないやうな事を云ふのだ。又人間らしくないやうに振舞はうとするのだ」と言われ、「自分の修養が足りないから、他にはさう見えるかも知れない」と答え、「沈んで」ゆく。とうとう彼は「悵然《ちょうぜん》」（八十五）つまり悄然となった。このことは何を意味するか。彼に絶ちきれない煩悩があり、先生による「君は人間らしい」という指摘が当たっているということであろう。

先生は奥さんと御嬢さんのいる家にKを呼び寄せた理由をこう述べる。「私は何を措いても、此際彼を人間らしくするのが専一だと考へたのです。（……）私は彼を人間らしくする第一の手段として、まづ異性の傍に彼を坐らせる方法を講じたのです。さうして其所から出る空気に彼を曝《さら》した上、錆び付きかゝつた彼の血液を新らしくしやうと試みたのです」（七十九）。先生がKを「人間らしく」する目的が成功しつつあったことが房州でのKの様子に示されている。

## 第三節　宗教的転回

真宗寺の生まれであったKが、日蓮誕生の地で、押し隠していた「人間」らしさを指摘される。

彼の調子もだん〳〵沈んで来ました。もし私が彼の知つてゐる通り昔の人を知るならば、そんな攻撃はしないだらうと云つて悵然としてゐました。Kの口にした昔の人とは、無論英雄でもなければ豪傑でもないのです。霊のために肉を虐げたり、道のために体を鞭《むち》つたりした所謂難行苦行の人を指すのです。（八十五）

先生はKの言う「昔の人」を「難行苦行の人を指す」と解釈している。たとえば日蓮なら、述べたように不正を憎む不寛容な思想を持ち、念仏無間《むげん》・禅天魔・真言亡国・律国賊という著名な四箇格言《しこかくげん》を掲げ、戦闘的な折伏をいたるところで展開した。(16) 武装は否定されない。とりわけ日蓮による念仏否定は甚だしく、それは旧仏教の立場に同調していたとすら言われる。(17) 日蓮はいわば攻撃する「昔の人」である。

他方、親鸞の思想はどうだろうか。清澤満之によって明治期に復活を遂げた「歎異鈔」を、漱石蔵書にある『真宗聖典』より引こう。「歎異鈔」は唯円《ゆいえん》が親鸞の言行を記した書と考えられている。

（……）自力作善《さぜん》のひとは、ひとへに他力をたのむこゝろかけたるあひだ、弥陀の本願にあらず。しかれども、自力のこゝろをひるがへして、他力をたのみたてまつれば、真実報土の往生をとぐるなり。煩悩具足のわれらは、いづれの行にても生死《しょうじ》をはなるゝことあるべからざるをあはれみたまひて、願をおこしたまふ本意、悪人成仏のためなれば、他力をたのみたてまつる悪人、もとも往生の正因なり。よて善人だにこそ往生すれ、まして悪人は、とおほせさふらひき。(18)

自力で往生できない悪人であると自覚することの肝要さを説く。親鸞は煩悩具足の人間を直視して声を挙げた。(19) 人間の「こゝろ」に関して画期的な思想が変革の時代に生まれたのである。

Kは「人間らしさ」を隠しもつという先生の「攻撃」に沈んでゆく。そのときKが連想して口にする「昔の人」とは、自分には難行苦行を課し、庶民には浄土門を説いた親鸞がふさわしいのではないだろうか。Kに大きな転回が起きたと示されているのだ。峻厳で排他的な日蓮の思想から、「愚禿」と称した親鸞による思想へ。(20) 人間すべてが人間であるという人間性肯定の立場によって庶民仏教を樹立した親鸞の思想の再発見。Kはこの房州という場で、生家の浄土真宗への回心をなしたと思われるのである。

Kの内面世界における宗教対立と、歴史的な事実とを、その場所において一致させ、大きな問題を個人的問題として再燃させる。漱石がこのように小説を組み立てたのだということを強調しておきたい。

## 第四節　親鸞の思想

親鸞思想を導入してこの小説を考えてみるにあたり、紹介しておきたい事実がある。森田草平によれば、安藤現慶が、一九一一年（明治四十四年）ごろから漱石の木曜会に出入りするようになった。安藤は漱石に親鸞の著書と研究を読むようすすめたらしい(21)。漱石の依頼に応じて、安藤は「ただちに自分が持っているかぎりの上人に関する書物を持参して、先生に御覧に入れた」という。

そこで注目したい書物がある。一九一〇年（明治四十三年）に佐々木月樵の編纂で発行所無我山房から刊行された『親鸞伝叢書』である。森田草平の紹介で木曜会の常連となった安藤現慶が漱石に貸したであろう親鸞関係書籍のうちの一冊である。

その『親鸞伝叢書』に目を惹く伝がある。真宗高田派に伝わったという「親鸞聖人正明伝(22)」である。年代記的に親鸞の人生が語られる。なかでも親鸞二十六歳の時の逸話に注目したい。親鸞は京都から比叡山に帰る途中、比叡山の麓の赤山禅院で不思議な女性と出会う。彼女は私も比叡山に参詣したいので、連れていってほしいと言う。親鸞は女人禁制であるからそれはできないと断る。

> 女姓、範宴《はんえん》の御衣にすがり、涙の中に申けるは、さてちからなき仰をも聞くものかな、伝教ほどの智者、なむぞ「一切衆生悉有仏性」の経文を見たまはざるや。そもそも、男女は人畜によるべからず、若《もし》この山に鳥獣畜類にいたるまで、女と云ふものは棲まざるやらむ。円頓《えんどん》の中に、女人ばかりを除かれなば、実の円頓にあらざるべし。十界十如《じっかいじゅうによ》の止観《しかん》も、男子に限るとならば、十界皆成は成ずべからず。『法華経』に「女人非器」とは説《とき》ながら、龍女が成仏は許されたり。（……）御僧は末代の智人なるべし。よも此理に迷ひたまはじ。（……）木蔭に立《たち》かくれて失せ去りぬ(23)。

その知的な女性が言うには、伝教＝親鸞ほどの智者が「一切衆生悉有仏性」の経文を御覧になったことがないのか。この山に鳥獣畜類にいたるまで女というものは棲んでいないのか。円頓（円満円融で仏果をたちどころに極めること）のなかに女人ばかりを除けば、本当の円頓でないはずだ。[24] 親鸞は一言も反論できなかった。親鸞はその後、比叡山を下山し、聖徳太子の建立した六角堂に入る。

六角堂での出来事は、漱石の所蔵していた『真宗聖典』の「本願寺聖人親鸞伝絵」に記されている。「本願寺聖人親鸞伝絵」は親鸞の曾孫にあたると言われる覚如《かくにょ》の作である。「親鸞伝絵」上の第三段から引こう。

> 建仁三年癸亥四月五日夜寅の時、上人夢想の告ましく〱き。かの記云《きにいわく》。六角堂《ろくかくどう》の救世菩薩、顔容端厳《たんごん》の聖僧の形を示現《じげん》して、白衲《びやくのう》の袈裟を著服《ちやくぶく》せしめ、広大の白《びやく》蓮華に端坐して、善信に告命《ごうみよう》してのたまはく、行者宿報設女犯《ぎやうじやしゆうほうせちによぼん》、我成玉女身被犯《がじようぎよくによしんひぼん》、一生之間能荘厳《いちしやうしけんのうしやうごん》、臨終引導生極楽文《りんじゆいんどうしやうごくらくといえり》。救世菩薩善信《ぜんしん》にのたまはく。これはこれわが誓願なり。善信この誓願の旨趣《ししゆ》を宣説《せんぜち》して、一切群生《ぐんじよう》にきかしむべしと云云。爾時《その》善信、夢中にありながら、御堂の正面にして、東方をみれば、峨々たる岳山あり。その高山に、数千万億の有情《うじよう》群集せりとみゆ。そのとき告命のことく《ママ》、此文のこゝろを、かの山にあつまれる有情に対して、説《とき》きかしめ畢《おわる》とおぼえて、ゆめさめ畢《おわりぬと》云云。[25]

Kと先生とは「新潟」（十二）出身で子どものころからの「同郷」（七十三）である。[26] 先生はKのことを「真宗の坊さんの子」と説明し、「私の生れた地方は大変本願寺派の勢力の強い所でした」（七十三）と書いている。本願寺の実質的な開創者はこの「親鸞伝絵」の作者、覚如である。[27] したがって、Kにもまたおそらく先生にも、なじみのある絵と文がこれなのだ。

無我山房から一九一一年（明治四十四年）四月に刊行された『親鸞聖人御伝鈔講話』では浩々堂同人十三人が手分けして「親鸞伝絵」に詳しい解説を付ける。その書には、浅草本願寺の所蔵になる御伝絵が挿入されており、安藤枯山より漱石に渡された可能性のある書物のうちの一冊である。右に挙げた部分は第四章「救世の告命」で字解され、加藤智学の解説が付される(28)。

親鸞が六角堂にこもって百日の祈念をしていたとき救世観音が現れて告げたという。いわゆる「女犯の夢告(29)」が記される。あなたが宿因から女犯をなすことがあるなら、私、観音が玉女の身になって肉体の交わりを受け、一生のあいだよくあなたの身を守り、臨終には引き導いて極楽に生まれさせるという。直接的にはこれが思想的動機となり、親鸞は女人への敬意から妻帯を決意する(30)。よく知られるように、親鸞は「弱い人間」であるとの自覚を抱き、自力から他力の世界へ転入してゆく。その契機に、「親鸞聖人正明伝」に伝えられる、比叡山の麓の赤山禅院で会った女性の言葉、ならびに、「本願寺聖人親鸞伝絵」に記された救世菩薩の霊告があった。

親鸞に思想の転回を促した、赤山禅院の女性の言葉に、「なむぞ「一切衆生悉有仏性」の経文を見たまはざるや」があると見てきた。それは「涅槃経」にある経文である。親鸞が長年書き継いだ『教行信証』の「真物土巻」は「涅槃経」の考察に捧げられている。「涅槃」とは「浄」のことだと親鸞は説き、迦葉《かしょう》菩薩と仏との対話を紹介する。注目したいのは『教行信証』のつぎの行文である。

> 未来の身浄《しんじょう》なるがゆへ《ママ》に仏性ととく。世《せ》尊仏《そんぶち》の所説《しょぜち》の義のごとし。是《かく》の如きのもの、何が故ぞときて一切衆生悉有仏性とのたまへると。善男子《ぜんなんし》、衆生の仏性は現在に無なりといへども無といふべからず。虚空のごとし。性《しょう》は無なりといへども、現在に無といふことをえず。一切衆生また無常なりといへども、而もこれ仏性は常住にして変なし(31)。

親鸞が説明するのは、「涅槃経」で世尊が「一切衆生悉有仏性」と述べたことについてである。仏が「未来の身が清浄だから、仏性」と説くと、迦葉菩薩が訊く。「どうしてまた、一切の衆生に仏性があると説かれたのですか」。仏は「善男子よ、仏性が現在にないからといって、無いといってはならない。それは虚空のようなものだ。本体はなくても、現在に無いということはできない。一切衆生は無常だけれども、仏性は常住で変わりないのだ」と言った。このように親鸞は「一切衆生悉有仏性」の意味を説明する。

実際に「涅槃経」から親鸞の説く部分を引いてみよう。『大般《だいはつ》涅槃経』第八巻の「如来性品」第十二に迦葉菩薩と仏との対話がある。

一切衆生悉有仏性。即是我義。如是我義従本已来。常為無量煩悩所覆。是故衆生不能得見。[32]

[書き下し文]

一切衆生に悉く仏性有りとは、即ち是れ我の義なり。是くの如き我の義は本より已来《このかた》、常に無量の煩悩に為《よ》りて覆はる。是の故に衆生は見ることを得る能はず。

善男子衆生仏性亦復如是。一切衆生不能得見。如彼宝蔵貧人不知。善男子。我今普示一切衆生所有仏性為諸煩悩之所覆蔽。如彼貧人有真金蔵不能得見。[33]

[書き下し文]

善男子よ、衆生の仏性も亦復《ま》た是くの如く、一切衆生が見るを得る能はざること、彼の宝蔵を貧人の知らざるが如し。善男子よ、我れは今、普く一切衆生に有る所の仏性は諸もろの煩悩に為《よ》りて覆蔽《ふくびょう》せらるること、彼の貧人が真金の蔵有れども見るを得ること能はざるが如しと示せり。

衆生の仏性は煩悩に覆われて見えないだけだと言われている。男女を問わずすべての衆生に「仏性」はあるのだとされる。

親鸞の『教行信証』はそこにこだわる。親鸞は、比叡山の麓という、延暦寺天台宗と俗世とがせめぎあう場で出会った知的な女性の問いかけに生涯を掛けて答えていこうとし、その修練を最終的に浄土真宗の宗旨として鍛え上げていった。

## 第五節 「人間」という思想

先生の書くKの「悟」りには、第一にKの当時抱きはじめた悟り、第二に先生が当時Kに見た悟り、第三に遺書を書く先生がKを思い起こして気づく彼の悟りの三種類がある。第三の悟りを問題にしたい。下宿に呼んできたころのKを先生はつぎのように描写する。

彼〔注・K〕は自分以外に世界のある事を少しづゝ悟つて行くやうでした。彼はある日私に向つて、女はさう軽蔑すべきものでないと云ふやうな事を云ひました。（七十九）

先生が当時考え及ばなかったKの真実について後から思うことがあったからこそ、わざわざ「悟つて」と表記するのではないだろうか。小湊でKに真宗の再発見という回心が起こったと読みとれるよう記された。その前段に、このKの心境と言葉とが記されるのだ。

「御嬢さん」への敬意を抱くようになったKが房州で、親鸞の思想を思い出す。その後、Kにとってこの恋愛が、思想的意義をもって立ちのぼる。Kにとってそれは「人間らしさ」を隠しもつ自分の内側を意識化する契機であった。先生はその経過について遺書執筆時には把握できている。

Kは親鸞が至った局面と同じ局面に至り、親鸞が思想を打ち立てた契機について内省してしまう所に立った。彼に、生家真宗寺の「浄土門」の思想が再浮上する。煩悩に覆われて「仏性」があるという、浄土教の考え方である。Kは先生にその恋を告白して後のある日、先生を連れだし、恋愛の淵に陥った自分について「何う思ふ」（九十四）と質問してくる。先生が「此際何んで私の批評が必要なのか」（九十四）と尋ねると、Kは「自分の弱い人間であるのが実際恥づかしい」（九十四）と言ったという。「人間らしく」（七十九）正されたKからすると、先生によって真宗を再発見させられ、愚かで「弱い人間」である自分を見つめ直させられたということであるため、「何う思ふ」と訊いたのだった。この出来事について先生は、Kの死後も毎月思い起こさずにはいられない。

先生がとりしきってKの遺骨を雑司ヶ谷に埋めた。そこに毎月墓参りに行くたびに、先生は「一切衆生悉有仏生《ママ》と書いた塔婆」（五）を目にする。[34] Kの生家の真宗寺から来たKの父や兄の先頭に立ってKを埋葬したのは先生である。親鸞『教行信証』で説かれる、「涅槃経」の「一切衆生悉有仏性」が先生を襲わないわけがない。先生はKの死後しだいに、女性を認め出したKの「悟」りと思想転回とについて理解を深めてゆく。Kの言葉とそこに関連する言葉とが目に耳に反響して已まない。「こゝろ」をめぐる言葉が効力を発揮しつづける。このようにして、小説『心』の時間はつながり、持続する。

## 第六節　反復する言葉

当時の先生には、Kのそのような思想転回の奥深い理由を考えてみることができなかった。だが、遺書を書いている時点では、本章が明らかにしてきたようなKの思想背景を先生は把握している。つぎのような遺書の構成からそう判断できる。先生はKの前に横たわる恋の行手をふせごうとして「「精神的に向上心のないものは馬鹿だ」と云ひ放ちました」（九十五）とあり、その後差し挟まれるのが、じつは、Kの生い立ちと彼の信条を紹介するくだりなのである。Kはすでに真宗の方へ回心しはじめていたと、遺書を書いている段階では察していることを示す構成である。当時はKが「生活の方向を転換」したと考え、阻止すべく動いた先生だった。しかしKの転換とは、じつは、思想の方向の転換であったことにようやく気付いたということだろう。

この述懐のあとに、ふたたび「精神的に向上心のないものは馬鹿だ」と二度もKに投げつけた「同じ言葉」が記され、「其《その》言葉がKの上に何う影響するかを見詰めてゐました」（九十五）と書かれる。親鸞の提起した人間らしさのほうを振り返ったKに対し、先生は「精神的に向上心のないものは馬鹿だ」という日蓮を思わせるかつてのKの言葉で折伏する。遺書の記述順序からいって、先生はそのように自身の行為を理解している。[35]

先生はいったん成功を収めたと考える。しかしながら自分がKに言った「君の心でそれを止める丈の覚悟がなければ」（九十六）の「それ」がKの心のうちで何を指したのかという小さな火種に固執するうちに、Kの「覚悟、――覚悟ならない事もない」（九十六）を間違えて解釈しはじめる。このKの言葉も直接話法となっている。つづいてこうある。

「覚悟」といふ彼の言葉を、頭のなかで何遍も咀嚼してゐるうちに、私の得意はだん〱色を失なつて、仕舞にはぐら〲揺《うご》き始めるやうになりました。私は此場合も或は彼にとつて例外でないのかも知れないと思ひ出したのです。凡ての疑惑、煩悶、懊悩、を一度に解決する最後の手段を、彼は胸のなかに畳み込んでゐるのではなからうかと疑ぐり始めたのです。さうした新らしい光で覚悟の二字を眺め返して見た私は、はつと驚ろきました。其時の私が若し此驚きを以て、もう一返彼の口にした覚悟の内容を公平に見廻したらば、まだ可《よ》かつたかも知れません。悲しい事に私は片眼《めつかち》でした。私はたゞKが御嬢さんに対して進んで行くといふ意味に其言葉を解釈しました。果断に富んだ彼の性格が、恋の方面に発揮されるのが即ち彼の覚悟だらうと一図に思ひ込んでしまつたのです。

私は私にも最後の決断が必要だといふ声を心の耳で聞きました。私はすぐ其声に応じて勇気を振り起しました。私はKより先に、しかもKの知らない間に、事を運ばなくてはならないと覚悟を極めました。（九十八）

「覚悟」という言葉はもともとKから先生へもたらされた。養家の意向に反し、無断で医学以外の道へ進んだKであったが、大学に入って三度目の夏にKは、「養家先へ手紙を出して、此方から自分の詐《いつわり》を白状してしまつたのです。彼は最初から其覚悟でゐたのださうです」（七十四）とある。

そのKの「覚悟」は、この小説の発表（『東京・大阪朝日新聞』一九一四年（大正三年）四月二十日より）と同時に発刊され始めた、山田三良を編集発行人とする雑誌『法華』（一九一四年（大正三年）四月二十日発行）発刊の辞に記されている日蓮の「覚悟」に呼応する。

日蓮上人に至りては『日本第一の智者たるべき』覚悟と、『一切衆生の苦を救ふべき』慈悲心とよりして一代蔵経を読破しえ、法華経の最勝なる所以を明にし、更に広宣流布すべき最初の国土としては、我が日本帝国以外世界にまた国無きことを断定し、自ら身を以て之が弘通の魁となれる者なり。(36)

Kの「修行」の目標に日蓮が掲げられ、養家に背く「覚悟」も生まれた。そこまで堅固な意志を持ち合わせない先生も気圧《けお》される。Kの行く「道」を擁護した分、責任を意識した経緯を先生はこう振り返る。「賛成の声援を与へた私に、多少の責任が出来てくる位の事は、子供ながら私はよく承知してゐた積です。よし其時にそれ丈の覚悟がないにしても、成人した眼で、過去を振り廻《かへ》る必要が起つた場合には、私に割り当てられただけの責任は、私の方で帯びるのが至当になる位な語気で私は賛成したのです」（七十三）。先生の「それ丈の覚悟」は、Kがもともと養家に白状するつもりだったという「覚悟」（七十四）を聴いて固まってきたとされる。

ところが先生はその後「覚悟」という言葉をまったく逆の意味で用いはじめる。「仏教の教義で養はれ」がんじがらめになったKを、また、養家ならびに実家との絶縁以降「一人で置くと益《ますます》人間が偏窟になるばかり」（七十七）であったKを、奥さんの反対を押し切って家に連れてくるとき先生はこの言葉をつぎのように用いる。「溺れかゝった人を抱いて、自分の熱を向ふに移してやる覚悟で、Kを引き取るのだ」（七十七）。

この言葉はKに対して責任を取る「覚悟」（七十三）を引き継ぎ、発せられている。だが、「覚悟」の意味は転換している。それは御嬢さんを愛する「自分の熱」の分け前をKに与える「覚悟」になった。するとK自身が用いた「道」のための「覚悟」とはつながりがなくなる。しかし先生の中では自然な連想で発展してきた。

Kがふたたび「覚悟」を用いて「覚悟、――覚悟ならない事もない」と言えば、先生の内側で進展してきた言葉であるだけに、その言葉は先生のなかで変貌を遂げる。先生の個人史において獲得された後のほうの、愛の熱を得る覚悟という意味が有力になる。「『覚悟』といふ彼の言葉を、頭のなかで何遍も咀嚼してゐるうち」（九十八）にその言葉はKからますます離れるのだ。この活写のために、「覚悟」を含むKの言葉は、直接話法で記された。[37]

Kからすれば、先生に「君の心でそれを止める丈の覚悟がなければ」（九十六）と言われ、一度は真宗の方へ回帰した自分の思想を、ふたたび日蓮宗をはじめとする戒律の厳しい聖道門へと向きなおさせられた。

夏目金之助「英国詩人の天地山川に対する観念」の載った『哲学雑誌』第八巻第七四号と第七六号には織田得能による「仏教ノ戒律」が掲載されている。それは一八九三年（明治二十六年）三月二十四日に哲学会で講演された内容だという。とりわけ五戒を記した次の行文に着目しておきたい。

第一に五戒トハ
一ニ不殺生戒（凡テ生物ヲ殺スヲ禁ス）
二ニ不偸盗戒（凡テ他ノ与ヘサル者ヲ取ルヲ禁ス）
三ニ不邪婬戒（凡テ他ノ婦女ト姦婬ヲ行フヲ禁ス）
四ニ不妄語戒（凡テ心口異同アルヲ禁ス）
五ニ不飲酒戒（凡テ茅尖ノ滴モ酒精ヲ喫スルヲ禁ス）(38)

先生によって「平生の主張」に押し戻され、自分の心で御嬢さんへの恋を「止める丈の覚悟」（九十六）を糺されたKにとって、先生と御嬢さんとの婚約を聴けば、この五戒の三にある「不邪婬戒」に自分が抵触していると思うだろう。

しかしながら、Kが先生の真意を見定めるなら、先生の言い放った「君の心でそれを止める丈の覚悟がなければ。一体君は君の平生の主張を何うする積なのか」が、言うことと思っていることとが背離している悪意ある物言いであったと理解する。Kは思わず、五戒の四の「不妄語戒」を対応させて、先生のその口調を振り返っただろう。

この遺書はKがあとから振り返って先生の「利己心の発現」（九十五）をどう見たかに意識的な文章である。ゆえに、裏切りを知った後のKの思考が想像できる書きぶりとなっている。

## 第七節　「作善」行為

先生の振る舞いの真相を知った自殺前のKの思考は、御嬢さんのいる家に自分を連れてきたのは先生だと遡ってゆく。Kからすると、「人間らしくする第一の手段として、まづ異性の傍に彼を坐らせ」られ、「錆び付きかゝつた彼の血液を新らしくしやう」（七十九）などというのは、余計な干渉にほかならない。しかも「一所に向上の路を辿つて行きたい」（七十六）どころか、その反対になった。真宗の教えを熟知していたであろうKが振りかえればすぐに先生のその行為を言い当てる語が脳裏に浮かぶ。

背後の思想から確認しよう。法然は『選択本願念仏集』のなかで、極楽浄土に往生する修行法を二つに分ける。「念仏往生」と「諸行往生」とである。(39)「念仏往生」は阿弥陀仏の名を称え極楽に往生することで、「諸行往生」は「作善《さぜん》」をなして往生することである。作善とは、仏や僧への供養、仏教的善行のほか、貧者、病者の救済など世俗的、社会的善行も入る。(40) 法然は「専修念仏」の立場からこの「作善」による「諸行往生」を批判した。

親鸞の「悪人正機」説は法然の考えを推し進め、なまじ自分を善人と思って、自力の作善に励む者よりは、悪人としての自己の本性を自覚して阿弥陀仏の本願他力にすなおに身をゆだねるものの方が極楽浄土に近いという。

先生は御嬢さんのいる家に連れてくる前のKについて養家と実家から経済的援助を絶たれ、自活する「窮屈な境遇」にいて、「神経衰弱に罹つてゐる」（七十八）と判断していた。そこへ手を差し伸べた先生の行為とはつまり、貧者かつ病者への「作善」以外の何ものでもないとみなしうる。

先生は遺書でKの墓は先生が建てたと告白している。先生の妻になった静によってその墓が褒められたことをこう記す。

其時妻はKの墓を撫でゝ見て立派だと評してゐました。其墓は大したものではないのですけれども、私が自分で石屋へ行つて見立たりした因縁があるので、妻はとくに左右云ひたかつたのでせう。私は其新らしい墓と、新らしい私の妻と、それから地面の下に埋められたKの新らしい白骨とを思ひ比べて、運命の冷罵を感ぜずにはゐられなかつたのです。私はそれ以後決して妻と一所にKの墓参りをしない事にしました。（百五）

堂塔を建立したり僧侶を供養したりすることのできる富と権力を持つ武家や貴族だけが善人として救われるとしていた貴族仏教に反逆し、念仏を称えさえすればよいと民衆仏教を樹立したのが法然であり、親鸞である。したがって、墓に金を掛けるのは典型的な「作善」に他ならない。

妻を墓参りに連れていかなくても、先生を追ってきた青年が、「一切衆生悉有仏生《ママ》と書いた塔婆」（五）を指し、話題にするならば、事態は同じだ。親鸞の思想からの連想で、先生は自分の「作善」が「冷罵」されているように感じる。

先述のように、Kの浄土真宗の再発見は、先生による、Kを「人間らしくする」（七十九）「作善」によって引き出された。にもかかわらず、先生は修行を重ねる方向へとKを追い返した。Kに御嬢さんと先生との結婚を知らせた時のKのさまを先生は奥さんから聞く。その後のKの様子を思い合わせて、こう考える。「おれは策略で勝つても人間としては負けたのだ」（百二）。先生を人間として見下げたであろうKが、死ぬ前に先生の言葉をたぐり直し、先生の「たゞ口の先で止めたつて仕方があるまい。君の心でそれを止める丈の覚悟がなければ。一体君は君の平生の主張を何うする積なのか」（九十六）を完全に読み換えて死んだであろうと先生は思う。

「覚悟」という言葉は、まず日蓮に共感するKの求道心として発せられ、つぎに先生から人間らしさをKにもたらすために用いられ、さらにKを修道へと押し戻す先生の利己心の発現となり、いったんはKに求道心を呼び起こすも、最終的に先生が人間として負けた証拠となって残った。

そうして流血の事態になり、Kの「人間の血」（百四）が唐紙に迸る。

> 私が夢のやうな薄暗い灯で見た唐紙《からかみ》の血潮は、彼の頸筋から一度に迸《ほと》ばしつたものと知れました。私は日中の光で明らかに其迹を再び眺めました。さうして人間の血の勢といふものの劇《はげ》しいのに驚ろきました。（百四）

Kも先生も「覚悟」という言葉に刳り抜かれて「人間」の位相を行き来する。「彼［注・K］の血液を新らしくしやう」（七十九）とした先生の「作善」によって、「覚悟」という言葉の意味とそれに伴う情緒とが揺れ動いた。「人間」と「覚悟」とは、先生に与えられ、先生の主体を構成しつつ、それを疎外する言葉となる。

## 第八節　情緒の振動

青年は先生から遺書を受けとり、先生の言葉を対面で受けとれなかったことについて痛切な思いに陥っただろう。先生は死んだのか否かを確かめようと手紙を「倒《さかさ》まに」（五十四）後ろから頁を剝ぐ。すると、つぎのような文字がすぐさま目に留まる。

私が死なうと決心してから、もう十日以上になりますが、その大部分は貴方に此長い自叙伝の一節を書き残すために使用されたものと思つて下さい。始めは貴方に会つて話をする気でゐたのですが、書いて見ると、却つて其方が自分を判然描き出す事が出来たやうな心持がして嬉しいのです。私は酔興に書くのではありません。私を生んだ私の過去は、人間の経験の一部分として、私より外に誰も語り得るものはないのですから、それを偽りなく書き残して置く私の努力は、人間を知る上に於て、貴方にとつても、外の人にとつても、徒労ではなからうと思ひます。（百十）

会って話せなかったがその分「書き残」すことができた。それは「人間の経験の一部分として」「人間を知る上」で「貴方」や「外の人」の益に供することができたと先生は記す。青年はこの一節を先に目にし、自分が先生に求めて已まなかった「人間」性の開示がこの遺書で遂げられたことを知る。

青年はかねて「先生は果して心の何処で、一般の人間を憎んでゐるのだらうか」（三十一）という疑問を抱いていた。冒頭で述べたように、彼は「先生の人間に対する此覚悟」（十五）の出処と先生の孤独に甘んじる覚悟について尋ねたい思いをつねに抱いていた。

先生の遺書では、青年によって「人間」一般に対する自分の憎悪を吐き出させられた会話がこう書かれる。

　あなたは未だ覚えてゐるでせう、私がいつか貴方に、造り付けの悪人が世の中にゐるものではないと云つた事を。多くの善人がいざといふ場合に突然悪人になるのだから油断しては不可《いけ》ないと云つた事を。あの時あなたは私に昂奮してゐると注意して呉れました。さうして何んな場合に、善人が悪人に変化するのかと尋ねました。私がたゞ一口《ひとくち》金《かね》と答へた時、あなたは不満な顔をしました。（……）けれども私にはあれが生きた答でした。現に私は昂奮してゐたではありませんか。私は冷《ひや》やかな頭で新らしい事を口にするよりも、熱した舌で平凡な説を述べる方が生きてゐると信じてゐます。血の力で体が動くからです。言葉が空気に波動を伝へる許でなく、もつと強い物にもつと強く働き掛ける事が出来るからです。（六十二）

青年は財産の話から追究し、「意外」な「自白」（三十）を先生にさせた。「私の過去を許《あば》いてもですか」（三十一）と先生は言う。青年の言語行為は先生には「私の腹の中から、或生きたものを捕まへやう」（五十六）としているように映っていた。遺書はそれへの「生きた答」（六十二）の続きだと明確に示されている。

したがって青年は先生が遺書で触れたこのときのことを自らの手記でも念入りに書かざるをえない。先生はこう言ったと彼は記す。「然し悪い人間といふ一種の人間が世の中にあると君は思つてゐるんですか。そんな鋳型に入れたやうな悪人は世の中にある筈がありませんよ。平生はみんな善人なんです、少なくともみんな普通の人間なんです。それが、いざといふ間際に、急に悪人に変るんだから恐ろしいのです。だから油断が出来ないんです」（二十八）。青年が「底迄聞きたかつた」のは、「人間がいざといふ間際に、誰でも悪人になるといふ言葉の意味」（二十九）である。彼はその疑問をどこまでも手放さなかった。

青年は自らの行為を振り返り、「精神的に癇性《かんしょう》」（三十二）と自称していた先生に対し、自分は「先生と人間らしい温かい交際が出来た」（七）という。たしかに青年のなした交際は先生に対し、治療のおもむきがあったであろう。だがそれは、先生にとって、「人間らしく」させたKの「人間の血の勢」（百四）をまざまざと思い起こさせるに十分だった。青年のなしたことは、先生のKに対する行為と質的に同じであった。(41)

先生にとって「覚悟」ならびに「人間」という語は痛烈な背景を持っていた。Kの放った「覚悟、――覚悟ならない事もない」（九十六）という言葉の判断を誤り、Kの言う「覚悟」を「人間らしさ」の意味で言われたものと勘違いしたのだった。このような過去を持つ先生に対して青年は「先生の覚悟は生きた覚悟らしかつた」(十五)と察知して追及した。「覚悟」という言葉で先生を探ることとは、「覚悟」という言葉に起因する事件ですでに死んだように生きている者に対し、最終的な引導を渡すことと異ならない。このように青年が照合したと読みとれるようこの小説はつくられている。(42)

青年は親鸞の思想をひもとく可能性すら示唆されていよう。(43) そして「人間がいざといふ間際に、誰でも悪人になるといふ言葉」(二十九)を追及する行為こそ先生を追い込んだと知る。手記に書いたのは自らの「作善」行為だ。小説に、登場人物も目にしている文字があるとき、当然、その文字は登場人物の思考や情緒が絡んだうえで読者に届けられる。遺書を受け取ることとは、言葉にならない隠された何かまで受け取ることである。言葉の背後に広がる個人的な歴史と個人を越えた歴史、それらは読み取ろうとする者の切望によって得られてゆく。掻き立てられた情緒が、小説の有限な言葉数を超えた観念と印象とを獲得することも織り込み済みである。

漱石小説に頻繁に見られる、登場人物から登場人物へと手紙が届けられる形式とは、情緒の運動を最大限に活かして、書きうること以上を盛り込む形式にほかならない。宗教的回心の現場が呼び込まれたこの小説は、歴史を貫いて受け渡されてきた情緒の振幅とともにある。

(1)『東京朝日新聞』と『大阪朝日新聞』に、一九一四年(大正三年)四月から同年八月まで連載された。

(2) 漱石宛子規書簡(明治二三年一月十八日付)で、「親鸞上人」と書いて清澤満之のことが指されていたという。また、『病牀六尺』で、同じ結核患者であった清澤満之が子規に宛てた書簡の紹介がなされている。

(3) 蓮如は親鸞の教えの中核を「正信偈」と「和讃」であるとし、「歎異鈔」を公開しようとしなかった。暁烏敏は『歎異鈔講話』冒頭で、清澤先生から「歎異鈔」の精読を勧められたとし、「明治仏教は本鈔によつて復活した、本鈔を明治の教界に紹介したのは清澤先生であつた」と述べる(『歎異鈔講話』無我山房、一九一一年(明治四十四年)、一頁)。

(4) 水川隆夫は浄土真宗の近代化運動と漱石の関わりについてまとまった論考を発表している(『漱石と仏教——即天去私への道』平凡社、二〇〇二年)。

(5) 小宮豊隆「漱石先生の『心』を読んで」『アルス』第一巻第四号、一九一五年(大正四年)七月、三、六頁。

(6) 以下の論考がKの精進について踏み込んだ考察をしている。水川隆夫はKの生家が真宗寺であったことに注目している(『漱石『こゝろ』の謎』彩流社、一九八九年、一三一頁)。木村功はKについて「日清戦争後の倫理的宗教的空気を吸収した青年像の典型」とする(「『こゝろ』論——先生・Kの形象に関する一考察」『国語と国文学』一九九一年七月、『夏目漱石『こころ』作品論集』(近代文学作品論集成 3)クレス出版、二〇〇一年、一六八—一七四頁)。

(7) 『日本思想大系 一四 日蓮』解説(戸頃重基執筆)、岩波書店、一九七〇年、五一八頁。

(8) 「立正安国論」『親鸞集 日蓮集』(日本古典文学大系82)、岩波書店、一九六四年、三一三頁。

(9) たとえば「主人曰く、「後鳥羽院の御宇に法然といふものあり、選択集を造る。則ち一代の聖教を破し、遍く十方の衆生を迷はす」」とある。前掲「立正安国論」、三〇〇頁。

(10) 前掲「立正安国論」三〇三頁。とくに注目されるのは、近年の災の原因を法然のせいに帰しながら、「涅槃の旨を弁へず」(三〇四頁)と非難している点である。日蓮も、涅槃経を法華経同様に頻繁に引いており、対抗意識がうかがえる。

(11) 日蓮宗において、法華経の題目を口誦することを「唱題《しようだい》」という。

(12) 大野達之助『日蓮』吉川弘文館、一九五八年、九—九三頁、および、川添昭二「日蓮の宗教の成立及び性格——鎌倉仏教研究序説」『日本名僧論集 日蓮』吉川弘文館、一九八二年、六—一三頁を参照した。

(13) 浄土教では「称《とな》える」とされる。「称名《しようみよう》」とは、阿弥陀仏の名号《みようごう》を称えることである。

(14) 『真宗聖典』無我山房、一九一〇年(明治四十三年)、一〇〇五頁。漱石の蔵書の『真宗聖典』は一九一三年(大正二年)の版である。引用本文は本書に拠る。法然は、中国僧善導による『観無量寿経疏』にある、いかなる人も一心に念仏を唱えれば阿弥陀仏の導きで極楽往生できるという教えを根拠に浄土宗を起こした。しかしそれは、旧来の寺院の僧侶たちが苦労して積み重ねてきた学問や修行、すなわち聖道門を否定することになり、旧仏教による激しい弾圧が行われた。

(15) 水川隆夫はKが実父への反感から「真宗の易行道を否定し、自力によって解脱しようとする難行道を選んだ」とすでに指摘している(『夏目漱石「こゝろ」を読みなおす』平凡社、二〇〇五年、一三二頁)。

(16)『日蓮』（日本思想大系14）、岩波書店、一九七〇年、五二六頁。
(17) 日蓮の念仏否定の理由は「興福寺の奏状」の専修念仏九箇条の失《とが》とほぼ同様であるとされる。前掲『日蓮』（日本思想大系14）五三〇頁。
(18) 前掲『真宗聖典』八〇三頁。
(19) 和辻哲郎によれば「業は人間をさまざまの行為に導くが、人は業に動かされながらも心を業の彼岸に置くことができる。すなわち念仏することができる。そうして彼の心が業の彼岸にある限り、言い換えれば彼が仏を念ずる限り、いかに彼が業によって悪行を造らせられるにしても彼はこの行為の真実の責任者ではない。だからこそ彼は、この悪行のために罰せられずして救われるのである」と言われる（「沙門道元」『新小説』一九二一年（大正十年）、『日本精神史研究』、岩波書店、一九九二年、二八七―二八八頁）。笠原一男によれば、親鸞は「業の深い人間として自分」を見つめ、「人間というものの本質を発見した」。「その人間こそ煩悩具足の人間であり、人間から煩悩というヴェールをはぎとることは不可能だということを発見した」という（『親鸞　煩悩具足のほとけ』日本放送出版協会、一九七三年、四一頁）。
(20) 親鸞は僧の身分を剝奪された自分を「愚禿」と称す。『教行信証』のすべての巻に「愚禿釈の親鸞の集」と記されている。前掲『真宗聖典』四四五―七四三頁。
(21) 漱石は安藤の熱心さにほだされて、「安藤君、親鸞上人はぼくも読んでみるからね。ついでがあったら、本を持って来て貸してくれたまえ」と言ったという。一連の引用は、森田草平が『続夏目漱石』を改題した『漱石先生と私』を出版するにあたって挿入したという「親鸞上人と私」（『夏目漱石』(三)、講談社、一九八〇年、二五四―二五六頁）による。安藤と漱石のやりとりの一部は漱石書簡集に収められているが、仏書とあるのみで、具体的な書名は出ていない。
(22)「親鸞聖人正明伝」は親鸞の曾孫覚如の長子、存覚作と伝えられる。江戸時代中期に五天良空作「高田開山親鸞聖人正統伝」とともに開板されたという。佐々木月樵編纂の『親鸞伝叢書』には解題付きで載っている。本文は本書に拠る。
(23)「親鸞聖人正明伝」『親鸞伝叢書』佐々木月樵編纂、無我山房、一九一〇年（明治四十三年）、二七―二八頁。
(24) この女性の言にあるように、『法華経』提婆達多品第十二に、女人往生は不可能だと書かれている。「女身は垢穢《くえ》にして、これ法器に非ず。云何《いか》んぞ能く、無上菩薩を得ん」（『法華経』中、坂本幸男、岩本裕訳注、岩波書店、一九六四年、二二二頁）。女の五障が説かれたのちに、サーガラ竜王の娘が、男になって往生した話が示される。親鸞の会った女性が言うのはそのことだ。

(25)「本願寺聖人親鸞伝絵」上、前掲『真宗聖典』三一二頁。「永仁」の「画工法眼浄賀《ほうげんじょうが》」の手になる絵とある（同三二七頁）。

(26) 越後国分は親鸞の流刑地である。このことについてはすでに指摘がある（平岡敏夫「『こゝろ』の漱石」『漱石序説』塙書房、三四八頁）。Kと先生との生まれた地方は本願寺派の勢力強く、先生の家が「市」から「二里」（五十九）とある点から、「十五万石」（「高田気質を脱する」『漱石全集 第二十五巻』岩波書店、一九九六年、四三頁）の城下町高田から南に二里の板倉あたりがKと先生の出身地として設定されていると思われる。漱石自身、明治四十四年（一九一一年）六月十九日、高田中学校で講演を行い（『漱石全集 第二十五巻』岩波書店、一九九六年、四二一―四五頁）、流罪に遭った親鸞が草庵を結んだ五智国分寺を訪れている。そのとき記した日記は以下のとおり。「国分寺　称武《ママ》亭の建立といふ立札あり、大いなる本堂に五智如来を安ず、親鸞謫居の迹あり」（『漱石全集 第二十巻』岩波書店、一九九六年、三二三頁）。

(27)『岩波 仏教辞典 第二版』岩波書店、二〇〇二年、九三九頁。覚如は親鸞の伝記を『御伝鈔』として作り、「親鸞伝絵」とともに流布に努めた。

(28) 解説の一部を引用すれば、「遂に聖人は二十九歳の春、建仁元年の正月十日より百日間、意を決して六角堂に救世観音菩薩に祈願せられたのであります。かくて聖人は救世菩薩の霊告《れいごう》を感得して、法然上人の吉水の禅房に訪れ、其の御教化《きょうけ》を受けさせられて、たちどころに他力摂生《せっしょう》の旨趣を受得せられたのである。されば我聖人の御心には何うして此の大恩を忘るゝことが出来やう」（浩々堂同人『親鸞聖人御伝鈔講話』無我山房、一九一一年（明治四十四年）、六〇頁）とある。

(29) 赤松俊秀『親鸞』（吉川弘文館、一九六一年）四八―六五頁参照。

(30) 漱石は一九一三年（大正二年）十二月十二日に、第一高等学校で行われた講演で、インデペンデントの人の古い例として親鸞を挙げ、親鸞が肉食妻帯に踏み切ったことについて「そこにその人の自然があり、そこに絶対の権威を持つて居る、彼は人間の代表者であるが、自己の代表者である」（『漱石全集　第二十五巻』六五頁）と述べている。この講演は『漱石全集』収録にあたり「模倣と独立」と題されている。

(31) 前掲『教行信証』六三三頁。

(32)『大正新脩大蔵経　第一二巻　宝積部下　涅槃部全』高楠順次郎都監、大正新脩大蔵経刊行会、一九二五年、六四八頁。なお、漱石の蔵書には『大日本校訂縮刷　大蔵経目録』弘教書院、明治十八年（一八八五年）がある。

(33) 前掲『大正新脩大蔵経 第一二巻 宝積部下 涅槃部全』六四八頁。

(34) 「私」はKの墓参りをしている先生を不意に襲った。そのくだりにこう記されている。「先生と私は通へ出やうとして墓の間を抜けた。依撒伯拉《いさべら》何々の墓だの、神僕ロギンの墓だのといふ傍に、一切衆生悉有仏生《ママ》と書いた塔婆などが建てゝあつた。(……)私が丸い墓石だの細長い御影の碑だのを指して、しきりに彼是云ひたがるのを、始めのうちは黙つて聞いてゐたが、仕舞に「貴方は死といふ事実をまだ真面目に考へた事がありませんね」と云つた」(五)。この塔婆について水川隆夫は先生に自分にも「仏性」はあるのかという問いをつきつけたのではないだろうかと述べている(前掲『夏目漱石「こゝろ」を読みなおす』三九頁)なお、浄土真宗は塔婆を立てない規則になっている。

(35) 記述順序で先生のKに対する、執筆時の理解度が示されている。

(36) 『法華』第一巻第一号、一九一四年(大正三年)五月、九頁。

(37) 佐藤泉がこの「覚悟」という言葉について「どこからくるのか誰のものなのか分からないままに私に取り付く」としているのは、テクストの厳密さに即していない(「始源の反語――『こころ』について」『漱石研究』第六巻、一九九六年五月、一一四頁)。

(38) 『哲学雑誌』第八巻七六号、一八九三年(明治二十六年)六月、一一一三頁。『哲学雑誌』第八巻をまとめた号に拠る。傍点は省略した。夏目金之助「英国詩人の天地山川に対する観念」は同第八巻七三、七四、七五、七六号に載り、織田得能「仏教の戒律」は同第八巻七四、七六、七七、七八、七九号に載っている。

(39) 前掲『真宗聖典』一〇〇三頁。

(40) 前掲『岩波 仏教辞典 第二版』三六九頁。

(41) すでに多くの先行研究が、先生の自殺を促したのは青年ではないかと指摘する。早くは松本寛が「「先生」の自殺は、(……)「私」が「先生」の〈自分の世界〉に近づきその内側を覗きこもうとした時に避け難いものとなったのであって、このように考えてくると、「私」という青年は、単に「先生」の物語の語り手というだけでなく、無意識のうちに「先生」の自殺を促した重要な作用者であった」と論じた(「『こゝろ』論――〈自分の世界〉と〈他人の世界〉のはざまで」初出『歯車』一九八二年八月、『漱石作品論集成 第十巻 こゝろ』桜楓社、一九九一年、二八九頁)。小森陽一は、青年に出した、先生からの電報の「会ひたい」という申し出を青年が読みとれず、先生にKとのかかわりを書き綴る時間を与えてしまい、その時間において「生き死にをめぐる選択がなされてしまった」と指摘する。さらに、先生によるKの死の解釈について青年が反論の機会を「無視」してしまうことで、「「先生」に死を選ばせてしまったのかもしれない」と論じた（「「私」という他者性――『こゝろ』をめぐるオートクリティック」『文学』第三巻第四号、一九九二年十月、二四―二五頁）。当時青年にその自覚がなかったことについては、関谷由美子が分析している（初出『日本近代文学』一九九〇年十月、『漱石・藤村〈主人公の影〉』愛育社、一九九八年、前掲『夏目漱石『こころ』作品論集（近代文学作品論集成3）』一二三―一二六頁）。徳永光展は「青年が先生を死へと導く誘導者の役割を果たした」と述べ、「罪の感情を秘めているとも考えられる」と指摘している（『夏目漱石『心』論』風間書房、二〇〇八年、一八三頁）。

(42)　岸田俊子は、読者に積極的な関わりを促すこの小説の性質について明らかにしている（「『こゝろ』に広がる意味の余白――語られていない物語と象徴的イメージ」『漱石の『こゝろ』どう読むか、どう読まれてきたか』新曜社、一九九二年、一八〇頁）。

(43)　青年は手記に仏教語を用いる。たとえば「私を取り巻く人の運命が、大きな輪廻のうちに、そろ〳〵動いてゐるやうに思はれた」（四十四）の「輪廻」がそれである。

# 第十章　記憶と書く行為――『心』のコントラスト

## 第一節　呼応と照合

漱石の長編小説、『彼岸過迄』『行人』『心』では最後に来るのが手紙である。『心』の先生の遺書中で、Kの遺書が「手紙」（百二）と呼ばれていることから、遺書も手紙と考えられていた。

明らかに完結を回避している手紙後置小説の形は、何を目指しているのだろうか。手紙とはおおむね、個人的な言葉であり、宛先があり、受け取る者との関係性のなかで書かれる。「貴方」の知っていることと、手紙によって「貴方」に新たに知らせることとのあいだには綿密な連関が持たせてある。[1]

青年は「先生の人間に対する此覚悟は何処から来るのだらうか」（十五）と先生の孤独に甘んじる覚悟について尋ねたい思いを抱いていた。それに応えるのが「貴方に対する私の此義務」（五十六）だと先生には感じられた。

遺書を書きながら先生に思い出されたことがその言及で分かるのはつぎのような場面である。青年との散歩の最中に先生が、青年に対して財産の処理を父親の生きているうちにやっておくべきだと注意し、青年が親類などについて田舎者だから「悪い人間」（二十八）という程のものはいないと言った。「然し悪い人間といふ一種の人間が世の中にあると君は思つてゐるんですか。そんな鋳型に入れたやうな悪人は世の中にある筈がありませんよ。平生はみんな善人なんです、少なくともみんな普通の人間なんです。それが、いざといふ間際に、急に悪人に変るんだから恐ろしいのです。だから油断が出来ないんです」（二十八）、さう先生は答えた。

青年の手記によれば、彼の追及はつぎのような点にまで迫る。「先生の話のうちでたゞ一つ底迄聞きたかつたのは、人間がいざといふ間際に、誰でも悪人になるといふ言葉の意味であつた。単なる言葉としては、是丈でも私に解らない事はなかつた。然し私は此句に就いてもつと知りたかつた」（二十九）。そして先生に「血のつゞいた親戚のもの」が父の生前には「善人」であったのが、「父の死ぬや否や許しがたい不徳義漢に変つた」（三十）と言わせた。[2] 青年が「人間に対する」先生の「覚悟」（十五）を探索し、先生の「人間」観の起源を遡ろうとすることは、先生を追い込むことと変わらなかった。

青年が自己をさいなみながら遺書を読むと予想できた先生は、何を選んで遺書に書いていったか。先生の「人間」への憎悪を吐き出させることになる会話について、遺書ではこう記された。

あなたは未だ覚えてゐるでせう、私がいつか貴方に、造り付けの悪人が世の中にゐるものではないと云つた事を。多くの善人がいざといふ場合に突然悪人になるのだから油断しては不可ないと云つた事を。あの時あなたは私に昂奮してゐると注意して呉れました。さうして何んな場合に、善人が悪人に変化するのかと尋ねました。私がたゞ一口金と答へた時、あなたは不満な顔をしました。（……）けれども私にはあれが生きた答でした。現に私は昂奮してゐたではありませんか。私は冷かな頭で新らしい事を口にするよりも、熱した舌で平凡な説を述べる方が生きてゐると信じてゐます。血の力で体《たい》が動くからです。言葉が空気に波動を伝へる許でなく、もつと強い物にもつと強く働き掛ける事が出来るからです。（六十二）

先生が「あなた」に手渡したいのは、Kの悟りの実態に気づくのに遅すぎてKを殺してしまった、「人間の経験の一部分」としての「私の過去」(百十)である。Kの「生家の宗旨」(九十五)である親鸞の思想は、先生の「人間」考察のために多くの材を備えている。漱石蔵書の『真宗聖典』に載る「歎異鈔」から引こう。

親鸞はそこで、人間は誰でも機縁さえあれば悪人となるという考え方を唯円に示している。親鸞は唯円に対し、私に背かないかと訊いたうえで、つぎのように切り出したという。

> たとへばひとを千人ころしてんや、しからば往生は一定《いちじょう》すべしとおほせさふらひしとき、おほせにはさふらへども、一人《いちにん》もこの身の器量にては、ころしつべしともおぼへ《ママ》ずさふらふと、まうされてさふらひしかば、さてはいかに親鸞がいふことを、たがふまじきとはいふぞと。これにてしるべし、なにごとも、こゝろにまかせたることならば、往生のために千人ころせといはんに、すなはちころすべし。しかれども一人にてもころすべき業縁《ごうえん》なきによりて害せざるなり。わがこゝろのよくてころさぬにはあらず。また害せじとおもふとも、百人千人をころすこともあるべしと、おほせのさふらひしは、われらがこゝろのよきをばよしとおもひ、あしきことをばあしとおもひて、本願の不思議にてたすけたまふといふことを、しらざることをおほせのさふらひしなり。[3]

親鸞は命じたという。「たとえば人を千人殺してくれないか。そうすれば必ず往生できるだろう」。「仰せではございますが、ただの一人も私の能力で殺せるとも思えません」と唯円が答える。親鸞が言う。「ではどうして親鸞の言うことに背かないと言うのだ。これで分かるだろう。なにごとも、「こゝろ」のままになるのなら、往生のために千人殺せといえば、ただちに殺すだろう。しかしながら一人であっても殺せるような機縁、宿縁がないから殺さないに過ぎない。我が「こゝろ」が善いので殺さないのではないのだ。また殺すまいと思っていても、百人千人殺すこともあるだろう」と。このように親鸞が言われたのは、我等の「こゝろ」が善ければ善いと思い、悪ければ悪いと思って、本願の不思議で助けていただけるということを、知らない点を言われたのだとある。親鸞の考えがこのように伝えられている。自己を「善人」と思っている人間に対して非常に厳しい、瞠目すべき考え方である。このような「人間」の「こゝろ」の発見がこの小説に迎え入れられた。

先に引いたとおり、青年は先生が遺書で触れた場面を、その日の散歩中の会話として再現し、手記に記した。(4) 青年は先生の思考をなぞろうとしている。(5) 先生の厳しい人間考察が青年に確実に伝わったと示されている。青年はみずからの、先生に対する行為が作善であったと知る。

Kに人間らしさを迫り、突如としてそれを翻した先生、ならびに、先生に人間らしさを迫り、「善人」のつもりでいた青年の悪人性は、親鸞の歴史的言葉によって照らし出される。

## 第二節　書く現場

青年はまた、「先生は果して心の何処で、一般の人間を憎んでゐるのだらうか」(三十一)という疑問を抱いていた。先生の「人間」観を求めてやまなかった青年への「義務」(五十六)を果たすために、先生はつぎの場面を記憶から取り出す。直接言えなかったことこそ書かなければならない「義務」があるとされているのだ。

「信用しないつて、特にあなたを信用しないんぢやない。人間全体を信用しないんです」(……)私は次の間に奥さんのゐる事を知つてゐた。黙つて針仕事か何かしてゐる奥さんの耳に私の話し声が聞こえるといふ事も知つてゐた。然《しか》し私は全くそれを忘れて仕舞つた。

「ぢや奥さんも信用なさらないんですか」と先生に聞いた。

先生は少し不安な顔をした。さうして直接の答を避けた。

「私は私自身さへ信用してゐないのです。つまり自分で自分が信用出来ないから、人も信用できないやうになつてゐるのです。自分を呪ふより外に仕方がないのです」

「さう六づかしく考へれば、誰だつて確かなものはないでせう」

「いや考へたんぢやない。遣《や》つたんです。遣つた後で驚ろいたんです。さうして非常に怖くなつたんです」

私はもう少し先迄同じ道を辿つて行きたかつた。すると襖の陰で「あなた、あなた」といふ奥さんの声が二度聞こえた。先生は二度目に「何だい」といつた。奥さんは「一寸」と先生を次の間へ呼んだ。二人の間に何んな用事が起つたのか、私には解らなかつた。それを想像する余裕を与へない程早く先生は又座敷へ帰つて来た。

「兎に角あまり私を信用しては不可ませんよ。今に後悔するから。さうして自分が欺むかれた返報に、残酷な復讐をするやうになるものだから」（十四）

遺書には、単なる手紙以上に、伝え損なっていたことを書きおさめる必要がある。人間全体を信用しない、自分が信用できないから人も信用できないと言っている最中に「襖」の向こうの静から呼ばれ、話が中断したことを先生は思い出し、言えなかった、自分は何を「遣つた」のかについて書こうとする。

同時に、書くべき内容として思い浮かぶのが、「御嬢さん」だったときの静と先生とのあいだに起こった「襖」を挟んでの展開である。先生は遺書で、自分を呼びに来るのはたいてい「御嬢さん」だったと記す。「御嬢さんは縁側を直角に曲つて、私の室《へや》の前に立つ事もありますし、茶の間を抜けて、次の室の襖の影から姿を見せる事もありました」（六十七）とある。Kをこの家に呼び込み、先生は「次の室」を使うようになる。その「襖」はKとの境界にもなった。Kは先生の帰宅のとき「いつもの眼を書物からはなして、襖を開ける私を一寸《ちょつと》見ます」（八十）。

　ところが先生にとってこの「襖」は、「打ち解けて」（七十九）きたKと「御嬢さん」から、先生を隔てる境界に変化してくる。たとえば、先生が帰宅したとき、Kの室から「御嬢さんの声」が聞こえ、「襖を開けると、其所に二人はちやんと坐つて」（八十）いたと先生は書く。

　また、房州からの旅行後、「十月の中頃」、いないと思っていたKの声が聞こえ、同時に御嬢さんの「笑ひ声」が耳に響いたという。「私は何時ものやうに手数のかゝる靴を穿いてゐないから、すぐ玄関に上がつて仕切の襖を開けました。私は例の通り机の前に坐つてゐるKを見ました。然し御嬢さんはもう其所《そこ》にはゐなかつたのです。私は恰もKの室から逃れ出るやうに去る其後姿をちらりと認めた丈でした」。「御嬢さん」が茶を持ってきてくれるが、「私は笑ひながらさつきは何故逃げたんですと聞けるやうな捌《さば》けた男ではありません。それでゐて腹の中では何だか其事が気にかゝるやうな人間だつたのです。御嬢さんはすぐ座を立つて縁側伝ひに向ふへ行つてしまひました。然しKの室の前に立ち留まつて、二言三言内と外とで話しをしてゐました。それは先刻《さつき》の続きらしかつたのですが、前を聞かない私には丸で解りませんでした」（八十六）。このように「襖」をめぐって起きたことが詳細に綴られる。

　「襖」を挟んだ情緒の軌跡を、先生は目前にある「襖」を見ながら、聞こえなかった襖越しの声を追いかけるようにして書く。その回想は、青年に対して「人間全体を信用しないんです」（十四）とまで言った後に「襖」（十四）の向こうから静に呼ばれて口に出さずに終わった内容の開示義務から引き出されているのである。

　個人的な応答を基底に置く手紙が、拾えなかった声を文字化してゆくとき、小説の文字でもあるその文字は、個人の情緒と深く関わりあう小説の時間を創出する。

## 第三節　重層化する時間

その書く現場に、どのような情緒がどのように甦るか。先生が遺書を書くすぐそばに「襖」があり、「次の間」（十四）がある。かつての御嬢さんである「妻」は、「次の室で無邪気にすや〳〵寐入つて」（五十七）いる。先生はそのような場で「私が筆を執ると、一字一劃《かく》が出来上りつゝペンの先で鳴つてゐます」（五十七）と、ペンを走らせる。執筆する現在、目の前に見える「襖」が、書きすすめるほどに、かつてのあの「襖」にしか見えなくなってくる。書くために記憶を甦らせることでかつての状況へと身体を追い込み、そのうち周囲の現実もまた記憶の情景と二重写しになる。青年を呼び寄せて語った場合とは、大違いであろう。[6]

先生は目前の「襖」を、「Kの室」（八十六）の襖に見立てて青年への遺書を書き進める。これまで見落とされていたが、先生が自分を死に追い込む過程として、この臨場感は欠かせないはずだ。現実の「襖」を前にして先生はかつての「襖」の記憶を遡る。[7]ちょうど、「奥さん」つまり静の母と、「御嬢さん」が「朝から市ヶ谷にゐる親類の所へ[8]」（八十九）行った日の十時頃、「Kは不意に仕切の襖を開けて私と顔を見合せ」（八十九）たのだった。

見逃してはならないのは、遺書のこのあたりを書いているとき、まさに「妻は十日ばかり前から市ヶ谷の叔母の所へ」（百十）行っている点だ。先生の目の前にある「襖」はかつての「襖」である。その「仕切の襖」が開けられ、Kは、いつもに似合わず「奥さんと御嬢さんは市ヶ谷の何処へ行つたのだらう」（八十九）と話しはじめ、突然、「彼の御嬢さんに対する切ない恋」（九十）を打ち明けた。先生はその日の午後の思いをこう書く。

私はKが再び仕切の襖を開けて向ふから突進してきて呉れゝば好いと思ひました。私に云はせれば、先刻は丸で不意撃《うち》に会つたも同じでした。私にはKに応ずる準備も何もなかつたのです。私は午前に失なつたものを、今度は取り戻さうといふ下心を持つてゐました。それで時々眼を上げて、襖を眺めました。然し其襖は何時迄経つても開きません。さうしてKは永久に静《しずか》なのです。

其内私の頭は段々此静かさに掻き乱されるやうになつて来ました。Kは今襖の向で何を考へてゐるだらうと思ふと、それが気になつて堪らないのです。不断も斯んな風に御互が仕切一枚を間に置いて黙り合つてゐる場合は始終あつたのですが、私はKが静であればある程、彼の存在を忘れるのが普通の状態だつたのですから、其時の私は余程調子が狂つてゐたものと見なければなりません。それでゐて私は此方から進んで襖を開ける事が出来なかつたのです。（九十一）

先生はこれを書きながら、目の前にある、自分の今の家の襖を、当時のKと自分との間にあった襖と見立てている。そのとき、目の前の襖の向こうに、Kが黙って座っている。Kは静への思いをつのらせ、その思いを先生に一方的に告白したあと、黙っている。その静けさに先生の頭は掻き乱される。「Kの部屋へ飛び込みたくなる」のを避けて、町の中を歩きまわりながら、「自分の室に凝と坐つてゐる彼の容貌を始終眼の前に描き出しました」（九十二）と書く。Kのことが「一種の魔物」に思え、「永久彼に祟られたのではなからうか」（九十二）という気がしたと書く。

現在、「襖」を見ながらまざまざとKを感じるそのこと自体、あたかも時を超えて彼に祟られている。ゆえに、当時を振り返って「祟られた」と書きつける。また、書くことによって、この情緒が先生の人生を逆さに貫きかえす。このようにして、小説に情緒を発端とする時間が生まれているのである。

その晩Kに「まだ寐ないのか」と「襖ごしに」聞いたことや、「もつと詳しい話をしたいが、彼の都合は何うだ」

と「襖越」に切り出したと先生は書く。はかばかしい返事を寄こさないKに「はつと思はせられ」た。先生の傷は目前にある襖が開けば、より開いてゆく。

上野の公園でKに「何う思ふ」と聞かれ、Kを陥れる言葉を吐いた。穏やかな眠りに落ちた夜、「突然私の名を呼ぶ声で眼を覚ましました」と書かれる。「見ると、間の襖が二尺ばかり開いて、其所にKの黒い影が立つてゐます。（……）其時Kはもう寐たのかと聞きました。（……）Kはやがて開けた襖をぴたりと立て切りました。（……）昨夕《ゆうべ》の事を考へて見ると、何だか不思議でした。私はことによると、凡てが夢ではないかと思ひました。それで飯を食ふ時、Kに聞きました。Kはたしかに襖を開けて私の名を呼んだと云ひます。何故そんな事をしたのかと尋ねると、別に判然した返事もしません。調子の抜けた頃になつて、近頃は熟睡が出来るのかと却つて向ふから私に問ふのです。私は何だか変に感じました」（九十七）と書きつけた。

「不思議」だという思い、「変」だという思いは、まるで「昨夕」のことのように先生に甦ってきている。その思いこそが現在、眼前の襖にKの「黒い影」を立たせる。Kに、「昨夕」はあの事件について何か話すつもりではなかったのかと念を押したとき、Kが強く否定したところから、先生はKの「覚悟」という言葉を誤解しはじめる。先生は抜け駆けをする。奥さんからKに婚約の件をもう話したと聞き、とりあえず翌日まで待とうと決心した土曜の晩のことがこう記される。

私は枕元から吹き込む寒い風で不図眼を覚したのです。見ると、何時も立て切つてあるKと私の室との仕切の襖が、此間の晩と同じ位開いてゐます。けれども此間のやうに、Kの黒い姿は其所には立つてゐません。私は暗示を受けた人のやうに、床の上に肱を突いて起き上りながら、屹《きっ》とKの室を覗きました。（……）K自身は向ふむきに突ツ伏してゐるのです。（百二）

つづいて「もう取り返しが付かないといふ黒い光が、私の未来を貫ぬいて、一瞬間に私の前に横《よこた》はる全生涯を物凄《ものすご》く照らしました。さうして私はがたく〳〵顫《ふる》へ出したのです」（百二）と書くとき、先生は書きながらふるえていよう。書くことによって、記憶の「黒い光」が現在の身体に降りかかる。Kの遺書を急ぎ見て、その最後の、「もつと早く死ぬべきだのに何故今迄生きてゐたのだらう」（百二）という意味の文句を自分の遺書にそのまま書き写すとき、じつにそれは、自らの内部から死を欲する声として響いてくる。

私は顫へる手で、手紙を巻き収めて、再び封の中へ入れました。私はわざとそれを皆なの眼に着くやうに、元の通り机の上に置きました。さうして振り返つて、襖に迸ばしつてゐる血潮を始めて見たのです。（百二）

先生が書いているこの遺書とKの遺書とは二重写しになり、それをふるえる手で持ち、目の前の襖には、Kの血が迸っている。Kの死ぬまでを再現することは、死にまつわる情緒を呼びこむ行為に他ならなかった。「襖」に放たれたKの血の、無言の文字を代筆して、先生は遺書を書いた。

記憶の情緒の横溢する世界がある。書くことは否応なくそれを引きだす。襖の向こうで不鮮明な声が交わされ、襖を隔てただけの耐えきれない沈黙があり、襖が開けられて名前を呼ばれ、開けられた襖の向こうに人間が生きておらず、風が吹き込んでくる。

これらが重ねあわされる。書くことを前景化したこの小説の、独特な時間づくりの全貌が現れてきた。それは一線上の時間ではない。登場人物の印象、観念に附く情緒の働きで産出される、重層化し、束になった時間である。

## 第四節　手紙の情緒

この小説で先生の名前は明かされていないが、先生は、「自叙伝の一節」（百十）を書きながら、「仕切の襖」から「吹き込む寒い風」（百二）に身震いをし、死んだKから名前を呼ばれたことが確かにうかがえる叙述となっている。ひとりで襖に向かって遺書を書くことが、Kの血をその襖に迸らせる行為以外の何ものでもなく、Kの遺した手紙を巻き収めるところまで書けば、青年宛のこの手紙を巻き収めるまで後わずかである。ちょうど煩悩の数を思わせる「百八」章にこうある。

私の胸には其時分から時々恐ろしい影が閃めきました。初めはそれが偶然外から襲つて来るのです。私は驚ろきました。私はぞつとしました。然ししばらくしてゐる中に、私の心が其物凄い閃めきに応ずるやうになりました。しまひには外から来ないでも、自分の胸の底に生れた時から潜んでゐるものゝ如くに思はれ出して来たのです。私はさうした心持になるたびに、自分の頭が何うかしたのではなからうかと疑つて見ました。けれども私は医者にも誰にも診て貰ふ気にはなりませんでした。

私はたゞ人間の罪といふものを深く感じたのです。其感じが私をKの墓へ毎月行かせます。其感じが私に妻の母の看護をさせます。さうして其感じが妻に優しくして遣れと私に命じます。私は其感じのために、知らない路傍の人から鞭《むち》うたれたいと迄思つた事もあります。斯うした階段を段々経過して行くうちに、人に鞭たれるよりも、自分で自分を鞭つ可《べ》きだといふ気になります。自分で自分を鞭つよりも、自分で自分を殺すべきだといふ考が起

ります。（百八）

先生の言動を辿りなおしたのちに死に至るKの心の過程を、先生は書くことで「自分の胸の底」に取り入れる。「襖」を通した自分の行いの再現は、書くことで完遂する。Kの血は遺書のなかでもう一度甦り、そして散り、先生の眼前の襖に再度散る。そのときその血は、あたかも「自分の胸」（百八）から飛び出した血のごとくである。青年による先生の心を読みたいという欲望に応じた書く行為が、記憶の現前化を引き寄せる。言葉同士が引き合い、記憶が生々しく甦り、書く行為をさらに後押しする。

個人的な言葉が手紙用に束ねられるとき、束ねきれなかった言葉は無数にある。にもかかわらず、そこにともなわれた情緒のほとんどが受け取り手に伝わる。言葉で記されたことがすべてだと考える貧しい思考法はこの時代にはない。手紙による喚起力を多くの人が利用して生活していた。漱石はそれを最大限利用した小説家だ。

小説内の手紙に込められた、言いえない情緒は、読者も含めた、文字を読む現場に機能する。そのような情緒が小説中を駆けめぐるよう、小説末尾に配されるこれら手紙の内容の時間と書記行為の行われた時間とは、小説冒頭の内容が位置づけられている時よりも物理的に先になるよう設定されている。

## 第五節　ふたたび取り込まれた宗教対立

最後に、小説『心』の議論の的になってきた事柄に関する考察を行う。(9) Kに即して親鸞の思想を凝視したに違いない先生が、なぜ、明治天皇の崩御後に、妻の放った「では殉死でもしたら可からう」（百九）という言葉に従う振りをして自殺したのか。

浄土教は、仏教のなかで最も、呪術、俗信、儀礼から解放する方向を推し進めた。[10] じつは、この神祇信仰と浄土教との対立は根深い。[11] 赤松俊秀によればつぎのように言えるという。[12] そもそも神祇信仰には世界宗教の持っている明確な教義や信条はない。祖神の実在を信じ、その恩恵を期待して礼拝するだけである。巫女が神と人との間に介在することも多い。釈尊の説く仏教は呪術の否定の上に立つため、このような霊媒者が介在する余地は本来ない。にもかかわらず、神仏習合・本地垂迹説が日本の宗教の一つの特色となってきた。鎌倉時代においても安易に神仏が妥協し、協調が行われ、悟りの宗教であるはずの仏教が呪術化されていた。

それを法然が、弥陀一仏以外の諸神、諸仏、菩薩を礼拝するのを「雑行」としてその宗教的価値を否定したのは、「日本の宗教史上画期的なことであった」という。親鸞は法然のその立場を受け継ぎ、「さらに広く多くの経論を引用してその論拠を明らかにした」とされる。

親鸞は、『教行信証』化《け》身土《しんど》巻《かん》に『論語』まで引用して「鬼神」の礼拝をしてはならないと記す。そして神祇を崇信しないことによって専修念仏者を非難することは不当であると言う。

親鸞が『教行信証』の書き足し、書き直しに専念していたとき、承久三年（一二二一年）承久の乱が起こる。鎌倉幕府が朝廷の軍に打ち勝ち、後鳥羽上皇が隠岐へ流された。『教行信証』化身土巻で親鸞はつぎのように記す。後鳥羽上皇をはじめとする朝廷の措置が「法」と「義」に違反していたとこれで明らかになったと。漱石の持っていた『真宗聖典』から引こう。

主上《しゆじよう》臣下、法にそむき義に違《い》し、忿《いかり》をなし怨を結ぶ。茲《これ》によりて真宗興隆の太祖《たいそ》、源空《げんくう》法師、ならびに門徒数《す》輩《はい》、罪科を考へず猥《みだり》がはしく死罪に坐《つみ》す。あるひは僧儀を改め、姓名《しようみよう》をたまうて遠流に処す。予はその一なり。

爾《しかれ》ばすでに僧にあらず俗にあらず。この故に禿《とく》の字をもて姓とす。(13)

専修念仏を禁止し、法然ならびに弟子を「死罪」とするか、あるいは、僧籍をはぎとって「遠流」に処した、上皇とその臣下の処置を難詰する。不合理な権力のみだりがわしい攻撃から僧の身分を剝奪された一人として、自分を「愚禿《ぐとく》」(14)と称したと言う。

親鸞が公開を期した著書で、後鳥羽上皇のとった措置を「背法違義」と批判したのは、いつ再び権威を手中に入れるかしれない上皇であるのに、相当の決断が必要であったとされる。(15)それでも親鸞は神祇信仰に対して激しい反撃を止めなかった。

親鸞は朝廷に近づこうとせず、堂々と批判をした。むろんそのために迫害も受けた。(16)真宗信徒の家庭には今日に至るまで神棚のないことも知られる。Kの思考を繰り返し追った、「同郷の」（七十三）先生がそれを知らないとは考えられない。(17)

先生はKを「狼」（九十六）のような自分と対比して「罪のないK」（九十五）と記す。またつぎのように遺書に書く。

たゞKは私を窘《たしな》めるには余りに正直でした。余りに単純でした。余りに人格が善良だつたのです。目のくらんだ私は、其所に敬意を払ふ事を忘れて、却つて其所に付け込んだのです。其所を利用して彼を打ち倒さうとしたのです。（九十六）

ここに書かれているのはKがいかに善人であったかということである。K自身は自分を「弱い人間」（九十四）と見なすにいたる。Kの先生へ残した遺書には「自分は薄志弱行で到底行先の望みがないから自殺する」（百二）とあった。

後から判断すればすでに回心していたKの、その回心を許さず、先生は「騙し打ち」（九十六）にした。遺書で、先生は「卑怯な」（百）自分についてこう言う。「要するに私は正直な路を歩く積で、つい足を滑らした馬鹿ものでした」（百一）。親鸞の、誰でも機縁さえあれば人を殺すような悪人になるという思想どおりである。

この考え方の傘下に入るなら、「罪のない」「善良」なKと自分との区別がなくなってくる。「正直な路」から、ある機縁で「足を滑らした馬鹿もの」（百一）だった自分や、「いざといふ間際に、急に悪人に変」（二十八）った叔父たちと、Kとを同じ「人間」というカテゴリーで括ってよいだろうか。それでは気が済まないから、先生は自分を裁く方向へと昂進する。

## 第六節　救われない「人間」

私はたゞ人間の罪といふものを深く感じたのです。其感じが私をKの墓へ毎月行かせます。（……）私は其感じのために、知らない路傍の人から鞭たれたいと迄思つた事もあります。斯うした階段を段々経過して行くうちに、人に鞭たれるよりも、自分で自分を鞭つ可きだといふ気になります。自分で自分を鞭つよりも、自分で自分を殺すべきだといふ考が起ります。私は仕方がないから、死んだ気で生きて行かうと決心しました。（百八）

Kの墓のある雑司ヶ谷の墓地には、「一切衆生悉有仏生《ママ》と書いた塔婆」（五）がある。その言葉は「涅槃経」にある。親鸞が無常の衆生にも仏性はある、現在になくても未来に必ずあるのだと『教行信証』で解説した。先生は、真宗寺の息子だったKの墓参りに来ているのだから、その塔婆を見れば、その言葉を取りあげた思想を思い出さずにはいない。

先生が自分にも「仏性」はあると思うならば、「人間の罪」を深く感じるためにKの墓へ毎月行くとは言わないだろう。そうではなく、「人間」としてKと自分との差は大きい、ならびに、善良なKにはない、自分が背負うべき「罪」が大きすぎるくらいあると感じるがゆえに、Kの墓へ毎月出向くと解せる。

「真宗の坊さんの子」（七十三）だったKを自殺に追い込んだのなら、先生はKの後をそのまま追って自殺するわけにいかない。それではすこしも自分を裁いたことにならないのだ。死に方においてKと同化するなら、浄土真宗宗旨によって自分の罪をすすぎ、往生できることになる。ゆえに「仕方がないから」死んだ気で生きてきた。

浄土真宗で死ねない先生は、うまい方法を妻から示唆される。殉死である。「宗旨」も「信条」（九十五）もない、呪術、俗信、儀礼に近く、理屈もなければ、悟りもない、道理に暗い精神で自分を処罰する。

それを決めてようやく、そこまで書いてきてようやく、先生は遺書に、「私を生んだ私の過去は、人間の経験の一部分として、私より外に誰も語り得るものはないのですから、それを偽りなく書き残して置く私の努力は、人間を知る上に於て、貴方にとつても、外の人にとつても、徒労ではなからうと思ひます」（百十）と記せる。Kとは異なる、救われる見込みのない「人間の経験」を書き残したということである。

先生が死ぬにあたって持ち込んだのは、浄土真宗対神祇信仰という、脈々と続いた宗教対立である。迫害され、落命した宗教者の風貌がKにふさわしいとするなら、他方、自分は、法に背き、義を違えた者として、親鸞の言でいえば「鬼神」の影響下にあった「精神」に「殉死」（百十）すると。

この小説は、浄土真宗対日蓮宗といった、現在でも残る対立の現場で、Kの心を転回させ、浄土真宗対神祇信仰という六百年来といってよい対立を先生の心に呼び込んだ。登場人物の個人的な葛藤に、歴史的な宗教対立、つまりは幾人とも知れない規模の心の対立が重なり合う。

『心』という小説の挑戦は、有限な字数、また、社会的制約のなかで、書けそうもないことまで手渡そうとする、ある種の文字の挑戦である。小説は、小説の表面に現われた言葉のみを用いているのではない。歴史を貫いて受け渡されてきた言葉の層と、それに伴われた情緒のあつみに支えられて成り立つ。多くの潜在する印象または観念を引き出せる言葉こそが選ばれて小説に使われている。そこから出発する時間が、世界の時間に付け加わるだろう。

（1）石原千秋は、先生にとって書くことはこの青年の「期待」との葛藤であり、その利用であったと述べている（「『こゝろ』のオイディプス――反転する語り」初出『成城国文学』創刊号、一九八五年三月、『反転する漱石』青土社、一九九七年、二〇〇頁）。

（2）先生は「私は彼等を憎む許ぢやない。彼等が代表してゐる人間といふものを、一般に憎む事を覚えたのだ。私はそれで沢山だと思ふ」（三十）と言っている。

（3）「歎異鈔」前掲『真宗聖典』八一一頁。

（4）高田知波は、「私」の手記の特色として、「執筆現在における語り手の評価や解釈の言説をあらわに示さず、また他者の言葉を「前後の行き掛」から切り離さずに場面として直接再現していくという原則」にもとづいて叙述されていると述べる（「『こゝろ』の話法」『日本の文学』一九九〇年一二月、一二八頁）。しかしながら、青年の思考は「あらわに」示されていないだけであり、どの場面を選択して叙述しているかという点からおのずと彼が何を重視して語っているかを見抜くことができる。また、そのような読みを誘う小説である。

（5）小森陽一は「『こころ』を生成する心臓《ハート》」（『成城国文学』創刊号一九八五年三月、『構造としての語り』新曜社、一九八八年）において、青年の手記を記す行為を通した、先生をこの今に「蘇甦」させる「生」の「運動」を明らかにした。

（6）小森陽一による三番目の論考では、先生が青年に自分の経験を語るのが手紙でなく対話であったならどうだったかという考察がなされた。「目の前に対面的な言葉の交わし合いの相手」として「私」という青年が存在したら、彼は「必ずや、先生の語ったこと、「過去」の出来事に対する解釈や意味づけに対して、「私」は自分なりの意見、あるときには批判や反論さえをも表明したに違いない」とされる。そうすれば、「先生の「過去」は、「遺書」の内容とまったく同じものには決してならなかったはず」だという（『世紀末の予言者・夏目漱石』講談社、一九九九年、二二一―二二二頁）。

（7）襖について、先行研究は、Kの部屋と先生の部屋とのあいだにあった「襖」にしか言及していない。たとえば、越智治雄はこの仕切について「象徴の域」に近づいており、「先生とKとを隔てる厚い壁」であるとする（前掲『漱石私論』二八二頁）。また石原千秋は、恋をしたKが先生を必要とし、何かを伝えたかったから、襖を開けて先生を第一発見者にしたとする（初出「眼差としての他者――『こゝろ』」『東横国文学』第一七号、一九八五年三月、『反転する漱石』青土社、一九九七年、一七五頁）。

（8）先生はKに「大方叔母さんの所だらう」（八十九）と答えている。

（9）先生が妻に「もし自分が殉死するならば、明治の精神に殉死する積だ」（百十）と言って死んだ点に関して論議は噴出している。漱石が『法学協会雑誌』の依頼を受けて書いた「明治天皇奉悼之辞」を持ち出して一定の意味を付与する論（滝沢克己『夏目漱石』三笠書房、一九四三年）、また、漱石が一九一三年十二月十二日に第一高等学校で行った講演で述べた乃木殉死の例を挙げ、内発性を追求する心情への共感を読む論、あるいはそこからこの小説のパロディー的性質を見る論がある（前者は小泉浩一郎「漱石『心』の根底」『文学・語学』五三号、一九六九年九月、前掲『漱石作品論集成　第十巻　こゝろ』。後者は西成彦「鷗外と漱石――乃木希典の「殉死」をめぐる二つの文学」『比較文学』二八号、一九八六年三月、前掲『漱石作品論集成　第十巻　こゝろ』）。三好行雄は「明治の精神に殉死することで、先生は固有の倫理をつらぬいて、〈自由と独立と己れに充ちた現代〉への批評を獲得した」と述べるが、同工異曲であろう（『鑑賞日本現代文学　五　夏目漱石』角川書店、一九八四年）。目を引くのが丸谷才一の論である。「兵士たちを二〇三高地でさんざん戦死させたにもかかはらず生きつづけた乃木大将は、Kを死なせたにもかかはらず生きつづけた「先生」と相似形を作る」と漱石の心理が推測される（「徴兵忌避者としての夏目漱石」『展望』一九六九年六月、前掲『漱石作品論集成　第十巻』一二二頁）。

（10）R・N・ベラー『日本近代化と宗教倫理――日本近世宗教論』（原著一九五六年）堀一郎、池田昭訳、未来社、一〇七頁参照。

（11）ただし、先生がKの生家について書くように、真宗末寺は、檀家によって寺院経済を成りたたせており、教団上層部は維新政権と結合し、共同体の温存をはかろうとした維新国家に利用された側面もある（吉田久一『日本の近代社会と仏教』評論社、一九七〇年、八四頁)。

(12) 親鸞はもともと文章・儒学の家である日野家の生まれであったため、儒教教典を読みこなしていたという。

(13) 前掲『真宗聖典』「顕浄土方便化身土文類六本」七四一頁。親鸞『教行信証』金子大栄校訂、岩波書店、一九五七年、四四五頁参照。

(14) 『教行信証』のすべての巻に「愚禿釈の親鸞の集」と書かれている。

(15) 浄土教による神祇批判については赤松俊英『親鸞』(吉川弘文館、一九六一年、二一四―二一六頁) に拠る。

(16) 朝廷政治の重要課題として専修念仏停止があり、一二二四年 (貞応三年) 六月二十九日には綸旨を発して専修念仏禁止を命令した。この背景には延暦寺の要求もあった (前掲、赤松俊秀『親鸞』二四四―二四六頁)。

(17) 漱石自身もまたよく知るところであったのではないか。夏目家の菩提寺である本法寺は、浄土真宗である。

# 結章　時間のダイナミズム

## 第一節　小説内で生まれ出す時間

本書の試みを意義づけるならば、つぎの三点になろう。第一に、漱石は、ウィリアム・ジェイムズ、アンリ・ベルクソンによる生命に関する考察に基づき、登場人物の意識の動き方に細密なリアリティを持たせていると明らかにした。第二に、小説の細部と思われていた諸ディテイルが、テーマそのものと結合しうることを明確にした。第三に、『文学論』を中心とする漱石の理論が、実作の隅々にまで意識的に貫かれていることを証明し、理論と実践とが漱石において統一されていたことを論証した点である。

漱石に目指されていた文学と文学理論とについて最後にふたたび確認したい。漱石は一九一〇年（明治四十三年）に発表した『思ひ出す事など』のなかで「余も此力学的《ダイナミック》といふ言葉には少なからぬ注意を払つた一人である」と述べ、つぎのように記している。

平生から一般の学者が此一字に着眼しないで、恰《あたか》も動きの取れぬ死物の様に、研究の材料を取り扱ひながら却つて平気でゐるのを、常に飽き足らず眺めてゐたのみならず、自分と親密の関係を有する文芸上の議論が、ことに此弊に陥り易く、又陥りつゝある様に見えるのを遺憾と批判してゐた（…）。（七の上）[1]

ここから分かるとおり、漱石は「動きのある生物」を創造しようとした。自然主義が興隆する当時においてさえ、文学は静態的に捉えられていると漱石には見えていたのである。

『思ひ出す事など』の第三回には、「「ジェームス」教授の訃に接した」こと、ならびに、「病牀」でその『多元的宇宙』を手に取ったことが回顧される。残していた半分を三日ばかりで面白く読みおわったとしてつぎのように言う。

たゞ自分の平生文学上に抱いてゐる意見と、教授の哲学に就いて主張する所の考とが、親しい気脈を通じて彼此《ひし》相倚《あいよ》る様な心持がしたのを愉快に思つたのである。ことに教授が仏蘭西の学者ベルグソンの説を紹介する辺りを、坂に車を転がす様な勢で馳け抜けたのは、まだ血液の充分に運《かよ》ひもせぬ余の頭に取つて、どの位嬉しかつたか分らない。（三）[2]

『多元的宇宙』でベルクソンが紹介されるのは第六講"Bergson and Intellectualism"である。そこでジェイムズはつぎのように述べている。

Reality always is, in M. Bergson's[3] phrase, an endosmosis or conflux of the same with the different: they compenetrate and telescope.

[拙訳]

ベルクソン氏の言葉で言えば、実在とはつねに、同一のものと違ったものとの相互浸透あるいは合流である。それらは貫通しあい、めり込みあっている。

What really *exists* is not things made but things in the making.(4)

［拙訳］

真に存在するのは、つくられた事物ではなく、つくられつつある事物である。

ジェイムズは、このような浸透しあう実在の運動には、生きた理解が求められると、ベルクソンの説を紹介しながら述べている。

『思ひ出す事など』執筆ののち、『彼岸過迄』以後を書くことになる漱石は、どのように「実在」を表現すべきか考えさせられたであろう。いや、ベルクソンに同意するジェイムズの哲学と「自分の平生文学上に抱いてゐる意見」とが「気脈」を通じているとまで漱石が述べるからには、『それから』『門』においてすでに、「実在」について同様の考え方をもって登場人物を造型していたと言うべきであろう。

じつは、漱石の『文学論』で提示され、「印象又は観念」すなわち「認識的要素（F）」に、「情緒的要素（f）」を合わせて考える「(F＋f)」は、それらの相互浸透を表せる式であった。取り外し可能な（ ）で括られることによって、印象同士が、観念同士が、印象と観念というF同士が、そしてそれらに結びつく情緒同士が浸透しあうと示されている。

「(F＋f)」は識末から意識の焦点までを移動する。時々刻々と、（ ）がいったん取り外され、印象または観念、そこに附着する情緒が他のそれらと結び直され、（ ）が括り直されながら進行する。その式は、「つくられた事物」ではなく、「つくられつつある事物」の運動を指しうる理論的可能性を持っている。そして漱石の小説こそ、相互浸透して推移する動態を捉える文学理論を必要としていた。

本書が解析したのは、夏目漱石の小説内部に張り巡らされた、独自の時間が生まれ出すしくみである。本書は『文学論』で「(F＋f)」とされた「文学的内容の形式」を、小説の時間の創出という新たな文学理論を視野に入れつつ検証し、小説にしか語りえない時間が漱石の小説表現の要になっていると明らかにした。

とりわけ本書は、登場人物の記憶からの情緒の復活について重点的な分析を加え、小説の時間論として組みなおしている。識閾下に追いやられた言語的観念、身体的印象にそれぞれ、情緒が附着すると考えていた漱石は、小説の表現にその認識を最大限活用した。漱石の理論と実作とには緊密な関係があったと示している。

## 第二節　印象または観念、そして情緒の連続運動

漱石の小説の登場人物は、ある契機に識閾下の情緒を強く喚起される。その契機とは、当の登場人物の耳目に引っ掛かってきてしまう言葉や画、事柄によってかたちづくられる。それらに出会いなおすことで、登場人物は情緒を震わせ、かつて感じたことのある情緒を呼び出す。情緒間の連合が始まる。識閾下へ追いやっていた印象、観念が甦り、意識の焦点へと昇り出す。現在持っている印象や観念、そこに附く情緒と合体する。このようにして流れ出す時間こそが、個別的な「持続」だと漱石には認識されていた。

ここに、漱石の小説の時間創出のしくみがあると解くならば、漱石がなぜ、頻繁に、登場人物自身にまとまった話をさせ、彼らを語り手に据え、また書き手としたかが見えてくる。そのとき起きる、印象または観念、情緒のあいだのさかんな浸透運動を漱石は描こうとしたのだ。

登場人物にそのような行為をさせることは、小説を生動させようとする場合、三つの利点がある。第一に、かつて聴いた他者の声、目にした文字の想起とともに、現在、語ろう／書きつけようとする言語（観念）の動きを記すことができる点。第二に、かつて感じた微細な印象を揺さぶり、増幅させるような感覚（印象）を記すことができる点。第三として、現在交渉中の出来事に附着する情緒がかつての情緒を呼び醒ましたり、かつての情緒が現在の情緒に刺激を与えたりして、振れ動くさまを記すことができる点である。

小説内部の事象に、登場人物の言語的解釈あるいは身体的印象ならびに情緒が付与される。新旧の印象または観念、それらに附着する情緒同士がたがいに活性化しあう。登場人物にとっての事象の意味が変化してゆく。この運動こそ、漱石の小説に重要な小説内容である。

印象、観念、それらに附く情緒がつながりあい、再生するという連続運動は、漱石が描こうとした生体の活動そのものなのである。

## 第三節　生の進行

漱石の小説は、登場人物自身に明確に把握されておらず、小説の文字としても必ずしも明示していない登場人物の識閾下という、もう一つの世界からしきりに小説の時間を発動する。

このような小説の捉え方を、漱石も読んだ可能性が高く、本書でしばしば参照したベルクソン『物質と記憶』の一節を敷衍しながら述べたい。

ベルクソン『物質と記憶』では第二章「イマージュの再認について」において「感覚中枢」の働き方が問題にされ

る。その議論をベルクソンはつぎのようにまとめる。

In other terms, the centres in which the elementary sensations seem to originate may be actuated, in some sort, from two different sides, from in front and from behind. From the front they receive impressions sent in by the sense-organs, and consequently by a *real object*; from behind they are subject, through successive intermediaries, to the influence of a *virtual object*.(5)

[拙訳]

言い換えるなら、基本的な感覚が生まれると考えられる諸中枢は、いわば異なった二つの側、すなわち前方と後方から作用を受けて動きはじめるのであろう。中枢が前方から受けとるのは、感覚器官による印象であり、それゆえ現実の対象から得られる印象である。後方から受けとる場合は、連続するさまざまな媒介を経て、潜在的対象の影響を蒙る。

ベルクソンは潜勢力としての過去が連続的進行によって現実化し、失われた勢力を回復するさまを精密に抽出した。漱石の小説における時間づくりは、このベルクソンによる、身体に刻まれる「印象」についての考察をさらに発展させたと言えるだろう。漱石の小説の登場人物は、自身の生理的信号に耳を澄ます。また、他者の意味活動の一部であった言葉もしくは記号を読む行為を重ねてゆく。彼／彼女らはそれらの信号あるいは言葉を身体に刻む。同時に、自身の奥底に潜んでいた過去の勢力の影響を蒙らずにはいない。

漱石はさらに、その潜んでいた力を登場人物が使わねばならないところへ追い込む。そのさいの、信号や言葉を解釈する過程とは、その者に固有な時間となる。ここでまさに、唯一無二の、登場人物の生が現出する。

私たちがもし、ある小説を、生きた連続体として、あるいは、その小説独自の力をそなえた運動体として捉えようとするならば、小説をここまで降り立って分析しなければならないと漱石小説は告げている。

小説をすでにつくられたものとみなす理論によって分析できる範囲は限られている。すくなくとも漱石の小説は、現在生成中の様相を呈すようにと、登場人物の情緒を動かし、観念と印象とにゆさぶりをかけてくる。

漱石の小説の言葉は、物質としての性質と同時に、波動的な性質をあわせもつ。後者の性質を把握するには、通常の文学理論と異なる理論が要請される。

大きな法則とは別個に動く登場人物に個別な「持続」がある。そのような微視的な時間は一般の法則で捉えられない。もろもろの体験は共存し、重なりあい、たがいに浸しあっている。つぎつぎと生まれゆくのは、つかみなおされる個別的な時間だ。漱石の小説は、そのように縮約される時間を創出し、真の生の営みを実現している。本書はつくられつつある生の過程を取りだす方法も提示した。

彼の小説に迫真性があるのはおそらく、漱石が、進行中の生の営みの創造について理論的に考えぬいたうえで小説に実践したからであろう。漱石の理論的可能性を掘り起こし、その文学的結実を解明することは、新しい文学理論の構築につながると信じる。

小説における微視的時間の生成現象への着目は、他ならぬこの小説でしか実現できない唯一のかたちの生を現出させる。本書は漱石の小説とこのような共同作業を行った。漱石の小説に仕掛けられた「生命」とその「生命」の環境とが「躍如《やくじょ》として生あるが如く」(6)走り出すことを祈りたい。

（1）『思ひ出す事など』は『東京朝日新聞』『大阪朝日新聞』に一九一〇年（明治四十三年）十月から一九一一年（明治四十四年）二月（『大阪朝日新聞』は三月）まで連載された。『漱石全集 第十二巻』岩波書店、一九九四年、三七六―三七七頁。

（2）前掲『漱石全集　第十二巻』三六四頁。

（3）William James, *A Pluralistic Universe*, New York: Longmans, Green, and Co., 1909, pp. 256-257.

（4）*Ibid*., p. 263.

（5）Henri Bergson, *Matter and Memory*, New York: Dover Publications, Inc., 2004（=1910）, pp. 166-167.

（6）『文学論』、『漱石全集　第十四巻』岩波書店、一九九五年、二四一－二四二頁。

# 附　載

一〜四は、本書第六・七章に関係する経典を漱石の蔵書にある『真宗聖典』より引いて補足する。禅門では「父母未生以前」（父母すらいまだ生まれざる以前）と言う。「未生怨《みしょうおん》」は『彼岸過迄』を一筋、貫いていよう。

五〜六は、漱石が『哲学雑誌』を編集・執筆していた時期に紹介されたウィリアム・ジェイムズについて補足する。七は、ジェイムズとの関連での主な先行研究である。

八は、本書第二章に関係する北欧神話の代表格、ヴォルスンガ・サガについて、漱石の蔵書にあるウィリアム・モリスとエーリック・マグヌッソンとの共訳による版から、その物語を紹介する。

## 一　『観無量寿経』における「阿闍世《あじゃせ》説話」

父王頻婆娑羅《びんばしゃら》と王妃韋提希《いだいけ》とのあいだには王子がなく、それを心配して占師に尋ねたところ、ひとりの仙人が死んで王子として生まれるであろうと予言する。父王は仙人の死を待ちきれずに殺させる。韋提希はただちに懐妊した。すると多くの占師が、この王子が仇を報じて、父を殺すだろうと予言する。そこで、夫婦は出産のとき高楼から産み落として王子を殺そうとする。

しかし、王子は手の指を一本折っただけで一命をとりとめる。その王子が阿闍世である。阿闍世は成人して、提婆《だいば》達多《だった》に、なぜ人は自分のことを「未生怨」と呼ぶのかとたずねると、提婆達多は阿闍世の出生《しゅっしょう》の秘密を明かす。それを聴き、阿闍世は父を幽閉した。その父に、母がひそかに食物を与えていたことを知り、母に斬りかかる。だが、母殺しを医者の耆婆《ぎば》らに止められる。父はそのまま餓死する。

## 二「阿闍世説話」父王幽閉の場面原文

爾時王舎大城。有一太子。名阿闍世。随順調達。悪友之教。収執父王。頻婆娑羅。幽閉置於。七重室内。制諸群臣。一不得往。国大夫人。名韋提希。恭敬大王。澡浴清浄。以酥蜜和麨。用塗其身。諸瓔珞中。盛蒲桃漿。密以上王。爾時大王。食麨飲漿。求水漱口。[1]（……）

[同じ箇所を現代の書き下し文より]

その時、王舎大城《おうしゃだいじょう》に、一太子あり、阿闍世と名づく。調達《じょうだつ》[2]（と名づくる）悪友の教えに随順して、父王の頻婆娑羅を収執《しゅうしゅう》し、幽閉して七重《しちじゅう》の室内に置き、もろもろの群臣《ぐんしん》を制して、一《ひとり》も往くことをえざらしむ。国の大夫《だいぶ》人《にん》、韋提希と名づく。（夫人は）大王を恭敬《くぎょう》し、（身を）澡浴《そうよく》し清浄ならしめ、酥蜜《そみつ》をもって麨《しょう》に和し、もってその身に塗り、（また）もろもろの瓔珞《ようらく》[3]の中に、蒲桃の漿《しょう》を盛りて、ひそかに王に上《たてまつ》る。その時、大王、麨を食べ漿を飲み、水を求め口を漱ぐ。[4]（……）

## 三「阿闍世説話」韋提希夫人による、釈尊への嘆きの場面原文

韋提希。見仏世尊。自絶瓔珞。挙身投地。号泣向仏。白言世尊。我宿何罪。生此悪子。世尊復有。何等因縁。与提婆達多。共為眷属。唯願世尊。為我広説。無憂悩処。我当往生。不楽閻浮提。濁悪世也。此濁悪処。地獄餓鬼。

畜生盈満。多不善聚。願我未来。不聞悪声。不見悪人。今向世尊。五体投地。求哀懺悔。唯願仏日。教我観於。清浄業処（5）。

［同じ箇所を現代の書き下し文より］

韋提希、仏・世尊を見たてまつり、みずから瓔珞を絶ち（切り）、挙身投地《こしんとうじ》し、号泣して仏に向いて、もうして世尊にいう、「われ、むかし、なんの罪ありてか、この悪子を生める。世尊もまた、なんらの因縁ありてか、提婆達多と眷属《けんぞく》たる。

ただ、願わくは、世尊よ、わがために広く憂悩《うのう》なき処を説きたまえ。われ、まさに（その処に）往生すべし。閻浮提《えんぶだい》（6）の濁悪《じょくあく》の世を楽《ねが》わざればなり。この濁悪処には、地獄・餓鬼・畜生、盈満《ようまん》し、不善の聚《ともがら》多し。願わくは、われ、未来、（かかる）悪声《あくしょう》を聞かず、悪人を見ざらんことを。いま、世尊に向いて、五体投地《とうじ》し、哀れみを求めて懺悔す。ただ願わくは、仏日《ぶつにち》よ、われをして清浄業処《しょうじょうごっしょ》（7）を観ぜしめたまえ（8）。」

## 四　「阿闍世説話」釈尊による、韋提希夫人と阿難への教え原文

仏告阿難。及韋提希。諦聴諦聴。善思念之。如来今者。為未来世。一切衆生。為煩悩賊。之所害者。説清浄業。善哉韋提希。快問此事。阿難汝当受持。広為多衆。宣説仏語。如来今者。教韋提希。及未来世。一切衆生。観於西方。極楽世界。以仏力故。当得見彼。清浄国土。如執明鏡。自見面像（9）。

［同じ箇所を現代の書き下し文より］

仏、阿難および韋提希に告げたもう、「諦《あき》らかに聴け、諦らかに聴け、善くこれを思念せよ。如来《にょらい》、いま、未来世の一切衆生《しゅじょう》。煩悩の賊の害するところとなる者のために、清浄業《しょうじょうごう》を説かん。よいかな、韋提希よ、快く

この事を問えり。阿難よ、汝、まさに受持して、広く多衆《たしゅ》のために、仏語《ぶつご》を宣説《せんせち》すべし。如来、いま、韋提希および未来世の一切衆生をして、西方の極楽世界を観ぜしめん。仏力《ぶつりき》をもってのゆえに、まさに、かの清浄国土《しょうじょうこくど》を見ること、明鏡を執りてみずから面像《めんぞう》を見るがごとくなるをうべし。[10]

## 五　漱石によるウィリアム・ジェイムズの取り入れについて

漱石は『哲学雑誌』という東京大学哲学会の雑誌[11]の編集委員を第五五号一八九一年（明治二十四年）七月から第八〇号一八九二年（明治二十五年）十月まで務める。[12]その「雑録」「雑報」欄は編集委員の関心が表れる部分で、世界の新しい哲学、心理学、医学の動向が精力的に紹介されている。[13]その欄に載る文章、翻訳も編集委員によって担われる場合が多かった。ジェイムズについては「身一つに我二つ」（六七号）、「ゼームス自我論」（七七号）、「ジェームス氏関節感覚及筋肉間隔論」（八九号）が載る。いずれも『心理学大綱』（*The Principles of Psychology*）からの紹介である。

一八九二年九月『哲学雑誌』第六七号の雑報欄に載った「身一つに我二つ」が、大久保純一郎によって、漱石の執筆、あるいは心理学専攻の松本亦太郎の翻訳に漱石が加筆したのではないだろうかと推測されている。[14]一八九〇年刊の *The Principles of Psychology* を繰ってみれば、第十章 "The Consciousness of Self" の註に、その紹介された症例が載る。

「〇身一つに我二つ。催眠術を施され、或は疾病などに罹りし為め、過去の記憶を失ふ時は、我は従来の我と全く異るものとなり、極て奇怪なる観を呈するに至る例は、心理学者等の数報する所なるが《ママ》。「ウィリアム、ゼームス」氏は自ら目撃し、実験したる所なりとて、其著書中に本人の許可を得て、奇異なる実例を挙げ居れり。今之を左に掲けん《ママ》」と始まる。「ロード、アイランド」の「アンセル、ボールン」という名の大工が失踪していたとき、「ブラオン」という別人になって小間物店を営んでいた。しかしある日、目覚めて元の「ボールン」に戻り、「旧の人と復りて後は其時の記憶更に存せざりしかば、之を探るの便なかりし」だったのだが、一八九〇年六月「余」(=ジェイムズ)が催眠術を施すと、たやすく「ブラオン」となり、「ボールン」のことを忘れてしまったという。「余は以上二箇の人物を一に合せ、二様の記憶を接続せしめんと種々に工夫したれど悉《ことごとく》無効に帰して「ボールン」氏の頭蓋は今も尚ほ二箇の我を包み居るなり」とある。「以上「ゼームス」氏の報する所にして、此自我の交代は全く一時記憶を消失するに本つ《ママ》く事は明白なれど、如何にしてかく記憶が消失するかは、「ゼームス」氏も臆測の外は未だ十分なる説明なしと云ひ居れり」と執筆者は言う。さらに、「米国」で「リュランシー」と「メーリー」という少女について「奇怪なる一例」も紹介される。(15)

ジェイムズ自身は自己意識とは何かを考察する文脈において、一個の自分が成りたっていない例としてこれらを用いている。彼は、自己とは一本の考えの連なりであり、瞬間ごとに異なる考えを持っていてもそれらすべてを自分のものとして包摂する印象を抱いている必要があると結論づける。(16)

しかしながら、ジェイムズがのちの『宗教的経験の諸相』において分裂した自己の統合や回心の問題に踏みこんでゆくことを考えあわせれば、当初からこの自己の分裂について主題的に考察したい思いがあったのであろう。同時に、ジェイムズの浩瀚な著作からわざわざ、この細かな字で記された註を引き出してくる『哲学雑誌』「雑録」執筆者もまた、分裂した自己の記憶について並々ならぬ関心のあることがうかがえる。

## 六　漱石に関わりがあると見られるウィリアム・ジェイムズの取り入れについて

一八九三年(明治二十六年)七月『哲学雑誌』第七七号の雑録に「ゼームズ氏自我論」という文章が掲載されて

いる。[17] こちらの筆者は松本文三郎ではないかと考えられている。[18]

この「ゼームズ氏自我論」で紹介される、他者まで含みこんだ自我の意識、ならびに、身体と精神との相互運動は、のちの漱石の小説における登場人物の造型と密接に連関すると思われるので、論旨をここで辿っておく。

我という意識を解剖し、第一に「事我」、第二に「社会我」、第三に「心我」とされる。「事我」の中心はまず身体とされ、つぎに家族とされる。「わが父母、わが妻子は、わが骨の骨、わが肉の肉なり。彼等の死するは我が一部の消え失するなり」。[19]「社会我」は「数多の我に分割」されるという。「心我」は「自我なる念の根柢」とされる。さらに、事物を考えるとは「身躰性の活動にして、多くは頭部に起るものなるを認むるなり」として、「或る事物を許否する時」、「或る事物を思ひ出さんとする時」、「事物を許諾する時」の例を挙げている。

最後の例を挙げ、つぎのように記される。「又事物を許諾する時の如きは運動の性質極めて複雑にして、容易に之を記載するを得ずと雖も喉頭の開閉軟口蓋の抑揚及呼吸通塞の感の如きは、其時の心の状態に大なる影響を及ぼさずんばあらず。之を要するに我の我とも云ふべき中心の感念は、今述べたる如き頭部又咽喉部の間に存する種々なる運動の感の相集りて生じたるものならずんばあらず。斯く考がへ来れば吾人が通例霊性の活動と呼ぶ所の感念は畢竟身躰活動の感に過ぎざるものなる事疑なし」。[20]

「事物を許諾する時」身体に広がる作用は、漱石研究において重大な主題となってきた。本書では『文学論』に基づき、身体的「印象」が果たす役割を考察している。

## 七　漱石のウィリアム・ジェイムズ受容に関する先行研究史

漱石自身がジェイムズへの讃辞を惜しんでいないだけに、漱石に対するジェイムズの影響は繰り返し論題に上ってきた。

島田厚は漱石の『文学論』と、『文芸の哲学的基礎』『創作家の態度』とのあいだに差異を認め、それを「決定論」から「意識の選択作用」への変容と見る。そして後者にジェイムズの影響を見る。[21]

島田とは関係なく、また、その後の漱石研究にあまり受け継がれていない考察に、大久保純一郎[22]と杉山和雄[23]の研究とがある。

重松泰雄は、『文芸の哲学的基礎』と『創作家の態度』とのあいだの差異を考察し、「能動的選択」の立場から「受動的選択」の立場へと見なした。重松はこれをジェイムズ自身の『心理学原理』（＝『心理学大綱』）から『宗教的経験の諸相』への修正を受けているとする。『宗教的経験の諸相』では、各人の内部に操縦不可能な部分があって自我が「侵略」されるという見方があり、漱石もその影響を受けたとされた。[24]

しかしながら、『心理学大綱』にもそのような潜在意識論はすでに十分に考察されているのみならず、そこに記された統御不能な意識の問題について、漱石はごく若いころから知っていたのが実際である。

ただ、重松はその後、ジェイムズの『宗教的経験の諸相』から、漱石が「心の識閾下」に見られる「潜伏」について学んだのだと漱石作品と照らす論考を発表しており、それは本書と問題意識を共有している。

『宗教的経験の諸相』を重視する重松に反論したのが小倉脩三である。小倉は漱石の小説と突きあわせながら、その関心が『心理学原理』（＝『心理学大綱』）に存していたと立証する。とくに『坑夫』執筆にあたっての漱石の意図に示唆を与えたとして、小倉は『心理学原理』から、意識の不分明な部分の推移というジェイムズの強調を取り出した。[25]本書はそれに賛同し、[26]意識の及ばない部分の推移の叙述に活用されるジェイムズ思想について指摘している。小倉は、漱石の『彼岸過迄』がジェイムズの『多元的宇宙』に打ちだされた相対的世界の小説的実現とする。[27]

最近では、政治学が専門の宮本盛太郎ならびに関静雄が二十世紀初頭のアメリカ、イギリス、日本の文化状況のなかで、ジェイムズを漱石と関連づけながら位置づけ、示唆的である。[28] また、増満圭子が『宗教的経験の諸相』の線引きの調査結果、『心理学大綱』への漱石の共感、『多元的宇宙』から漱石が得た示唆について研究成果を発表している。[29] さらに、哲学の専門家である伊藤邦武からも、ジェイムズへの漱石の関心について言及がある。[30] 今後いっそう文学・哲学双方に軸足を置いた研究が進むであろう。

## 八　ヴォルスンガ・サガ概要

最も有名なヴァルキューレであるブリュンヒルドと勇士シグルズの悲恋の物語である。ブリュンヒルドはオーディンの怒りを買って眠りに就かされ、人間の妻となるべき運命を宣告されている。ブリュンヒルドは、恐れを知らぬ勇士のほかには、けっしてその妻にならないという誓いを立てていた。

ブリュンヒルドは燃えさかる焔のなかの城に眠っている。竜を殺した勇士シグルズが焔を飛び越え、彼女の眠りを解く。そのときシグルズは竜を殺して手に入れた指輪アンドヴァリナウトを彼女に与えるのだが、その指輪には呪いがかけられていて、二人をその後不幸が襲う。愛を誓う二人はいったん別れ、義兄の館で再会する。ふたたび愛を誓ったしるしに、シグルズは指輪アンドヴァリナウトをブリュンヒルドの指に嵌めてやる。

シグルズは再度ブリュンヒルドと別れ、ギョーキ王の城にやってくる。王妃グリムヒルトは彼を王女グトルーンの婿にすべく、ブリュンヒルドのことを忘れさせるために忘却の魔酒を与える。そしてブリュンヒルドを忘れたシグルズはグトルーンと結婚する。

王妃グリムヒルトはグンナルという王子に、ブリュンヒルドの愛を得るよう促す。グンナルはシグルズをその求婚の介添えにしてその館へ赴く。ブリュンヒルドの館は焔に包まれており、その焔の壁を駆け抜けられる者でなければブリュンヒルドは夫にしないという。グンナルは試すが一歩も進めない。そこで、魔法に長じた母グリムヒルトの教えのままに、グンナルとシグルズとは姿を取り換える。グンナルの姿をしたシグルズが焔を飛び越え、ブリュンヒルドに求婚し、三夜を過ごす。四日目の朝、二人の誓いのしるしとして、シグルズは指輪をブリュンヒルドに与え、またブリュンヒルドから、かつて自分が贈ったアンドヴァリナウトを抜き取って持ち帰った。その後シグルズとグンナルとはもとの自分の姿に戻り、グンナルはブリュンヒルドを娶ることになった。

しかしそのころ、魔酒の力が解け、シグルズの失われた記憶が甦る。シグルズはみずからがあいだに立って与えたグンナルの新妻のおもてを見て、深い忘却の淵から、悲しい記憶が何もかもいちどに蘇ってきた。しかしこの苦しみに堪えて生きていこうと自らの心に言い聞かせる。ある日、グトルーンとブリュンヒルドとの口論から、グトルーンによって、ブリュンヒルドがグンナルと信じていた焔の壁を破ってきた勇者とはじつはシグルズであったと明かされる。シグルズによって抜き取られた自分の指輪をグトルーンから見せられ、ブリュンヒルドは真実を悟り、病床に臥す。見舞い、愛を訴えるシグルズに対し、彼女は人間なら勇者のみに身をまかすと誓ったのに、それに背いた今、死ぬことを怖れないと言う。その後ブリュンヒルドは、グンナルにシグルズを謀殺させたうえで、シグルズを焼く火葬堆のうえに自らの身も横たえて、焼かれ死ぬ。(31)

(1)『真宗聖典』(明治四十三年発行、大正八年版)無我山房、一九一九年、六八頁。『真宗聖典』の「観無量寿経」は読誦用の音でルビが打たれている。漱石手沢本の『真宗聖典』にこの文は収められている。
(2)「調達」とは提婆達多のこと。釈尊の従兄弟といわれる。
(3)「瓔珞」とは装身具のこと。
(4)『浄土三部経』下、岩波書店、一九六四年、四三頁。
(5)前掲『真宗聖典』七〇頁。この文も漱石手沢本に収められている。

(6)「閻浮提」とはわれわれの住む世界のこと。
(7)「業処」とは観想の対象であり、浄土教は、従来の不浄観に対して、清浄観をあらたに観法として打出したとされる。親鸞は『本典』化巻本で、「清浄業処と言ふは、則ち是れ本願成就の報土なり」と解釈した（前掲『浄土三部経』下、九二頁註）。
(8)前掲『浄土三部経』下、四六―四七頁。
(9)前掲『真宗聖典』七二頁。この文も漱石手沢本に収められている。
(10)前掲「観無量寿経」『浄土三部経』下、四九頁。
(11)東京大学哲学会は一八八四年（明治十七年）に井上円了を中心に創設され、一八八七年から『哲学会雑誌』が発行された。一八九二年（明治二十五年）六月から「諸学の中心」をめざす趣意に変わり、『哲学雑誌』に名称が変わった。
(12)上田正行が再調査し、時期を確定した（「『哲学雑誌』と漱石」初出『金沢大学文学部論集　文学科篇』八号、一九八八年二月『鷗外・漱石・鏡花――実証の糸』翰林書房、二〇〇六年、二二六―二三一頁）。
(13)漱石の目に触れただろう『哲学雑誌』ジェイムズ関連の記事については、針生和子「夏目漱石――初期短編と『哲学（会）雑誌』との関連を中心とした」（『比較文学講座』第四巻、清水弘文堂、一九七四年）に詳しい。
(14)大久保純一郎『漱石とその思想』荒竹出版、一九七四年、六七頁。「ゼームス自我論」と比べて引き締まった文体であり、やはり漱石の手になると私も考える。
(15)『哲学雑誌』第七冊第六七号、一八九二年（明治二十五年）九月五日、三一四―三一七頁。頁数は合冊による。以下同じ。
(16)W. James, *The Principles of Psychology*, vol. 1, New York: Dover Publications, Inc., 1950, pp. 391-401.
(17)「ゼームズ氏自我論」『哲学雑誌』第八巻第七七号、一八九三年（明治二十六年）七月、一二二三―一二三〇頁。
(18)大久保純一郎、前掲『漱石とその思想』七六頁。
(19)前掲「ゼームズ氏自我論」一二二四頁。
(20)前掲「ゼームズ氏自我論」一二三〇頁。
(21)「漱石の思想」初出『文学』一九六〇年一一月、一九六一年二月、『夏目漱石Ｉ』（日本文学研究資料叢書）有精堂、一九七〇年、一一四―一一六頁。
(22)大久保純一郎『漱石とその思想』、同「漱石とジェイムズの哲学――「彼岸過迄」から「行人」へ」一・二（『心』第二十二巻一九六九年四月、五月）。

(23) 杉山和雄『近代の文学　別巻　夏目漱石の研究――国民精神の交流としての比較文学』南雲堂、一九六三年、一三―六三頁、同『漱石の文学　解脱の人生観』雄渾社、一九七〇年、七―二六頁。

(24) 重松泰雄「『文学論』から「文芸の哲学的基礎」「創作家の態度」へ――ウィリアム・ジェイムズとの関連において」『作品論　夏目漱石』双文社、一九七五年、三六九―三七七頁。

(25) 「漱石におけるウィリアム・ジェームズの受容について――『坑夫』の周辺をめぐって」『日本文学』一九八三年一月、『夏目漱石　ウィリアム・ジェームズ受容の周辺』有精堂、一九八九年、二六―三九頁。

(26) ただし、小倉が、漱石は『宗教的経験の諸相』に見える考え方を棄てたとする点には同意しない。漱石は宗教を通さなければ見えてこない意識の問題があることに気付いていたからこそ、ジェイムズの著作を熟読したのだと考えられる。

(27) 「漱石のウィリアム・ジェームズ受容について――『彼岸過迄』論の手がかりとして」『日本近代文学』二八集、一九八一年三月、前掲『夏目漱石　ウィリアム・ジェームズ受容の周辺』一八六―一八八頁。

(28) 宮本盛太郎・関静雄『夏目漱石――思想の比較と未知の探究』(Minerva 21世紀ライブラリー57) ミネルヴァ書房、二〇〇〇年、二―一一九頁。

(29) 増満圭子『夏目漱石論――漱石文学における「意識」』太洋社、二〇〇四年、八一―一二八頁。

(30) 伊藤邦武『ジェイムズの多元的宇宙論』岩波書店、二〇〇九年。

(31) *Völsunga Saga: The Story of the Volsungs and Niblungs, with Certain Songs from the Elder Edda*, translated by Eirikr Magnússon, and William Morris, edited by H. Halliday Sparling, London: Walter Scott, 1888.

**図1** G. フォン・リーク「ヴァルキューレたち」，1870年

本書第2章参照.『それから』において，代助は欄間の周囲に張った模様画をデザインするにあたり，ヴァルキューレを黄金色の雲に見立てた．この画も黄金の嵐の雲をついて上空を飛ぶヴァルキューレが描かれている．（出典：アーサー・コットレル『世界の神話百科　ギリシア・ローマ　ケルト　北欧』原著1997年，米原まり子他訳，原書房，1999年，365頁）

**図 2　カール・エンゲル「ヴァルキューレ軍の騎行」，1860 年ごろ**

古代，ヴァルキューレは蝙蝠のような竜にまたがった精霊としてイメージされたという，その姿が描かれている．本書第 2 章参照．『それから』で蝙蝠は，三千代の人影として，また，代助の脳に産み出される幻像として出てくる．（出典：前掲書，420 頁）

**図 3　銀箔のヴァルキューレのペンダント，6 世紀**

ヴァルキューレは戦場を天翔けて勇士を選び出し，戦死させ，亡霊軍が住むヴァルハラの館へ連れてゆく．勇敢な戦死者たちはヴァルキューレによって給仕された．このペンダントは，ヴァルキューレが角杯を差し出している．（出典：前掲書，422 頁）

**図 4　董其昌「婉孌草堂図」，1597 年**

本章第 3 章参照．『道草』で健三の回想に，養父から董其昌の折手本を買ってもらったとある．（出典：古原宏伸『中国画論の研究』中央公論美術出版，2003 年，口絵 2）

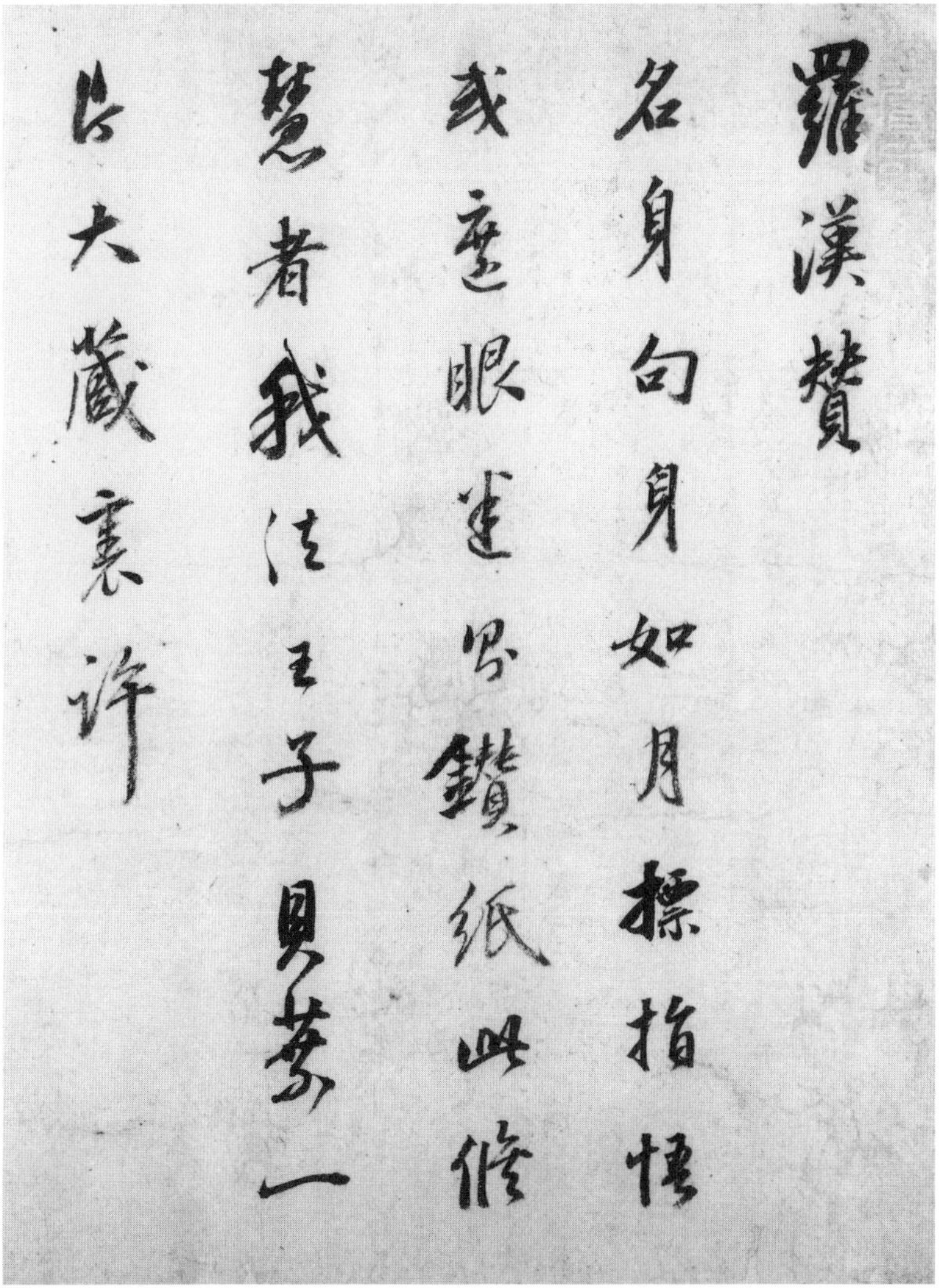

図 5　董其昌「行草書巻」(部分)，1603 年
(出典 :『董其昌集　明』(中国法書選 51)，二玄社，1989 年，2-3 頁)

**図6　亀田鵬斎画譜『胸中山』（部分），1815年（文化12年）9月刊**

本章第3章参照．『道草』において，健三の留守中，妻子が住居としていた，妻の祖父母の旧居には，襖に鵬斎の書などが貼り付けてあった．（出典：渥美國泰『亀田鵬斎と江戸化政期の文人達』芸術新聞社，1995年，口絵3）

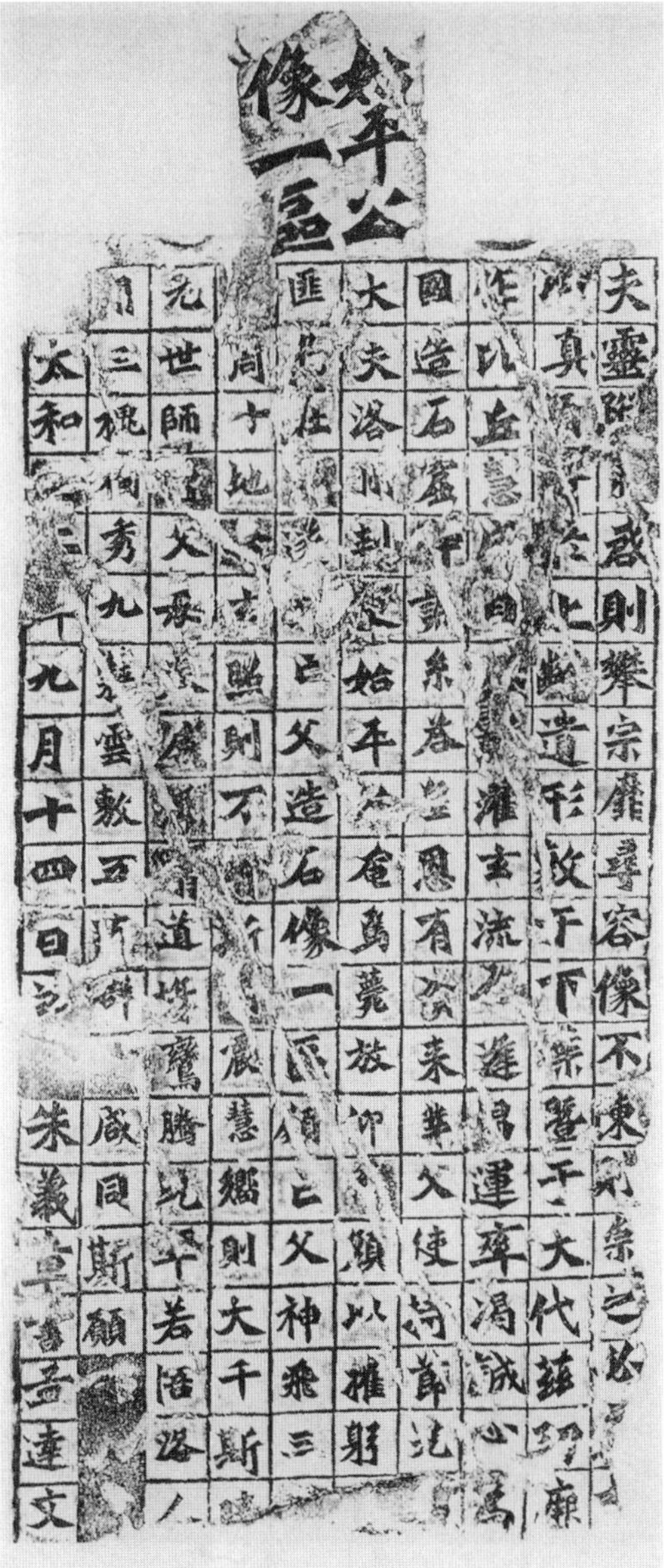

図7　北魏二十品より「比丘慧成為始平公造像記」，498年

本章第3章参照.『道草』で，健三は床の間に北魏二十品の石摺の一つを懸ける.（出典：『龍門二十品・上　北魏』（中国法書ガイド20），二玄社，1988年，38頁）

# あとがき

学生時代、浴びるように読んだフランス現代思想の数々、自在に操ることのできた、うまく作られている批評理論、古典物理学的な科学観のもと、科学としての文学研究というのは、このような毅然とした方法を言うのだと思っていた。

ところが、精神分析学をノートに写し取ること五年、世界で熾烈な競争を繰り広げる脳研究も追いかけてみること三年を経て、既存のどの文学理論も肌理が粗いように思えてきた。

そのうえ、どの文学理論も、一作一作の文学ほどには文学の限界に挑戦していない。この世に新しく芸術作品を一つ付け加える場合つねに、何らかの意味で、これまでの文学の限界を超えていなければならないという暗黙の要請がある。文学の概念を覆すことまでは届かなくても、文学の何かをどこかを更新していなければならない。

文学者はそのように追い込まれて書いている。ゆえに、有限な字数のなかで、言えないはずのことも書いてしまおうとする（読者に伝わるか否かはまた別の問題として）。

その言えないはずのことはどこにあるのか。極微の世界にある。一つ一つの極度に微細な粒子が集まり、初めて目に見える物体ができる。極微の粒子が連合し、流れてようやく事柄となり、可視の世界が生まれる。

文学者は、この、目に見えない、耳に聞こえない、文字として見えない、言葉として聞こえない世界をどう作るかということに、果敢に挑戦している。それをすくい取ってこそ、文学理論ではないか。文学理論を自分で作ることを志した。

小説をもともと書いていた私にとって、夏目漱石の、とくに、本書で分析した小説の一語一語は、脅威かつ驚異であった。この一語がここに入るということ。この一文がここに出てくるということ。四方八方からためつすがめつ眺めているうちに開けてくる広大な世界があり、それも小説が表現する一部なのであった。

研究者になり、漱石の知力を自分の力に変えて執筆してもよくなったために、気が楽になった。しかも、漱石は夏目金之助として『文学論』を書いていた。その理論がじつに、それと感じ取られるまえの、感じ取られていても見過ごされがちな情緒によって牽引される文学の運動を記したものであった。

書物は静物の一つである。そのなかの言葉も物理的には動いていない。にもかかわらず、小説の言葉がときに、生動感溢れているのはなぜか。小説の言葉が躍動するしくみはどのようになっているのか。本書は、その理論化を漱石とともに試みた。

本書は二〇一〇年三月に東京大学大学院から博士学位（学術）を授与された「夏目漱石中・後期小説における時間の創出」をもとにする。なお、博士学位論文には『行人』『明暗』に関する論考が含まれている。

当初より長編論文の構想で作成してきたが、一部、発表の機会を得た論考がある。

第一章　「棄却した問題の回帰――『それから』の取り込む世界との関わりから」と題して、二〇一一年五月二十九日、日本近代文学会春季大会にて発表。

第二章　「『道草』における記憶の現出――想起される文字に即して」『日本近代文学』第八十一集、二〇〇九年十一月、六六－八八頁に掲載。

第五章　「具体物への感情移入――漱石『門』の生成方法として」と題して、二〇一一年三月十九日、日文研（国際日本文化研究センター）共同研究会「東アジア近現代における知的交流」にて発表。のちに、「漱石『門』における能動的知性の回復」『日本研究』第四十五集、二〇一二年三月に掲載予定。

第九章　「宗教闘争のなかの『こゝろ』」『言語・情報・テクスト』第十七号、二〇一〇年十一月、四一—五七頁に掲載。

第十章　第九章部分も含めて、「宗教闘争のなかの『こゝろ』」と題して、二〇一〇年八月七日、鷗外研究会にて発表。

博士学位論文の審査にあたってくださったのは、主査として小森陽一先生、副査として山田広昭先生、菅原克也先生、エリス俊子先生、星埜守之先生である。三角洋一先生、湯浅博雄先生にもお目を通していただいた。昼夜を継いでのご指導にあらためて御礼申しあげたい。

大学院修了にあたり、二〇〇九年度東京大学学位授与式にて総合文化研究科代表を務めた。

二〇一〇年度より同大学院総合文化研究科助教（言語情報科学専攻・英語部会）として勤務する。

本書は東京大学学術成果刊行助成を得て出版される。

さらに本書は、東京大学グローバル・スタディーズ・プログラムによる研究成果の一部である。二〇一一年九月、イギリスでの調査のために派遣された。ロンドン大学（School of Oriental and African Studies）のステファン・ドッド先生、中世英文学研究者のアンドリュー・イアースレイ先生、ロンドン大学附属図書館（University College London メイン・ライブラリー、サイエンス・ライブラリー、SOASライブラリー）、カーライル博物館に深く感謝申しあげる。

くわえて本書は東北大学附属図書館漱石文庫での調査に基づく。同図書館はまた、漱石文庫所蔵の石鼓文の写真を本書の装丁用にお貸しくださった。感謝の念を表明したい。

京都嵐山の大悲閣千光寺にも感謝申しあげたい。十三代住職、大林道忠氏は、本書で述べたような、知の集う場所としての大悲閣を再興されている。

二〇一一年十二月二十二日、東京大学駒場キャンパスで、「漱石『文学論』を世界にひらく」というシンポジウム（University of Tokyo Center for Philosophy 主催）を開催した。アメリカより漱石『文学論』翻訳代表者である、プリンストン大学の上田敦子先生、シカゴ大学のマイケル・ボーダッシュ先生、フロリダ大学のジョセフ・マーフィ先生をお招きし、日本側も、東京大学から、齋藤希史先生、小森陽一先生、野網摩利子が発表を行った。東洋から文学理論を発信したいという願いが一つ叶った。漱石『文学論』を介して、「文学」の根幹を探る試みを共有できたことを喜びとしている。

夏目金之助は、熊本の第五高等学校教授であった一八九六年（明治二十九年）、その校友会誌、『龍南会雑誌』第四十九号に『人生』という論説を発表している。その冒頭で、「事物を離れて心なく、心を離れて事物なし、故に事物の変遷推移をなづけて人生といふ」と述べる。本書は、漱石がどのように小説内の事や物の変遷推移を造型しているかについて精査し、理論づけた。

実際に体験した事や物であっても、それらを真に意味づけ、体験しおえるということは人生にはない。それらの記憶は機を見て噴出してくる。考え直しが迫られ、当時読み取れなかった意味が見出される。漱石は登場人物の記憶に、異なるものごとを結びつける役割を託した。印象または観念、それらに附着する情緒が、登場人物の識閾下から意識上まで変遷推移し、結びあう。漱石はこの文学の運動を凝視し、活きた理論を育んだ。

『人生』という論説は「不測の変外界に起り、思ひがけぬ心は心の底より出で来る、容赦なく且乱暴に出で来る海嘯と震災は、啻《ただ》に三陸と濃尾に起るのみにあらず、亦自家三寸の丹田《たんでん》中にあり、剣呑なる哉」というくだりで終わる。「三陸」の「海嘯」とは、一八九六年（明治二十九年）六月十五日に、岩手県沿岸を襲った津波のことで、死者・行方不明者は約二万二千名に上ったという。「濃尾」の「震災」とは、一八九一年（明治二十四年）十月二十八日、岐阜・

愛知両県を襲った地震のことで、死者は七千二百七十三名とされる。

漱石の言わんとするところを今も体感する、東日本大震災から一年後に本書は刊行となった。

漱石の小説は、そこにある言葉が、（古代・中世・近世・近代の人々も含めて）逝去してしまった者の営みとともにあることを表して已まない。

東京大学出版会の各位、編集部の山本徹氏に深甚の謝意を捧げる。

二〇一二年二月

著　者

**著者略歴**

1971 年　大阪府和泉市に生まれる
1994 年　早稲田大学第一文学部文学科文芸専修卒業
1997 年　早稲田大学大学院文学研究科日本文学専攻修士課程修了
2003 年　東京大学大学院総合文化研究科修士課程修了
2010 年　東京大学大学院総合文化研究科博士課程修了
現　在　東京大学大学院総合文化研究科助教，東京工業大学世界文明センターフェロー．博士(学術)

**主要論文**

「誤解を直視する言葉・『たけくらべ』論」(『国文学研究』第 124 集，1998 年)
「約束を破られる人，『行人』」(『精神の痛みと文学の根源』皓星社，2005 年)
「過剰代償行為としての『細雪』の言葉」(『言語情報科学』第 4 号，2006 年)
「『道草』における記憶の現出——想起される文字に即して」(『日本近代文学』第 81 集，2009 年)

夏目漱石の時間の創出

2012 年 3 月 22 日　初　版

[検印廃止]

著　者　野網摩利子《のあみまりこ》

発行所　財団法人　東京大学出版会
代 表 者　渡辺　浩

113-8654 東京都文京区本郷 7-3-1 東大構内
電話 03-3811-8814　Fax 03-3812-6958
振替 00160-6-59964

印刷所　大日本法令印刷株式会社
製本所　牧製本印刷株式会社


ISBN 978-4-13-086042-0　Printed in Japan

# 人名索引

## た　行



## な　行



## は　行



## ま　行

### や　行



### ら行・わ行

# 事項索引

### た 行



### な 行



### は 行



### ま 行



### や 行



### ら行・わ行

# 参考文献

日本語文献は著者の五十音順，英語文献は著者のアルファベット順に記す．
代表著者を一人に特定しがたい場合は，書名による五十音順で配列した．

## 一　漱石テクスト

夏目漱石『漱石全集』全28巻，別巻，岩波書店，1993-1999年
とくに分析した小説は以下に拠る．
『それから』・『門』，『漱石全集』第6巻，岩波書店，1994年
『彼岸過迄』，『漱石全集』第7巻，岩波書店，1994年
『心』，『漱石全集』第9巻，岩波書店，1994年
『道草』，『漱石全集』第10巻，岩波書店，1994年
夏目金之助（推測）「身一つに我二つ」『哲学雑誌』第67号，1892年（明治25年）9月
村岡勇編『漱石資料——文学論ノート』岩波書店，1976年

## 二　漱石論関係

相原和邦『漱石文学の研究——表現を軸として』明治書院，1988年
青柳達雄『満鉄総裁　中村是公と漱石』勉誠社，1996年
赤井恵子『漱石という思想の力』朝文社，1998年
秋山公男『漱石文学論考——後期作品の方法と構造』桜楓社，1987年
——『漱石文学論究——中期作品の小説作法』おうふう，1997年
秋山豊『漱石という生き方』トランスビュー，2006年
浅利誠「漱石の文章世界——係り結びと入れ子化（漱石，ジッド，デリダ）」『国文学解釈と教材の研究』2006年3月
飛鳥井雅道『近代文化と社会主義』晶文社，1970年
阿部次郎・小宮豊隆・安倍能成・森田草平『影と聲』春陽堂，1911年（明治44年）
荒正人『増補改訂　漱石研究年表』集英社，1984年
安藤恭子「「東京朝日新聞」から見た『彼岸過迄』——『南洋探検』と『煤煙』と」『漱石研究』第11号，1998年11月
飯田祐子『彼らの物語——日本近代文学とジェンダー』名古屋大学出版会，1998年
——‘読者としての漱石（Sôseki as Reader）’, *PAJLS Literary and Literary Theory*, vol. 9, 2008.
石川則夫『文学言語の探究——記述行為論序説』笠間書院，2010年
石﨑等『漱石の方法』有精堂，1989年

──「夏目漱石の生命観　〈命〉から〈生命〉へ」『大正生命主義と現代』河出書房新社，1995 年
──『夏目漱石──テクストの深層』小沢書店，2000 年
石原千秋『反転する漱石』青土社，1997 年
──『漱石の記号学』講談社，1999 年
──『テクストはまちがわない──小説と読者の仕事』筑摩書房，2004 年
──『漱石と三人の読者』講談社，2004 年
──『漱石はどう読まれてきたか』新潮社，2010 年
伊豆利彦『漱石と天皇制』有精堂，1989 年
出原隆俊『異説・日本近代文学』大阪大学出版会，2010 年
一柳廣孝「特権化される『神経』──『それから』一面」『漱石研究』第 10 号，翰林書房，1998 年 5 月
板垣直子『漱石文学の背景』鱒書房，1956 年
伊藤邦武『ジェイムズの多元的宇宙論』岩波書店，2009 年
伊東貴之「中国──漱石の漢籍蔵書を見てわかること」『国文学』臨時増刊号，2008 年 6 月
稲垣瑞穂『夏目漱石ロンドン紀行』清水堂，2004 年
猪野謙二「『それから』の思想と方法」『岩波講座　文学の創造と鑑賞』第一巻，岩波書店，1954 年
──『明治の作家』岩波書店，1966 年
井上百合子『夏目漱石試論──近代文学ノート』河出書房新社，1990 年
今西順吉『漱石文学の思想』第一部，筑摩書房，1988 年
今野真二『消された漱石　明治の日本語の探し方』笠間書院，2008 年
上田正行『鷗外・漱石・鏡花──実証の糸』翰林書房，2006 年
──『中心から周縁へ──作品，作家への視覚』梧桐書院，2008 年
内田道雄『夏目漱石　『明暗』まで』おうふう，1998 年
──『対話する漱石』翰林書房，2004 年
生方智子『精神分析以前　無意識の日本近代文学』翰林書房，2009 年
江草満子「『道草』の妊娠・出産をめぐって」『漱石研究』第 3 号，1994 年 11 月
江藤淳『決定版　夏目漱石』新潮社，1974 年（=『決定版夏目漱石』北沢書店，1968 年）
──『漱石とその時代』第一部・第二部，新潮社，1970 年
──『漱石とアーサー王伝説──『薤露行』の比較文学的研究』東京大学出版会，1975 年
──「『それから』と『心』」『講座　夏目漱石』第三巻，有斐閣，1981 年
──『夏目漱石論集』(『新編　江藤淳文学集成』1)，河出書房新社，1984 年
──『漱石とその時代』第三部，新潮社，1993 年
海老井英次『開化・恋愛・東京──漱石・龍之介』おうふう，2001 年
遠藤祐「指輪のゆくえ──『それから』の〈物語〉」『漱石作品論集成 第六巻　それ

から』桜楓社，1991年
大浦康介「文学についての科学は可能か――漱石にみる文学と科学」『人文学のアナトミー』岩波書店，1995年
大岡昇平『小説家夏目漱石』筑摩書房，1988年
大岡信『大岡信著作集』第4巻，青土社，1977年
大久保純一郎「漱石とジェイムズの哲学――「彼岸過迄」から「行人」へ」(一)(二)『心』第二十二巻，1969年4月，5月
――「漱石とベルグソン（一）――晩年の作品における時間の問題」『心』第二十三巻，1970年4月
――『漱石とその思想』荒竹出版，1974年
太田三郎「漱石の『文学論』とリボーの心理学」『明治大正文学研究』季刊第7号，1952年6月=『比較文学』研究社，1955年
大野淳一「漱石の文学理論について」『国語と国文学』1975年6月
岡三郎『夏目漱石研究第一巻 意識と材源』国文社，1981年
小倉脩三『夏目漱石　ウィリアム・ジェームズ受容の周辺』有精堂，1989年
――「Monoconscious Theory と『文学論』」『国文学ノート』第30-39号，成城短期大学日本文学研究室，1993-2000年
――『漱石の教養』翰林書房，2010年
桶谷秀昭『増補版夏目漱石』河出書房新社，1983年
押野武志『文学の権能　漱石・賢治・安吾の系譜』翰林書房，2009年
越智治雄『漱石私論』角川書店，1971年
――『漱石と文明』（越智治雄　文学論集　2）砂子屋書房，1985年
梶木剛『夏目漱石論』勁草書房，1976年
加藤周一『加藤周一著作集』第6巻，平凡社，1978年
加藤二郎『漱石と禅』翰林書房，1999年
勝田和学「『それから』の構造――〈花〉と〈絵〉の機能の検討から」『国文学　言語と文芸』100号，1986年12月
金子健二『人間漱石』協同出版株式会社，1956年
亀井勝一郎「長井代助――現代文学にあらはれた智識人の肖像」『群像』6巻2号，1951年2月，『夏目漱石作品論集成　第六巻　それから』桜楓社，1991年
亀井俊介『英文学者　夏目漱石』松柏社，2011年
神山睦美『夏目漱石は思想家である』思潮社，2007年
唐木順三「『明暗』の成立まで」『明治大正文学研究』季刊第7号，1952年6月
柄谷行人『増補　漱石論集成』平凡社，2001年
――『畏怖する人間』講談社，1990年
柄谷行人，小森陽一他『漱石をよむ』（岩波セミナーブックス48），岩波書店，1994年
神田祥子「『カーライル博物館』論――明治期のカーライル受容を視座として」『夏目漱石における東と西』思文閣出版，2007年

岸田俊子「『こゝろ』に広がる意味の余白——語られていない物語と象徴的イメージ」『漱石の『こゝろ』 どう読むか，どう読まれてきたか』新曜社，1992 年
北山正迪「漱石と禅」『大乗禅』1969 年 1，2 月
木股知史『〈イメージ〉の近代日本文学誌』双文社出版，1988 年
木村功「『こゝろ』論——先生・K の形象に関する一考察」『国語と国文学』1991 年 7 月，『夏目漱石『こころ』作品論集』（近代文学作品論集成 3）
熊坂敦子「漱石とベルグソン」『国文学』臨時増刊号，1971 年 9 月
——『夏目漱石の研究』桜楓社，1973 年
工藤京子「変容する聴き手——『彼岸過迄』の敬太郎」『日本近代文学』1992 年 5 月
栗原信一『漱石の人生観と芸術観』日本出版株式会社，1947 年
剣持武彦『個性と影響——比較文学試論』桜楓社，1985 年
小泉浩一郎『夏目漱石論〈男性の言説〉と〈女性の言説〉』翰林書房，2009 年
小林一郎『夏目漱石の研究』至文堂，1989 年
駒尺喜美『魔女の論理』（増補改訂版）不二出版，1984 年
——『漱石という人——吾輩は吾輩である』思想の科学社，1987 年
小宮豊隆『漱石の芸術』岩波書店，1942 年
——『漱石襍記』角川書店，1955 年
——「漱石先生の『心』を読んで」『アルス』第 1 巻第 4 号，1915 年（大正 4 年）7 月
小森陽一「裏表のある言葉——『坊つちやん』における〈語り〉の構造」『日本文学研究資料叢書　夏目漱石　Ⅲ』有精堂，1985 年
——『構造としての語り』新曜社，1988 年
——『文体としての物語』筑摩書房，1988 年
——『漱石を読みなおす』筑摩書房，1995 年
——『出来事としての読むこと』東京大学出版会，1996 年
——『〈ゆらぎ〉の日本文学』日本放送出版協会，1998 年
——『世紀末の予言者・夏目漱石』講談社，1999 年
——『ポストコロニアル』（思考のフロンティア），岩波書店，2001 年
小森陽一，五味渕典嗣，内藤千珠子「新聞のディスクール分析へ　新聞小説『門』を媒介にして」『シリーズ言語態 5　社会の言語態』東京大学出版会，2002 年
小森陽一「漱石深読」『すばる』2009 年 2 月－2010 年 1 月
——『漱石論—— 21 世紀を生き抜くために』岩波書店，2010 年
——「3・11 と夏目漱石」『すばる』11 月号，2011 年 10 月
小谷野敦「妾の存在意義——『それから』をめぐって」『漱石研究　第 10 号』1998 年
——『夏目漱石を江戸から読む　新しい女と古い男』中央公論社，1995 年
小山慶太『漱石が見た物理学　首縊りの力学から相対性理論まで』中央公論社，1991 年
——『漱石とあたたかな科学』講談社，1998 年

斉藤英雄『夏目漱石の小説と俳句』翰林書房，1996 年
酒井英行『漱石　その陰翳』有精堂，1990 年
坂口曜子『魔術としての文学——夏目漱石論』沖積舎，1987 年
坂本浩『近代文学論攷　回顧と展望』明治書院，1986 年
——「「それから」「門」の源流——「アンダイイング・パスト」の投影」『夏目漱石——作品の深層世界』明治書院，1979 年
作田啓一『個人主義の運命——近代小説と社会学』岩波書店，1981 年
佐々木亜希子『漱石　響き合うことば』双文社出版，2006 年
佐々木雅發『漱石の『こゝろ』を読む』翰林書房，2009 年
佐々木英昭『夏目漱石と女性——愛させる理由』新典社，1990 年
——『「新しい女」の到来——平塚らいてうと漱石』名古屋大学出版会，1994 年
——『漱石先生の暗示（サジェスチョン）』名古屋大学出版会，2009 年
佐々木充『漱石推考』桜楓社，1991 年
佐藤泉「『こゝろ』に至る六単位の一人称圏——須永の談話から先生の手紙まで」『日本の文学』第 10 集，1991 年 12 月
——「『それから』——物語の交替」『文学』第 6 巻第 4 号，1995 年 10 月
——「『彼岸過迄』——物語の物語批判」『青山学院女子短期大学紀要』1996 年 12 月
——「始源の反語——『こころ』について」『漱石研究』第 6 号，1996 年 5 月
——『漱石　片付かない〈近代〉』日本放送出版協会，2002 年
——「「こころ」の時代の特異な正典」『国文学　解釈と教材の研究』2006 年 3 月
佐藤泰正『文学　その内なる神——日本近代文学一面』桜楓社，1974 年
——『夏目漱石論』筑摩書房，1986 年
——『漱石以後　Ⅰ』（『佐藤泰正著作集』1），翰林書房，1994 年
——「『それから』再読——代助の眼・語り手の眼・そうして漱石の眼」『漱石研究』第 10 号，1998 年 5 月
佐藤裕子『漱石解読——〈語り〉の構造』和泉書院，2000 年
重松泰雄「『文学論』から「文芸の哲学的基礎」「創作家の態度」へ——ウィリアム・ジェイムズとの関連において」『作品論　夏目漱石』双文社，1975 年
——『漱石　その歴程』おうふう，1994 年
——『漱石　その新たなる地平』おうふう，1997 年
——『漱石　その解纜』おうふう，2001 年
柴市郎「『道草』——交換・貨幣・書くこと」『日本近代文学』第 49 集，1993 年 10 月
柴田勝二『漱石のなかの〈帝国〉——「国民作家」と近代日本』翰林書房，2006 年
篠崎美生子「『こころ』——闘争する「書物」たち」『日本近代文学』第 60 集，1999 年 5 月
島内景二『文豪の古典力　漱石・鷗外は源氏を読んだか』文藝春秋，2002 年
島田厚「漱石の思想」『文学』1960 年 11 月，1961 年 2 月，『日本文学研究資料叢書　夏目漱石Ⅰ』有精堂，1970 年

清水茂「漱石に於けるジェーン・オースティン」『比較文学年誌』第 20 号，1984 年 3 月
──「承前・漱石に於けるジェーン・オースティン」『比較文学年誌』第 21 号，1985 年 3 月
清水孝純『漱石　その反オイディプス的世界』翰林書房，1993 年
──『漱石　そのユートピア的世界』翰林書房，1998 年
絓秀実『「帝国」の文学──戦争と「大逆」の間』以文社，2001 年
杉山和雄『近代の文学　別巻　夏目漱石の研究──国民精神の交流としての比較文学』南雲堂，1963 年
──『漱石の文学　解脱の人生観』雄渾社，1970 年
須田喜代次「『彼岸過迄』論──聴き手としての敬太郎」『国文学　言語と文芸』1992 年 4 月
関谷由美子『漱石・藤村〈主人公の影〉』愛育社，1998 年
瀬沼茂樹『夏目漱石』東京大学出版会，1962 年
相馬庸郎「『それから』論」『漱石作品論集成　第六巻　それから』桜楓社，1991 年
高木文雄「高等遊民の系譜」『漱石の道程』審美社，1966 年
──『漱石作品の内と外』和泉書院，1994 年
高階秀爾『日本近代美術史論』講談社，1990 年
高田知波「『こゝろ』の話法」『日本の文学』第 8 集，1990 年 12 月
高野実貴雄「漱石の文学理論の構造とその位相」『日本近代文学』第 28 集，1981 年
高橋和巳「知識人の苦悩──漱石の『それから』について」『文学理論の研究』桑原武夫編，岩波書店，1967 年
高橋美智子「夏目漱石の『文学論』におけるリボーの『感情の心理学』」『文藝研究』第 54 集，1966 年 11 月
滝沢克己『夏目漱石』三笠書房，1943 年
竹盛天雄『明治文学の脈動──鷗外・漱石を中心に』国書刊行会，1999 年
田口律男「『こころ』の現象学」『漱石研究』1996 年 5 月
田島優『漱石と近代日本語』翰林書房，2009 年
田中実『小説の力──新しい作品論のために』大修館書店，1996 年
丹治伊津子『夏目漱石の京都』翰林書房，2010 年
玉井敬之『夏目漱石論』桜楓社，1976 年
陳明順『漱石漢詩と禅の思想』勉誠社，1997 年
塚本利明「夏目漱石」『比較文学講座』Ⅲ，清水弘文堂書房，1971 年
塚谷裕一『漱石の白くない白百合』文藝春秋，1993 年
出口保夫『漱石と不愉快なロンドン』柏書房，2006 年
東郷克美「『道草』──『書斎』から『往来』へ」『国文学　解釈と教材の研究』1986 年 3 月
十川信介『明治文学　ことばの位相』岩波書店，2004 年
徳永光展『夏目漱石『心』論』風間書房，2008 年

戸松泉『小説の〈かたち〉・〈物語〉の揺らぎ――日本近代小説「構造分析」の試み』翰林書房，2002年
富山太佳夫『ポパイの影に　漱石／フォークナー／文化史』みすず書房，1996年
中島国彦「『道草』の認識」『国文学研究』第59集，1976年6月，『漱石作品論集成　第十一巻　道草』桜楓社，1991年
――『近代文学にみる感受性』筑摩書房，1994年
長山靖生「見られる探偵、欲望する告白者――『彼岸過迄』における「謎」の在処」『国文学　解釈と教材の研究』2006年3月
仲秀和『『こゝろ』研究史』和泉書院，2007年
中村真一郎「『意識の流れ』小説の伝統」『漱石作品論集成　第三巻　虞美人草・野分・坑夫』浅田隆他編，桜楓社，1991年
中村三春『係争中の主体――漱石・太宰・賢治』翰林書房，2006年
中山昭彦「“間”からのクリティーク――『それから』論」『国語国文研究』第九七号，北海道大学国語国文学会，1994年12月
――「沈黙の力学圏――理論=反理論としての『文学論』」『批評空間』第9号，1993年4月
中山和子『漱石・女性・ジェンダー』(中山和子コレクションⅠ)，翰林書房，2003年
長崎勇一「漱石の『文学論』の現代的な意味」『イギリス小説の思想と技法　付・日本の批評文学』朝日出版社，1976年
西成彦「鷗外と漱石――乃木希典の『殉死』をめぐる二つの文学」『比較文学』28号，1986年3月，『漱石作品論集成　第十巻　こゝろ』桜楓社，1991年
芳賀徹『絵画の領分――近代日本文化史研究』朝日新聞社，1990年
蓮實重彦『夏目漱石論』福武書店，1988年（＝青土社，1978年）
――『魅せられて　作家論集』河出書房新社，2005年
朴裕河『ナショナル・アイデンティティとジェンダー　漱石・文学・近代』クレイン，2007年
針生和子「夏目漱石――初期評論と『哲学（会）雑誌』との関連を中心とした」『比較文学講座』第4巻，清水弘文堂，1974年
飛ヶ谷美穂子『漱石の源泉　創造への階梯』慶應義塾大学出版会，2002年
樋口恵子「『それから』論――「自然」との出会い」『作品論　夏目漱石』双文社出版，1976年
平岡敏夫「『こゝろ』の漱石」『漱石序説』塙書房，1976年
――『日露戦後文学の研究』上・下，有精堂，1985年
――『漱石研究　ESSAY ON SŌSEKI』有精堂，1987年
――『漱石　ある佐幕派子女の物語』おうふう，2000年
平川祐弘『夏目漱石　非西洋の苦闘』新潮社，1976年
――『漱石の師　マードック先生』講談社，1984年
福井慎二「「F+f」の科学の前提――漱石『文学論』への私註」『国文学研究ノート』

第31号，神戸大学研究ノートの会，1996年11月
藤井省三『ロシアの影――夏目漱石と魯迅』平凡社，1985年
藤井淑禎「天皇の死をめぐって　『こゝろ』その他」『国文学　解釈と鑑賞』1982年11月
――「『それから』の感覚描写」『漱石研究』第10号
――『不如帰の時代』名古屋大学出版会，1990年
――『小説の考古学へ』名古屋大学出版会，2001年
――「『文学論』再読」『国文学　解釈と鑑賞』第66巻3号，2001年3月
藤尾健剛・永野宏志「夏目漱石「リボー『感情』ノート」――翻刻と解題」『文藝と批評』第8巻第8号，1998年11月
藤尾健剛『漱石の近代日本』勉誠出版，2011年
藤森清『語りの近代』有精堂，1996年
古川久『夏目漱石――仏教・漢文学との関連』霊友会教団事業局，1968年
古田芳江「漱石とカーライル――『それから』をめぐって」『文学・社会へ　地球へ』三一書房，1996年
ボーダッシュ，マイケル「英語圏における『文学論』の意義――理論，科学，所有」『国文学　解釈と教材の研究』2006年3月
前田愛『都市空間のなかの文学』筑摩書房，1982年
――『増補　文学テクスト入門』筑摩書房，1993年
正宗忠夫（白鳥）「夏目漱石」『作家論（一）』創元社，1941年
増満圭子『夏目漱石論――漱石文学における『意識』』太洋社，2004年
松尾直昭『夏目漱石『自意識』の罠　後期作品の世界』和泉書院，2008年
松岡譲『ああ漱石山房』朝日新聞社，1967年
松澤和宏「『心』における公表問題のアポリア――虚構化する手記」『日本近代文学』1999年10月
――『生成論の探究』名古屋大学出版会，2003年
松下浩幸『夏目漱石　Xなる人生』日本放送出版協会，2000年
――「ダンディズムと実業思想――『それから』における男性ジェンダーの葛藤」『日本近代文学』第84集，2011年5月
松本寛「『こゝろ』論――〈自分の世界〉と〈他人の世界〉のはざまで」『歯車』1982年8月，『漱石作品論集成　第十巻　こゝろ』桜楓社，1991年
丸谷才一「徴兵忌避者としての夏目漱石」『展望』1969年6月，『漱石作品論集成 第十巻　こゝろ』桜楓社，1991年
水川隆夫『漱石『こゝろ』の謎』彩流社，1989年
――『漱石と仏教――則天去私への道』平凡社，2002年
――『夏目漱石『こゝろ』を読みなおす』平凡社，2005年
――『夏目漱石と戦争』平凡社，2010年
水谷昭夫『漱石文芸の世界』（改訂版）桜楓社，1982年
三宅雅明「漱石『文学論』の現代的意義――記号学の視座から」『大阪府立大学紀要

（人文・社会科学）』第34巻，1986年3月
宮崎かすみ『百年後に漱石を読む』トランスビュー，2009年
宮澤健太郎『漱石の文体』洋々社，1997年
宮本盛太郎・関静雄『夏目漱石——思想の比較と未知の探究』ミネルヴァ書房，2000年
三好行雄『鷗外と漱石　明治のエートス』力富書房，1983年
——『鑑賞日本現代文学5　夏目漱石』角川書店，1984年
——『森鷗外・夏目漱石』（三好行雄著作集，第二巻），筑摩書房，1993年
宗像和重「「心」を読んだ小学生——松尾寛一宛漱石書簡をめぐって」『投書家時代の森鷗外——草創期活字メディアを舞台に』岩波書店，2004年
森田草平『夏目漱石』（三）（＝『続夏目漱石』＝『漱石先生と私』）講談社，1980年
森田喜郎『夏目漱石論——「運命」の展開』和泉書院，1995年
矢本貞幹『漱石の精神』秋田屋，1948年
——『夏目漱石　その英文学的側面』研究社，1971年
山崎甲一『夏目漱石の言語空間』笠間書院，2003年
山崎正和『不機嫌の時代』新潮社，1976年
山田有策『制度の近代——藤村・鷗外・漱石』おうふう，2003年
尹相仁『世紀末と漱石』岩波書店，1994年
芳川泰久『漱石論——鏡あるいは夢の書法』河出書房新社，1994年
——『横断する文学——〈表象〉臨界を超えて』ミネルヴァ評論叢書〈文学の在り処〉4，ミネルヴァ書房，2004年
吉田凞生「家族＝親族小説としての『道草』」『講座夏目漱石　第三巻　漱石の作品（下）』有斐閣，1981年
——「代助の感性——『それから』の一面」『国語と国文学』58巻1号，1981年1月『漱石作品論集成　第六巻　それから』桜楓社，1991年
——「『道草』——作中人物の職業と収入」『夏目漱石　Ⅱ』有精堂，1982年
林少陽『「修辞」という思想——章炳麟と漢字圏の言語論的批評理論』白澤社，2009年
若林幹夫『漱石のリアル　測量としての文学』紀伊國屋書店，2002年
渡部直己『不敬文学論序説』太田出版，1999年
『一冊の講座　夏目漱石（日本の近代文学1）』有精堂，1982年
『越境する漱石文学』坂元昌樹他編，思文閣出版，2011年
『講座　夏目漱石　第三巻〈漱石の作品（下）〉』三好行雄他編，有斐閣，1981年
『講座　夏目漱石　第四巻〈漱石の時代と社会〉』三好行雄他編，有斐閣，1982年
『講座　夏目漱石　第五巻〈漱石の知的空間〉』三好行雄他編，有斐閣，1982年
『作品論　夏目漱石』内田道雄・久保田芳太郎編，双文社出版，1976年
『新編　夏目漱石研究叢書』1，近代文藝社，1993年
『漱石から漱石へ』玉井敬之編，翰林書房，2000年
『漱石研究』No 1－No 18，石原千秋・小森陽一編，1993－2005年

『漱石作品論集成　第六巻　それから』木股知史他編，桜楓社，1991 年
『漱石作品論集成　第七巻　門』赤井恵子他編，桜楓社，1991 年
『漱石作品論集成　第八巻　彼岸過迄』玉井敬之他編，桜楓社，1991 年
『漱石作品論集成　第十巻　こゝろ』玉井敬之他編，桜楓社，1991 年
『漱石作品論集成　第十一巻　道草』芹澤光興他編，桜楓社，1991 年
『漱石と世界文学』田中雄次他編，思文閣出版，2009 年
『漱石における東と西』日本比較文学会編，主婦の友社，1977 年
『漱石文学案内』(『夏目漱石全集』別巻) 角川書店，1975 年
『漱石文学の水脈』坂元昌樹他編，思文閣出版，2010 年
『漱石文学全注釈 8　それから』注釈佐々木英昭，若草書房，2000 年
『漱石文学全注釈 9　門』注釈小森陽一，内藤千珠子，五味渕典嗣，若草書房，2001 年
『漱石文学全注釈 10　彼岸過迄』注釈田口律男，瀬崎圭二，若草書房，2005 年
『漱石の『こゝろ』 どう読むか、どう読まれてきたか』平川祐弘・鶴田欣也編，新曜社，1992 年
『総力討論　漱石の『こゝろ』』中村三春他編，翰林書房，1994 年
『夏目漱石Ｉ』(日本文学研究大成)，平岡敏夫編，国書刊行会，1989 年
『夏目漱石Ⅱ』(日本文学研究大成)，平岡敏夫編，国書刊行会，1991 年
『夏目漱石 1』(日本文学研究論文集成 26)，藤井淑禎編，若草書房，1998 年
『夏目漱石 2』(日本文学研究論文集成 27)，片岡豊編，若草書房，1998 年
『夏目漱石研究資料集成』第 1 巻－第 10 巻，平岡敏夫編，日本図書センター，1991 年
『夏目漱石『こころ』作品論集』(近代文学作品論集成 3)，クレス出版，2001 年
『夏目漱石における東と西』松村昌家編，思文閣出版，2007 年
『夏目漱石Ｉ』(日本文学研究資料叢書) 有精堂，1970 年
『夏目漱石Ⅱ』(日本文学研究資料叢書) 有精堂，1982 年
『夏目漱石Ⅲ』(日本文学研究資料叢書) 有精堂，1985 年
『夏目漱石　一』(日本文学研究論文集成　26)，藤井淑禎編，若草書房，1998 年
『夏目漱石　二』(日本文学研究論文集成　27)，片岡豊編，若草書房，1998 年
『夏目漱石　作家とその時代』(日本文学研究資料新集　15)，石崎等編，有精堂，1988 年
『夏目漱石・反転するテクスト』(日本文学研究資料新集　14)，石原千秋編，有精堂，1990 年
『別冊国文学　夏目漱石事典』1990 年 7 月
Bourdaghs, Michael K., 'Property and sociological knowledge: Natsume Sôseki and the gift of narrative', *Japan Forum* 20(1), 2008.
Murphy, Joseph A., 'Separation of cognition and affect in *Bungakuron*', *Japan Forum* 20 (1), 2008.
Natsume, Sôseki, *Theory of Literature and Other Critical Writings*, edited by

Michael K. Bourdaghs, Atsuko Ueda, and Joseph A. Murphy, New York: Columbia University Press, 2009.
Ueda, Atsuko, 'Bungakuron and 'literature' in the making', *Japan Forum* 20 (1), 2008.

## 三　仏教関係

赤松俊秀『親鸞』吉川弘文館，1961 年
暁烏敏『歎異鈔講話』無我山房，1911 年（明治 44 年）
阿部泰郎「女人と仏教」『図説　日本の仏教　第三巻　浄土教』新潮社，1989 年
池田英俊『明治の新仏教運動』吉川弘文館，1976 年
井筒俊彦『意識と本質――精神的東洋を索めて』岩波書店，1991 年
今北洪川『禅海一瀾』大田悌蔵訳注，岩波書店，1935 年
大野達之助『日蓮』吉川弘文館，1958 年
笠原一男『親鸞　煩悩具足のほとけ』日本放送出版協会，1973 年
川添昭二「日蓮の宗教の成立及び性格――鎌倉仏教研究序説」『日本名僧論集　日蓮』吉川弘文館，1982 年
清澤滿之『清澤全集　第一巻　哲学及宗教』編纂浩々洞，無我山房，1914 年（大正 3 年）
――『清澤全集　第二巻　信仰及修養』編纂浩々洞，無我山房，1913 年（大正 2 年）
――『清沢文集』岩波書店，1928 年
佐々木正『親鸞始記』筑摩書房，1997 年
佐藤正英『親鸞入門』筑摩書房，1998 年
釈宗演『一字不説』光融館，1909 年（明治 42 年）
釋大眉『宗門之無尽燈』ぺりかん社，1977 年
親鸞『教行信証』金子大栄校訂，岩波書店，1957 年
――『親鸞和讃集』校注，名畑応順解説，岩波書店，1976 年
――『親鸞』（日本思想大系 11），岩波書店，1971 年
末木文美士「思想　末法と浄土」『図説　日本の仏教　第三巻　浄土教』新潮社，1989 年
――『近代日本と仏教』（近代日本の思想・再考 II），トランスビュー，2004 年
高橋竹迷『隠元，木庵，即非』丙午出版社，1916 年（大正 5 年）
田村芳朗『法華経　真理・生命・実践』中央公論新社，2002 年（＝中公新書　1969 年）
鉄眼禅師『鉄眼禅師仮字法語』赤松晋明校訂，岩波書店，1941 年
東嶺圓慈『東嶺和尚編輯　宗門無盡燈論』上・下，愛知・矢野平兵衛，1885 年（明治 18 年）
道元『正法眼蔵』上巻，衛藤即応校注，岩波書店，1939 年
中川孝『六祖壇経』（禅の語録 4）筑摩書房，1976 年
中村薫「『阿弥陀経』――念仏往生の称讃」『大法輪』2007 年 1 月

日蓮「立正安国論」『親鸞集　日蓮集』(日本古典文学大系 82)，岩波書店，1964 年
──『日蓮』(日本思想大系 14)，岩波書店，1970 年
──『昭和定本　日蓮聖人遺文』第一巻，編纂立正大学日蓮教学研究所，総本山身延久遠寺，1988 年
白隠慧鶴『槐安国語』一・二・三・四・五巻（原著 1750 年（寛延 3 年））愛知・矢野平兵衛，1876 年（明治 9 年）
──『槐安国語』上・下，訓注道前宗閑，禅文化研究所，2003 年
平川彰「浄土思想の成立」『浄土思想』(講座・大乗仏教 5)，春秋社，1985 年
平野宗浄『大燈国師語録』講談社，1983 年
藤吉慈海『禅関策進』(禅の語録 19) 筑摩書房，1970 年
ベラー，R. N.『日本近代化と宗教倫理──日本近世宗教論』原著 1956 年，堀一郎，池田昭訳，未来社
正木晴彦「善導の浄土教学」『浄土思想』(講座・大乗仏教 5)，春秋社，1985 年
無門慧開『無門関』西村恵信訳注，岩波書店，1994 年
湯浅泰雄「浄土の瞑想の心理学」『現代思想』第 10 巻 12 号，1982 年 9 月
吉田久一『清沢満之』吉川弘文館，1961 年
蓮如『蓮如文集』笠原一男校注，岩波書店，1985 年
和辻哲郎『日本精神史研究』岩波書店，1992 年
『岩波 仏教辞典　第二版』岩波書店，2006 年
「観無量寿経」「観無量寿佛経疏巻第三　観経正宗分定善義巻第三」『大正新脩大蔵経 第 37 巻　経疏部　五』大蔵出版株式会社，1988 年
『現代語訳　碧巌録』上，末木文美士編著，岩波書店，2001 年
『再鐫 碧巌集』従巻一巻五乾，小川多左衛門，1859 年（安政 6 年）
『新国訳大蔵経　6　涅槃部 1』塚本啓祥，磯田熙文校註，大蔵出版株式会社，2008 年
『浄土三部経』上・下，岩波書店，1963，1964 年
『真宗聖典』浩々洞編，無我山房，1913 年（大正 2 年）＝1910 年（明治 43 年）
『新佛教』第 1 巻第 1 号，1900 年（明治 33 年）6 月，復刻版
『『新佛教』論説集』上・中・下，編集赤松徹真，福島寛隆，永田文昌堂，1978，1979，1980 年
「親鸞聖人正明伝」『親鸞伝叢書』佐々木月樵編纂，無我山房，1910 年（明治 43 年）
『精神界』第 2 巻第 1 号，1902 年（明治 35 年）1 月，第 3 巻第 1 号第 5 号，1903 年（明治 36 年）1 月，5 月
『禅学辞典』神保如天，安藤文英共著，無我山房，1958 年（昭和 33 年）＝1915（大正 4 年）
貝様書院蔵版『増補首書禅林句集』一切経印房，1894 年（明治 27 年）
『校補点註　禅門法語集』山田孝道編纂，光融館，1895 年（明治 28 年）
『校補点註　禅門法語集　完』森慶造編纂，光融館，1896 年（明治 29 年）
『大正新脩大蔵経　第 12 巻　宝積部下　涅槃部全』高楠順次郎都監，大蔵出版株式会社，1925 年

『仏教語源散策』中村元編，東京書籍，1977年
『法華』第一巻第一号，1914年（大正3年）5月
『法華経』中，坂本幸男，岩本裕訳注，岩波書店，1964年
『碧巌録』上・中・下，岩波書店，1992, 1994, 1996年
『六祖大師法宝壇経』山田大應編輯，愛知・矢野平兵衛，1885年（明治18年）

### 四　日本近代文学，文化関係

安藤礼二『近代論　危機の時代のアルシーヴ』NTT出版，2008年
岩本憲児『幻燈の世紀』森話社，2002年
『清澤滿之 植村正久 新島襄 綱島梁川　集』（明治文学全集46），筑摩書房，1977年
木村小舟『明治少年文化史話』童話春秋社，1949年
小林源次郎『写し絵』中央大学出版部，1979年
鈴木貞美『日本の「文学」概念』作品社，1998年
――『生命観の探究　重層する危機のなかで』作品社，2007年
谷川恵一『歴史の文体　小説のすがた――明治期における言説の再編成』平凡社，2008年
丸山眞男『日本の思想』岩波書店，1961年
二葉亭四迷『平凡』『東京・大阪朝日新聞』1907年（明治40年）10月－12月，『二葉亭四迷全集』第四巻，岩波書店，1964年
『日本産育習俗資料集成』恩賜財団母子愛育会編，第一法規出版株式会社，1975年
『日本の葬儀』式典新聞編集部，1975年
『泰西勧善訓蒙』上・中・下，中外堂，1871年（明治4年）
『哲学会雑誌』第6冊，第63号，哲学会事務所，1892年（明治25年）5月
『哲学雑誌』第7巻第64号－第8巻第81号，哲学雑誌社，1892年（明治25年）6月－1893年（明治26年）11月
『明治宗教文学集』（一）（明治文学全集87），筑摩書房，1969年
『明治文化史　第十巻　趣味・娯楽編』開国百年記念文化事業会編・小宮豊隆編纂，洋々社，1955年

### 五　日本近世・中古文学，文化関係

井口洋校注『近松浄瑠璃集』上，岩波書店，1993年
亀田鵬斎『文人』（『江戸漢詩選』第一巻），岩波書店，1996年
河竹繁俊『日本演劇全史』岩波書店，1954年
木下忠『埋甕――古代の出産習俗』（『考古学選書　18』）雄山閣，1981年
黒住真『複数性の日本思想』ぺりかん社，2006年
――『近世日本社会と儒教』ぺりかん社，2003年
近松門左衛門『近松浄瑠璃集』上（新日本古典文学大系91），岩波書店，1993年
角田一郎「近松浄瑠璃の道行について」『近松浄瑠璃集』上（新日本古典文学大系91）付録　月報47）1993年9月

仲尾宏『京都の渡来文化』淡交社，1990年
中村禎里『胞衣の生命』海鳴社，1999年
林屋辰三郎『角倉素庵』朝日新聞社，1978年
人見必大『本朝食鑑』(覆刻　日本古典全集）上，原著1697年（元禄10年），現代思潮社，1979年
藤井貞和『日本〈小説〉原始』大修館書店，1995年
──『タブーと結婚　「源氏物語と阿闍世王コンプレックス論」のほうへ』笠間書院，2007年
藤原惺窩『藤原惺窩 林羅山』(日本思想大系23)，岩波書店，1975年
矢野敬一「誕生と胞衣──産育儀礼再考」『列島の文化史』4，日本エディタースクール出版部，1987年
柳田國男『年中行事覚書』修道社，1955年＝講談社1977年
横井清『的と胞衣　中世人の生と死』平凡社，1988年
和辻哲郎『日本芸術史研究　歌舞伎と操り浄瑠璃』岩波書店，1955年
「落葉集」『日本歌謡集成』第六巻，東京堂，1942年
『訓読　雍州府志』立川美彦編，臨川書店，1997年
『古事記 祝詞』(日本古典文学大系1)，岩波書店，1958年
『古典日本語の世界──漢字がつくる日本』東京大学教養学部国文・漢文学部会編，東京大学出版会，2007年
『古典日本語の世界　二──文字とことばのダイナミクス』東京大学教養学部国文・漢文学部会編，東京大学出版会，2011年
『古版本　日本歳時記』さつき書房，1977年
『嵯峨誌』臨川書店，1974年
『角倉同族会報』第20号，2002年6月
『特別展　没後三七〇年記念　角倉素庵ー光悦・宗達・尾張徳川義直との交友の中で』大和文華館，2002年10月
『風土記』(日本古典文学大系2)，岩波書店，1958年

## 六　能関係

天野文雄『翁猿楽研究』和泉書院，1995年
表章『能楽史新考』(一)，わんや出版，1979年
折口信夫『折口信夫全集　第二巻古代研究（民俗学篇1)』中央公論社，1975年
──『折口信夫全集　第三巻古代研究（民俗学篇2)』中央公論社，1975年
『世阿弥　禅竹』(日本思想大系）岩波書店，1974年
野上豊一郎『謡曲選集（読む能の本)』岩波書店，1935年
──『能　研究と発見』岩波書店，1930年
『謡曲集　1』(新編日本古典文学全集58)，小学館，1997年
『謡曲百番』(新日本古典文学大系57)，岩波書店，1998年

### 七　書画関係

渥美國泰『亀田鵬斎と江戸化政期の文人達』芸術新聞社，1995年
大槻幹郎『文人画家の譜——王維から鉄斎まで』ぺりかん社，2001年
気賀沢保規「龍門二十品とその周辺——古陽洞・造像記・弥勒信仰」『龍門二十品』上・北魏（中国法書ガイド20），二玄社，1988年
佐藤智水「龍門石窟と鎮護国家の仏教」『龍門二十品』下・北魏（中国法書ガイド21），二玄社，1998年
島谷弘幸「董其昌と唐様」『董其昌集　明』（中国法書ガイド51），二玄社，1989年
杉村英治『亀田鵬斎』三樹書房，1981年
田中豊蔵「南画新論」『国華』262-281号，1912年（明治45年）6月－1913年（大正2年）10月
董其昌『新訳画禅室随筆』福本雅一他訳，日賀出版社，1984年
中田勇次郎『文人画論集』中央公論社，1982年
藤原有仁「董其昌集」『董其昌集　明』（中国法書ガイド51），二玄社，1989年
古原宏伸『中国画論の研究』中央公論美術出版，2003年
『董其昌の書画　研究篇』古原宏伸編，二玄社，1981年
『董其昌の書画　図版篇』古原宏伸編，二玄社，1981年

### 八　北欧神話関係

小野二郎『ウィリアム・モリス研究』（小野二郎著作集Ⅰ），晶文社，1986年
カーライル，トーマス『英雄論』土井林吉訳，岡崎屋書店，1909年（明治42）年
コットレル，アーサー『世界の神話百科』原著1997年，原書房，1999年
ストレム，フォルケ『古代北欧の宗教と神話』原著1957年，菅原邦城訳，人文書院，1982年
フリース，アト・ド『イメージ・シンボル事典』原著1974年，山下主一郎他訳，大修館書店，1984年
ホランド，クロスリイ・K『北欧神話』原著1980年，山室静，米原まり子訳，青土社，1983年
本間久雄『生活の藝術化　ウィリアム・モリスの生涯』銀書院，1946年
マッケンジー，ドナルド・A『北欧のロマン　ゲルマン神話』原著1912年，東浦義雄，竹村恵都子訳，大修館書店，1997年
モリス，ウィリアム『アイスランドへの旅』原著1911年，大塚光子訳，晶文社，2001年
『アイスランド　サガ』谷口幸男訳，新潮社，1979年
『エッダ——古代北欧歌謡集』新潮社，1973年
Andrews, Tamra, *Dictionary of Nature Myths, Legends of the Earth, Sea, and Sky*, Oxford, New York: Oxford University Press, 1998.
Carlyle, Thomas. *Sartor Resartus: The Life and Opinions of Herr Teufelsdröckh:*

*Heroes and Hero-Worship*. New York: Peter Fenelon Collier, 1897.
Davidson, H. R. Ellis, *Gods and Myths of Northern Europe*, London: Pelican Books, 1964 (=Penguin Books 1990).
Ker, W. P., *The Dark Ages*, Edinburgh and London: William Blackwood and Sons, 1904.
Ker, W. P., *Epic and Romance*: Essays on Medieval Literature, London: Macmillan and Co., 1922.
Moorman, Frederic W. *The Interpretation of Nature in English Poetry from Beowulf to Shakespeare*, Strasburg: K. J. Trübner, 1905.
Morris, William, *The Collected Works of William Morris*, with Introductions by His Daughter May Morris Volume VII: The Story of Grettir the Strong, The Story of the Volsungs and Nibulings, London, New York, Bombay, Calcutta, Mdccccxi: Longmans Green & Co., 1911.
*Völsunga Saga: The Story of the Volsungs and Nibulungs, with Certain Songs from the Elder Edda*, translated by Eirīkr Magnúusson and William Morris, edited by H. Halliday Sparling, London: Walter Scott, 1888.
*Dictionary of Mythology Folklore and Symbols* by Gertrude Jobes, part 2, New York: The Scarecrow Press, Inc., 1962.

## 九　国語学関係

金水敏，田窪行則「日本語指示詞研究史から／へ」『指示詞』(『日本語研究資料集』第1期第7巻)，ひつじ書房，1992年
佐久間鼎『現代日本語の表現と語法（改訂版）』厚生閣，1951年
高橋太郎「『場面』と『場』」『国語国文』29-9，(京都大学文学部国語国文学研究室) 1956年9月
古田東朔「コソアド研究の流れ（一）」『指示詞』(『日本語研究資料集』第一期第七巻)，ひつじ書房，1992年
松下大三郎『日本俗語文典　全』誠之堂書店，1901年（明治34年）
Aston, W. G., M. A., *A Grammar of the Japanese Written Language*, London: Trübner & Co., Ludgate Hill, Yokohama: Lane, Craeford & Co., 1877.

## 十　心理学，精神分析学，精神分析批評関係

市川源三『リボー氏感情之心理及注意之心理　心理学書解説』育成会，1900年
ジェイムズ，ウィリアム『宗教的経験の諸相』原著1920年，枡田啓三郎訳，岩波書店，1969年
――『ジェームズ論文集』(世界思想全集　哲学・文芸思想篇15)，河出書房，1956年
――『心理学』上・下，原著1892年，今田寛訳，岩波書店，1992, 1993年
――『多元的宇宙』(ウィリアム・ジェイムズ著作集6)，吉田夏彦訳，日本教文社，

1961年
ジャネ，ピエール『神経症』原著1910年，高橋徹訳，医学書院，1974年
フロイト，ジークムント「防衛——神経精神病」原著1894年，井村恒郎訳，『フロイト著作集』第6巻，人文書院，1970年
——「隠蔽記憶について」原著1899年，小此木啓吾訳，『フロイト著作集』第6巻，人文書院，1970年
——『夢判断』上・下，原著1900年，高橋義孝訳，新潮社，1969年
——「機知——その無意識との関係」原著1905年，生松敬三訳，『フロイト著作集』第4巻，人文書院，1970年
——「W・イェンゼンの小説『グラディーヴァ』にみられる妄想と夢」原著1907年，池田紘一訳，『フロイト著作集』第3巻，人文書院，1969年
——「想起，反復，徹底操作」原著1914年，小此木啓吾訳，『フロイト著作集』第6巻，人文書院，1970年
——「欲動とその運命」原著1915年，『自我論集』中山元訳，筑摩書房，1996年
——『無意識について』原著1915年，井村恒郎訳，『フロイト著作集』第6巻，人文書院，1970年
——「感情転移性恋愛について」原著1915年，古澤平作訳，『フロイド選集』第15巻，日本教文社，1958年
——「悲哀とメランコリー」原著1917年，井村恒郎訳，『フロイト著作集』第6巻，人文書院，1970年
——『無気味なもの』原著1917年，高橋義孝他訳，『フロイト著作集』第3巻，人文書院，1970年
——「快感原則の彼岸」原著1920年，『自我論集』中山元訳，筑摩書房，1996年
——「嫉妬，パラノイア，同性愛に関する二，三の神経症的機制について」原著1921年，井村恒郎訳，『フロイト著作集』第6巻，人文書院，1970年
——「制止，症状，不安」原著1926年，井村恒郎訳，『フロイト著作集』第6巻，人文書院，1970年
——「文化への不満」原著1930年，　浜川祥枝訳，『フロイト著作集』第3巻
——『モーセと一神教』原著1939年，渡辺哲夫訳，筑摩書房，2003年
モルガン，ロイド『比較心理学』原著1894年，大鳥居弃三訳，大日本文明協会，1914年
山田広昭「精神分析批評」『文学をいかに語るか』作品社，1996年
——「言語，その無意識との関係」『言語態の問い』（シリーズ『言語態』1），東京大学出版会，2001年
ラカン，ジャック「精神分析における言葉と言語活動の機能と領野」原著1966年，竹内迪也訳，『エクリ』Ⅰ，弘文堂，1972年
——「論理的時間と予期される確実性の断言」『エクリ』Ⅰ，宮本忠雄他訳，弘文堂，1972年
——『精神分析の四基本概念』（セミネールXI）原著1973年，新宮一成他訳，岩波

書店，2000年
——「鏡像段階論」原著1975年，小出浩之他訳，『岩波講座　精神の科学』別巻，岩波書店，1984年
——『無意識の形成物』上・下，原著1998年，佐々木孝次他訳，岩波書店，2005年
ルドゥー，ジョゼフ『シナプスが人格をつくる』原著2002年，谷垣暁美訳，みすず書房，2004年
James, William, *The Principles of Psychology*, vol. 1 & 2, New York: Dover Publications, Inc., 1950 (=1890).
——, *The Varieties of Religious Experience, A Study in Human Nature, Being The Gifford Lectures on Natural Religion Delivered at Edinburgh in 1901-1902*, New York: Dover Publications, Inc., 2002.
——, *A Pluralistic Universe*, N. Y. : Longmans, Green & Co., 1909.
Ribot, Theodule Armand, *The Psychology of the Emotions*, London: Walter Scott, 1897. (Kessinger Publishing's Rare Reprints)

## 十一　時間論関係

バフチン，ミハイル『小説における時間と時空間の諸形式』原著1975年他，北岡誠司他訳，水声社，2001年
ベルクソン，アンリ『時間と自由』原著1889年，中村文郎訳，岩波書店，2001年
——『物質と記憶』(『ベルグソン全集』2)，原著1896年，田島節夫訳，白水社，1992年
——『創造的進化』原著1907年，真方敬道訳，岩波書店，1979年
ドゥルーズ，ジル『差異について』原著1956年，平井啓之訳，青土社，2000年
プーレ，ジョルジュ『人間的時間の研究』原著1949年，井上究一郎他訳，筑摩書房，1969年
リクール，ポール『時間と物語』Ⅰ・Ⅱ・Ⅲ，原著1983, 1984, 1985年，久米博訳，新曜社，1987, 1988, 1990年
Bergson, Henri, *Matter and Memory*, translated by Nancy Margaret Paul and W. Scott Palmer, New York: Dover Publications, Inc., 2004 (=1908).
——, *Creative Evolution*, authorized translation by Arthur Mitchell, London: Macmillan & Co. 1911. (Kessinger Publishing's Rare Reprints)
——, *Time and Free Will: An Essay on the Immediate Data of Consciousness*, authorized translated by F. L. Pogson. N. Y. : Dover Publications, Inc., 2001.

## 十二　その他

オースティン，J. L.『言語と行為』原著1960年，坂本百大訳，大修館書店，1978年
寒川旭『地震の日本史——大地は何を語るのか』中央公論新社，2007年
ジュネット，ジェラール『物語のディスクール　方法論の試み』原著1972年，花輪光，和泉涼一訳，水声社，1985年

デリダ，ジャック「力と意味」原著 1967 年，若桑毅訳，『エクリチュールと差異』上，法政大学出版局，1977 年
――「フロイトとエクリチュールの舞台」原著 1967 年，三好郁朗訳，『エクリチュールと差異』下，法政大学出版局，1983 年
バンヴェニスト，エミール「ことばにおける主体性について」『一般言語学の諸問題』原著 1966 年，河村正夫他訳，みすず書房，1983 年
ヒューム，デイヴィッド『人性論』原著 1739 年，太田善男訳，岩波書店，1933 年
――『人性論（三）第二篇　情緒に就いて』原著 1739 年，大槻春彦訳，岩波書店，1950 年
フォースターE. M.『小説とは何か』原著 1927 年，米田一彦訳，ダヴィッド社，1969 年
鶴岡静夫『知られざる裁判干渉――李鴻章狙撃事件裁判』雄山閣，1974 年
梁啓超『李鴻章――清末政治家悲劇の生涯』原著 1902 年（明治 35 年），張美慧訳，久保書店，1987 年
『学制百二十年史』ぎょうせい，1992 年
『福井県史　通史編 2　中世』福井県，1994 年
『文京区史』巻一，文京区役所，1967 年
Hume, David *A Treatise of Human Nature*, New York: Oxford University Press, 2000.
*The Oxford Companion to English Literature*, edited by Margaret Drabble, Fifth Edition, Oxford, New York, Tokyo, Melbourne: Oxford University Press, 1986.